入选"十四五"国家重点图书出版规划

丹曾文化

丹曾人文通识丛书

黄怒波 主编

《诗经》十五讲

赵敏俐——著

北京大学出版社
PEKING UNIVERSITY PRESS

图书在版编目(CIP)数据

《诗经》十五讲 / 赵敏俐著；黄怒波主编. — 北京：北京大学出版社，2024.10
（丹曾人文通识丛书）
ISBN 978-7-301-34657-0

Ⅰ.①诗… Ⅱ.①赵…②黄… Ⅲ.①《诗经》—诗歌研究 Ⅳ.① I207.222

中国国家版本馆 CIP 数据核字（2023）第 224358 号

书　　　名	《诗经》十五讲 《SHIJING》SHIWU JIANG
著作责任者	赵敏俐 著　黄怒波 主编
责任编辑	张亚如
标准书号	ISBN 978-7-301-34657-0
出版发行	北京大学出版社
地　　　址	北京市海淀区成府路 205 号　100871
网　　　址	http://www.pup.cn　　新浪微博：@北京大学出版社
微信公众号	通识书苑（微信号：sartspku）　科学元典（微信号：kexueyuandian）
电子邮箱	编辑部 jyzx@pup.cn　　总编室 zpup@pup.cn
电　　　话	邮购部 010-62752015　发行部 010-62750672 编辑部 010-62767346
印　刷　者	三河市北燕印装有限公司
经　销　者	新华书店
	650 毫米 ×980 毫米　16 开本　22.5 印张　280 千字 2024 年 10 月第 1 版　2024 年 10 月第 1 次印刷
定　　　价	79.00 元

未经许可，不得以任何方式复制或抄袭本书之部分或全部内容。
版权所有，侵权必究
举报电话：010-62752024　电子邮箱：fd@pup.cn
图书如有印装质量问题，请与出版部联系，电话：010-62756370

"丹曾人文通识丛书"
学术委员会

主　席：谢　冕
副主席：柯　杨　杨慧林

"丹曾人文通识丛书"
总　序

在我国国民经济和社会发展"十四五"规划开始的时候，人文学者面临从知识的阐释者向生产者、促进者和管理者转变的机遇。由"丹曾文化"策划的"丹曾人文通识丛书"，就是一次实践行动。这套丛书涵盖了文、史、哲等多个学科领域，由近百位人文学科领域优秀的学者著述。通过学科交叉及知识融合探索人类文明的起源、人类与自然的和谐共生、人类的生命教育和心理机制，让更多受众了解中国传统文化与文学，形成独具中华文明特色的审美品格。

这些学科并没有超越出传统的知识系统，但从撰写的角度来说，已经具有了独特的创新色彩。首先，学者们普遍展现出对人类文明知识底层架构的认识深度和再建构能力，从传统人文知识的阐释者转向了生产者、促进者和管理者。这是一种与读者和大众的和解倾向。因为，信息社会的到来和教育现代化的需求，让学者和大众之间的关系终于有了教学互长的机遇和可能。在这个意义上，我们不能再教"谁是李白"了，而是共同探讨"为什么是李白"。

所以，这套丛书的作者们，从刻板的学术气息中脱颖而出，以流畅而优美的文本风格从各自的角度揭示了新的人文知识层次，展现了新时代人文学者的精神气质。

这套丛书的人文视阈并没有刻意局限，每一位学者都是从自身的学术积淀生发出独特的个性气息。最显著的特点是他们笔下的传统人文世界展现了新的内容和角度，这就能够促成当下的社会和大众以新的眼光来认识和理解我们所处的传统社会。

最重要的是，这套丛书的出版是为了适应互联网社会的到来。它的知识内容将进入数字生产。比如说，我们再遇到李白时，不再简单地通过文字的描写而认识他。我们将会采取还原他所处时代的虚拟场景来体验和认识他的"蜀道"，制造一位"数字孪生"的他来展现他的千古绝唱《蜀道难》的审美绝技。在这个意义上，这套丛书会具有以往人文知识从未有过的生成能力和永生的意境。同时，也因此而具备了混合现实审美的魅力。

当我们开始具备人文知识数字化的意识和能力时，培育和增强社会的数字素养就成了新时代的课题。这套丛书的每一个人文学科，都将因此而具有新的知识生产和内容生发的可能性。更重要的是，在我们的国家消除了绝对贫困之后，我们的社会应当义不容辞地着手解决教育机会的公平问题。因此，这套丛书的数字化，就是对促进教育公平的一个解决方案。

有观点认为，当下推动教育变革的六大技术分别是：移动学习、学习分析、混合现实、人工智能、区块链和虚拟助手（数字孪生）。这些技术的最大意义，应该在于推动在线教育的到来。它将改变我们传统的学习范式，带来新的商业模式，从而引发高等教育的根本性变化。

这套丛书就是因此而生成的。它在当前的人文学科领域具有了崭新的"可识别性"和"可数字性"。下一步，我们将推进这套丛书的数字资产的转变，为新时代的人文素质教育和终身教育的需求提供一种新途径、新范式。而我们的学者，也有获得知识价值的奖励和回报的可能。

感谢所有学者的参与和努力。今后，你们应该作为各自学术领域 C2C 平台的建设者、管理者而光芒四射。

"丹曾人文通识丛书"主编

黄怒波

2021 年 3 月

目 录

▌ 引言：我们如何走进《诗经》..1

▌ 第一讲 "殷鉴不远，在夏后之世"——《诗经》产生的文化背景....10
    第一节 周的兴起与殷帝国的衰落..11
    第二节 周代社会的经济结构与政治制度......................................15
    第三节 周人的哲学、政治思想与实践理性..................................18
    第四节 礼乐文化的形成及其要义..21

▌ 第二讲 "鹤鸣九皋，声闻于天"——《诗经》的作年、作者与编辑....25
    第一节 《诗经》的创作年代..25
    第二节 《诗经》的作者..30
    第三节 《诗经》编辑的目的..34
    第四节 《诗经》编辑的过程..39

▌ 第三讲 "风以动之，教以化之"——《诗经》"风""雅""颂"辨体...46
    第一节 "风""雅""颂"释名..46
    第二节 十五《国风》之别..52
    第三节 二《雅》的差异何在..58
    第四节 三《颂》之体的不同..62

第四讲 "周虽旧邦,其命维新"——周民族的崛起与颂祖乐歌 68
第一节 对英雄祖先的追怀与歌颂 69
第二节 对文王之德的崇敬与赞美 77
第三节 文化记忆中的经典建构 84

第五讲 "七月流火,九月授衣"——古老农业文明的生活再现 90
第一节 浪漫而深情的农业祭歌 91
第二节 朴素而沉重的生活陈述 98

第六讲 "呦呦鹿鸣,食野之苹"——礼乐文化与燕飨乐歌 108
第一节 鼓瑟吹笙中的君臣和乐 109
第二节 笾豆有践中的血缘亲情 115
第三节 以"和"为美的诗乐典范 120

第七讲 "六月栖栖,戎车既饬"——战争与徭役的复杂感怀 126
第一节 充满胜利豪情的战争诗 127
第二节 表达痛苦情感的厌战诗 136
第三节 抒写劳苦怨尤的徭役诗 142

第八讲 "先民有言,询于刍荛"——卿士大夫的政治美刺 150
第一节 崇尚显允令德的人物颂美 150
第二节 深具忧世之怀的讽喻规谏 155
第三节 抒写忧生之嗟的怨刺批判 161

- **第九讲 "关关雎鸠，在河之洲"——古老风俗中的男女婚恋** 168
  - 第一节 古朴纯真的爱情诗 170
  - 第二节 幸福美满的婚嫁诗 182
  - 第三节 哀怨忧伤的弃妇诗 188

- **第十讲 "简兮简兮，方将万舞"——社会生活的世俗百态** 195
  - 第一节 多彩民俗的生动描述 195
  - 第二节 不良现象的讽刺批判 201
  - 第三节 复杂情感的深沉抒怀 207

- **第十一讲 "周原膴膴，堇荼如饴"——《诗经》的文化精神** 216
  - 第一节 植根于农业文明的乡土意蕴 217
  - 第二节 浓厚的伦理情味和宗国之怀 223
  - 第三节 以人为本的抒情指向 227
  - 第四节 直面现实的生活态度 232

- **第十二讲 "言念君子，温其如玉"——周文化背景下的艺术创造** 237
  - 第一节 以"君子"为典范的抒情主体 237
  - 第二节 以赋、比、兴为用的艺术表达 247
  - 第三节 以周文化为底版的物象择取 254

- **第十三讲 "喤喤厥声，肃雍和鸣"——《诗经》的乐歌特征** 263
  - 第一节 《诗经》曲调的组合方式 263

第二节　与演唱相关联的章法结构..................268
第三节　形式多样的演唱方法..................273
第四节　以套语为特色的传唱技巧..................281

第十四讲　"吉甫作诵，其诗孔硕"——《诗经》的语言艺术........288

第一节　符合节奏韵律的诗体典范..................288
第二节　独具早期诗体特征的语词艺术..................297
第三节　根源于形声表意字的诗性表达..................315

第十五讲　"温柔在诵，最附深衷"——《诗经》的文学史地位和影响
..................330

第一节　《诗经》在中国文学史上的开创意义..................331
第二节　《诗经》对中国后世文学的影响..................337

后记..................345

引言：我们如何走进《诗经》

《诗经》是中国最古老的文化经典之一，泽溉百世，流芳千古。《诗经》文字古奥，语言典雅，内容丰富，艺术高超。自孔子以来，对《诗经》的研读与阐释历久不衰，两千多年积累下来的成果，已经成为我们今天学习和研究《诗经》不可或缺的宝贵材料。然而，由于时代久远、文化隔膜，阐释者的立场方法各有不同，不同时代、不同学派对《诗经》的理解也有相当大的差异。这一方面说明《诗经》这部作品伟大，阐释空间无比丰富，有历久弥新的文化价值。另一方面也说明，不同时代的不同读者，总会从自身的认知条件出发，在总结前代研究成果的基础上生发新的认识。那么，在21世纪的今天，我们如何才能更好地认识《诗经》，走进《诗经》呢？在此，让我们先从《诗经》这部经典的性质说起。

在今天看来，《诗经》是"诗"，也是"歌"，是典型的文学作品，它共有三百零五篇，是经过周人选编而成的我国古代的第一部诗集。但是我们要问一下，它与后人选编的《唐诗三百首》《宋词三百首》，以及后代无数的诗歌选本一样吗？显然大不一样。因为《诗经》并不是一般的抒情写志之作，它同时还承担着宗教祭祀、礼仪燕飨、美刺讽谏、社会交往、记述历史、文化教育等多重功能。实际上，抒情写志仅仅是它众多功能中的一种。因此，从它生成的那天起，周人就没有把它当成纯粹的诗歌艺术作品来看待。从《左传》《国语》中记载的各诸侯国卿士大夫的"赋诗言志"、讽谏议政，到《周礼》《仪礼》《礼记》中记载的太师教六诗、燕飨演歌舞；从新近出土的《孔子诗论》，到孟子、荀子等诸子的诗评诗论，我们可以看到《诗经》在春秋以前社会中所发挥的作用之大，看到它在当时人心中所处的地位之高。所以，我们不能把《诗经》等同于后世一般的诗歌总集或者诗歌选本，它是经过周人仔细选择编撰而成的一部具有多种功能的文化经典。故自战国时代起，它就被尊称为"经"，而且高居当时的"六经"之首。① 到了汉代以后，它的经学地位进一步巩固，它的丰富内容也得到了历代经学家的充分阐释，它以"经"的尊崇，影响了中国文化两千五百多年。

但《诗经》相对于《周易》《尚书》《礼记》和《春秋》等几部经典，毕竟存在着很大的不同，它的所有内容，都是以"诗"这一外在的形式呈现的。因此，要走进《诗经》，了解《诗经》，就必须从此处切入，古人也是如此。《毛诗序》说："诗者，志之所之也，在心为志，发言为诗。情动于中而形于言，言之不足，故嗟叹之，嗟叹之不足，故永歌之，永歌之不足，不知手之舞之、足之蹈之也。"② 可见，汉人解诗，也首先强调这部经典的文学特质，指出它与其他经典的不同，并试图立足于诗歌的抒情本质来探讨它的产生与社会政治的关系，由此而提出了"风雅正变"理论，所谓"治世之音安以乐，其政和。乱世之音怨以怒，其政乖。亡国之音哀以思，其民困"。这对后世的影响是很深远的。唐代孔颖达作《毛诗正义》，继承的正是这一汉学传统。他说："诗者，人志意之所之适

---

① 这是先秦时代"六经"的排列顺序，在传世文献中最早见于《庄子·天运》："孔子谓老聃曰：丘治《诗》《书》《礼》《乐》《易》《春秋》六经，自以为久矣。"在出土文献中，则最早见于郭店楚墓竹简《六德》："观诸《诗》《书》，则亦在矣；观诸《礼》《乐》，则亦在矣；观诸《易》《春秋》，则亦在矣。"汉代以后才发生了变化，将《易》排在前面。

② 本书所引《诗经》及《毛传》《郑笺》《孔疏》《毛诗序》之文，皆以《毛诗正义》（北京大学出版社，1999）为底本。

也；虽有所适，犹未发口，蕴藏在心，谓之为志；发见于言，乃名为诗。言作诗者，所以舒心志愤懑，而卒成于歌咏，故《虞书》谓之'诗言志'也。包管万虑，其名曰心；感物而动，乃呼为志。志之所适，外物感焉，言悦豫之志则和乐兴而颂声作，忧愁之志则哀伤起而怨刺生。《艺文志》云'哀乐之情感，歌咏之声发'，此之谓也。"但遗憾的是，汉唐《诗经》学家研究的目的并不是阐释它的抒情艺术，而是以此为起点，阐释"诗"在当时社会上所承担的巨大教化功能，认为"正得失，动天地，感鬼神，莫近于诗。先王以是经夫妇，成孝敬，厚人伦，美教化，移风俗"，并在此基础上建立了一个以"诗之用"为宗旨的诗学传统。这说明，在汉唐《诗经》学家眼中，《诗经》已经不再是诗人有感而发的个体抒情之作，而是讽喻教化的工具，这就脱离了诗的艺术本质。

与汉唐《诗经》学家一样，以朱熹为代表的宋学家，也是从诗的这一抒情本质切入《诗经》的。朱熹在《诗集传》开篇就说："人生而静，天之性也，感于物而动，性之欲也。夫既有欲矣，则不能无思。既有思矣，则不能无言。既有言矣，则言之所不能尽，而发于咨嗟咏叹之余者，必有自然之音响节族（奏）而不能已焉。此诗之所以作也。"比汉唐《诗经》学家更进一步，他还特别强调人性在诗的感发中所起的作用。他认为人的性情不一样，其所感发者也自有不同，像《周南》《召南》这样的诗，"亲被文王之化以成德，而人皆有以得其性情之正"。那些《雅》《颂》之篇，"其作者往往圣人之徒，固所以为万世法程而不可易者也"。至于那些"变风"，其所感发者则"有邪正是非之不齐"，"变雅"则是"一时贤人君子，闵时病俗之所为"。他认为孔子之所以把这些诗编在一起，就是要"善者师之而恶者改焉"。所以，在朱熹看来，《诗》并不是美刺讽喻的工具，而是感化人心的"圣经"。为此他推出了学诗之法："本之二《南》以求其端，参之列国以尽其变，正之于《雅》以大其规，和之于《颂》以要其止，此学《诗》之大旨也。于是乎章句以纲之，训诂以纪之，讽咏以昌之，涵濡以体之，察之性情隐微之间，审之言行枢机之始，则修身及家，平均天下之道，其亦不待他求而得之于此矣。"可见，朱熹在《诗经》阐释学上的最大功绩，是把汉儒以来将《诗经》作为美刺讽喻工具的观点，变成《诗经》用以涵泳和陶冶性情的新说，回归了诗歌艺术本体。但遗憾的是，朱熹所坚守的仍然是"经学"传统，他认为圣人编《诗》和后人学《诗》的目的还是教化。他表面上反对汉儒，反对《毛诗序》，实际上又依据汉儒的"风雅正变"之说来区分作者的性情邪正，经不起事实推敲。例如，同样类型的诗篇，在《周南》《召南》中就是"后妃所自作，可以见其贞静专一之至矣"（《卷耳》注），在《郑风》《卫风》中就是"淫奔之诗"，这不仅突显了他的理学家偏见，也将《诗经》学引向了随意解释的主观方向，同样脱离了诗的艺术本质。

清代《诗经》学异彩纷呈，大体可分为古文经学派、今文经学派和独立思考派。清初至清中叶，古文经学借助于音韵学、训诂学和考据学等研究的日渐深入，将《诗经》的实证研究提到一个新的高度。清中叶以后，今文经学反对古文经学的烦琐考证，开始注重阐释《诗经》中的"微言大义"，并将其作为"托古改制"的工具。在两大流派之外，还有一些学人试图突破汉、宋《诗经》学传统而进行独立的思考，在《诗经》的创作本旨和艺术解析方面作出了更多的探索。清代《诗经》学所取得的成就是超越前代的，无论是在历史的考证还是在义理的阐发方面，都为现代《诗经》学打下了坚实的基础。但是从总体上看，清代学人还是在汉、宋两系基础上继续发展，仍然没有脱离经学的轨道。

"五四"以来的现代《诗经》学的最大成就，就是不再将《诗经》看成"经",而让其回归文学本体。从这一点来讲,现代《诗经》学在初始阶段更多地继承了以朱熹为代表的宋学传统,强调对作品本身的艺术体悟,抛弃了汉学家依据"风雅正变"理论研究《诗经》的做法。但是在强烈的反封建文化思潮的影响下,现代学人又彻底批判了朱熹的作者观,贬低《雅》《颂》而推崇《国风》,远离周代社会的历史实际,用现代人的文化和艺术观念解读《诗经》,如朱熹一样走向了一条主观阐释之路。更重要的是,他们否定了《诗经》在中国文化史上"经"的地位,仅仅将其视为一部"文学作品",这就大大消解了它巨大的历史文化价值。新时期以来,当代《诗经》学对此进行了认真反思,有关《诗经》的历史文化考察重新成为热点,特别是从周代礼乐文化的角度全面审视《诗经》,取得了前所未有的成就。但是在这一研究过程中也同样存在着不足,重文献考证而轻艺术分析,许多长篇大论的《诗经》研究著作游离于作品之外,甚至将一首首优美的诗歌肢解为知识的碎片,这有悖于诗的艺术本质。这促使我们反思,《诗经》虽然不再被视为封建时代的"圣经",但是它的巨大文化价值却不可否认。站在21世纪的今天,面对历代《诗经》学研究的丰富成果,我们又该用一种什么样的文化观念来认识《诗经》?采取什么样的方式方法走进《诗经》?怎样才能重新认识它的伟大呢?

要走进《诗经》,我认为第一要义是了解周代文化。《诗经》是在周代文化背景下产生的。"诗"既然是"感物而动"的艺术,那么,其所感之"物"就应该是我们重点关注的对象。在中国的诗学传统中,"物"并不仅仅指客观物体,还包括诗人所处时代的政治思想文化环境,甚至包括作为创作主体的诗人,他们的思想意识形态和艺术审美观念,也是在那个时代培养起来的。从这一角度来讲,汉代《诗经》学所建立起来的"风雅正变"理论和在此基础上所作的研究，为我们提供了丰富的成果并且奠定了坚实的基础。但我们并不能局限于此，现代历史学、考古学、文化学、语言学、哲学等各个领域所取得的成果，使我们可以对周代文化作出更全面的认识。我们不仅应该关注每一首诗产生的具体文化背景，还应该关注《诗经》这部作品创作和编辑的整体文化环境。没有对周代社会历史变迁、政治文化制度建立、意识形态建设的研究等作为认识的基础，我们就无法了解《诗经》的生成、《诗经》在当时的地位和它所承担的诸多社会功能，无法了解它的内容何以如此丰富，认识不到这部作品何以伟大，也无法给它一个准确的历史定位。这就如同我们如果不了解屈原所生活的战国历史和楚文化环境，就不能了解屈原；不了解唐代社会，就不能了解唐诗一样。把《诗经》看作周代文化的产物，从周民族的产生，政治、经济制度的建立，从礼乐文化的建设入手，讨论《诗经》丰富的内容与周代社会生活的紧密关系，这是我们走进《诗经》的第一步。

走进《诗经》的第二要义，是认识《诗经》的艺术特质。《诗经》虽然具有丰富的内容，在周代社会和后世历史文化的传承中扮演着重要的角色，但是它所有的这一切都是通过特殊的艺术形式得以实现的。传统《诗经》学虽然不否认"诗"源自人的情感抒发，但实际上是将其当作"经"而不是文学作品来研究的，最终脱离了它的艺术本质。因而传统《诗经》学的成果虽然丰富，却从总体上缺少对《诗经》艺术特质的分析。现代《诗经》学虽然回归了《诗经》的文学本位，但是没有将其纳入周文化的整体来认识，同样也没有揭示它独特的时代艺术特征，所以也无法从文体形式方面阐释其丰富的内容和艺术成就。我们常说"一时代有一时代之文学"，说的不仅仅是文学的内容，更是它不同于其他时代的艺术形式，形式和内容不可分割。《诗经》和后代诗体形式的最大不同，是它的乐歌特征。这来自中国早期诗乐一体的传统，同样也是周代礼乐文化的一部分。由此入手，我们才会发现，《诗经》曲调的组合方式、与演唱相关联的章法结构、形式多样的演唱方法、以套语为特色的传唱技巧等，都与后代诗歌存在着鲜明的差异。《诗经》所用的诗体，它的韵律节奏、语词艺术、根源于象形字的诗性表达等，处处显示出其在艺术上的独特之处。《诗经》三百零五篇作品丰富的内容，都是通过这种独具时代特点的艺术形式才得以传承的。所以，结合周代文化来解读《诗经》的艺术形式，揭示其艺术上的独创性和时代特征，是我们走进《诗经》的第二步。

走进《诗经》的第三要义，是对《诗经》文本做细读和赏析。我们学习和研读《诗经》，最终要落实到《诗经》文本。它那丰富的内容、优美的形式、独特的艺术魅力，只有通过具体作品的研读，从文本的鉴赏中才能切实体会到。但是由于历史遥远，后人对于周代文化陌生，历来对《诗经》的文本解读存在着许多文化隔阂。我们对《诗经》的所有研究，都是为了更好地解读文本。本书立足于此，将《诗经》文本融入各部分的讲解之中。《诗经》有三百零五篇作品，本书前后共引用或分析一百二十篇左右，在各章的讲述中涉及的篇目在二百五十篇以上，超过《诗经》总篇目的五分之四。将文本融入理论的分析与文献的考证，固然是为了说明理论研究的可靠和有效，避免陷入主观臆断的泥潭，更是为了解析文本，读懂作品，认识其内容的丰富多彩，体验其艺术的优雅高超，最终达到走进《诗经》的目的。

基于以上思考，笔者尝试建立一个新的《诗经》阐释模式：把握《诗经》的艺术本质，将其纳入周文化中进行研读和认识。具体来说，本书共设十五讲，分为四个部分。前三讲是第一部分，首先对《诗经》产生的周文化背景进行简单介绍，让读者认识到《诗经》和周文化的紧密关系。周的兴起与殷帝国的衰落，周代社会的经济结构与政治制度，周人的哲学、政治思想与实践理性，以及礼乐文化的形成，这些都是《诗经》得以产生的历史条件。在此基础上，我们才能对《诗经》的作者、作年、编辑以及"风""雅""颂"的分类等《诗经》学上的一些基本问题作出更为合理的解释，这是我们走进《诗经》的起始。第四到第十讲是第二部分，该部分结合周代的历史文化，按照内容题材对《诗经》中的作品进行分类讲析。具体包括《诗经》中的颂祖功乐歌、农事诗、礼仪燕飨诗、战争诗、政治美刺诗、婚姻爱情诗和其他表现各类世俗风情的诗篇。这些诗篇，基本涵盖了《诗经》的各个方面。通过解析，读者可以对《诗经》文本有一个全面的把握。第十一到第十四讲是第三部分，是对《诗经》艺术的解读。我们可以看到，《诗经》所体现的文化精神，《诗经》的艺术表达方式、乐歌特征、语言艺术，无不带有鲜明的周文化特色。立足于周代文化，同样是我们破解《诗经》艺术形式奥秘的最佳途径。最后一讲，即第四部分为全书总结，让我们站得更为高远一点，从中华民族诗歌发展的整体进程，来看《诗经》在中国文学史上的开创意义：它将中国诗歌由原始时代的自发歌唱变成了有明确的主体动机的艺术创作；它将中国诗歌由原始时代的集体歌唱变成了个体的抒情表达，从此出现了有鲜明个性的个体诗人；通过对《诗经》众多篇目的艺术分析，我们可以看到，中国诗人早在《诗经》时代就掌握了高超的艺术手法，开始了对艺术美的主动追求，并且取得了极高的艺术成就。正是这三点，标志着《诗经》成为中国上古诗歌的总结和艺术的升华，成为中国诗歌艺术真正走向文明之始。也只有站在这个起始点上，我们才能认识《诗经》对中国后世文学和文化所产生的巨大影响：它奠定了以"言志"和"抒情"为特色的中国诗歌艺术的民族文化传统；它确立了以"风雅"和"比兴"为标准的中国诗歌创作和批评的艺术原则；它以四言为主而兼有其他长度的诗句，以鲜明的节奏韵律特征，奠定了中国诗歌的语言形式基础。总之，我们只有紧紧把握《诗经》的艺术本质，结合周代社会的历史文化，才能更好地认识《诗经》。它的产生显示了我们中华民族优雅的性格和高超的艺术才具，它以其丰富的文化内容和完美的艺术形式而成为经典。《诗经》从它编成的那天起，就成为中华民族文化学习的范本，生活的教科书。它不仅培养了中国后世文学，而且培养和教育了后代人民。文学的传统就是民族的传统，《诗经》也因此而具有永恒的意义。

在中华民族走向世界、走向现代化的今天，我们迫切地需要在回望历史的过程中重新认识自我，也迫切地需要让世界认识中国文化。所以，将《诗经》纳入周代社会的历史文化当中，用现代化的眼光对其进行艺术解读，具有特别重要的意义。这也是我们在今天重新走进《诗经》的目的所在。有鉴于此，笔者不揣浅陋，将个人多年来研究《诗经》之心得略作总结，幸得同人硕学多教正焉。

/ 第一讲 /

"殷鉴不远，在夏后之世"
——《诗经》产生的文化背景

《诗经》是中国现存第一部诗歌总集，也是中国古代最重要最古老的文化经典之一。要学习《诗经》，我们首先需要对《诗经》以前的中国诗歌发展有一个简单回顾。

中国是一个诗的国度，诗的歌唱源远流长，"歌咏所兴，宜自生民始也"，如果追溯诗的起源，也许要从人类的起源开始。遗憾的是，由于文字产生很晚，人类早期的诗歌大都已经湮没无存。现在我们所能见到的所谓"原始诗歌"，也大都是后人追记的，距离真正的"原始时期"相去甚远。尽管如此，我们还是能够看到原始诗歌的一些发展迹象。在《周易》的卦爻辞中，就保存了许多古老的诗歌，如《屯·六二》："屯 [zhūn] 如邅 [zhān] 如，乘马班如。匪寇，婚媾。"《明夷·初九》："明夷于飞，垂其翼。君子于行，三日不食。"有的整卦的爻辞连起来就是一首很好的诗，如《坤》卦的"履霜""直方""含章""括囊""黄裳""龙战于野，其血玄黄"，《渐》卦"鸿渐于干""鸿渐于磐""鸿渐于陆""鸿渐于木""鸿渐于陵""鸿渐于陆"。此外，在《左传》《国语》《礼记》《山海经》《吕氏春秋》《吴越春秋》等先秦两汉文献中，也辑录了一些较为原始的歌谣。以题材类型划分，有劳动歌，如传为黄帝时代的《弹歌》："断竹，续竹，飞土，逐肉。"（《吴越春秋》）有祭祀歌，如传为伊耆氏所作的《蜡 [zhà] 辞》："土反其宅，水归其壑 [hè]，昆虫毋作，草木归其泽。"（《礼记·郊特牲》）有驱逐旱魃［bá］的《神北行》："神北行！先除水道，决通沟渎！"（《山海经·大荒北经》）有婚姻爱情歌，如传为涂山女所唱的《候人歌》："候人兮猗！"（《吕氏春秋·音初》）有战争歌，如《周易·同人》的卦辞爻辞："同人于野""同人于门""同人于宗""伏戎于莽，升其高陵""乘其墉，弗克攻""同人先号咷而后笑""同人于郊"。这些古老的诗歌，都体现了一些共同的特性：直接面对现实生活，用质朴的语言、以赋为主的表现方法、与乐舞相结合的综合形态，向后人再现了中国上古时期的历史风情，以及当时人的精神风貌。它们是中华民族童年纯真的歌唱，具有永恒的艺术魅力。

文学是历史的产儿。正如同中国上古社会到殷周时代突然发生了巨大变革，中国诗歌到了殷周时期也突然出现了一个高峰，产生了《诗经》这样一部伟大的作品。在《诗经》的三百零五篇诗歌中，除了《商颂》五篇为殷商诗歌①，其余三百篇都是周人的作品。为什么中国诗歌到了周代会突然发生这样大的变化？答案只能从历史发展中来寻找。因此，为了更好地认识《诗经》，让我们首先来认识一下周文化。

第一节　周的兴起与殷帝国的衰落

大约在公元前1046年，中国历史上发生了一场以周伐殷的重要战争。② 这是一次影响深远、意义重大的历史变革。

---

① 关于《商颂》的产生年代，后世有许多争论，笔者认同商代说，见杨公骥《商颂考》、张松如《商颂研究》等著作，后文还有简单讨论。
② 武王伐纣年份，歧说颇多。此说取自夏商周断代工程专家组编著：《夏商周断代工程报告》，科学出版社，2022，第185页。

王国维曾指出:"中国政治与文化之变革,莫剧于殷周之际。"周文化的兴起,从文化学上讲,其意义不在于一家一姓之灭亡和都邑之转移,而在于"旧制度废而新制度兴,旧文化废而新文化兴"。① 当然,殷周之际的文化变革当中也包括历史继承,我们不能将两个朝代的文化完全截断,但是这种变革的意义却是巨大的。② 从文学史上看,其意义也不仅在于从商代文学变为周代文学,更在于出现了一种带有新文化精神的文学典范,开创了中国文学史上的新纪元。以《诗经》的主体为代表的周代文学,它不但是周代社会生活的艺术反映,也是周文化特征的艺术体现。因此,从殷周之际的变革入手探讨周代文化特征,也就是我们认识《诗经》的开始。

周部族原来是活动于我国西部黄土高原上的一个古老民族。据《诗经·大雅·生民》所载:周人的始祖是后稷,原名叫"弃",他的母亲是有邰氏之女,叫姜嫄。相传姜嫄行于旷野,用脚踩了上帝大脚趾印,心有喜悦,于是就有了身孕。怀孕足月,生下来一个像羊胞胎一样的肉蛋,姜嫄认为不祥,要把他扔掉。扔到隘巷里,路过的牛羊都庇护他喂养他;扔到丛林中,恰好有人在伐木;扔到寒冰上,有大鸟用羽翼来保护他。等到大鸟飞走后,后稷就哭了起来,声音响彻道路。他的母亲以为神异,于是就把他抱回去,起名叫"弃"。弃生下来就会说话,就会走路,就会种庄稼。他教人耕种,并且在有邰(今陕西武功西)安定了家室。这便是周族的发祥之始,"弃"也因之被尊为周人的祖先。

---

① 王国维:《殷周制度论》,载《观堂集林(附别集)(二)》,中华书局,1959,第451、453页。
② 关于周文化对前代文化的继承,周文化与夏商文化的关系,今人已经多有论述,此处不赘。

后稷出生的始祖神话，其实包含着周代先民对农业发明的理解。稷本是一种谷物的名称，指粟或者黍；稷的母亲是姜嫄，喻示着养育周人的是大地母亲，是他们所生活的家园。后稷生下来被大鸟庇护，这大鸟就是太阳的化身，象征着太阳使种子发芽。而"周"这个字的本义就是"田畴"，喻示着周民族是以农业为基本生产方式的部族。周人的这个创始神话还反映了该民族从原始母系氏族社会向父系氏族社会过渡的朦胧的历史记忆。稷在中国古代是北方最有代表性的农作物，在从早期游牧与采摘文明发展到农业文明的过程中发挥着重要作用，所以在中国古代的神话传说系统中，"稷"不仅仅是周人的祖先，而且在尧舜时期就做过农官，后世尊他为农神，因此号称"后稷"。

　　但是周部族的壮大是很晚以后的事。据历史传说，自后稷死后，他的儿子不窋［kū］继任农官，《史记·周本纪》说："不窋末年，夏后氏政衰，去稷不务，不窋以失其官而奔戎狄之间"，与当地戎狄族杂居。至不窋的孙子公刘迁豳（在今陕西旬邑西），发展农业生产，建立城邑，治理田地，生产粮食（"彻田为粮"），营造宗庙宫室（"于豳斯馆"）(《大雅·公刘》)，周道之兴自此始，周族的事业才有了新的发展。

　　公刘迁豳之后大约九代，是古公亶［dǎn］父。《史记·周本纪》说："古公亶父复修后稷、公刘之业，积德行义，国人皆戴之。"此时，由于豳地受到薰育、戎狄的攻侵，古公亶父又率领周族迁于岐山之下的周原。这里土地肥沃，适宜农业耕作。古公亶父带领周人在这里发展生产，建立制度和国家机构，又建立了一支军队，击退了薰育、戎狄的攻侵。古公亶父迁岐和在周原的经营，为周族的迅速崛起奠定了坚实基础。因为古公亶父的这些伟大功业，所以周人尊其为太王，认为"王瑞自太王兴"。

古公亶父死后，少子季历继位。季历在位期间，大力开展对西北方戎狄部落的进攻，消除了北方祸患，并向东逼近商，成为商的威胁，最后酿成了商王文丁杀死季历的事件（《史记·周本纪》）。

季历死后，其子姬昌继位，即文王。姬昌"遵后稷、公刘之业，则古公、公季之法，笃仁、敬老、慈少，礼下贤者，日中不暇食以待士，士以此多归之"（《史记·周本纪》）。他施行仁政，争取民心，并和虞、芮两族结盟，扩大军事力量，伐密、伐崇，争取与国，用武力消除东进的障碍，在政治军事上都做好了灭商准备，史称其"三分天下而有其二"。至他的儿子武王即位，灭商只是时间上的问题了。

与周民族蒸蒸日上相反，此时的商王朝却日渐衰落。到纣王即位时，殷商王朝已经处于大崩溃的边缘。

殷商王朝的崩溃首先来自内部的奢侈腐败。这是一个由来已久的问题。当初商王盘庚迁殷的目的之一，就是要改掉贵族腐化堕落之病。他训告他的臣下不要傲慢、放纵和追求安逸："予告汝训汝，猷〔yóu〕黜乃心（去除你们的私心），无傲从康（不要傲慢、放纵和追求安逸）"（《尚书正义·盘庚上》）。但是从武丁以后的商王，腐化堕落却日甚一日，至纣王帝辛时达到了顶点。"帝纣……好酒淫乐……作新淫声，北里之舞，靡靡之乐。厚赋税以实鹿台之钱，而盈钜桥之粟。益收狗马奇物，充仞宫室。益广沙丘苑台，多取野兽蜚〔fēi〕鸟置其中。慢于鬼神，大聚乐戏于沙丘，以酒为池，悬肉为林，使男女倮〔luǒ〕相逐其间，为长夜之饮"（《史记·殷本纪》），腐化堕落到了极点。为了满足奢侈的享乐之心，纣王又不断加重剥削，结果使"百姓怨望而诸侯有畔"，"于是纣乃重刑辟，有炮格（烙）之法"（《史记·殷本纪》），设立暴刑酷法来镇压奴隶和反叛部落。与此同时，为了获取更多财富和役使奴隶，商纣王又不断地对外发动战争,"为黎之蒐[sōu]①"(《左传·昭公四年》),"为虐于东夷"(《吕氏春秋·古乐》)。② 这些战争虽然带来了一些胜利,但殷商王朝本身也伤亡重大,军事力量大减,并引起周边部族的强烈反抗,进一步加重了殷商亡国的危机。故《左传·昭公十一年》曰:"纣克东夷而陨(殒)其身。"此时的殷王朝,如《大雅·荡》诗所描写,已经到了"如蜩[tiáo]如螗[táng],如沸如羹"的危险地步,亦即像蜩螗一样杂闹喧叫,如滚开的水和汤一样上下沸腾,已经无法制止了。

正是在这种情况之下,周武王联合其他部落,开始了灭商战争。据历史记载,武王当时率戎车三百乘[shèng],虎贲[bēn]三千人,甲士四万五千人,东伐纣。商纣王的军队在阵前倒戈,反刃击纣。纣王到鹿台之上自焚身亡,殷商王朝终于灭亡。

第二节 周代社会的经济结构与政治制度

周灭商后,鉴于殷商末期国家矛盾和阶级矛盾的尖锐状况,为了巩固新政权,进行了一系列必要的社会变革。

这种变革首先表现为阶级关系的调整。武王克商后,首先解放了大批罪人和奴隶,周济贫苦之人,"释百姓之囚……散鹿台之财,发钜桥之粟,以振贫弱萌(氓[méng])隶"(《史记·周本纪》),"出拘救罪,分财弃责(债),以振穷困"(《吕氏春秋·慎大览》)。接着,采纳周公建议,减宽殷商暴刑,召回逃亡奴隶,解除对奴隶的困辱,租给他们耕种的土地,减轻赋税。(见《逸周书·大聚解》)

---

① "蒐"原为田猎,古代常以之训练军队,故用以代指战争。
② 商纣讨伐东夷之事,甲骨文中有多处记载。

这样，就使殷商社会奴隶主与奴隶的关系，大都变成了封建领主和农奴的新型阶级关系。这种新型关系缓和了当时的阶级矛盾，同时也大大解放了生产力。

变革的另一个重要内容是周初大封建。封建，也就是封邦建国。武王克商后，封功臣谋士和周之同姓，建立诸侯国。据说，当时所封兄弟之国十五，与周王同姓的姬姓之国四十（《左传·昭公二十八年》）。周武王灭商之后，为安抚殷商遗民，封武庚（又称禄父，即商纣王的儿子）管理殷商旧都。后来武庚与管叔、蔡叔、霍叔共同作乱，被周公平定。为了进一步巩固周代政权，周公又新封了一些小国（《左传·僖公二十四年》）。《荀子·儒效》说："周公……兼制天下，立七十一国，姬姓独居五十三人。"这种大封同姓兄弟、异姓亲戚为诸侯的政治目的之一，就是帮助周王室镇抚各地，以保护王室的安全，此即"封建亲戚，以藩屏周"（《左传·僖公二十四年》）。

周初大封建的另一重要目的是要借此建立起周代社会的政治秩序。本来，商代也有分封之说，如《史记·殷本纪》说：商子孙分封，"以国为姓，有殷氏、来氏、宋氏、空桐氏、稚氏、北殷氏、目夷氏"。但商代分封远没有周代那样大的规模，也不像周代那样把诸侯对王室的隶属关系，按宗统关系那么紧密地联系起来。除了分封之外，周人还确立了立子立嫡制、同姓不婚制等与之相配合。这就是周人建立起来的新的宗法政治制度。王国维对此有精辟的评价："是故有立子之制，而君位定，有封建子弟之制，而异姓之势弱，天子之位尊。有嫡庶之制，于是有宗法，有服术，而自国以至天下合为一家。……有同姓不婚之制，而男女之别严。且异姓之国非宗法所能统者，以婚媾甥舅之谊通之。于是天下之国，大都王之兄弟甥舅，而诸国之间，亦皆有兄弟甥舅之亲。周人一统之策，实存于是。"① 也就是说，周代的分封政治就是宗法政治，它靠宗法关系建构起一个政治网络，靠亲亲与尊尊的道德枢机来强化其政治功能的正常运行。

这种分封制同时又是周代社会的经济占有形式。按此制度，周王是天下所有财产的当然占有者。所谓"溥天之下，莫非王土；率土之滨，莫非王臣"（《小雅·北山》），周王的权力是上天赋予的，因此他就是天子。从宗法制角度来讲，他就是天的长子，是天下大宗。凡同姓诸侯都要尊奉他为大宗子。以次而降，诸侯、卿大夫、士、庶民也各具有其上下宗属关系。天下的土地和财产也就依次而下分。"天子分土地和臣民给诸侯或卿大夫，大侯国如鲁、卫、晋等国附近，封许多同姓小国，小国尊奉大国君做宗子，如滕宗鲁，虞宗晋。一国里国君是大宗，分给同姓卿大夫采邑，采邑主尊奉国君为宗子。采邑里采邑主分小块土地给同姓庶民耕种，同姓庶民尊奉采邑主为宗子。同姓庶民有自由民身分，不同于农奴身分的庶民。天子封同姓诸侯以外，又封异姓诸侯。诸侯在国内也分土地给异姓卿大夫。自天子以至于卿大夫采邑都分小块土地给非同姓庶民（农奴）耕种。……以土地为枢纽，凡授予土地者有权向接受土地者征收贡赋，反之，接受土地者有义务向授予土地者纳贡服役（包括兵役）。"② 这种新型的宗法关系和土地占有关系相结合，成为周代社会经济结构和政治制度的主要特征。周代社会是中国古代典型的宗法制社会，和殷商社会相比，无论在政治上还是经济上都表现出相当大的进步。

---

① 王国维：《殷周制度论》，载《观堂集林（附别集）（二）》，中华书局，1959，第474页。
② 范文澜：《中国通史（第一册）》，人民出版社，1978，第76—77页。

第三节　周人的哲学、政治思想与实践理性

周王朝经济政治制度的建立，其影响是极其深远的。用王国维的话说，这标志着"旧制度废而新制度兴，旧文化废而新文化兴"。周人出此大计，"其心术与规摹，迥非后世帝王所能梦见也"。①那么，周人立政的现实思想基础在哪里呢？

《诗经·大雅·荡》篇曰："殷鉴不远，在夏后之世。"据说，这是文王批评殷商的话，意谓殷人不能接受夏朝的教训，必将重蹈夏亡的覆辙。由此可见，周人在灭商建国之际，对于前代的历史经验是进行了认真总结的。在周初文献中，从记载武王伐商誓词的《尚书·泰誓》，到周公告诫成王的《无逸》、告诫康叔的《康诰》《酒诰》《梓材》，召公告诫成王的《召诰》，都可以看出这一点。他们从殷夏灭亡的事实出发，面对现实，多方面总结历史，从而提出了一套全新的哲学政治思想理论，作为他们建立新的经济政治制度的理论指导。这套理论大体上可以概括成以下两个方面。

第一，重新认识什么是"天命"。"天命"是中国历史上由来已久的传统的宗教哲学观念，夏商统治者都讲"天命"。周人灭商建国，也自称是秉承"天命"的。但是，对于什么是"天命"，周人的看法却和殷人有着极大的区别。殷人相信天命，他们认为在人世之上有个冥冥之天统治着一切，人只能被动地接受天的安排，靠占卜的方式去征求天的意见，以此来决定自己的行动。而周人相信天命，却认为天命和人事相关。在周人看来，天固然决定人的命运，但"天命"并不仅仅是上天的一种主观意志，它同样需要参验人事

---

① 王国维：《殷周制度论》，载《观堂集林（附别集）（二）》，中华书局，1959，第453页。

来进行决断。这就是周人所说的:"天视自我民视,天听自我民听"(《尚书·泰誓》),意即"天"的视听都是通过"民"的视听来实现的,民是天的耳目。"天"是要为"民"说话、为"民"作主的。此即"民之所欲,天必从之"(《尚书·泰誓》)。可见,周人那里的"天命",已不再仅仅是一种对于"天"的被动接受,同时也包含着人类自我的主动追求。换句话说,在周人看来,人的命运并不仅仅是由"天"所决定,更重要的是要由人自己来决定。所谓"天命",从最根本上讲,乃是人的行为昭示于天的结果。正因为有着这样的思想意识,所以周人能够正确地解释夏商的灭亡,认为这在根本上并不是"天命不佑",而是夏人和殷人的咎由自取,"惟不敬厥德,乃早坠厥命"(《尚书·召诰》),是自己作恶的结果。

第二,确立"敬德保民"的治国纲领。既然人的命运在很大程度上由自己来决定,是人的行为昭示于天,既然殷商的灭亡是自取其祸,那么,周人就在接受夏商灭亡教训的基础上重新确立自己的治国纲领。这一治国纲领就是"敬德保民"。它的要义包括两端:一是自我完善,二是施惠于民。自我完善就是"敬德",它要使统治者保持良好的自我道德素质,从积极方面说是"诚敬",以诚恳恭敬的态度做人做事;"孝友",对父母孝,对兄弟亲,对其他人友好;"勤劳",勤勉努力地工作,树立良好的道德风范。从消极方面说是"无逸",即不能贪图安逸;"戒酒",不要喝酒,以免生活放纵,酗酒闹事。施惠于民就是"保民",要"怀保小民,惠鲜鳏寡",即时时刻刻为下层百姓着想,要让鳏寡孤独都得到照顾;要禁止"乱罚无罪,杀无辜"(《尚书·无逸》),要"施取其厚,事举其中,敛从其薄"(《左传·定公十一年》),即施惠越多越好,做事越公平公正越好,赋税越少越好。我们看现存周代文献论及治国大要之处,莫不贯之以"敬德保民"的基本精神。后来儒家在经典著作《礼记·大学》中开宗明义所讲的"大学之道,在明明德,在亲民,在止于至善",实在是周人这种政治思想精神的最好概括。

周人的这种哲学、政治思想观念,是在吸取殷商灭亡的历史教训后总结出来的,标志着中国人思维取向由尊天事鬼转向重人务实的巨变,具有重大的进步意义,该思想相当先进,在今天看来也有重要参考价值。当然,我们这样说并不意味着殷商以前的中国人就完全没有务实性。《尚书·洪范》据说是周代史官记录的纣王重臣箕[jī]子向周武王传授的殷商治国的纲要,其中也谈到人事的重要性。例如他谈到王在决定疑难大事的时候,除了靠卜筮占测外,还要自己思考,和卿士商量,和庶民商量,由此可见殷人也不完全信神。但是在这四端中,卜筮是最重要的。范文澜曾就此做过列表统计,结果可以看出:"龟和筮意见不一致,就不可对外运动。龟筮一致反对,即使士、卿士、庶民都赞同,也不可行动,龟筮有决定行动的权力。"① 由此可见卜筮在殷商文化中的重要性。而周人虽然有事也问卜,但是在周人的意识中,卜筮却远没有像在殷人那里那么重要。"殷人尊神,率民以事神,先鬼而后礼。……周人尊礼尚施,事鬼敬神而远之,近人而忠焉",《礼记·表记》的这种概括区分是很准确的。可见,周人更看重人事,他们张扬和强化了华夏族的务实精神,把中国人的思维取向引导向现实生活,这不能不说是中国思想史上的巨变。在这里,我们把这种精神称为"实践理性"精神。可以说,正是西周以来的哲学政治思想,奠定了中国人实践理性精神的基础。这不但使有周一代所创立的经济政治制度牢牢建立在现实生活的基础之上,而且使这种经济制度的创设有了发端于现实生活的理性解释。周文化之所以成为中国后世封建文化的基石,以孔子为代表的儒家思想之所以成为中国后世封建社会的正

---

① 范文澜:《中国通史(第一册)》,人民出版社,1978,第59页。

统思想，我们只有从这里开始才会有更深刻的了解和体会。

第四节 礼乐文化的形成及其要义

以实践理性精神为基本特征的周代文化，也被后世称为"礼乐文化"。它与以敬天事鬼为基本特征的殷商文化有着鲜明的区别。之所以如此，是因为周人把他们的文化精神，从哲学政治思想到经济政治制度，都融汇于具有鲜明的实践特征的"礼"的范畴中，同时也渗透于具有教化功能的"乐"（诗歌、艺术）中。

"周礼"的产生是周人实践理性精神的集中表现，是周人对中国文化所作出的一项突出贡献。从本质上讲，周礼也是周人为了维护本阶级利益，为维护周代社会秩序而创设的。这使它在某些方面不能不继承前代文化的成果，如《论语·为政》记孔子说："殷因于夏礼，所损益，可知也；周因于殷礼，所损益，可知也。"甚至如王位传子制、嫡庶制、分封制这些作为周礼重要内容的制度，也不是凭空产生，照样是在殷商文化制度上的改进而已。[①] 但周礼毕竟不是对殷礼的直接继承，而是一种新的创设。因为周礼不再把维护社会秩序的根本放在神威与神意之上，而是放在人的自觉追求之上。在周人那里，"礼"的最高原则也是"天"，《周易·序卦》曰："有天地然后有万物，有万物然后有男女，有男女然后有夫妇，有夫妇然后有父子，有父子然后有君臣，有君臣然后有上下。"《周易·系辞上》曰："天尊地卑，乾坤定矣。卑高以陈，贵贱位矣。"显而易见的是，周人所说的这种"天"，并不是殷商社会具有暴力乱神性质的"天"，不是直接干预人事的靠武力征服人的"天"，而

---

① 此处可参考范文澜：《中国通史（第一册）》，人民出版社，1978，第53—58页。

只是人间秩序产生的本源和最高原则。它的目的只在于让人们认识到"礼"制产生是天经地义的，要人们对它进行自觉的遵守和维护。正因如此，我们才可以说，殷人的"礼"是尊天重神的"礼"，周人的"礼"是尊天而重人的"礼"。周礼的精髓就是要周人在实际生活中确立"尊尊""亲亲"的稳定社会秩序。所谓"尊尊"，就是强调人与人之间的等级性，天子与诸侯、大宗与小宗、君与臣、贵族与庶民之间都有等级性。所谓"亲亲"，就是人与人之间虽有等级之分，但也有血脉相连，天子与同姓诸侯本是一家，与异姓诸侯则有姻亲关系，庶民百姓之间也是如此。它引导人们用"实践理性"来指导自己的行动，使封建社会秩序的维护不再凭借神对人进行武力强迫，而变成了人的一种道德约束和道德自觉，是通过人们对礼节仪式的遵守和道德心理上的追求来实现的。它要人"行之以货力、辞让、饮食、冠昏、丧祭、射御、朝聘"（《礼记·礼运》），贯彻到社会生活的各个领域，让人们认识到"非礼无以辨君臣上下长幼之位，非礼无以别男女父子兄弟之亲、昏姻疏数之交也"（《大戴礼记·哀公问于孔子》），从而使人们在践礼的行为中趋善，形成上下和谐的等级社会秩序。"周礼"就这样成了周代社会文化的核心内容，通过它的组合调节，周代社会的经济、政治、哲学、道德等经济基础和上层建筑，乃至整个社会意识形态成为一个系统的完整的文化体系，一个面向实际、面向现实的，以"实践理性"为特征的文化体系。

  在周代，"乐"是诗歌舞等艺术门类的统称。"乐"作为周代文化的组成部分，在以周礼为核心的文化体系中也占据着十分重要的地位。之所以如此，不仅仅因为"乐"和周代现实关系密切，是整个周代社会文化意识形态的反映，而且因为周人在以"礼"为核心的文化体系中，赋予"乐"以更为重要的实用功能。在周人看来，要实现社会秩序的自我完善，那就必须使人人都遵守"礼"的规范，这种规范不应该成为强制性的，而应该成为自觉的。要达到这种自觉，就必须借重于"乐"。因为"乐"的本质就是心灵的愉悦："乐者，乐也，人情之所不能免也。乐必发于声音，形于动静，人之道也。"（《礼记·乐记》）既然如此，靠"乐"对于人情的感动功能而去整治人心，使"乐"变成人类的趋善行为所带来的自我愉悦，这实在是比抽象枯燥的"礼"的说教更有效的教化人的手段。故周人说："乐在宗庙之中，君臣上下同听之，则莫不和敬；在族长乡里之中，长幼同听之，则莫不和顺；在闺门（古代称内室的门、家门）之内，父子兄弟同听之，则莫不和亲。"（《礼记·乐记》）故周人的文化理论中，把"乐"抬到与"礼"相配的位置，多方面加以论述。从活动方式上看，"礼"表现为人的身体动作，"乐"指人的心灵活动。"礼"主外，"乐"主内。"故乐也者，动于内者也；礼也者，动于外者也。"（《礼记·乐记》）从功能上讲，"乐"导人以亲和，"礼"让人遵秩序。"乐者，天地之和也；礼者，天地之序也。和，故百物皆化；序，故群物皆别。"（《礼记·乐记》）正因为如此，周人才把"乐"视为最重要的教化工具，用来"经夫妇，成孝敬，厚人伦，美教化，移风俗"①，从而达到"合和父子君臣，附亲万民"（《礼记·乐记》）的最终目的。

由上面的论述可见，"礼""乐"二者之所以在周文化中具有特殊的意义，是因为它们鲜明地体现了周代的文化精神。它们不但是建立周代封建制度的标准，而且是处理人际关系的行为准则，是生活法典和教义，是实施教化的工具，是把周代社会思想意识和社会制度推向实践的途径和手段。"礼""乐"相辅而行，才使周代以人

---

① 《毛诗序》的这句话是和周代文艺思想一脉相承的，故此处借用之。

伦道德为枢机的社会制度得以巩固和完善。正因为"礼""乐"如此重要，所以周人才对它们特别重视，规定了一系列"礼"的仪式和"乐"的应用方式，对它们进行详细阐述和解说，并且把创设这种"礼乐"的功劳归于"先王"，归于周公；把"礼乐皆得"谓为盛德之世，把"礼崩乐坏"看成王道之衰亡。从这个意义上，说周文化就是"礼乐文化"，是再贴切不过的了。

　　封建领主制经济，宗法式政治制度，"天命靡常，惟德是辅""敬德保民"的哲学、政治思想，和与之相应的"礼乐文化"，以上数端构成了周文化的主要特征，也成为周文化和商文化的主要区别。在这种文化氛围中产生的周代文学，不但具有各时代文学的共同特质，广泛地反映了该时代社会生活的各个方面，而且具有鲜明的周文化特征，使周代文学的创作内容、创作方法，以至创作和鉴赏的指导思想、作品的编辑和应用等都渗透了周文化精神。正是这一切，使得以《诗经》的主体为代表的周代文学，和周代文化一样，对整个封建社会文学具有奠基和垂范作用。因此我们说，了解周代文化，是我们学习和认识《诗经》的重要基础。

/第二讲/

"鹤鸣九皋，声闻于天"
——《诗经》的作年、作者与编辑

了解了周代社会的文化情况，也就了解了《诗经》产生的时代背景，由此我们便来讨论有关《诗经》产生的诸多问题，包括它的作年、作者与编辑等问题。对此，传世文献中没有明确的记载，但是从相关的文献和《诗经》本身所提供的诸多信息中，我们还是可以作出大致的推断。

■ 第一节 《诗经》的创作年代

《诗经》是我国文学史上第一部诗歌总集，也是一部具有多种功能的文化经典。它收录了自殷商时代至春秋中叶间的三百零五篇作品。由于时代久远，缺乏直接证据，《诗经》作品的创作年代，难以篇篇作出系年系月的确考，但是其创作年代又是大体可知的。

《诗经》中最早的作品当为《商颂》五篇，大约创作于公元前12世纪或更早。

关于《商颂》的最早记载见于《国语·鲁语下》。鲁国大夫闵马父说："昔正考父校商之名颂十二篇于周太师，以《那》为首，其辑之乱曰：'自古在昔，先民有作。温恭朝夕，执事有恪。'先圣王之传恭，犹不敢专，称曰'自古'，古曰'在昔'，昔曰'先民'。"

闵马父认为"商之名颂"为"先圣王"之作。现存《商颂》的内容也都是颂美殷商王朝旧事的，故此说在历史上一直占主流地位。传世的《毛诗》系统便从此说。

到了汉代却出现了新的说法。司马迁在《史记·宋微子世家》中说："襄公之时，修行仁义，欲为盟主。其大夫正考父美之，故追道契、汤、高宗，殷所以兴，作《商颂》。"即说《商颂》是为了赞美（宋）襄公而作。薛汉《韩诗薛君章句》中也称："正考父，孔子之先也，作《商颂》十二篇。"① 仔细比较就会发现，汉代晚出的"宋诗说"是对春秋时代"商诗说"的篡改，将正考父"校"商之名颂改成了"作"《商颂》，一字之差，谬之千里。我们之所以得出这样的认识，是因为司马迁等人的这一说法与历史事实有悖。因为正考父早在宋戴公时代就为大夫，与宋襄公相隔武公、宣公、殇公、桓公四代，年龄比宋襄公大一百多岁，他怎么能作诗赞美宋襄公呢？所以唐人司马贞在《史记索隐》中早就指出："考父佐戴、武、宣，则在襄公前且百许岁，安得述而美之？斯谬说耳！"清人胡承珙又指出，早在《左传·隐公三年》赞美宋宣公的记事中，就已经引用《商颂》的诗句："殷受命咸宜，百禄是荷。"《国语·晋语》记载公孙固与宋襄公对话，也引用过《商颂》："汤降不迟，圣敬日跻〔jī〕。"如果《商颂》在当时没有成为经典，公孙固怎么可能引用这些诗句来与宋襄公讲道理呢？这说明，早在宋襄公之前，《商颂》已被人熟知，因此，《商颂》为春秋时正考父为美宋襄公而作一说，与上述历史事实完全不符，自然是不能成立的。

近代以来，关于《商颂》为宋诗的观点，经过清代魏源、皮锡

---

① 见《后汉书·曹褒传》李贤注。

瑞、王国维等人的推扬，曾经被一些人相信，但是他们所提出的一些"证据"，都出于推测，得不到可靠的传世文献证实，更不能推翻上述历史记载。近年来出土文献的发现，进一步证明魏源等人的推测理由是不能成立的。同时，当代学者也从更多的角度，对这些作品进行了深入的研究。①得出的结论也更趋合理。一方面，可以认定《商颂》为商代诗歌，历史记载基本清楚，我们应该相信《国语》《左传》等早期文献的可靠性，不能轻易怀疑。另一方面，也可以肯定，《商颂》在从周代以来的传抄过程中会有文辞上的修改，这也在情理之中，包括我们现在所见到的《诗经》的全部作品，都有后世传承过程中留下的痕迹，其中个别篇章也可能稍晚。②总之，从主体上说，《商颂》是产生于殷商时代的作品，应无疑义。《商颂》的传世，让我们见证了殷商文学所能达到的高度，它与殷商时代精美的青铜器，共同展示了那个时代的艺术辉煌。

但《诗经》的主体还是周代诗歌，我们对周诗的创作时代也应该有一个基本的认识。从现有的文献记载看，周诗三百篇中，最早的作品可能是保存在《周颂》中、原属于"《大武》乐章"的一组诗歌了。

关于《大武》乐章的创作情况，《左传·宣公十二年》楚庄王的一段话具有特别珍贵的史料价值："武王克商，作《颂》曰：'载戢［jí］干戈，载櫜［gāo］弓矢。我求懿德，肆于时夏，允王保之。'又作《武》，其卒章曰：'耆［zhǐ］定尔功。'其三曰：'铺时绎思，

---

① 此处可参考杨公骥《商颂考》、张松如《商颂研究》等著作。
② 关于《商颂》中《殷武》一篇，姚小鸥认为是西周时代宋国新修宗庙落成典礼上所唱的颂歌。见姚小鸥：《诗经三颂与先秦礼乐文化的演变》，商务印书馆，2019，第22—32页。张树国则认为《商颂》作于春秋时宋宣公初年，见张树国：《乐舞与仪式：中国上古祭歌形态研究》，天津古籍出版社，2003，第160—172页。可供参考。

我徂维求定。'其六曰：'绥万邦，屡丰年。'夫武，禁暴、戢兵、保大、定功、安民、和众、丰财者也。故使子孙无忘其章。"根据这段话，我们知道《武》（即《大武》乐章）为武王克商以后所作，这是一组乐歌。这段话中引用了《武》这一组乐歌中"卒章""其三""其六"的诗句，由此来看，《武》起码有六章以上的歌辞。根据楚庄王的话，比照《周颂》诸诗，可知《大武》乐章中肯定有今本《周颂》中的《武》（耆定尔功）、《赉》（敷［铺］时绎思，我徂维求定）、《桓》（绥万邦，娄［屡］丰年）三篇，其余到底还有几篇，不太清楚。近代以来的说法很多，大致来讲，学者们认为其中还可能包括《昊天有成命》《酌》《般》等篇。又，楚庄王的话中引用了《周颂·时迈》，但是只说它是武王克商时所作的《颂》。然后楚庄王接着说："又作《武》。"从文意看，《时迈》一篇，可能不包括在《大武》乐章之内。① 《礼记·乐记》又说："夫乐者，象成者也。总干而山立，武王之事也；发扬蹈厉，大公之志也。《武》乱皆坐，周召之治也。且夫《武》，始而北出，再成而灭商。三成而南，四成而南国是疆，五成而分周公左、召公右，六成复缀以崇。"这段记载告诉我们，《武》是乐舞，共六成，也就是有六个乐章。《武》所表演的内容，除了武王灭商外，还包括周人经营南国，周、召分陕而治等内容。但是将现存《周颂》中的《武》《赉》《桓》《酌》《般》诸篇和《礼记·乐记》中的话进行比较，看不出哪些诗中明确地写到了"南国是疆"和"周公左、召公右"的内容，二者之间有难以弥合的矛盾。这说明，《左传》中所说的"章"与《乐记》中所说的"成"可能是两个既有联系又不完全相同的概念，它

---

① 关于"《大武》乐章"的说法较多，篇目也有争议，近代以来，王国维、高亨、孙作云、张西堂、杨向奎、李炳海、姚小鸥、李山、江林昌、张树国、邓佩玲等人都有讨论，可以参考。

的乐章已经不复存在，文辞有可能也有部分遗失，我们现在已经难以对它进行准确的复原。不过，这两种早期文献共同说明，《大武》乐章并不是一次完成的，它最初是武王所作（公元前 1046 年左右），最后的完成应该在周公制礼作乐之时。可见，现存《诗经》中的周代诗歌，从西周初年就开始创作了。

考察《诗经》中的作品，《周颂》中只明确提及后稷、大王、文王及西周初之武王、成王五人，其产生时间当在西周初成王之时，最晚晚不过康王。①《大雅》中的作品，如《生民》《公刘》《绵》《皇矣》《大明》等大部分诗篇，为歌颂周人祖先及文王、武王等功业的重要礼仪乐歌，其产生时间也当在西周初年。《板》《荡》《桑柔》《抑》诸篇，是对周厉王等昏君的批判，应该产生于西周后期。《小雅》中的作品，传统的说法认为《鹿鸣》等诗篇产生在周初，但不可确考。可以考知年代的诗篇，大都在西周后期厉王、宣王和幽王时期。而《国风》中的作品，小部分可能产生于西周初年，如《豳风》中的《东山》《破斧》《鸱鸮》几篇。《桧风》和《周南》《召南》，按传统的说法，也属于西周时的作品，其余大多数是平王东迁之后的作品。

一般认为，《诗经》中最晚的作品是《陈风·株林》，大约创作于鲁宣公十年（前 599）前后。诗曰："胡为乎株林，从夏南？匪适株林，从夏南！驾我乘［shèng］马，说（悦［yuè］）于株野。乘［chéng］我乘［shèng］驹，朝食于株。"《毛诗序》曰："《株林》，

---

① 《周颂·执竞》："执竞武王，无竞维烈。不显成康，上帝是皇。"《毛诗序》："祀武王也。"《毛传》："不显乎其成大功而安之。"将"成康"释为"其成大功而安之"，从《周颂》的排列顺序来看，《毛诗》的解释可从。但朱熹《诗集传》曰："此祭武王成王康王之诗"，将"成康"释为"成王康王"。即便是从朱熹说，此"康"字指康王，这也是《周颂》中产生时代最晚的一首诗，可见《周颂》的作品大都是周初所作，应无疑义。

刺灵公也。淫乎夏姬，驱驰而往，朝夕不休息焉。"陈灵公淫于夏姬之事，《左传·宣公九年》有记："陈灵公与孔宁、仪行父通于夏姬。"《左传·宣公十年》："陈灵公与孔宁、仪行父饮酒于夏氏。公谓行父曰：'徵舒似汝。'对曰：'亦似君。'徵舒病之。公出，自其厩射而杀之。"诗史互证，可证此诗当在此时所作。

从公元前1046年左右武王和周公作《大武》，到公元前599年左右陈人作《株林》，《诗经》中所收集的周代诗歌跨越400多年。如果算上《商颂》，所跨越的时代就更长了。事实上，《诗经》中的好多作品，从口头流传到最后写定，也可能有更长时间的历史。如《豳风·七月》所记载的是周人早期在豳地的生活，《大雅·生民》记载了后稷出生时的神异故事，说明这些诗篇中包含着周民族的发祥与周民族早期生活的历史记忆，它们在最后写定之前可能有过相当长时间的口传过程，这些都是值得我们注意的。

第二节 《诗经》的作者

《诗经》中的诗，只有四首明确提到了作者的名字。《大雅·崧高》："吉甫作诵，其诗孔硕"。《大雅·烝民》："吉甫作诵，穆如清风。"《小雅·节南山》："家父作诵，以究王讻。"《小雅·巷伯》："寺人孟子，作为此诗。凡百君子，敬而听之。"[①]其余都没有标明作者，这些作品都是谁作的呢？

根据诗中的内容，结合相关的历史记载，我们可以将《诗经》

[①]《鲁颂》中有"奚斯所作"一语，《毛传》《郑笺》都认为此句连上文"新庙奕奕"，指"奚斯作庙"，清人段玉裁、今人褚斌杰等则认为此句连下文"孔曼且硕"，指"奚斯作诗"，尚有争议。

的作者概括为以下几类。

第一是包括周王、诸侯和公卿大夫在内的各级贵族。周代还属于学在官府的早期社会，读书识字的权力基本上掌握在各阶层贵族手中，他们是知识的占有者。在以礼乐为主导的周代文化体系中，熟悉礼乐也是对各级贵族最基本的要求。因此，《诗经》的创作主体是当时的各级贵族，也是不难理解的事情。从《诗经》和相关记载中我们可知，当时的各级贵族，都参与了诗的创作，而且，越是国家礼仪活动中的重要作品，越有可能是他们所作。如我们前引武王灭商之后作《武》，周公制礼作乐而完成之。成王为悔过而作《小毖》，这都是典型实例。近年来清华简中的《周公之琴舞》，记录了周公和成王各作《琴舞》九首，更为周王作乐歌提供了坚实的实物考古文献支持。此外，《大雅》和《小雅》中的许多颂美怨刺之作，根据诗的内容和相关记载，我们也很容易判断它们出自各级贵族之手，这里有上层的诸侯和卿大夫，如卫武公刺厉王而作《抑》，凡伯刺厉王而作《板》等。至于下层贵族，则作有《小雅·北山》《巷伯》等诗，这些从诗篇内容上很容易辨别出来。在这些贵族诗人中，也有女性诗人，如许穆夫人赋《载驰》。《毛诗序》曰："《载驰》，许穆夫人作也。闵其宗国颠覆，自伤不能救也。卫懿公为狄人所灭，国人分散，露于漕邑。许穆夫人闵卫之亡，伤许之小，力不能救，思归唁其兄，又义不得，故赋是诗也。"此事在《左传·闵公二年》中有详细记载。这些可以大略考知作者为贵族身份的诗篇，大都集中在《颂》与《雅》当中。贵族构成了《诗经》作者的主体。朱熹在《诗集传·序》中说："若夫雅颂之篇……其作者往往圣人之徒，固所以为万世法程而不可易者也。至于雅之变者，亦皆一时贤人君子，闵时病俗之所为。""圣人之徒"云云，自然是朱熹对这些作者道德身份的抬高，不可当真，但是说这些诗的作者为当时的贵族士大夫，所谓"贤人君子"，大体不错。他们的创作，也大都和王朝的宗教、政治、战争、礼仪等文化内容相关。这同时也说明，那时的贵族，是十分重视诗的创作的。

第二是包括国人在内的下层民众。中国人向来把"诗"看作是人的情志感发。《尚书》中早就有"诗言志"之说，《毛诗序》曰："诗者，志之所之也。在心为志，发言为诗。情动于中而形于言，言之不足，故嗟叹之，嗟叹之不足，故永歌之，永歌之不足，不知手之舞之、足之蹈之也。"以此而言，《诗经》中的好多诗篇，应该出自周代社会的下层民众之口。特别是那些无关国家大事的日常抒情之作，更应该与他们有关。但是，抒写人的世俗情怀，也并不是下层民众独享的权力，上层贵族也同样有世俗情怀。所以，光凭诗的世俗内容，我们并不能肯定这些诗的作者一定是下层民众。不过，通过相关记载，我们知道《诗经》中的确有他们的创作。如《秦风·黄鸟》，《毛诗序》曰："《黄鸟》，哀三良也。国人刺穆公以人从死，而作是诗也。"此事《左传·文公六年》有记载："秦伯任好卒，以子车氏之三子奄息、仲行［háng］、𫓧［zhēn］虎为殉，皆秦之良也。国人哀之，为之赋《黄鸟》。"这里所说的"国人"，当指秦国的下层民众。

第三是当时的巫、史和乐官。在中国早期文化当中，巫史与乐官占有重要地位。他们是那个时代的知识精英，也是从事国家文化建设的主要力量。《尚书·舜典》："帝曰：'夔！命汝典乐，教胄子，直而温，宽而栗，刚而无虐，简而无傲。诗言志，歌永言，声依永，律和声。八音克谐，无相夺伦，神人以和。'夔曰：'於！予击石拊石，百兽率舞。'"《舜典》为后人追记，未必是舜时的文献，但是其中保存了舜时的历史资料，足资参考。乐官在中国古代的设置甚早,并在早期的国家文化建设中占有重要地位。夔就是中国早期乐官的代表。《周礼》官制中专设"春官宗伯"之属,其地位属于六卿,掌管国家所有的礼仪活动,诗乐是主要内容之一,由其下属大司乐和大师等掌管。他们不仅负责各种礼仪场合的诗乐舞表演,还负责贵族子弟的诗乐舞教育。其中就包括"乐语"——"兴、道、讽、诵、言、语",以及"六诗"——风、赋、比、兴、雅、颂。① 对此,后人有许多解释,其核心当为诗乐的表达方式和方法。由此推论,《诗经》中许多用于礼仪上的乐歌,当由他们所制。

要而言之,《诗经》中的作品虽然绝大多数没有留下作者名字,但是从诗的内容和相关记载,我们还是能够推测出作者的身份、地位和文化教养,并且大致知道这些诗缘何而作。从中可以看出,《诗经》的创作主体,应该是当时社会的各级贵族,因为他们掌握着当时的文化权力,也是周代礼乐文化的主要制定者和实施者。当然,在那些表现世俗之情的诗歌当中,也会有下层百姓的口头创作。但是这些作品被搜集编辑到《诗经》中来,是经过编者有意选择的。它们所展现的已经不是下层百姓创作的原生形态,而是在此基础上经过改造与加工之后的艺术提升与再创作。在这个过程中,当时的乐官起了重要作用。

---

① 《周礼》:"大司乐掌成均之法,以治建国之学政,而合国之子弟焉。凡有道者,有德者,使教焉。死则以为乐祖,祭于瞽宗。以乐德教国子,中、和、祇、庸、孝、友;以乐语教国子,兴、道、讽、诵、言、语;以乐舞教国子,舞《云门》《大卷》《大咸》《大韶》《大夏》《大濩》《大武》。以六律、六同、五声、八音、六舞、大合乐。以致鬼、神、示,以和邦国,以谐万民,以安宾客,以说远人,以作动物。"又曰:"大师掌六律、六同以合阴阳之声。阳声:黄钟、大蔟、姑洗、蕤宾、夷则、无射[yi]。阴声:大吕、应钟、南吕、函钟、小吕、夹钟。皆文之以五声:宫、商、角、徵、羽;皆播之以八音:金、石、土、革、丝、木、匏、竹。教六诗:曰风,曰赋,曰比,曰兴,曰雅,曰颂。以六德为之本,以六律为之音。大祭祀,帅瞽登歌,令奏击拊,下管播乐器,令奏鼓𩌁[yǐn]。大飨,亦如之。"

第三节 《诗经》编辑的目的

那么,《诗经》是为什么而编辑的呢?对此,历史上有两种不同说法,那就是公卿士大夫的陈诗献诗说和听诗以观民风的采诗说。

《诗经》中那些关心时政、劝谏讽刺君王的诗篇,可能是周王听政与群臣议政时通过各种途径献上去的。《国语·周语》记载邵公谏厉王弭谤说:"故天子听政,使公卿至于列士献诗,瞽献曲,史献书,师箴,瞍赋,矇诵,百工谏,庶人传语。近臣尽规,亲戚补察,瞽、史教诲,耆、艾修之,而后王斟酌焉。是以事行而不悖。"《国语·晋语》中范文子也说:"吾闻古之王者,政德既成,又听于民,于是乎使工诵谏于朝,在列者献诗使勿兜;风听胪[lú]言于市,辨妖祥于谣,考百事于朝,问谤誉于路,有邪而正之,尽戒之术也。"《左传·襄公十四年》中师旷也说:"自王以下,各有父兄子弟,以补察其政。史为书,瞽为诗,工诵箴谏,大夫规诲,士传言,庶人谤,商旅于市,百工献艺。"以此而言,《诗经》中的许多诗篇,都是公卿、列士、百工、庶人等为了王政而作的讽谏或赞颂之作,表达他们对王朝政治的评价和干预。他们把这些诗献上,唱诵给周王听,这就是所谓的"献诗说"。《诗经》中有些作品,为此说提供了可靠的内证,如《大雅·崧高》曰:"吉甫作诵,其诗孔硕,其风肆好,以赠申伯。"《大雅·民劳》曰:"王欲玉女,是用大谏。"《小雅·节南山》曰:"家父作诵,以究王讻。"《小雅·巷伯》曰:"寺人孟子,作为此诗。凡百君子,敬而听之。"由以上记载,可以证明当时确实存在公卿献诗的制度。公卿献诗可以献自作之诗,也可献他人之诗。《大雅》《小雅》《国风》中的许多诗可能就是通过这条途径搜集起来的。我们猜想，这一类的诗篇在当时也会有很多，现存于《诗经》中的作品也是经过选择的，是这些诗篇当中最为优秀的篇章。

关于采诗说，历史上也有相关记载。如《左传·襄公十四年》载师旷语："故《夏书》曰：'遒人以木铎徇于路。官师相规，工执艺事以谏。'正月孟春，于是乎有之，谏失常也。"杜预注说："遒人，行人之官也。木铎，木舌金铃。徇于路，求歌谣之言。"《礼记·王制》曰："天子五年一巡守（狩）。岁二月东巡守……命大师陈诗，以观民风。"汉代文献中也有这样的说法。如《汉书·食货志》："孟春之月，群居者将散，行人振木铎徇于路以采诗，献之大师，比其音律，以闻于天子。故曰，王者不窥牖户而知天下。"何休《春秋公羊传解诂·宣公十五年》："男女有所怨恨，相从而歌。饥者歌其食，劳者歌其事。男年六十、女年五十无子者，官衣食之，使之民间求诗。乡移于邑，邑移于国，国以闻于天子。故王者不出牖户，尽知天下所苦，不下堂而知四方。"刘歆《与扬雄书》："诏问三代、周、秦轩车使者，遒人使者，以岁八月巡路，求代语、童谣、歌戏，欲得其最目。"

以上诸说关于采诗的时间、方式及采诗之人都有很大的出入，特别是汉人之说，一些细节可能出于想象，未必符合历史原貌。但采诗之制应是存在的，否则在交通不便、语言互异的情况下，遍布当时周王朝各地（主要是黄河流域的中原地区，也包括江汉附近的长江流域）的诗歌便难以汇集王廷。根据上面的记载我们可知，最早朝廷采集这些民间歌谣的目的是听政。其方式是"官师相规，工执艺事以谏"。这说明，这些由行人采集来的"诗"，是要经过大师的整理才演奏给天子听的，是要通过歌诗的表演达到劝谏的目的。从事采诗工作的当是周王朝及各诸侯国的行人、史官和乐官。《小雅》《国风》中的许多诗篇应该是用这种方式汇集在一起的。

　　但是以上记载又不全面。我们知道，如果说当时的诗歌都是演奏给统治者用以讽谏和观民风的，不但与《诗经》中的具体诗篇内容不合，也与先秦时代关于朝廷音乐机关诸多功能的记载不合。事实上，所谓献诗讽谏和采诗以观民风，只是朝廷音乐机关诸多职能中的一项，是其官职设立的一个重要文化基础。但是朝廷设立乐官制度的目的绝不止于此，更为重要的，是国家礼仪制度的建设和艺术产品的消费。《周颂·有瞽》："有瞽有瞽，在周之庭。设业设虡〔jù〕，崇牙树羽。应田县鼓，鞉〔táo〕磬柷〔zhù〕圉〔yǔ〕。既备乃奏，箫管备举。喤喤厥声，肃雍和鸣，先祖是听。我客戾止，永观厥成。"这是现存最早描写周王朝祭祀歌舞的诗作，诗中详细描写了乐人演奏的盛况。这种盛大的祭祀歌舞演奏只能由国家的乐官机构来承担。《毛诗序》说："《有瞽》，始作乐而合乎祖也。"郑玄笺曰："王者治定制礼，功成作乐。合者，大合诸乐而奏之。"孔颖达疏："《有瞽》诗者，始作乐而合于太祖之乐歌也。谓周公摄政六年，制礼作乐，一代之乐功成，而合诸乐器于太祖之庙，奏之，告神以知和否。诗人述其事而为此歌焉。经皆言合诸乐器奏之事也。言合于太祖，则特告太祖，不因祭祀，且不告余庙。以乐初成，故于最尊之庙奏之耳。"从诗中的描写看，诗序和笺疏的说法是可以成立的。王者功成而作乐本是先代的传统，周人建国之后不久也开始制礼作乐，作乐初成之时，首先向祖庙告知，并举行一场隆重的典礼。由此可知，为朝廷的制礼作乐而作诗采诗，应该是《诗经》编辑的更为重要的目的。

　　不仅如此，按历史记载，周人制礼作乐用于祭祀燕飨等实用目的，比起献诗讽谏和听诗观风的目的更早。上引孔颖达所言，周人制礼作乐是在周公摄政六年，此说有一定的根据。《尚书大传·嘉禾传》:"周公居摄六年,制礼作乐,天下和平。"《洛诰传》:"周公摄政……四年建侯卫,五年营成周,六年制礼作乐,七年致政成王。"《周礼·天官冢宰》曰:"惟王建国。"郑注曰:"周公居摄而作六典之职,谓之《周礼》。"可见,周公摄政六年是制礼作乐的一个重要时间。但是制礼作乐作为周人的一项重要文化建设,早在周公执政之前就已经开始。据史书所言,周武王刚刚建国,为了庆祝推翻殷王朝的胜利,歌颂自己奉天承运的武功,就制作了《大武》乐章,这才是周代礼乐文化制度建设的开始。周公以后,成王也把正礼乐当作一项重要的大事来做。《史记·周本纪》曰:"(成王)既绌殷命,袭淮夷,归在丰,作《周官》,兴正礼乐,度制于是改,而民和睦,颂声兴。"《周颂·执竞》曰:"执竞武王,无竞维烈。不显成康,上帝是皇。自彼成康,奄有四方,斤斤其明。钟鼓喤喤,磬筦将将,降福穰穰。降福简简,威仪反反。既醉既饱,福禄来反。"此诗两次提到了"成康"二字,《毛传》解释为"成大功而安之""成安之道";《郑笺》谓"成安祖考之道"。朱熹《诗集传》把"成康"解释为"成王康王",谓此为"祭武王成王康王之诗"。其说虽不同,但是据此而言,制礼作乐应该是自周武王以后西周历代统治者一直都在进行的工作。现存的《周礼》《仪礼》和《礼记》以及其他先秦典籍,包括近年的出土文献也从不同的层面为我们提供了一定的历史资料。① 如近年来从清华简中整理出来的《周公之琴舞》就为我们提供了很好的例证。诗前小序:"周公作多士儆毖,琴舞九絉[shù]";"成王作儆毖,琴舞九絉"。② 据此而言,这组背

---

① 此处可参考马银琴:《西周穆王时代的仪式乐歌》,载赵敏俐主编《中国诗歌研究(第一辑)》,中华书局,2002。
② 《周公之琴舞》(释文),见清华大学出土文献研究与保护中心编、李学勤主编:《清华大学藏战国竹简(三)》,中西书局,2012,第133—134页。

题为"周公之琴舞"的作品，其实包含了两组诗，一组是"周公之诗"，另一组是"成王之诗"。而且同为"琴舞九绊"，"成王之诗"是九首，那么，"周公之诗"也同样应该是九首。但是在出土的清华简中却只记载了周公的一首，另外八首则没有被记录下来。更值得我们注意的是，在成王所作的九首诗中，第一首《敬之》与今本《诗经·周颂·敬之》大致相同。可见，现存《诗经》中的这类诗作，是为了当时的礼乐之用而制作的。

《诗经》的编辑目的，可能也与当时贵族子弟的教育有关。按理说，无论是献诗、采诗还是为了礼乐之用而作诗，都应该有大量的作品产生。可是现在的《诗经》却只有三百零五首，可谓精选又精选。为什么要精选这些诗篇而编成一部诗集呢？这可能与周代贵族的教育有关。我们上引《周礼·春官宗伯》"大师……教六诗"，"大司乐……以乐语教国子，兴、道（导）、讽、诵、言、语"可证。

以上记载说明，当时编辑《诗经》的目的是多重的：既是劝谏嗣君，补察时政，观省民风，也是制礼作乐，以应用于祭祀、燕飨，明确等级，宣扬王威，满足耳目之娱；既是作为音乐教程，传授"瞽矇乐工"，使之熟悉诗歌内容及演奏方式，以备各种典礼及赋诗时演奏，也被视为政治伦理教科书，传授贵族子弟，用以学习知识，修身养性，出使专对，赋诗言志；等等。从对诗的广泛搜集和严格删定，可见周人对这项工作所持的严肃态度。从它编辑的多重目的，又可见它在周人生活中的重要性。从春秋各国诸侯君臣对它的广泛应用以及孔子对它的推崇，也可以看出它在周人心中的地位。《诗经》的编辑是周代文化史上的一件大事，也是周人建设其礼乐文化事业的一个重要组成部分。它既是对周代诗歌创作的搜集整理和艺术上的系统加工，使之成为周代诗歌创作最高成就的代表；又是对周代社会政治文化思想和广泛的社会生活的一次艺术的概括与总结，使之从一开始就成为具有政治、道德、伦理、哲学，以及审美、文化教育和在各种场合里应用等多种意义的一部典范著作。故闻一多论及《诗经》时说："诗似乎也没有在第二个国度里，像它在这里发挥过的那样大的社会功能。在我们这里，一出世，它就是宗教，是政治，是教育，是社交，它是全面的生活。"[①]这也是我们今天仍把它视为中国古代最重要最伟大的著作之一的主要原因。

第四节 《诗经》编辑的过程

那么，《诗经》又是何时开始编辑，何时完成的呢？如我们上文所言，《诗经》中有年代可考的最晚的一首诗是《陈风·株林》，产生于公元前599年左右。由此推论，《诗经》编成的下限，应该在此年之后。当然，这个时间节点只能说明《诗经》最后的编成时间，却不能说明《诗经》就是一次编成的，也不能说明《诗经》是从什么时候开始编辑的。《今本竹书纪年》中有"（康王）三年定乐歌"[②]的记载，这也许是西周王朝第一次将礼仪乐歌固定下来的活动，此后则有多次的补充编辑。我们知道，现存的《周颂》都是成康以前的祭祀乐歌，没有成康以后的，可能《周颂》的篇目由此而基本固定。

---

① 闻一多：《神话与诗·文学的历史动向》，载《闻一多全集（一）》，生活·读书·新知三联书店，1982，第202页。
② 王国维：《今本竹书纪年疏证》，载《二十五别史（1）》，齐鲁书社，2000，第87页。

从康王"三年定乐歌"到《陈风·株林》入诗，结合《诗经》中所涉及的内容和"风""雅""颂"各类诗篇产生的大致年代，我们揣测，《诗经》可能是在不断累积扩充又不断淘汰的过程中完成的，它的编成本身也是一个经典化的过程。①

考察《诗经》中各类作品的年代可知，《商颂》《周颂》和《大雅》中的部分颂祖诗产生时间最早，在当时也最具经典意义。这些作品编入《诗经》，显然是经过精心选择的，也是有意编排的。最重要的是《周颂》，只录康王以前的诗。从道理上讲，康王以后的宗庙祭祀中也会有许多活动，同样会创作许多诗篇，可是为什么却没有自康王以下的祭祀诗？显然，这是编者的有意选择，表现了周人对开国先王的崇拜和对早期几位天子的重视。同时我们知道，产生在周初的诗篇远不止此，如据清华简，《周公之琴舞》现存十篇作品，实际应该共十八篇，在现存《周颂》中只收录一篇，《周颂》的经典性与权威可想而知。吴季札入鲁观乐，对《颂》的评价最高。② 可见，《周颂》的经典地位在当时就已经确立，是其他诸类诗篇所不可比的。

同样道理，《商颂》作为先朝旧乐，编入《诗经》当中，也是有选择的。从我们前引的《国语》等文献来看，春秋初年，在周太师处尚保存了《商颂》十二篇之多，所谓"昔正考父校商之名颂十二篇于周太师，以《那》为首"，但是在现存《诗经》当中，只

---

① 关于《诗经》编辑的问题，今人的讨论很多，如刘毓庆、李山、马银琴等人也提出不同的说法。虽然观点不同，但是比较一致的意见，都认为《诗经》的编辑经过了不同时段，是陆续编成的。

② 《左传·襄公二十九年》："吴公子札来聘……为之歌《颂》，曰：'至矣哉！直而不倨，曲而不屈，迩而不逼，远而不携，迁而不淫，复而不厌，哀而不愁，乐而不荒，用而不匮，广而不宣，施而不费，取而不贪，处而不底，行而不流，五声和，八风平，节有度，守有序，盛德之所同也。'"

有五篇颂美商人的发祥与先王之功烈,这可能也是编者精心选择的结果。

　　《诗经》的编辑,也应该有十分明确的编选原则。在《大雅》中,凡是颂美周王的诗篇,大都集中在周初这一时段;而批判则集中在厉王和幽王身上。关于《诗经》编选的这一特点,郑玄有比较精辟的论断。他在《诗谱序》中简单地叙述了周人之兴的历史,认为到了周公成王之时,王道最兴,而自懿王之后,王道逐渐变坏。① 由此,他总结《诗经》的编辑原则是:"论功颂德所以将顺其美,刺过讥失所以匡救其恶,各于其党,则为法者彰显,为戒者著明。""勤民恤功,昭事上帝,则受颂声,弘福如彼;若违而弗用,则被劫杀,大祸如此。吉凶之所由,忧娱之萌渐,昭昭在斯,足作后王之鉴,于是止矣。"我认为,郑玄的这段话,除了将《诗经》的编辑权归之于孔子这一点,尚需要我们在下面讨论之外,基本上把《诗经》编辑的主旨讲明确了。② 除了《颂》与《雅》诗之外,我们推测《风》诗的编选也当遵守这一基本原则。古人之所以把《周南》《召南》视为"风之正经",是因为这些诗中所描写的世俗风情相比较而言更为文雅,更好地表现了周人的生活理想,而自《邶风》以下的十三《国风》,则除了有颂美之作外,还收录了不少揭露和批判社会风俗的诗篇,如《氓》《相鼠》《新台》《株林》等诗之所以入选《诗经》,确有强烈的惩恶意义在其中。以后汉儒以

---

① 郑玄《诗谱序》:"其时《诗》,《风》有《周南》《召南》,《雅》有《鹿鸣》《文王》之属。及成王,周公致大平,制礼作乐,而有颂声兴焉,盛之至也。本之由此《风》《雅》而来,故皆录之,谓之《诗》之正经。后王稍更陵迟,懿王始受谮亨齐哀公。夷身失礼之后,邶不尊贤。自是而下,厉也幽也,政教尤衰,周室大坏,《十月之交》《民劳》《板》《荡》勃尔俱作。众国纷然,刺怨相寻。五霸之末,上无天子,下无方伯,善者谁赏?恶者谁罚?纪纲绝矣。故孔子录懿王、夷王时诗,讫于陈灵公淫乱之事,谓之变风、变雅。"
② 这段话里还涉及《诗经》学中的变风变雅问题,我们后文也还要讨论。

美刺解《诗》，也不能说没有一点根据。

《诗经》的编辑有这样鲜明的政治功利目的，它的编选，自然也应该是由周王朝组织人员，主要是乐官系统完成的。根据《诗经》中《株林》一诗产生的下限和吴季札观乐的记载，我们把它的初步编成时间确定在公元前544年之前。而我们现在所看到的《诗经》，最大的可能是最后出于鲁国乐官之手。

为什么这样说呢？因为《左传·襄公二十九年》（公元前544年）记载了吴公子季札到鲁国观周乐，鲁国乐工为他演奏的十五《国风》，其名称与编排顺序与今传《诗经》基本相同，这说明当时被称为"周乐"的《诗经》已经传到了鲁国，并且被鲁国的乐工所掌握。这期间，鲁国的乐工可能做了一些补充修改的工作。最重要的原因，是现存的《诗经》当中没有"鲁风"却有《鲁颂》，这是不合礼制的。对此，今人姚小鸥提出不同看法，他认为鲁国之所以有"颂"，与春秋中期的礼乐文化复兴运动有关，应该用历史的发展眼光来认识。① 而我则认为，无论《鲁颂》的编辑是否与周代的礼乐文化复兴有关，相对于《周颂》而言，它都是变体，也不合《周颂》的编辑体例。它在《诗经》中的存在，恰好可以证明我们现在所看到的《诗经》，应该是传自鲁国乐官，是他们有意抬高鲁国地位，将《鲁颂》加入其中的结果，所以才会有这种体例不类的现象存在。

《诗经》编辑完成之后，一定有一个书写下来的文字原本，供各诸侯国传抄学习之用。但是在当时书写条件比较落后的情况下，诗的流传，除了文字的写本之外，口头传播也是重要形式。《诗经》在各种场合的传承和应用，也会根据传习者的情况有所不同。所

---

① 姚小鸥：《诗经三颂与先秦礼乐文化的演变》，商务印书馆，2019，第七、八、九章。

以，这使《诗经》文本的传承形态也呈现出比较复杂的状况。一是"凭记忆、背诵来二次书写成为常态，才造成了其后所见文本诗篇、诗句大致相同，书写文字多有差异的'异文'现象"①。二是因为各取所需的选录选用，因而出现了篇目有所变化和重编的"选本"。新发现的安徽大学藏战国竹简《诗经》就属于这种情况。②

最后再说一下孔子和《诗经》的关系。传说《诗经》是由孔子最后删节编定的。此说最早见于司马迁《史记·孔子世家》："古者，《诗》三千余篇，及至孔子，去其重，取可施于礼义，上采契、后稷，中述殷周之盛，至幽厉之缺，始于衽席。……三百五篇，孔子皆弦歌之，以求合韶武雅颂之音。"东汉王充《论衡·正说》也说："《诗经》旧时亦数千篇，孔子删去复重，正而存三百篇。"班固《汉书·艺文志》也说："孔子纯取周诗，上采殷，下取鲁，凡三百五篇。"

孔子删诗说影响很大，唐代陆德明，宋代欧阳修、王应麟、邵雍，元代马端临，清代顾炎武等皆据此发挥、解说。但经过我们上面的讨论，基本上可以确定，《诗经》不可能是孔子删定而成的。最有力的证据是，《左传·襄公二十九年》记载吴公子季札到鲁国观周乐，鲁国乐工为他演奏的十五《国风》，其名称与编排顺序与今传《诗经》基本相同，说明当时被称为"周乐"的《诗经》已基本编辑成册，而孔子那年才八岁。《史记》说孔子是在自卫返鲁之后才删定了《诗经》，但是据《论语》所载，孔子本人在此之前便不止一次地提到"诗三百"。各诸侯国君臣燕飨或使者相

---

① 廖群：《〈诗经〉早期书写定本考察》，载赵敏俐主编《中国诗歌研究（第十八辑）》，社会科学文献出版社，2019，第28页。
② 安徽大学汉字发展与应用研究中心编，黄德宽、徐在国主编：《安徽大学藏战国竹简（一）》，中西书局，2019。

会时常常"赋诗言志",所赋之诗绝大多数见于今本《诗经》。"赋诗言志"之风在孔子之前早已流行,若没有通行的本子,诗何以能够成为表情达意的"恒言"?宾主双方又何以会信手拈来,运用得如此娴熟得当?又何以在断章取义的赋诗中大家都能心领神会呢?

可见,说今本《诗经》是经过孔子删定而成的,这一说法并不可靠。《诗经》早在孔子之前就已经基本编成,并且在当时社会上已经产生了巨大影响。当然,我们也很难否认孔子对《诗经》的文字、方言、乐谱等方面所做的整理修订。《论语》中明确记载孔子说过的话:"吾自卫反鲁,然后乐正,《雅》《颂》各得其所。"(《子罕》)《论语》又说:"子所雅言,《诗》《书》执《礼》,皆雅言也。"(《述而》)可见,孔子曾经做过诗乐的整理,并且把《诗经》作为雅言的典范。从近年出土的上博简《孔子诗论》看,孔子对《诗》已经有许多解说,这应该是孔子教育子弟所用。在孔子之前,虽然也有一些零星的有关《诗》的评论流传下来,如楚庄王关于《大武》乐章的论述,但是系统地对《诗经》的意义进行多方面的阐发,则是由孔子开始的,以《论语》为代表的传世文献和新出土的《孔子诗论》,同时向我们证明了这一点。由于孔子对《诗》义的阐发和对《诗》的高度评价,它才由一部上古的诗集提升为一部伟大的经典。由此可见,《诗经》虽然不是由孔子编辑而成的,但是孔子在《诗经》的完善、保存,特别是在《诗经》的经典化方面,是作出了巨大贡献的。

《诗经》最初被称为《诗》或者《诗三百》,孔子之后始称之为"经"。这在历史文献中有记载。《庄子·天运》引孔子语:"丘治《诗》《书》《礼》《乐》《易》《春秋》六经"。《庄子》所引孔子之语不知出于何处,但是它说明《诗》之所以被称为"经",与孔子的推重有直接关系。《荀子·劝学》也说:"学恶乎始,恶乎终?曰:'其数则始乎诵经,终乎读礼。……《礼》之敬文也,《乐》之中和也,《诗》《书》之博也,《春秋》之微也,在天地之间者毕矣。'"将《庄子》中所引孔子之语与《荀子》一书合看可知,起码在战国中期以后,儒家学者已经把《诗》称为"经",这应该是不争的事实。"经"的本义是织布机上的纵丝,《说文解字》说:"经,织从(纵)丝也。"后引申为"常""常道"。班固《白虎通》说:"经,常也,法也。"刘勰《文心雕龙·宗经》说:"'经'也者,恒久之至道,不刊之鸿教也。"古人何以对《诗》有这样高的评价?自然还缘于它自身的价值。任何一部经典的形成,都有一个经过后人阐释的经典化过程,如果这部经典本身的内容不够丰富和伟大,不管后人如何推扬,它也不会成为经典,经典本身就是历史淘汰的结果。所以归根结底,《诗经》之所以成为经典,首先还是因为其自身价值的伟大,其次才是后人的推扬。也正因为如此,历朝历代才会有那么多的阐释成果,而且在今天它的文化价值仍然无可替代。

/ 第三讲 /

"风以动之,教以化之"
——《诗经》"风""雅""颂"辨体

我们现在所看到的《诗经》,是按照"风""雅""颂"分类编排的。《风》包括《周南》《召南》《邶风》《鄘风》《卫风》《王风》《郑风》《齐风》《魏风》《唐风》《秦风》《陈风》《桧风》《曹风》《豳风》十五种,习称十五《国风》,《雅》包括《大雅》《小雅》,《颂》包括《周颂》《鲁颂》《商颂》。那么,何谓"风""雅""颂"?各体之间又有什么区别?这些问题古今争论颇多,现略作介绍。

▌ 第一节 "风""雅""颂"释名

风本为自然现象,用现代的科学语言来讲,大气流动,就形成风。风吹动万物,就会发出不同的声音,故以风指乐调。《大雅·崧高》:"吉甫作诵,其诗孔硕,其风肆好"。"风"即乐调。《左传·成公九年》载晋侯见楚囚钟仪,"使与之琴,操南音"。范文子曰:"乐操土风,不忘旧也。"这里的"土风"和"南音"同义,就是指楚囚钟仪所演奏的楚国乐调。《左传·襄公十八年》:"晋人闻有楚师,师旷曰:'不害。吾骤歌北风,又歌南风。南风不竞,多死声。楚必无功。'"这里的"南风"和"北风"代指南方和北方的乐调。《左传·襄公二十九年》:"五声和,八风平,节有度,守有序,盛德之所同也。"《左传·昭公二十年》:"五声,六律,七音,八风,九歌,以相成也。"这里的"八风"则概指各种乐调。所以,《诗经》中的十五《国风》,就是指十五个不同地方的乐歌。吴季札到鲁国观周乐,鲁国乐工为他演奏各地乐歌,"为之歌《周南》《召南》",就是指演唱这两个地方的乐歌,简称地名而省略了"风"字。"为之歌《邶》《鄘》《卫》,曰:'美哉,渊乎!忧而不困者也。吾闻卫康叔、武公之德如是,是其《卫风》乎?'"因为这三个地方同属于殷商故地,后来邶、鄘又合并于卫,所以季札又将它们统称为"卫风"。

"风"指地方乐调,有很强的地方特色,所以又称为"乡乐",自然会表现各地的世俗风情。故朱熹在《诗集传》中说:"国者,诸侯所封之域,而风者,民俗歌谣之诗也。"但我们不能用现代语言将这些诗歌称为"民歌",因为,朱熹所说的"民俗歌谣",强调的是这些诗所表现的地方世俗风情,重在从内容上给这些作品定性,说它们是表现"民俗"的"歌谣",并不强调作者,因为作者可以是各个阶层的人。在朱熹看来,《国风》中的许多诗篇是当时的贵族阶层所作,如他认为《关雎》一诗是文王大姒的"宫中之人"所作。《葛覃》《卷耳》都是"后妃所自作"。而现代概念中的"民歌",则特指"劳动人民的口头创作"。对"风"的不同认识,也影响了人们对这些诗篇的解读取向。现代学人多将《国风》看成是下层劳动者所作,其中有明显的阶级意识,这与朱熹等古代学人眼中的"民俗歌谣之诗"是大不相同的。显然,"民歌"这一概念具有过于强烈的现代色彩,将它等同于"国风"这一传统的概念是不合适的。《国风》是从音乐上相对朝廷雅乐而言的地方乐调,它出自社会各阶层之手,其中直接描述劳动人民生活的诗篇只占很小的比例，至于劳动人民集体口头创作的诗篇就更少了。①

"雅"是正的意思。《雅》即朝廷正乐，就像周人称官话为"雅言"一样，也称朝廷正乐为雅乐。其所以为"正"，大约有以下几种原因。一是源自地域。"雅"与"夏"同，西周王畿原是夏人故地，故"夏"字可以写作"雅"。《荀子·儒效》："居楚而楚，居越而越，居夏而夏。"《荀子·荣辱》："越人安越，楚人安楚，君子安雅。"由此，产生于此地的音乐既可以称"夏"，也可以称"雅"。《墨子·天志》引《大雅·皇矣》："帝谓文王：予怀明德，毋大声以色，毋长夏以革，不识不知，顺帝之则。"并称《大雅》为"大夏"。上博简《孔子诗论》也将《大雅》称为"大夏"，此可证明。二是由内容引发。现存《诗经》的二《雅》之诗，从内容上看，都比较严肃庄重，显示了很高的文化修养和纯正的情感。可见，"雅"这一概念兼有形式与内容两方面的蕴含。从形式上来讲，它应该是指产生于大夏故国的音乐，从内容来看则凸显其高雅纯正。《毛诗序》正是立足于以上两点而概括为"雅者，正也"。《诗经》中有《大雅》和《小雅》，二者因何而别，现存先秦文献中没有记载，后世说法很多。《毛诗序》从内容分："政有大小，故有《小雅》焉，有《大雅》焉。"朱熹《诗集传》说："雅者，正也，正乐之歌也。其篇本有大小之殊，而先儒说又各有正变之别。以今考之，正小雅，燕飨之乐也，正大雅，会朝之乐，受釐〔xǐ〕陈戒之辞也。故或欢欣和说，以尽群下之情，或恭敬齐庄，以发先王之德。词气不同，音节亦异，多周公制作时所定也。及其变也，则事未必同，而各以其声附之。其次序时事，则有不可考者也。"这是以用途分。宋人郑樵说："盖《小雅》《大雅》者，特随其音而写之律耳。律有

---

① 此处可参考朱东润《国风出于民间论质疑》、胡念贻《关于〈诗经〉大部分是否民歌的问题》、赵敏俐《论〈诗经·郑风〉的作者、时代及其评价问题》等文章。

小吕大吕，则歌《小雅》《大雅》，宜其有别也。"(《六经奥论》)今人余冠英说："可能原来只有一种雅乐，无所谓大小，后来有新的雅乐产生，便叫旧的为大雅，新的为小雅。"①以上诸家说法都有无法圆通之处，故关于大、小"雅"之别，至今尚待进一步研究。不过近人大多数认为，"风""雅""颂"既为音乐的分类，大、小"雅"也当是音乐上的区分。当然，音乐上的区分和内容也是有直接关系的，下面我们还要讨论。

"颂"是用于宗庙祭祀之乐。清人阮元在《研经室集·释颂》中说："'颂'之训为美盛德者，余义也。'颂'之训为'形容'者，本义也。且'颂'字即'容'字也。……所谓《商颂》《周颂》《鲁颂》者，若曰'商之样子''周之样子''鲁之样子'而已，无深义也。何以三《颂》有样而《风》《雅》无样也？《风》《雅》但弦歌笙间，宾主及歌者皆不必因此而为舞容，惟三《颂》各章皆是舞容，故称为'颂'。"今人多从此说，以为《颂》是用于宗庙祭祀活动、有歌有舞的乐曲。今存《周颂》《鲁颂》和《商颂》，分别是周王朝、鲁国和殷商王朝的宗庙祭祀之乐。

"风""雅""颂"的区别由来已久，可能从创作的时候就存在，《诗》的最初编辑就是依音乐而分类的。《左传·隐公三年》："《风》有《采蘩》《采蘋[pín]》，《雅》有《行苇》《泂[jiǒng]酌》，昭忠信也。"此《风》《雅》并称。《国语·周语》记芮良夫谏周厉王："故《颂》曰：'思文后稷，克配彼天。立我烝（丞）民，莫匪尔极。'《大雅》曰：'陈锡载周。'是不布利而惧难乎？故能载周，以至于今。"此《雅》《颂》并举。这说明，当时人对"风""雅""颂"之分类辨析清楚。《左传·襄公二十九年》载吴季札至鲁观周乐，

---

① 余冠英注释：《诗经选》，人民文学出版社，1979，"前言"第2页。

"使工为之歌《周南》《召南》……为之歌《邶》《鄘》《卫》……为之歌《小雅》……为之歌《大雅》……为之歌《颂》"。这说明，《诗经》按"风""雅""颂"的音乐分类编辑已经完成。因为"风""雅""颂"是三种不同的音乐类型，需要学习掌握。故《周礼·春官宗伯·大师》曰："（大师）教六诗：曰风，曰赋，曰比，曰兴，曰雅，曰颂。"我猜想，大师教国子"六诗"的目的，首先是要国子明白"风""雅""颂"这三种音乐的区别何在。同时也要国子学习"赋""比""兴"这三种诗的创作与应用之法，所以将这六者并提。今人或以为这里将"风""雅""颂"与"赋""比""兴"并列，故"风""雅""颂"的原始意义可能也与诗的应用有关，即这六者同属于一个层面下的并列概念，大都不顾及《左传》等文献中所记载的上述实证，所以生出许多歧说，并名之曰"原始"或者"发生"研究，这可能是一种本末倒置的认识。① 因为从文献的性质来讲，《左传》《国语》都是当时的真实事件记录，而《周礼》则带有后人追记的理想化色彩。我们首先应该依据《左传》《国语》等文献，而将《周礼》作为参考。《毛诗序》因承《周礼》"六诗"之说而为"六义"："故诗有六义焉：一曰风，二曰赋，三曰比，四曰兴，五曰雅，六曰颂。"孔颖达《毛诗正义》对此解释说："诗各有体，体各有声，大师听声得情，知其本意。……然则风、雅、颂者，诗篇之异体；赋、比、兴者，诗文之异辞耳，大小不同，而得并为

---

① 如王小盾将"风""雅""颂"和"赋""比""兴"解释为西周乐教的六个项目，将"风"和"赋"看作是"方言诵"和"雅言诵"，将"比"和"兴"看作"赓歌"与"和歌"，认为"雅"和"颂"分别为"乐歌"与"舞歌"（见王昆吾：《诗六义原始》，载《中国早期艺术与宗教》，东方出版中心，1998）。赵辉则认为"风""雅""颂"为三种言说方式。"风"是大众言说方式，"雅"是礼乐政治形态言说方式，"颂"是在礼乐政治形态下辅以表情和肢体语言的言说方式（见赵辉：《先秦文学发生研究》，人民出版社，2012）。

六义者，赋、比、兴是诗之所用，风、雅、颂是诗之成形，用彼三事，成此三事，是故同称为义。"①相互比较，还是这一说法更为周全，也符合历史实际。

"风""雅""颂"本为三个不同种类的音乐分类。《诗经》的音乐已经不可再现，后人根据留存的歌词形成了不同的解说。《毛诗序》说："风，风也，教也，风以动之，教以化之。……上以风化下，下以风刺上，主文而谲谏，言之者无罪，闻之者足以戒，故曰风。……是以一国之事系一人之本，谓之风。""雅者，正也，言王政之所由废兴也。政有小大，故有《小雅》焉，有《大雅》焉。""颂者，美盛德之形容，以其成功告于神明者也。"这是从诗之用的角度对"风""雅""颂"所作的解说。朱熹《诗集传》说："凡诗之所谓风者，多出于里巷歌谣之作，所谓男女相与咏歌，各言其情者也。……若夫《雅》《颂》之篇，则皆成周之世，朝廷郊庙乐歌之辞，其语和而庄，其义宽而密，其作者往往圣人之徒，固所以为万世法程而不可易者也。"这是试图从内容与作者相结合的角度对"风""雅""颂"所进行的分析。郑樵说："风土之音曰风，朝廷之音曰雅，宗庙之音曰颂。"（《通志·昆虫草木略》）这是从音乐的角度对"风""雅""颂"所进行的概括。金公亮在《诗经学 ABC》中曾指出："或者《风》是一种土乐；《雅》是正乐；《颂》则歌而兼舞……惟其有土乐正乐之别，所以应用场合不同，立意措辞，随之互异。这样所谓'内容''性质''词气''体制'等问题，也就迎刃而解了。大概《风》仿佛是现在的竹枝词歌谣一类东西，作者多属平民，所述当然不出闾巷风土男女情思之词。《雅》《颂》是要应用于隆重典礼如燕享朝会宗庙祭祀等的，所

---

① 关于赋、比、兴，我们在下文还有讨论。

以作者多是公卿大夫，所述自然应该庄重一点。"①今人张震泽则进一步将"风""雅""颂"与周人的礼仪文化相结合，认为三者是分别用于宗庙祭祀、朝会燕飨、日常生活之礼的："《诗》在典礼上有此三用。三用的意义不同，方式也不同，所以形成了颂、雅、风三体。"②这些都为我们重新认识《诗经》提供了很好的帮助。不同的音乐有不同的应用，不同的应用就会有不同的内容，不同的内容也会出自不同的作者，这是很自然的。但是以上说法又不能完全概括"风""雅""颂"的具体实际。因为《诗经》经过了几百年的漫长发展，诗的作者也包括社会各个阶层，其应用也有许多变化。所以，在《诗经》的学习和研究中，我们既要弄清楚"风""雅""颂"之本义，明白《诗经》的音乐分类和作者、用途、内容之间的关系，又不能被其所局限，最重要的还是要根据诗篇的情况来作具体的分析和研究。

第二节　十五《国风》之别

《风》诗共有一百六十首，其中《周南》十一首，《召南》十四首，《邶风》十九首，《鄘风》十首，《卫风》十首，《王风》十首，《郑风》二十一首，《齐风》十一首，《魏风》七首，《唐风》十二首，《秦风》十首，《陈风》十首，《桧风》四首，《曹风》四首，《豳风》七首。习称"十五《国风》"，但并不是说它们来自十五个国家，而是说来自不同的诸侯国和地区。其中，"周南""召南"指两个地区。西周初期，为了维护国家的稳定，周公和召公分陕而

---

① 金公亮：《诗经学 ABC》，世界书局，1929，第58页。
② 张震泽：《〈诗经〉赋、比、兴本义新探》，《文学遗产》1983年第3期。

治，周公长住东都洛邑，统治东方诸侯；召公长住西都镐京，统治西方诸侯，以陕（原河南陕县，今三门峡市陕州区）为界。可见，这里的"南"是个方位词，"周南"，当是周公统治下的南方地域，"召南"，当是召公统治下的南方地域。《周南》《召南》中提到了江、汉、汝、沱，可以证明"二南"之范围包括汉水、汝水、沱水和长江等地域。① 既然是南方的诗乐，自然也属于"风"，所以，"周南""召南"当是"周南风""召南风"的省称②，这就如同"卫风"简称"卫"一样。"王风"之王，指的是周东都王城畿内方六百里之地。陆德明《经典释文》："王国者，周室东都王城畿内之地，在豫州，今之洛阳是也。幽王灭，平王东迁，政遂微弱，诗不能复雅。下列称'风'，以'王'当国，犹《春秋》称王人。"可见，这里的"王"也不应该看成一般的诸侯国，而是指春秋时期的东周王畿。"豳风"之"豳"，郑玄《诗谱·豳谱》："豳者，后稷之曾孙曰公刘者，自邰而出，所徙戎狄之地名，今属右扶风枸［xún］邑。"可见，"豳"为周人祖先公刘所居之地，也不能看成一般诸侯国。统而言之，所谓十五"国风"，指的是十五种带有明显地方特色的乐歌。其所涉及地域，大致相当于现在的山东、山西、河南、河北、陕西、湖北和安徽北部。

《风》一百六十首诗产生的时间也相当复杂。根据相关历史文献，有些诗篇可能产生得很早。如《豳风》，其地本是周人祖先故

---

① 郭人民认为周代的南国"北起终南山、熊耳山、嵩山，南达长江北岸，东南至淮、汝，西南至巴山以东的鄂北，包括今陕南、豫南、鄂北之地，正在岐丰洛阳之南，所谓江、沱、汝、汉地区"。见郭人民：《文王化行南国与周人经营江汉》，《河南师范大学学报（社会科学版）》1980年第2期。
② 关于"南"的问题，近代以来多有讨论。《小雅·鼓钟》有"以雅以南"，据此，有人认为"南"最初与"雅"并列，或并为两种乐器，或并为两类诗体，可供参考。然而在现存的《诗经》排列中，它已经与其他诸国之风并列，成为"风"之一种。

地，由于豳地在西周末已被狁侵占，春秋时归属秦国，故《七月》以及《豳风》中其他诗篇当是西周作品。其中《七月》一诗，《毛诗序》曰："《七月》，陈王业也。周公遭变故，陈后稷先公风化之所由，致王业之艰难也。"《鸱鸮》一诗，《毛诗序》曰："周公救乱也。成王未知周公之志，公乃为诗以遗［wèi］王，名之曰《鸱鸮》焉。"此诗在《尚书·金縢》中有记载："周公居东二年，则罪人斯得。于后，公乃为诗以贻王，名之曰《鸱鸮》。"值得注意的是，新出土清华简第一辑中有一篇《周武王有疾周公所自以代王之志（金縢）》，与《尚书·金縢》关系紧密，里面也提到了"鸱鸮"，写作"周鸮"，①此为重要的出土文献实证。由此可见，《鸱鸮》的产生就在周初，其他诗篇也和周公有关，产生时代也会相同。如《九罭［yù］》一篇，《毛诗序》曰："美周公也，周大夫刺朝廷之不知也。"此诗背景与《鸱鸮》有相同处，孔颖达曰："周公既摄政而东征，至三年，罪人尽得。但成王惑于流言，不悦周公所为。周公且止东方，以待成王之召。成王未悟，不欲迎之，故周大夫作此诗以刺王。"②至于《周南》和《召南》，诗中所咏的江汉汝水之地，到春秋之后逐渐被楚人所占，按传统的说法和它们在《诗经》中的地位，可知二者产生的时间也不会很晚。又，《周南》是周公统治之下的东都洛邑以南地区的诗歌，而《王风》则为东周洛阳王畿六百里之地的诗歌，那么，《王风》和《周南》所属地域便有了部分重叠。而《周南》所属之江、汉地区在春秋时大都被楚国所占。

---

① 清华大学出土文献研究与保护中心编、李学勤主编：《清华大学藏战国竹简（一）》，中西书局，2010，第15、158页。
② 周原甲骨H11：98刻辞有"女公用聘"句，据王晖考证，"女公"当为"汝公"，指周公曾临时住于汝水流域。此诗中的"于女信处""于女信宿"二句中的"女"通"汝"。诗中所写即指周公之事。见王晖：《古文字与商周史新证》，中华书局，2003，第148—150页。

以此而言,《周南》产生的时间应该比《王风》要早才是。以此类推,与之相对应的《召南》也不会太晚,二者都应该属于西周时代的诗歌,而《王风》则应该是东周春秋时代的诗歌。又,桧国本为西周封国,西周末年为郑桓公所灭。以此可知,《桧风》的作品当产生于西周时代。《国风》其余诗篇则大都产生于东周以后。如《郑风》,郑之受封在西周之末,其诗大抵应产生于东周时期。秦国始受封于周孝王时,平王东迁,秦襄公拥立有功,西都畿内之地方为秦之所有,秦始壮大,则《秦风》的产生也不会很早。至于具体诗篇,可以考知者,如《鄘风·载驰》《卫风·硕人》《秦风·黄鸟》《陈风·株林》等,都产生于春秋时代。

考察十五《国风》的内容,的确与《雅》《颂》不同,多数和当时的世俗家庭生活相关。其中最典型的就是《周南》《召南》,二十五首诗多半关乎家庭婚姻世俗生活。尤其是《关雎》《葛覃》《卷耳》《鹊巢》《采蘩》《采蘋》六首,据《仪礼》记载,在"乡饮酒礼""乡射礼"和"燕礼"中都要演奏,被称为"乡乐"。"二南"的地位之所以如此重要,据《毛诗序》所说,是因为《周南》是受到太王到文王的王者之化而形成的诗,《召南》则是受到诸侯之化而产生的诗:"然则《关雎》《麟趾》之化,王者之风,故系之周公。南,言化自北而南也。《鹊巢》《驺[zōu]虞》之德,诸侯之风也,先王之所以教,故系之召公。"朱熹也说:"武王崩,子成王诵立,周公相之,制礼作乐,乃采文王之世风化所及民俗之诗,被之管弦,以为房中之乐,而又推之以及于乡党邦国,所以著明先王风俗之盛,而使天下后世之修身齐家治国平天下者,皆得以取法焉。"这种说法当然有后世的推测成分,是有意提升"二南"的价值。但它们编入《诗经》并列入篇首显赫的位置,可能的确说明周人对于家庭伦理生活的重视,也说明这些有关爱情婚姻家庭伦理的歌唱，从周代社会开始就是"风"创作的主流，也最能体现一个地方的世俗风情。接下来列于其后的是邶、鄘、卫三国之"风"，共三十九首，这类诗篇的数量也不少。更值得注意的是《郑风》，共选录二十一首诗，在十五《国风》中数量最多，《郑风》中的诗绝大多数与男女情爱婚姻有关。而且，这些诗篇多涉及当时贵族社会的家庭婚姻道德伦理。因此，从周代礼乐文化的角度解读这些诗篇，是我们认识《诗经》的重要方式。

十五《国风》的确显示了不同地区的不同风俗。如《齐风》十一首，没有一首如《郑风》《卫风》那样的婚姻爱情诗，却选录了《南山》《敝笱 [gǒu]》《载驱》这三首诗，按《毛诗序》的说法，它们都与齐襄公与鲁文姜的丑闻有关。《毛诗序》曰："《南山》，刺襄公也。鸟兽之行，淫乎其妹，大夫遇是恶，作诗而去之。""《敝笱》，刺文姜也。齐人恶鲁桓公微弱，不能防闲文姜，使至淫乱，为二国患焉。""《载驱》，齐人刺襄公也。无礼义故，盛其车服，疾驱于通道大都，与文姜淫播其恶于万民焉。"文姜本为齐襄公妹妹，嫁与鲁桓公，号文姜。出嫁后还与齐襄公私通，为国人所不齿，故国人作诗刺之。此事在《春秋》三传中都有记载。说鲁桓公与齐襄公在齐国泺 [luò] 这个地方盟会，鲁桓公是带着文姜一起去的。在这里，齐襄公与他的妹妹文姜私通，被鲁桓公发现，鲁桓公就对文姜进行了训斥。文姜把这件事告诉了齐襄公，齐襄公很生气，就设下一计，宴请鲁桓公。宴会结束，齐襄公让公子彭生驾车送鲁桓公，在回程的路上把鲁桓公害死。① 《诗经》的选编者在

---

① 《左传·桓公十八年》："公会齐侯于泺 [luò]，遂及文姜如齐。齐侯通焉，公谪之，以告。夏，四月，丙子，享公。使公子彭生乘公，公薨于车。"《公羊传·庄公元年》："夫人谮公于齐侯，齐侯怒，与之饮酒。于其出焉，使公子彭生送之，于其乘焉，搚干而杀之。"《穀梁传·桓公十八年》："十有八年，春，王正月，公会齐侯于泺。公与夫人姜氏遂如齐……夏四月，丙子，公薨于齐。"

《齐风》中选择这样三首诗进行讽刺，一则说明此事在当时影响之大，另一方面也说明齐国的婚姻礼防的确较郑卫之地要严得多。《南山》诗中写："蓺［yì］麻如之何？衡从其亩。取妻如之何？必告父母。""析薪如之何？匪斧不克。取妻如之何？匪媒不得。"以此而论，齐地的确没有郑卫之国的文化土壤，自然也不会产生如《溱洧》之类的诗篇。而《秦风》十首，则选录了《车邻》《驷驖［tiě］》《小戎》《无衣》四首与车马和战事有关的诗，体现了鲜明的尚武精神。故朱熹在《无衣》之后评论说："秦人之俗，大抵尚气概，先勇力，忘生轻死，故其见于诗如此。"再看《陈风》，多男女欢爱之诗，又有巫觋歌舞之风，《宛丘》《东门之枌［fén］》是其代表。《汉书·地理志》说："周武王封舜后妫［guī］满于陈，是为胡公，妻以元女大姬。妇人尊贵，好祭祀，用史巫，故其俗巫鬼。"孔颖达《毛诗正义》："诗称击鼓于宛丘之上，婆娑于枌栩［xǔ］之下，是有大姬歌舞之遗风也。"① 总之，周代社会的各地民风民俗不同，所感发于诗者有异，采诗编辑者各选其最有代表性的诗歌，因而使十五《国风》的内容显得特别丰富。而作为世俗乐歌的十五《国风》，总体的风格基调则是自由质朴，生动自然，它是周代社会最为真实的社会生活画卷，包含着丰富的民俗风情和世俗文化，因而具有永恒的艺术魅力。

---

① 郑玄《诗谱》也说："帝舜之胄有虞阏［è］父者，为周武王陶正。武王赖其利器用，与其神明之后，封其子妫满于陈，都于宛丘之侧，是曰陈胡公，以备三恪。妻以元女大姬……大姬无子，好巫觋祷祈鬼神歌舞之乐，民俗化而为之。"

第三节 二《雅》的差异何在

《诗经》中有《大雅》《小雅》，同为"雅"诗，何由分为"大""小"？自汉代以后就说不清楚。[①]从一般常理来讲，既然"风""雅""颂"是音乐的分别，大小"雅"的分别也应该是音乐上的，这就如同"风"，我们知道十五《国风》各不相同，但是具体的乐调如何，我们也不清楚。不过，音乐与内容有紧密的关系，由于音乐有不同类型，大小"雅"在内容上也形成了一些明显的区别。所以在音乐已经失传的情况之下，从内容入手考察二者的不同，不失为一种相对有效的方式。《毛诗序》曰："雅者，正也，言王政之所由废兴也。政有小大，故有《小雅》焉，有《大雅》焉。"孔颖达疏："王者政教有小大，诗人述之亦有小大，故有《小雅》焉，有《大雅》焉。《小雅》所陈，有饮食宾客，赏劳群臣，燕赐以怀诸侯，征伐以强中国，乐得贤者，养育人材，于天子之政，皆小事也。《大雅》所陈，受命作周，代殷继伐，荷先王之福禄，尊祖考以配天，醉酒饱德，能官用士，泽被昆虫，仁及草木，于天子之政，皆大事也。诗人歌其大事，制为大体；述其小事，制为小体。体有大小，故分为二焉。"这一说法，虽然并没有很完满地解释作为音乐之"雅"的原意，但是在我们已经弄不清大小"雅"的音乐区别之际，从内容角度入手对其进行区别，其说法是可以供我们参考的。《大雅》有诗三十一首，《小雅》有诗七十四首，共一百零五首。让我们先从《大雅》说起。

《大雅》之诗，根据可以考知的诗篇写作时间，明显分成两个

[①] 此处可参考鲁洪生编著：《诗经学概论》，辽海出版社，1998，第47—49页。

时段，一是周初时段，按传统的说法为成王以前之诗①，二是厉王以后之诗。前者为"正大雅"，后者为"变大雅"。陆德明《经典释文》："自此（按：指《文王》）以下，至《卷阿》十八篇，是文王、武王、成王、周公之《正大雅》，据盛隆之时而推序天命，上述祖考之美，皆国之大事，故为《正大雅》焉。"这些诗，又分为两种不同的类型：一为颂美后稷、公刘、太王、王季、文王、武王、成王、周公之功业，一为颂美在世时王。后一类作品里面都没有明确标明时王为谁，《毛传》和朱熹都将其归为文王、武王等人。这两组诗混合在一起，都与相应的礼仪活动有关，可能二者之间有一定联系。

而自《民劳》以下的十三首诗，有七篇刺诗，《毛诗序》："《民劳》，召穆公刺厉王也。""《板》，凡伯刺厉王也。""《荡》，召穆公伤周室大坏也。厉王无道，天下荡荡，无纲纪文章，故作是诗也。""《抑》，卫武公刺厉王，亦以自警也。""《桑柔》，芮伯刺厉王也。""《瞻卬〔yǎng〕》，凡伯刺幽王大坏也。""《召旻》，凡伯刺幽王大坏也。"这七篇刺诗，五篇刺厉王，两篇刺幽王。有五篇颂美之诗。《毛诗序》："《崧高》，尹吉甫美宣王也。天下复平，能建国亲诸侯，褒赏申伯焉。""《烝民》，尹吉甫美宣王也。任贤使能，周室中兴焉。""《韩奕》，尹吉甫美宣王也。能锡命诸侯。""《江汉》，尹吉甫美宣王也。能兴衰拨乱，命召公平淮夷。""《常武》，召穆公美宣王也。有常德以立武事，因以为戒然。"这些作品中所颂美的人物，都属于宣王重臣，其诗皆为西周后期之作，也无争议。独

---

① 关于《大雅》之诗的作年，大都没有明确记载，今人多有考证，或认为有些诗篇作于康王、穆王以后，且多以金文中的文辞为参证。笔者认为，这些考证可备一说，但是也存在着明显的缺陷和不能解决的疑问，究其原因，是因为诗与金文是两种不同文体，所以我们不能简单地以金文词句的有无证明诗的产生时代。因此，这些考证尚不足以否定传统的说法，所以本书仍从旧说，认为这样更为稳妥。

《云汉》一篇，据诗的内容看，是周邦当时遭遇大旱，周王祭天祈雨之诗。诗中未有直接的美刺之意。据《今本竹书纪年》，周厉王二十二至二十六年连续大旱，二十六年厉王死，宣王立。"周定公、召穆公立太子靖为王。共伯和归其国，遂大雨。"又《太平御览》卷八百七十九引《史记》："共和十四年，大旱，火焚其屋。伯和篡位立。其年，周厉王流彘而死，立宣王。"① 由此而言，此次大旱祈雨的周王当为周宣王。此诗虽然未必像《毛诗序》所说，是赞美周宣王之诗，但是序中所言"宣王承厉王之烈，内有拨乱之志，遇灾而惧，侧身修行，欲销去之"，也不能说没有道理。且祈雨为周宣王即位所做的第一件有关尊天祈福的大事，由此而言，将此诗列入《大雅》，也属正常。这样看来，《大雅》诸诗，虽然我们从音乐上已经搞不清它与《小雅》的区别，但是从诗的内容来看，的确都是关乎周王朝王政之大事。

由此再看《小雅》七十四首诗，从题材内容和作者等角度看，的确与《大雅》有明显的区别。首先，在《小雅》中，没有歌颂周之先王和文武之丰功伟业的诗篇，也没有《行苇》《假乐》《泂酌》等，通过记叙时王的祭祀礼仪活动而对他们进行直接颂美的诗篇。虽然《小雅》中有的诗也与礼乐有关，也有对君子的赞美，如《鹿鸣》《四牡》《天保》《鱼丽》，但是这些诗篇并不指向具体的某位时王，多属于泛泛赞美，可用于一般的礼节仪式，立意主旨和《大雅》大有不同。郑玄《诗谱》曰："文王受命，武王遂定天下。盛德之隆，《大雅》之初，起自《文王》，至于《文王有声》，据盛隆而推原天命，上述祖考之美。""小雅自《鹿鸣》至于《鱼丽》，先其文所以治内，后其武所以治外。"其次，在《小雅》之中，有近

---

① 王国维：《今本竹书纪年疏证》，载《二十五别史（1）》，齐鲁书社，2000，第96页。

于《风》诗之怨刺者，皆立足于个人小己之得失。如《杕杜》《采绿》是写思妇对征夫的思念，《白驹》写女子怀念所爱之人，《隰桑》写女子对爱人倾诉款曲，《黄鸟》《谷风》《白华》都是弃妇诗，《车舝[xiá]》是迎亲曲，《蓼莪》诉说的是子女不得终养父母的悲痛。这些诗类似于产生于西周王朝的《风》诗，在《大雅》中则没有出现。司马迁在《史记·司马相如列传》中说："《大雅》言王公大人而德逮黎庶，《小雅》讥小己之得失，其流及上。"所论与这两类诗篇的内容也基本相符。由此而言，虽然《大雅》与《小雅》之区别未必就如《毛诗序》所说的"政有小大"，但二者的区别还是相当明显的。

二者当中都有对厉幽的怨刺和对宣王的颂美，这是相对难区分的。按《毛诗序》所言："《六月》，宣王北伐也。""《车攻》，宣王复古也。""《采芑》，宣王南征也。""《正月》，大夫刺幽王也。""《节南山》，家父刺幽王也。""《雨无正》，大夫刺幽王也。"从诗的内容来看，这些诗篇与《大雅》中的《板》《荡》《抑》等怨刺诗的主旨大致相同。可是仔细分析，二者的作者身份却大有不同，口气也有很大的不同。按《毛诗序》的说法，《大雅》诸篇的作者是凡伯、召穆公、卫武公、芮伯等重臣，而《小雅》诸篇则不过是一般的"大夫"。这个差异在诗中有明显的体现。《小雅》诸篇，多表现下层贵族对昏君的批判与怨恨之情，而《大雅》诸篇，则明显有王室重臣对昏君的训诫之意。如《民劳》各章中都有"无纵诡随"（不要放纵那些无操守的虚伪之人）一语的训诫，结尾还有"王欲玉女（汝），是用大谏"的苦口婆心；《板》诗则曰"老夫灌灌，小子蹻蹻"（老夫我这样忠心耿耿，没想到你却如此傲慢无礼）。《荡》一诗，则全篇假借文王训诫殷商之口来劝谏厉王，所谓"文王曰咨，咨女（汝）殷商"，最后又说"殷鉴不远，在夏后之世"，语重心长。而

《抑》的口气更显示出一位老臣的权威:"於乎小子,未知臧否!匪手携之,言示之事。匪面命之,言提其耳。"(可叹啊你这后生小子,竟然分不清好坏之事!我不但要用手牵着你,还要告诉你做事的道理。我不但要当面教导你,还要提着你的耳朵教训你。)因作者身份之不同,诗的情感语气也有明显差异。同为赞美宣王的诗,《大雅》诗重在述德记功,场面宏大;《小雅》诗重在叙写纪实,真实生动,诗篇的格局气度也不相同。有些篇章的区别虽然不太明显,但是从总体上看还是有所差异的。

要而言之,二《雅》中的部分诗篇都与"王政"有关,从多方面表现了周代社会的政治军事历史文化,内容特别丰富,对我们深入了解周代社会历史具有特别重要的意义。而《雅》的作者大都是周代社会的贵族和当时的文化阶层,其身份地位都与后世的士大夫和文人相近,关心时政也成为后世文人的传统,二《雅》也由此而成为后世文人创作的典范,值得我们深入研究。从内容上看,《小雅》和《大雅》的差异体现为两点:第一,同为与王政有关的诗篇,《大雅》的作者地位更高、格局更大;第二,《小雅》中没有赞美先王功德和颂美时王的礼仪乐歌,《大雅》中没有抒写下层民众疾苦并表达其心声的怨刺之作。从两极之处说,《大雅》近乎《颂》,《小雅》近乎《风》,仔细品味,我们还是不难发现二者的区别的。

第四节 三《颂》之体的不同

《诗经》有《周颂》三十一首,《鲁颂》四首,《商颂》五首。在今天看来,颂诗是最难理解和接受的,但是在古代,颂诗的地位却是最高的。吴季札在鲁国观乐,对颂诗的评价远高于《风》

《雅》。因为它是古人用于祭祀天地鬼神和祖先的乐歌，在对天地神明的敬畏中，最终表现的是对民族历史的认同和自豪。虽然同为"颂"，但是《周颂》《鲁颂》《商颂》三者的内容和表现又有很大不同。

在三《颂》当中，《周颂》最为重要，存诗最多，而且这些诗全为周初之作。《周颂·执竞》："不显成康，上帝是皇。自彼成康，奄有四方。"这可能是《周颂》中年代最晚的一首诗，按朱熹的说法，此诗提到了康王，但此说存在争议，因为《毛诗序》认为此诗"祀武王也"。《毛传》将"成康"释为"其成大功而安之"，自有道理。而其余可考之诗皆应在康王以前，文王、武王、成王是主要祭祀颂美对象。《周颂》的内容，我们大致可以分为以下几类：第一是以祭祀周人先王、歌颂天命为主题的诗歌，如《清庙》《维天之命》《思文》；第二是以《大武》乐章为代表的歌颂周初武功的诗歌；第三是以农业祭祀为主的祭祀诗，如《载芟》《丰年》《臣工》《潜》；第四是记叙在宗庙里举行的重要礼仪活动的诗歌，如《载见》《有客》；第五是有关成王执政庙祭时的几首抒怀之作，如《闵予小子》《访落》《敬之》《小毖》。① 从这里可以看出，周初的宗庙祭祀活动很多，祭祀的内容也很丰富。值得我们注意的：一是《周颂》中关于农业的祭祀诗众多，表明周人对农业的重视；二是周王在宗庙中举行一些相关礼仪活动，如成王即位时到宗庙中祈祷和忏悔，也在宗庙中接待送迎前来朝见的诸侯。这使《周颂》的内容非常复杂，

---

① 关于《周颂》的作年为周初，以往没有异议。近年来有人以金文为参照，认为《闵予小子》等四首为穆王时之作（见马银琴：《两周诗史》，社会科学文献出版社，2006）。但《清华大学藏战国竹简》中《周公之琴舞》中有"成王作儆毖"九首，其中就有《敬之》别本一篇，则穆王说不攻自破。

有些诗甚至超出了"颂"体之外。①但同时,在《周颂》中,对后稷等祖先和文武功业等的描写又非常简单。那些真正颂美祖先和文武功业的诗反而出现在《大雅》里,如《生民》《公刘》《绵》《皇矣》《大明》等,这与《商颂》有很大不同。这说明,《周颂》所反映的可能是产生于西周王朝建立初期的祭祀制度和颂诗形式,这对我们认识周人早期的宗教活动和思想意识有重要作用。其中感念先祖、敬畏上天、祈求和平、谨慎小心、勤政谦恭的心态,表现得特别明显。就连祭祀的文辞也是那样的质朴无华,毫无矜夸张扬的胜者狂傲之气。吴季札观乐称赞其为"五声和,八风平,节有度,守有序,盛德之所同也",看来是有根据的。

《商颂》五首为殷商颂歌,殷亡之后,这些颂歌保存在周太师之手,西周后期周宣王时,也就是宋戴公时,正考父到周太师那里"校商之名颂",还有十二首之多。但现存于《诗经》中的只有五首,当是经过周人选择之后编在《诗经》中的结果。按《毛诗序》的说法:"《那》,祀成汤也。""《烈祖》,祀中宗(殷王大戊,汤之玄孙)也。""《玄鸟》,祀高宗(殷王武丁)也。""《长发》,大禘[dì](郊祭天)也。""《殷武》,祀高宗也。"《毛诗序》的说法,可能有些过于凿实,后人多有怀疑。但是这五首诗有一个共同的特点,就是全以颂美商王功业为主。诗的风格也与《周颂》大不一样,极尽夸张地颂美商人血统之高贵、商王功业之伟,语言华丽,叙写铺张,尊崇武功而不尚文德,鲜明地体现了殷商时代的意识观念,为我们研

---

① 孔颖达已经看出了这一点,他在《毛诗正义》中说:"颂之作也,主为显神,明多由祭祀而为,故颂叙称祀、告、泽及朝庙于庙之事亦多矣,唯《敬之》《小毖》不言庙祀,而承谋庙之下,亦当于庙进戒、庙中求助者。然颂虽告神为主,但天下太平,歌颂君德,亦有非祭祀者。《臣工》《有客》《烈文》《振鹭》及《闵予小子》《小毖》之等,皆不论神明之事,是颂体不一,要是和乐之歌而已,不必皆是显神,明也。"

究殷商文学提供了宝贵的历史文献资料。当然，这五篇作品的产生年代也可能会有差异，其中《殷武》一篇，据当代学者考证，可能产生较晚，但是也绝不会是为美宋襄公而作。①

《鲁颂》四首为春秋时期鲁国的诗歌。"颂"本为周王祭祀之乐，鲁国何以作"颂"？按传统的说法是因为鲁国有特殊的地位。鲁是周公之后，在周王朝的各诸侯国中地位尊崇，在其国内祭祀周公时可以享天子之礼。②这使鲁国可以演奏颂诗，也可以仿周王朝之制而作颂诗。吴季札出使鲁国，在这里可以观"周乐"，聆听颂诗的演奏，即为证明。虽然如此，若《诗经》由周王朝乐官最后所定，也未必会选录《鲁颂》。为什么？因为按我们前面分析，无论是《周颂》还是《商颂》，所收的都是开国圣君时代的乐章，《周颂》中根本就没有康王以后的作品。以此而推，鲁若有颂，歌颂的对象，够格者只有周公与伯禽而已。现存《鲁颂》却是歌颂鲁僖公的乐章，显然有僭越之嫌。③其实，鲁僖公根本没有可以和伯禽相比的值得歌颂的功业。其《閟宫》一篇，尤其夸张不实："戎狄是膺，荆舒是惩，则莫我敢承"，"泰山岩岩，鲁邦所詹。奄有龟蒙，遂荒大东。至于海邦，淮夷来同。莫不率从，鲁侯之功。保有凫绎，遂荒徐宅。至于海邦，淮夷蛮貊。及彼南夷，莫不率从。莫敢不诺，

---

① 姚小鸥认为此诗是西周中叶宋国新修宗庙落成典礼上所唱颂歌。可备一说。见姚小鸥：《诗经三颂与先秦礼乐文化的演变》，商务印书馆，2019，第 22—32 页。

② 《礼记·明堂位》云："武王崩，成王幼弱，周公践天子之位，以治天下。六年，朝诸侯于明堂，制礼作乐，颁度量，而天下大服……是以封周公于曲阜，地方七百里，革车千乘。命鲁公世世祀周公以天子之礼乐，是以鲁君孟春乘大路，载弧韣〔dú〕，旂十有二旒〔liú〕，日月之章，祀帝于郊，配以后稷，天子之礼也。"

③ 《毛诗序》："《駉〔jiōng〕》，颂僖公也。僖公能遵伯禽之法，俭以足用，宽以爱民，务农重谷，牧于坰〔jiōng〕野，鲁人尊之，于是季孙行父请命于周，而史克作是颂。"此说有些冠冕堂皇，实则是汉人的曲为解说。

鲁侯是若"。①朱熹看出了《鲁颂》的问题,但是他囿于孔子删诗之说而不好处理,只好曲为之说,说孔子将《鲁颂》保留下来,其实也包含着对它的否定,这就是孔子的"春秋笔法"。②对此,今人姚小鸥提出不同看法,他认为鲁国之所以有"颂",与春秋中期的礼乐文化复兴运动有关,应该用历史的发展眼光来认识。③而我则认为,无论《鲁颂》的编辑是否与周代的礼乐文化复兴有关,它于《周颂》而言,都是变体,也不合《周颂》编辑体例。它在《诗经》中的存在,恰好可以证明我们现在所看到的《诗经》,应该是传自鲁国乐官,是他们有意抬高鲁国地位、将《鲁颂》加入其中的结果,所以才会有这种体例不类的现象存在。

如我们前面所论,鲁在诸侯中虽然有周公后裔之尊,但是与《周颂》相较,其诗也当不得"颂"之名号,故朱熹也认为这些诗有僭越之嫌。这四首诗,按《毛诗序》所言:"《駉》,颂僖公也。""《有駜》,颂僖公君臣之有道也。""《泮水》,颂僖公能修泮宫也。""《閟宫》,颂僖公能复周公之宇也。"这个解释也与诗的内容不合,颇为牵强。而诗篇的描写也多有夸张失实之处。不过,这几首诗也有值得关注之处,如《駉》描绘了一幅生动的牧马图,《泮水》

---

① 《春秋·僖公十三年》载:"公会齐侯、宋公、陈侯、卫侯、郑伯、许男、曹伯于咸。"同年《左传》解释说:"夏,会于咸,淮夷病杞故,且谋王室也。"《春秋·僖公十六年》载:"冬,十有二月,公会齐侯、宋公、陈侯、卫侯、郑伯、许男、邢侯、曹伯于淮。"《左传》亦云:"十二月会于淮,谋鄫,且东略也。"这两次征伐淮夷都是以齐桓公为首,鲁国只是参与国之一,并没有赫赫之功。
② 朱熹《诗集传》:"旧说皆以为伯禽十九世孙僖公申之诗,今无所考。独《閟宫》一篇,为僖公之诗无疑耳,夫以其诗自僭如此,然夫子犹录之者,盖其体固列国之风,而所歌者,乃当时之事,则犹未纯于天子之颂。若其所歌之事,又皆有先王礼乐教化之遗意焉,则其文疑若有可予也。况夫子鲁人,亦安得而削之哉。然因其实而著之,而其是非得失,自有不可揜[yǎn]者,亦春秋之法也。"
③ 姚小鸥:《诗经三颂与先秦礼乐文化的演变》,商务印书馆,2019,第七、八、九章。

写鲁人在泮宫献捷庆功盛况，《闷宫》写鲁人新建祖庙后的庆典，亦有一定的文献价值，同时让我们了解春秋中期的礼乐文化在鲁国的发展与演变情况，以及周代社会是如何一步步走向"礼崩乐坏"的。

要而言之，诗经"风""雅""颂"三体，以其特殊的编排分类方式，展现了周代社会丰富多彩的文化内容和高超的艺术成就。因而，认真地辨析"风""雅""颂"之别，发现其内在的奥秘，有助于我们重新了解和认识《诗经》这部伟大的经典。但是，正因为"风""雅""颂"之分类缘自当时的音乐差异和诗体功能，有特殊的历史内涵，所以我们在今天要对《诗经》的内容进行研究，一方面需要对"风""雅""颂"的分类情况有一个大致的了解，另一方面则需要根据当下的知识体系，用现代眼光对其进行新的分门别类研究。《诗经》之所以伟大，就因为它给我们提供了历久常新的丰富内容。下面，我们就试图打破传统的"风""雅""颂"界限，从《诗经》的具体内容入手对其进行新的分类阐释。

/ 第四讲 /

"周虽旧邦,其命维新"
——周民族的崛起与颂祖乐歌

《诗经》中首先值得我们关注的是歌颂周人祖先后稷、公刘和文王、武王等开国君王的乐歌。这些乐歌包括《大雅》中的《生民》《公刘》《绵》《皇矣》《大明》《文王》,《周颂》中的《清庙》《维天之命》《维清》《烈文》《天作》《昊天有成命》《我将》《时迈》《执竞》《思文》《酌》《桓》《赉》《般》诸篇。其中,《大雅》中的诸篇以叙述为主,《周颂》中的诸篇以抒情为主,颂美功德则是这两种乐歌的共同主题。

《礼记·乐记》曰:"王者功成作乐。"所谓王者功成,是指一个王朝获得了政权或者在某个方面取得了大的成功,这个时候就要作乐以记载其功,同时记载所以成功的原因。周王朝本为殷商时代地处西陲的小国,却一战打败统治中原几百年的大邑商,这本身就是值得千秋歌颂的伟业,其经验更值得认真总结和"炫耀"。在周人看来,他们之所以能够代殷商而承受天命,至少有两个方面的原因:一是有祖先艰苦创业奠定的基础和征服天下的赫赫武功,二是有得天下之心的道德号召。《诗经》中周人的颂功德乐歌,主要表现的就是这两个方面。要而言之,颂美祖先功业的乐歌,是周人礼乐文化建设的重要组成部分,也是《诗经》当中首先值得我们重视的思想文化内容。

第四讲 "周虽旧邦,其命维新"——周民族的崛起与颂祖乐歌

▎第一节 对英雄祖先的追怀与歌颂

周人是一个典型的农耕民族。在颂美祖先的创业之功时,自然要追溯到他们的祖先后稷。《大雅·生民》就是一首赞美后稷的乐歌:

厥初生民,时维姜嫄。生民如何?克禋克祀,以弗(袚[fú])无子。履帝武敏歆,攸介(愒[qì])攸止。载震(娠[shēn])载夙,载生载育,时维后稷。

诞弥厥月,先生如达。不坼不副[pì],无菑无害,以赫厥灵。上帝不宁,不康禋祀,居然生子!

诞寘之隘巷,牛羊腓[féi]字之。诞寘之平林,会伐平林。诞寘之寒冰,鸟覆翼之。鸟乃去矣,后稷呱[gū]矣。实覃[tán]实訏[xū],厥声载路。

诞实匍匐,克岐克嶷[nì],以就口食。蓺之荏菽,荏菽旆旆,禾役穟穟,麻麦幪[méng]幪,瓜瓞[dié]唪[běng]唪。

诞后稷之穑,有相之道。茀[fú]厥丰草,种之黄茂。实方实苞,实种实褎[xiù]。实发实秀,实坚实好。实颖实栗,即有邰家室。

诞降嘉种,维秬[jù]维秠[pī],维糜[mén]维芑[qǐ]。恒[gèn]之秬秠,是获是亩。恒之糜芑,是任是负。以归肇祀。

诞我祀如何?或舂或揄[yóu],或簸或蹂[róu]。释之叟叟,烝之浮浮。载谋载惟。取萧祭脂,取羝[dī]以軷[bá]。载燔载烈,以兴嗣岁。

卬盛于豆,于豆于登。其香始升,上帝居歆。胡臭亶时。后稷肇祀。庶无罪悔,以迄于今。

诗篇开始就介绍了后稷出生时的神异：后稷的母亲是姜嫄。她之所以能生下后稷，是因为她能虔诚地祭祀上帝，祓除了无子的不祥。她的脚踩到了上帝的大脚趾印，于是欣然心动，有所感应，怀孕在身，然后她安心地休息调养，却生下了一个像羊胞胎一样的肉蛋！姜嫄怀疑，是不是上帝没有安享她的祭祀，所以让她生下这样一个奇异的怪胎？于是，姜嫄把他弃于一条狭窄的小巷，没想到牛羊都来庇护他；又把他弃于平旷的树林，却碰上有人在伐木；最后把他弃于寒冰之上，却来了一只大鸟用翅膀覆盖他。等到大鸟飞走之后，后稷就哭起来，声音又长又响亮，整条路上的人都能听到。

这是一个充满神奇色彩的祖先降生故事。后稷是母亲脚踩上帝的大脚趾印而生，这象征着他是上天的儿子，从出生那天起就非同常人，显示了种种灵异。更神奇的是，他刚会爬行就解人意，聪明异常，会种植庄稼。他的庄稼种植得法，长得又肥又壮。他种植了各种谷物，培育出了优良品种，取得了丰硕的成果，于是他就在邰这个地方安家立业，周人由此诞生。显然，《生民》是一首对周人祖先的颂美之诗。诗中突出叙写了后稷发明农业这一丰功伟绩，说明周人的历史源远流长，周人从一开始就是一个勤劳智慧的部族。所以，后稷是周人祭祀的远祖，在慎终追远的教育中，他的功劳是第一位的。《周颂·思文》说："思文后稷，克配彼天。立我烝民，莫匪尔极。"可见后稷在周人心中的地位。

在周人祖先创业的过程中，第二位英雄人物就是公刘。如果说，《生民》还是一篇带有神话色彩的诗篇，叙述了周始祖后稷诞生、发明农业、定居邰地、开创周人基业的故事，还只是一段相当遥远的记忆，那么，《公刘》则记述了周人的另一先祖公刘的功绩，他率领周人自邰迁至豳地，初步定居并发展农业，真正开启了周人发展壮大的文明史。

第四讲 "周虽旧邦,其命维新"——周民族的崛起与颂祖乐歌

笃公刘,匪居匪康。乃场[yì]乃疆,乃积乃仓;乃裹餱[hóu]粮,于橐[tuó]于囊。思辑用光,弓矢斯张;干戈戚扬,爰方启行。

笃公刘,于胥斯原。既庶既繁,既顺乃宣,而无永叹。陟则在巘[yǎn],复降在原。何以舟之?维玉及瑶,鞞[bǐng]琫[běng]容刀。

笃公刘,逝彼百泉。瞻彼溥[pǔ]原,乃陟南冈。乃觏[gòu]于京,京师之野。于时处处,于时庐旅,于时言言,于时语语。

笃公刘,于京斯依。跄[qiāng]跄济济,俾[bǐ]筵俾几。既登乃依,乃造其曹。执豕于牢,酌之用匏[páo]。食之饮之,君之宗之。

笃公刘,既溥既长,既景乃冈。相其阴阳,观其流泉。其军三单[shàn],度其隰[xí]原。彻田为粮,度其夕阳。豳居允荒。

笃公刘,于豳斯馆。涉渭为乱,取厉取锻,止基乃理。爰众爰有,夹其皇涧。溯其过涧。止旅乃密,芮鞫[jū]之即。

据《史记》记载,后稷因为善于稼穑,在虞夏之世曾为农官。后稷去世后,他的儿子不窋[kū]继位。不窋末年,夏后氏政衰,不重视农业,不窋失去农官之职而奔亡于戎狄之间。不窋的孙子是公刘,是他带领着全族的成员迁到豳地,开垦荒地,营造宫室,使周人得到了新的安身之地而继续繁衍壮大。《公刘》一诗,就是对他的功业的记述与歌颂。全诗共分为六章,全面描述了这一过程。第一章说公刘在邰地受到戎狄的侵扰而不能安居,于是就整治田地,积存粮谷,制作干粮,带好干戈,迁居上路。第二、三章写公刘带领族人来到豳地高原,这里土地肥美,适合居住,于是公刘就察看地形,建设宫室,开始在这里安居乐业。第四章写公刘开始在这里举行祭祀活动,他请大家族的人一齐前来参加宴会,大家推举

公刘为家族之长。第五章写公刘观察形势，设立军屯轮流之法，以保证部族安全，豳地开始繁荣。第六章写公刘在这里制作工具，整治田地，豳地人沿水而居，人口越来越多，周人之兴旺从此开始。

在周民族发展史上，第三个重要人物是古公亶父。古公亶父生于殷商后期。当时周族又受到薰育戎狄的侵扰，于是，古公亶父率领周人自豳地迁至岐山之南的周原，营建政治机构，创业兴国。自后稷始生到武王定都镐京，周民族先后经历了邰、豳、岐、丰、镐五次大迁徙，其中，因受薰育戎狄的逼迫，太王（即古公亶父）率周人自豳迁至岐山脚下的周原，是最重要的一次大迁徙。《绵》便记述了这次迁徙的全过程：

绵绵瓜瓞［dié］，民之初生，自土［dù］沮［cú］漆。古公亶父，陶复陶穴，未有家室。

古公亶父，来朝走马。率西水浒，至于岐下。爰及姜女，聿来胥宇。

周原膴［wǔ］膴，堇［jǐn］荼如饴。爰始爰谋，爰契我龟。曰止曰时，筑室于兹。

乃慰乃止，乃左乃右，乃疆乃理，乃宣乃亩。自西徂东，周爰执事。

乃召司空，乃召司徒，俾立室家。其绳则直，缩版以载，作庙翼翼。

捄［jū］之陾［réng］陾，度［duó］之薨薨，筑之登登，削屡［lóu］冯［píng］冯，百堵皆兴，鼛［gāo］鼓弗胜。

乃立皋门，皋门有伉。乃立应门，应门将［qiāng］将。乃立冢土，戎丑攸行。

肆不殄［tiǎn］厥愠［yùn］，亦不陨厥问。柞棫［yù］拔矣，行道兑矣。混夷駾［tuì］矣，维其喙矣！

虞芮质厥成，文王蹶［guì］厥生（性［xìng］）。予曰有疏附，予曰有先后。予曰有奔奏，予曰有御侮！

全诗共分九章。第一章先写太王率周人初至岐山的情景,"陶复陶穴,未有家室",写初到之时尚无房屋,只好住在窑洞。第二、三章写太王察看地形,发现了周原的肥美,于是决定率周人定居周原,"周原膴膴,堇荼如饴。爰始爰谋,爰契我龟。曰止曰时,筑室于兹"。第四章写太王规划田亩。第五、六两章写太王营建宗庙和宫室的场面。第七章写太王营建王都郭门和祭神大社。第八章写自定居岐山之后,武力强大的周人,终于消除了自古以来的戎狄之患。最后一章叙及文王,说他以道德人格的影响力征服了虞芮两国,从此周人不仅自己强大起来,而且得到了众多小国的亲附。自古公亶父到王季再到文王,经过三代的经营,周终于成为可以和殷商王朝相抗衡的西方诸侯国,为武王灭商奠定了坚实的基础。因为古公亶父在周民族兴盛的过程中建立了不凡功业,所以后人尊之为"太王"。《毛诗序》曰:"文王之兴,本由太王",太王迁岐为周民族的日益强大繁荣奠定了雄厚的物质基础,具有重大的历史意义。

太王之后,王季继位,王季广播德音,明察是非,治国有方,百姓亲附,之后又传位给文王。在周民族代殷而兴的发展过程中,周文王无疑是最为杰出的领袖,所以,《诗经》中对于周文王的赞美之诗也格外引人注目,除了歌颂他的文德之外,也歌颂了他的武功。伐密伐崇,是周文王对外发动的最重要的两次战争。《大雅·皇矣》就是对这两场战争的记录。前四章先追述周之先祖开辟草莱、迁居岐山的艰苦创业过程,对王季的美德也略作交代,说明上帝从太王之时就开始眷顾周人。后四章则重点描写这两场战争:

帝谓文王,无然畔援,无然歆羡,诞先登于岸。密人不恭,敢距大邦,侵阮徂共。王赫斯怒,爰整其旅,以按徂旅。以笃于周祜,以对于天下。

依其在京，侵自阮疆，陟我高冈。无矢我陵，我陵我阿。无饮我泉，我泉我池。度其鲜原，居岐之阳，在渭之将。万邦之方，下民之王。

帝谓文王：予怀明德，不大声以色，不长夏以革，不识不知，顺帝之则。帝谓文王：询尔仇方，同尔兄弟。以尔钩援，与尔临冲，以伐崇墉。

临冲闲闲，崇墉言言。执讯连连，攸馘［guó］安安。是类是祃［mà］，是致是附，四方以无侮。临冲茀［fú］茀，崇墉仡［yì］仡。是伐是肆，是绝是忽，四方以无拂。

关于伐密伐崇的战争，历史有不同记载。据《史记·周本纪》所言，这两次战争都发生在文王被囚释放之后："明年，伐犬戎。明年，伐密须。明年，败耆［qí］国。殷之祖伊闻之，惧，以告帝纣。纣曰：'不有天命乎？是何能为！'明年，伐邘［yú］。明年，伐崇侯虎。而作丰邑，自岐下而徙都丰。"可见，在武王灭商之前，周文王已经做好了前期准备。首先将周部族周围的小国征服，在这个过程中，伐密伐崇是两次最重要的征战。密即密须，是姞［jí］姓之国，在《世本》中有记载，其地在今甘肃灵台附近。密人不但敢与周人抗拒，而且入侵了靠近周的两个小国阮和共（"密人不恭，敢距大邦，侵阮徂共"）。于是，为了保卫家园，文王起兵伐密。"王赫斯怒，爰整其旅，以按（阻止）徂旅。以笃于周祜，以对于天下。"当时，猖狂的密人不但侵入了阮、共，而且从阮疆登上了周人的高冈："依其在京，侵自阮疆，陟我高冈。"于是周人发出了保家卫国的誓词："无矢我陵，我陵我阿。无饮我泉，我泉我池。"周人根据地形，在岐山之阳、渭水之旁驻军，打败了密人。这使周人的力量更加强大，文王由此而成为西部地区的方伯，"万邦之方，下民之王"。

如果说，周人伐密是为了保家卫国，同时也借此机会威服了周边小国，巩固了自己的根据地，那么伐崇则是为了扫清灭商路上的最大障碍。崇是东方强国,其地在嵩山附近,依据嵩山一带的有利地形,筑有高大的城墙。① 文王为了伐崇,假借上帝的名义,与盟国结约("帝谓文王:询尔仇方,同尔兄弟"),准备攻城的器械(钩援)和战车(临冲),去攻打崇国的城墙("以尔钩援,与尔临冲,以伐崇墉")。伐崇的战争获得了巨大的胜利。诗的最后一章对胜利后的情形作了生动的描写:"临冲闲闲,崇墉言言。执讯连连,攸馘安安。""临冲茀茀,崇墉仡仡。"用无坚不摧的兵车,攻陷了崇国高大的城墙,俘获了大量俘虏。"是致是附,四方以无侮",从此那些小的诸侯国或被招抚或归附,再也没有谁敢侮慢周人;"是绝是忽,四方以无拂",从此那些小诸侯国或被征服或被灭绝,再也没有人敢不服从周人。

伐崇的胜利意义重大,扫清了周人灭商之路上的最后一道障碍。紧接着文王将国都迁徙到丰地(今陕西西安长安区西南沣河以西),周人灭商只是一个时间问题了。《大雅·大明》一诗,就是对灭商一役的叙述。诗分八章。第一章先从天命说起,说殷人已经失去了上帝的信任,天命即将降到周人的头上。接下来的五章详细描述周文王的降生、成长、结婚和武王出生的整个过程。最终接到了天的命令,武王联合诸侯国开始了灭商的战争。最后两章对牧野之战作了生动的描写:

殷商之旅,其会如林。矢于牧野,维予侯兴。"上帝临女,无贰尔心。"

牧野洋洋,檀车煌煌,驷騵彭彭。维师尚父,时维鹰扬。涼彼武王,肆伐大商,会朝清明。

---

① 杨宽:《西周史》,上海人民出版社,1999,第76—77页。

诗中先描写两军对阵时的情景，殷商的军队人数众多，敌众我寡。周武王在牧野誓师（"矢于牧野"），历数商纣王的罪状，鼓舞士气（"维予侯兴"）。说周人已经得到了上帝的保佑，大家不要有恐惧之心（"上帝临女，无贰尔心"）。接下来写战场的情景："牧野洋洋，檀车煌煌，驷騵彭彭。"意思是：在宽广的牧野战场上，周人战车坚固，战马雄壮。"维师尚父，时维鹰扬。凉彼武王，肆伐大商，会朝清明。"意思是：师尚父姜太公特别勇猛，像雄鹰展翅一样在战场上飞翔。由他作为武王的辅佐，周人开始了与大商的殊死搏斗，会战到黎明，最终将敌人全部消灭。

从《皇矣》和《大明》两首诗看，周人在灭商的过程中，是经过了一系列武力征服活动的。正是这些武力征服活动，使周人最终灭掉了商王朝。在这一过程中，文王、武王功劳最大，因而周人在诗中作了尽情的歌颂。除了《皇矣》《大明》两篇之外，在《大雅》中还有《文王有声》一篇，也是对文王武王开国武功的描写与歌颂，只是写得比较抽象。

《生民》《公刘》《绵》《皇矣》《大明》五首诗，从周人的始祖写到武王灭商，叙述了周人开国前的整个历史，合起来看，具有一定的史诗性质。因而，近代学者往往把它们当作中国的史诗。但是也有人认为《诗经》中没有史诗，认为这五首诗从作者、篇幅、风格、功用、流传方式等方面都与史诗存在着诸多不同。我们说它具有史诗的性质，因为它们用的都是古代歌谣传唱的形式，将神话、传说中的民族故事融入其中，而且有一定的人物形象，有简单的情节和叙事描写，同时带有很强的抒情性，是对民族历史的叙述和民族英雄的赞美。但这几首诗与史诗之间也的确存在着差异。它们不是如《荷马史诗》那样出于行吟诗人之手，不是民间艺人的说唱，而是出于周王朝巫、史、乐官之手，是用于祭祀先祖、表述功德的乐歌。因此，把它们看成是歌颂祖先功德的乐歌，可能更为准确。

▋ 第二节　对文王之德的崇敬与赞美

　　以周代殷的朝代更替是通过一场暴力革命实现的，武力的征讨本身就带有血腥的味道。据《尚书·武成》记载，当时在牧野战场上，商纣王的军队临阵倒戈，前军反过来攻击后军，于是大败，伤亡甚重，所谓"前徒倒戈，攻于后以北，血流漂杵"。但是我们看到，在歌颂武王战功的诗篇《大明》里，并没有对这场战争的血腥场面进行正面描写，在最后一章里，也只是炫耀了周人战车坚固、战马强壮，还有师尚父的雄姿。同样，在赞美文王伐密伐崇之武功的《皇矣》一诗中，也没有正面战场的描写。据说，武王克商之后，就专门制作乐歌《武》用来纪念这场战争，其后周公制礼作乐，将经营南国、安定国家等武功又加入其中。如《礼记·乐记》所记："且夫《武》，始而北出，再成而灭商。三成而南，四成而南国是疆，五成而分周公左、召公右，六成复缀以崇。"关于《武》乐，古今学者多作考证，大致认为包括现存《周颂》中的《武》《赉》《桓》诸篇。可是我们考察这些诗篇，其中同样没有对于战争场面的直接描写。为什么会是这样？这与周人的治国理念有关。《左传·宣公十二年》载楚庄王对此曾有一段评论："武王克商，作《颂》曰：'载戢［jí］干戈，载櫜［gāo］弓矢。我求懿德，肆于时夏，允王保之。'（把干戈收起来，把弓矢藏起来。我希望求得美德，把它施行于中国，这样才能让我王保有天下。）又作《武》，其卒章曰：'耆［zhǐ］定尔功。'（奠定你伟大的功业。）其三曰：'铺时绎思，我徂维求定。'（我要施行和承续文王之德，我征讨殷商是为了求得国家的安定。）其六曰：'绥万邦，屡丰年。'（安定天下万邦，年年获得丰收。）夫武，禁暴、戢兵、保大、定功、安民、和众、丰财者也。故使子孙无忘其章。"将武力看成是"禁止暴行、制止战争、维护正道、确立事功、安抚人民、团结群众、增长财富"的手段，不到万不得已而不用兵，这固然是楚庄王的解释，也很好地诠释了周人的治国理念和文德思想。我们知道，周人在建国之后，对自己能够以弱胜强、以小周邦战胜大邑商的原因进行了深刻思考。他们认为最根本的原因是殷人不敬德，所以丧失了天命（《周书·召诰》"惟不敬厥德，乃早坠厥命"），同时周人却跟随文王，不断进德修业，终于得到天命眷顾、福及子孙的结果（《皇矣》"比于文王，其德靡悔。既受帝祉，施于孙子"）。因此我们看到，在周人颂美其祖先功德的乐歌当中，颂美文德的诗篇比颂美武功的诗篇更多，也更重要。甚至在颂美武功的诗篇当中，颂美其文德也占有重要地位，如《皇矣》《大明》两诗的前半部分都是先写周人文德，后写武德。而这些，最集中的表现是在对周文王的歌颂中。

周文王在周民族的历史发展中占据最为突出的位置，在《诗经》中也是如此。《周颂》的第一篇《清庙》为祭祀周文王之诗，《大雅》的第一篇《文王》更是对文王道德功业的集中歌颂：

文王在上，於昭于天。周虽旧邦，其命维新。有周不［pī］显，帝命不时。文王陟降，在帝左右。

亹［wěi］亹文王，令闻不已。陈锡哉周，侯文王孙子。文王孙子，本支百世，凡周之士，不显亦世。

世之不显，厥犹翼翼。思皇多士，生此王国。王国克生，维周之桢；济济多士，文王以宁。

第四讲 "周虽旧邦,其命维新"——周民族的崛起与颂祖乐歌

穆穆文王,于缉熙敬止。假哉天命,有商孙子。商之孙子,其丽不亿。上帝既命,侯于周服。

侯服于周,天命靡常。殷士肤敏,祼[guàn]将于京。厥作祼将,常服黼[fǔ]冔[xǔ]。王之荩[jìn]臣,无念尔祖。

无念尔祖,聿修厥德。永言配命,自求多福。殷之未丧师,克配上帝。宜鉴于殷,骏命不易!

命之不易,无遏尔躬。宣昭义问,有虞殷自天。上天之载,无声无臭。仪刑文王,万邦作孚。

全诗共七章,以充满敬仰感动的语气开头:"文王在上,於昭于天",说文王虽然已经去世,但是他的光辉形象还昭显于上天。何以如此?是因为"周虽旧邦,其命维新",周这个旧邦,有了文王的出现,才获得了新的天命。所以,只要有文王的福佑,周人的江山就会代代传承下去。"文王陟降,在帝左右",说文王永远陪伴在上帝身边。第二、三章写周人对文王的无限感念,说文王对后世的赐福,是把他勤勉的形象和美好的声誉无私地传给了他的后世子孙("亹亹文王,令闻不已。陈锡哉周,侯文王孙子")。这足以使周人的子孙百世不衰:"文王孙子,本支百世,凡周之士,不显亦世。"不仅如此,周人的天下之所以传承百世,还因为有一批忠敬勤勉的大臣辅助左右,他们是王朝的栋梁。他们的存在,使文王对他的江山更加放心。("王国克生,维周之桢;济济多士,文王以宁。")诗的第四、五两章写文王对商人的告诫,说我们那仪表端庄的文王,也曾光明正大恭恭敬敬地臣服于你们,天命也保佑过商王朝,让你们的子孙世代繁衍;但是现在天命已经改变,你们也应该臣服于周人("穆穆文王,于缉熙敬止。假哉天命,有商孙子。商之孙子,其丽不亿。上帝既命,侯于周服")。最后两章则是对周人的告诫:"无念尔祖,聿修厥德。永言配命,自求多福。殷之未丧师,克配上帝。

宜鉴于殷，骏命不易！"意思是：不要忘了你们的祖先，要努力修养你们的品德。只有这样才能得到天命的眷顾，福禄都是自己努力求来的。殷王在丧失群众和人心之前，也是配得上天命的。你们一定要以殷商的灭亡为鉴，要知道得来和保持天命是多么不容易。"命之不易，无遏尔躬。宣昭义问，有虞殷自天。上天之载，无声无臭。仪刑文王，万邦作孚。"意思是：天命得来不易，不要丢失在你们身上。一定要发扬光大你们的美德，要以殷亡为鉴。天道的运行无声无息，你们一定要以文王为榜样，这样天下才会归心于你。

　　对于此诗之作，《毛诗序》曰："文王受命作周也。"郑玄笺："受命，受天命而王天下，制立周邦。"孔颖达疏："作《文王》诗者，言文王能受天之命，而造立周邦，故作此《文王》之诗，以歌述其事也。"又认为此诗"六章以下，为因戒成王"。但到底谁作，并没有具体记载。朱熹《诗集传》引吕祖谦之说，认为这首诗为周公所作："味其词意，信非周公不能作也。"朱熹赞同其说，并认为此诗："其于天人之际，兴亡之理，丁宁反覆，至深切矣。故立之乐官，而因以为天子、诸侯朝会之乐，盖将以戒乎后世之君臣，而又以昭先王之德于天下也。"这种说法多被后人认可。从诗中人的语气来看，他有相当的权威，诗中对文王充满了赞美之情，又显示出能够劝勉周王、告诫殷商遗民的地位身份，这正如吕祖谦所说，"信非周公不能作也"。诗的中心内容是赞美文王，是告诫周人要以文王为法，以殷亡为鉴。这样就将对文王道德功业的赞美与敬天法祖的戒惧情怀融为一体。诗的内容环环相扣，段落之间也多用顶针式修辞之法，一气贯注，语重心长。

　　关于文王的文德，《大明》一诗第三章专门写道："维此文王，小心翼翼。昭事上帝，聿怀多福。厥德不回，以受方国。"意思是说他用小心翼翼的恭敬之心来服事上帝，这才得到了上帝的福佑，让他享有王位，统治方国。在《绵》诗中，特别写到了虞芮两国被文王之德所征服的事情："虞芮质厥成，文王蹶（[guì]，感动）厥生（性[xìng]）。"说的是虞芮两国结成友好，是因为受文王感动。《毛传》对此事有详细注释，大意是说虞芮两国之君为了田界互不相让，长期争执。于是两人就商量，听说文王是个公正仁义之人，为什么不让他评一评理？于是就一同到周国去。入了周国国境，发现周人耕地让出田边，路人互相让路。到了城里，发现男女各走其路，老人不干重活。到了朝廷，发现士让着大夫，大夫让着卿。于是二国之君非常感慨，就说：我等小人，怎么配到这样的国家来呢？于是之后互相退让，把以前两国争执的田作为两国的边界之田。天下之人听说此事之后，主动归附于周文王的就有四十多个小国。①《史记·周本纪》也有大致相同的记载。虞芮臣服于周这件事情，《毛传》的解释显然带有夸张的色彩，但是文王以文德而享誉诸侯并折服虞芮两国，应该有一定的根据，在当时的影响也很大，这是周人颂美文王之德的现实依据。

在歌颂文王之德的诗篇中，《大雅·思齐》一篇值得关注。这首诗是从颂美周的三位伟大女性开始的。"思齐大任，文王之母。思媚周姜，京室之妇。大姒嗣徽音，则百斯男。"大任，文王的母亲，王季的妻子。周姜，太王的妃子，文王的祖母。大姒，文王的妻子。这几句诗如果翻译成现代汉语，大意是这样的："那个庄敬的大任啊，是文王的母亲。那个可爱的周姜啊，是太王的妃子（又是文王的祖母）。那个文王的妻子大姒啊，又继承了大任的美德，生

---

① 《毛传》："虞、芮之君，相与争田，久而不平，乃相谓曰：'西伯，仁人也，盍往质焉？'乃相与朝周。入其竟，则耕者让畔，行者让路。入其邑，男女异路，班白不提挈[qiè]。入其朝，士让为大夫，大夫让为卿。二国之君，感而相谓曰：'我等小人，不可以履君子之庭。'乃相让，以其所争田为间田而退。天下闻之，而归者四十余国。"

了众多优秀的儿子。"为什么颂美文王先要颂美文王的祖母、母亲和妻子呢？这可能和周代社会的文化习俗有关。因为在以家族血缘关系为纽带的农业社会里，家庭是最基本的生产单位和社会细胞。而在家庭文化里，女性又起着重要作用。《毛诗序》曰："《思齐》，文王所以圣也。"这是说文王的成长，离不开他的母亲、祖母的教育，也离不开妻子对他的帮助。同样，《大明》一诗，也特别浓墨重彩地写了贤德的大任嫁于王季，于是才生了文王。而文王与大姒又有"天作之合"，于是隆重地将她迎娶过来，不但光大了家风，而且还生了武王。① 同时，在《思齐》一诗中，还特别提到了文王之德的感化作用，认为那是从家庭开始的："刑于寡妻，至于兄弟，以御于家邦。"《毛诗正义》曰："能施礼法于寡少之适妻，内正人伦，以为化本。复行此化，至于兄弟亲族之内，言族亲亦化之。又以为法，迎治于天下之家国，亦令其先正人伦，乃和亲族。其化自内及外，遍被天下，是文王圣也。"将文王的文德与家庭道德伦理紧密结合，这在周代文化中具有特殊而重要的意义。由此我们也许就会理解，《诗经》为什么把《关雎》放在篇首，《毛传》还将它解释成"后妃之德"，说这是"王者之化"。"五四"以来的学者多将这种说法看成是汉儒的伦理说教，认为不符合事实。可是，如果结合《思齐》《大明》这些诗来看，周人把家庭伦理教化放在人的道德修养的最基本层面，认为文王之伟大是因为他有一个伟大的母亲、一位伟大的妻子，女性在家庭教育中具有举足轻重的作用，这是符合民族文化实际的。在儒家经典《礼记·大学》中，也把"修身齐家"放在"治国平天下"之先。所谓："心正而后身修，身修而后家齐，

---

① 《国语·周语》："夫婚姻，祸福之阶也。由之利内则福，利外则取祸。今王外利矣，其无乃阶祸乎？昔挚、畴之国也由大任，杞、缯由大姒，齐、许、申、吕由大姜，陈由大姬，是皆能内利亲亲者也。"

家齐而后国治，国治而后天下平。"这说明，周人对文王形象的塑造和对他的道德品质的理解，并不是"高大上"式的神化，而是从日常生活出发。这使文王的道德形象既伟大而又亲切近人，因而具有感动人心的力量。

关于对文王的赞美，在《周颂》中也有集中的体现。其中前三篇《清庙》《维天之命》《维清》，都是对文王功德的赞美。《我将》一篇，也是专门祭祀文王的：

於[wū]穆清庙，肃雍显相。济济多士，秉文之德。对越在天，骏奔走在庙。不[pī]显不承，无射于人斯。（《清庙》）

维天之命，於穆不已。於乎不显，文王之德之纯。假以溢我，我其收之。骏惠我文王，曾孙笃之。（《维天之命》）

维清缉熙，文王之典。肇禋，迄用有成，维周之祯。（《维清》）

我将我享，维羊维牛，维天其右之。仪式刑文王之典，日靖四方。伊嘏[gǔ]文王，既右飨之。我其夙夜，畏天之威，于时保之。（《我将》）

按《毛诗序》的说法："《清庙》，祀文王也。周公既成洛邑，朝诸侯，率以祀文王焉。""《维天之命》，太平告文王也。""《我将》，祀文王于明堂也。"（明堂，古代帝王宣明政教的地方。凡朝会、祭祀、庆赏、选士、养老、教学等大典，都在此举行。）《维清》，按朱熹的说法，也是"祭文王之诗"。四首诗从不同的角度赞美文王之德。《清庙》表达的是祭祀者对文王的无比崇敬，《维天之命》歌颂文王之德的纯粹。《维清》颂美文王立下的法则。《我将》表示对文王之典范的永远遵循。从这些祭祀诗中，我们可以看到文王在周人心中的地位。

文王形象的塑造，在周文化中有重要意义。[①]这些诗篇的重点不在文王的武功，而在他的文德，将先王创业的武功和周人所以强大的文德结合起来，这是周人对本民族之所以代殷而兴的最深刻认识。它使《诗经》中的这些颂美祖先功德的诗篇不仅仅是一种对历史的追忆和对祖先的夸耀，同时也具有深刻的思想蕴含。文王的形象从此超越了周王朝，成为中国古代可以与尧舜禹汤齐名的圣君，更是具有道德意义的典范，"天命靡常，惟德是辅""永言配命，自求多福""宜鉴于殷，骏命不易""上天之载，无声无臭"，这些振聋发聩的诗句，在今天仍然具有巨大的现实教育意义。

第三节　文化记忆中的经典建构

今天我们介绍这些歌颂祖先功德的乐歌有什么意义呢？这是我们认识《诗经》的重要方面。首先它有重要的历史价值。它以周民族的发展历史为轴心，以几次大迁徙和大战争为重点事件，记录了周民族的产生、发展及灭商建周的历史过程，并记载了当时周人政治、经济、军事、民俗等方面的情况，是我们研究周民族历史不可多得的珍贵史料。通过这几首歌颂祖先功业的乐歌，周人建构了一部完整的民族发祥史。这个历史有其客观基础，符合我们今天所了解的人类早期民族发展的历程。从后稷降生的始祖神话中，我们可以看到周人早期的祖先崇拜，以及它是如何与民族生存的自然崇拜完美结合在一起的。稷既是周人祖先的名字，又是周人赖以生存的代表性谷物。稷的母亲姜嫄无夫而孕的神话，也使我们推测这首诗

[①] 此处可以参考崔冶的博士学位论文《周文王与〈诗经〉》(首都师范大学，2016 年)。

记叙的历史,大致相当于母系氏族社会向父系氏族社会过渡的时期。《公刘》一诗记述周人酋长公刘的故事,他率领周人自邰迁至豳地,初步定居并发展农业的过程,则与我们现在所了解的,人类社会从原始社会解体到阶级分化的开始阶段相对应。而《绵》诗中所写的古公亶父率周人自豳迁至岐山之南的周原,营建政治机构、创业兴国的过程,则说明周人到太公时代已经进入阶级社会。从时间上推测,后稷的时代可能相当于虞夏时期,公刘时代相当于夏末商初,太王时代则在商代的中后期。这说明,周人的历史的确是非常悠久的。

但是这几首诗也并不是完全客观的对周民族历史的记述,而带有明显的美化成分,是在文化记忆基础上的艺术建构。从历史的发展中我们知道,到武王灭商之时,周民族相对于殷商王朝来讲,无论是生产力还是生产水平都是相对落后的,这从出土的殷商青铜器与周初青铜器的比较中看得尤其明显。但是在这几首诗中,后稷、公刘、太王、文王和武王的形象都非常高大。后稷自幼就会种植庄稼的神奇,公刘身佩"鞞[bǐng]琫[běng]容刀"的英武,古公亶父"来朝走马"的雄姿,都给人以深刻的印象。显然他们都是在历史原型的基础上重新塑造出来的、高于现实生活的人物形象。他们是艰苦的创业者,更是民族的英雄。后稷发明了农业,发明了种田选种的方法,才使周人掌握了永久的生存之道。因此,后稷不仅是他们的祖先,更是神灵,是永远的祭祀对象,是周民族最终的精神家园。公刘带周人开发了豳地,发明了"其军三单[shàn]"的军队轮流戍守制度,才使他们找到了既能防止戎狄的侵扰又能安心生产的两全之法,从此他们才能安居乐业。古公亶父率领周人迁居岐山,营造宗庙和宫室,建立国家制度,才使周民族迅速强大起来,才把长久为害周民族的敌人赶跑,杜绝了戎狄之患。文王进一步发展经营,特别是发动伐密伐崇的战争,才使周人建立了一个坚实的政治军事基础,才有了和殷商王朝抗衡的资本。武王赢得牧野之战,灭亡了殷商王朝,才有了周王朝的建立。颂美祖先的创业之功,歌颂他们的英雄事迹,将他们的形象美化,正是这样艺术化的历史建构,使这些先王的形象无比高大,也使周人对他们的民族历史感到无比的骄傲。他们要通过这种方式告诉人们,周民族的历史源远流长,周民族是无比伟大的。

这些歌颂祖先功业的乐歌,是周人在建国之后精心结撰的,是周王朝礼乐文化建设的重要组成部分,表现了非常高的艺术水平,代表了公元前11世纪诗歌创作的最高成就。

因为这些颂祖德乐歌可能是用于祭祀燕飨等重要场合,受功能和场景的限制,它从总体上不可能展开详细长篇的叙事,而只能采取片段叙事和典型场景叙事形式,即选择祖先功业中最有传奇性和代表性的历史片段加以描写。如《生民》中写后稷降生时的神异,《公刘》中写考察发现豳地时的快乐,《绵》诗中写营建宗庙宫室的情景,《皇矣》中写伐崇胜利时的声威,《大明》中写牧野之战的气势。通过这些最具有代表性的历史片段叙事和典型场景的夸张叙事,达到突出歌颂先王功业的目的。同时,这种描写手法,也突显了生动活泼的光辉的先王人物形象。如半人半神、具有耕艺才能的后稷,诚实笃厚的公刘,有魄力有远见、艰苦创业的古公亶父,"其德靡悔""顺帝之则"的文王,英气勃发、在牧野誓师、一举灭商的武王等。

作为颂美祖先功业的乐歌,抒情在其中占有重要位置。但这种赞美式的抒情又不是直接的抒发,而是与先王功业概括性的叙事结合在一起的,是在述说祖先伟业过程中自然地流露出来的。如《公刘》每章都用"笃公刘"开头,把周人对他的赞美爱戴之情和他为民操劳的情形交替写来,这显然出自有意的安排。这反映出周人敬天保民的思想观念,说明他们已经意识到:先王受到人民拥戴的根本原因,不是他们空洞的许诺,而是脚踏实地为民造福谋利;他们不是高高在上的神明,而是以身作则的凡人;他们创业在前,吃苦在前,战场上奋勇杀敌在前,与人民同甘共苦。这既是赞美公刘,又是在告诫嗣王与后人。赞美先王,便是树立楷模,出于对先王的爱戴和敬仰,要后人向他们学习。

　　作为颂美祖先功业的乐歌,这些诗篇的创作很讲究谋篇布局和章法结构。这几首乐歌基本上都是按照历史事件发展的自然顺序叙述的。如《绵》写太王率民迁岐,营建其地,便是按照实际建筑的过程依次记述:先察看地形,进行谋划,占卜决疑;然后划定区域,丈量田界,开沟筑垄;接着建造宫室庙宇,修筑城墙祭坛。有的则以相同的词语领起一章,如《生民》中间六章都以"诞"字发端,《公刘》每章都以"笃公刘"领起,这既构成了章节之间的排比,增强了外在形式上的层次感,又使深层内容紧密关联;表现出赞颂之情的不断深化,将全诗融为一个浑然整体,似江河顺流而下,一气贯注,滔滔不绝。

　　同时,在祖先功业的颂美之中,诗人还注意情景的营造,采用片段叙事和场景叙事等艺术手段,通过细节的真实还原场景的生动,以达到更好的抒情效果。如《生民》后两章:

诞我祀如何?或舂或揄[yóu],或簸或蹂[róu]。释之叟叟,烝之浮浮。载谋载惟。取萧祭脂,取羝[dī]以軷[bá]。载燔载烈,以兴嗣岁。

卬盛于豆,于豆于登。其香始升,上帝居歆。胡臭亶时。后稷肇祀。庶无罪悔,以迄于今。

这是对祭祀后稷时的场景的记叙和描写,从准备做饭开始,细致而生动:有的人在舂米和舀米,有的人在簸米和搓米;有"嗖嗖"的淘米声,还有蒸饭时冒出的腾腾蒸气。经过人们的仔细商量谋划,祭祀仪式开始了:供案上飘起缕缕徐升的青烟,牛肠脂混着萧艾的香气四处弥漫;丰盛的祭品中有大公羊,还有烧肉和烤肉。诗人虽然没有描写总体场面和人的神情,只是从视觉、听觉、嗅觉角度突出了一个个特写镜头,却让我们很自然地从这些动静结合、虚实相间、声色交汇的描写中,感受到那轰轰烈烈的场面、忙忙碌碌的人群,感受到周人对后稷的尊崇与赞颂、虔诚喜悦的神情,感受到他们对获得更大丰收的强烈企盼和一种深深的民族之爱。

此外,这些诗篇还很讲究修辞技巧,看得出乐歌作者观察生活的细腻,掌握词汇的丰富,驾驭语言的娴熟。诗中或用比喻形象地再现战争场面,如《大明》一诗用"殷商之旅,其会如林"写殷人兵多将广、来势汹汹的样子。用"维师尚父,时维鹰扬",突显师尚父如苍鹰展翅、俯仰飞扬、所向无敌的英雄形象。而《绵》一诗开篇即以比喻构成意蕴深长的意象,"绵绵瓜瓞,民之初生",以瓜瓞自小变大绵绵不绝来比喻周民族的不断发展,由弱变强,世代延续,源远流长;总领全诗,耐人寻味,增强了诗歌的形象性。有些诗篇连用叠音词摹声状态,不仅传神,还大大增强了诗歌的节奏感,读起来朗朗上口,听起来和谐悦耳。如《生民》中的"荏菽旆旆,禾役穟穟,麻麦幪[méng]幪,瓜瓞唪[běng]唪",连用四个叠音词描摹不同农作物的丰收景象,突显不同农作物的不同神态。又如《绵》诗中写周人营建宫室宗庙时集体板筑劳动的场景:"捄[jū]之陾[réng]陾,度[duó]之薨薨,筑之登登,削屡[lóu]冯[píng]冯,百堵皆兴,鼛[gāo]鼓弗胜。"连用四个摹声的叠音词来描写劳动的场面，突出听觉感受，让人深有亲临其境之感。这不同声响的交汇，既使人想象筑墙时不同工序同时进行的热闹，"百堵皆兴"的浩大规模和恢宏气魄，也使人感受到周人高涨的劳动热情、紧张的劳动节奏，从中体会到周人创业的艰辛和积极奋进的民族精神。乐歌中还运用了排比、对比、对仗等多种修辞技巧，大大增强了它的文学性。

颂祖功乐歌在《诗经》中所占比例虽然不高，但是地位却特别重要，它们主要集中在《大雅》和《周颂》里，具有记述历史和指引未来的重要意义。它们是在周人文化记忆基础上形成的经典，是周人礼乐文化建设中最重要的组成部分，承担着重要的思想文化教育功能。我们只有对这些颂祖功乐歌有一个基本的了解，才会明白《诗经》这部经典在周代社会的价值和意义。

/ 第五讲 /

"七月流火,九月授衣"
——古老农业文明的生活再现

据考古发掘证据,我国在一万多年前的新石器时代初期便已开始了农业种植活动。周民族是典型的农业民族,周人将后稷视为他们的祖先,说明农业在周代社会的地位。农业是周人主要的生产方式和主要的社会生活内容,全社会所有的人几乎都与农业生产发生直接关系,许多政治、宗教活动也都围绕着农业而展开。"物质生活的生产方式制约着整个社会生活、政治生活和精神生活的过程。"[①] 可以说《诗经》中所有的诗都是农业社会的产物,都反映了农业社会生活的不同侧面,从题材、道德观念到审美情趣都带有农业文化的性质。《诗经》直接写到农业祭祀和农业生活的诗篇占比也远高于后世的诗歌。因此,对于《诗经》中有关农业的诗篇我们需要给予高度重视。其中比较重要的有:《豳风·七月》,《小雅》中的《楚茨》《信南山》《甫田》《大田》,《周颂》中的《臣工》《噫嘻》《丰年》《载芟》《良耜》等。根据它们所描述的内容又可分为农业祭祀诗和农业生活诗,下面我们分别讲述。

---

① 马克思:《〈政治经济学批判〉序言》,载中共中央马克思恩格斯列宁斯大林著作编译局编译《马克思恩格斯选集(第二卷)》,人民出版社,1995,第32页。

第五讲 "七月流火,九月授衣"——古老农业文明的生活再现

▍第一节 浪漫而深情的农业祭歌

农业祭祀诗是指《诗经》中描述春夏祈谷、秋冬报赛等祭祀活动的诗歌,《小雅》中的《楚茨》《信南山》和《周颂》中的五篇农事诗便属于农业祭祀诗。它们是悠久的农业文明的宗教展现,是浪漫而深情的农业祭歌。

周代统治者极为重视农业的发展,农业的丰收很大程度上取决于大自然的风调雨顺,在生产力水平还很低下的时代,人类尚无法凭借自身的力量控制自然、支配自然,只能寄希望于幻想世界中天神先祖的庇护与恩赐。于是,周人便围绕农业生产设置了名目繁多的祭祀活动。

一年农事活动将要开始的早春,周王要亲自主持隆重的宗教仪式,"祈谷"于上帝,并进行"籍(也写作藉)田"典礼。所谓"籍田",郑玄解释说:"籍田,甸师氏所掌,王载耒所耕之田,天子千亩,诸侯百亩。'籍'之言'借'也,借民力治之,故谓之'籍田'。"籍田典礼,就是天子率诸侯、大夫和各级农官携农具来到周天子的"籍田"里象征性地犁地。"及期,郁人荐鬯〔chàng〕(祭祀用的酒),牺人荐醴,王裸〔guàn〕鬯(以酒洒地以祭),飨醴乃行,百吏、庶民毕从。"(《国语·周语》)《周颂·载芟》就是用于籍田典礼的乐歌:

载芟载柞,其耕泽泽。千耦其耘,徂隰〔xí〕徂畛〔zhěn〕。侯主侯伯,侯亚侯旅,侯彊〔qiáng〕侯以。有嗿〔tǎn〕其馌〔yè〕,思媚其妇。有依其士,有略其耜。俶〔chù〕载南亩,播厥百谷,实函斯活。驿驿其达,有厌其杰。厌厌其苗,绵绵其麃〔biāo〕。载获济济,有实其积,万亿及秭〔zǐ〕。为酒为醴,烝畀〔bì〕祖妣,以

洽百礼。有飶［bì］其香，邦家之光。有椒其馨，胡考之宁。匪且有且，匪今斯今，振古如兹。

籍田即天子借民力而耕田的祭祀典礼，是周代帝王重视农业的具体表现。但是这首诗中表现的内容可能更为古老。它用艺术表演的形式，真实地再现了农夫们一年四季的农业生活，从春天的开垦荒地、播种，到夏天的谷物生长、秋天的丰收和冬天的祭祀。为什么在春天耕种前的祭祀要举行这样的仪式表演呢？《后汉书·祭祀下》记载说："汉兴八年，有言周兴而邑立后稷之祀，于是高帝令天下立灵星祠。""舞者用童男十六人。舞者象教田，初为芟除，次耕种、芸耨［nòu］、驱爵及获刈、舂簸之形，象其功也。"原来，这是以"象其功"的形式来祈求农业的丰收。不过，这种祭祀活动在汉初到底举行过没有，当时人也不确定，所以说是"有言"，即带有传闻性质。而汉代的史书和相关记载中也没有相关的歌辞。这是因为秦汉以后的中国社会，国家的祭祀礼仪活动已经远离了社会现实生活，成为一种象征性仪式。而真正把现实生活的场景搬到祭祀活动中来，是在早期社会中才会有的事情。《礼记·郊特牲》记上古的伊耆氏举行蜡［zhà］祭，驱逐田害，所唱的《蜡辞》是："土反其宅，水归其壑，昆虫毋作，草木归其泽。"也是对驱逐田害活动的模仿。可见，在祭祀中模仿生活的场景，是上古祭祀时的常态。春籍田而祈社稷的目的是祈求丰收。在祭祀典礼上将一年的劳动过程重演一遍，让神灵看到，人们的劳动是多么勤奋，对神灵的态度又是多么虔诚，这才能感动神灵，让神灵赐福。同时，生动的劳动场景描摹，也是生活经验的传授，是劳动知识的教育。所以我们看到，这首诗将当时一年的农业劳动生活描写得多么生动！"载芟载柞，其耕泽泽。千耦其耘，徂隰徂畛。"耦耕，即两人并肩而耕，是古代的一种耕田方式，"千耦其耘"，形容人多。诗的开头四句就向我们展现了一个宏大的集体劳动场面：芟野草啊，砍树丛，耕出田来土松松。两千人啊，并肩耕，向湿地啊，向田中。这个场面很隆重，也很热烈。而且把全部族的人都动员起来了："侯主侯伯，侯亚侯旅，侯彊侯以。"国君带着公卿、大夫，带着众人，无论强弱的劳力都出动了。①"有嗿其馌，思媚其妇。"大家嗿嗿地吃着田头饭，这是妇女们送来的。正因为全部族都参加了劳动，付出了那么多的辛劳，所以种出来的庄稼才会长得又壮又好："播厥百谷，实函斯活。驿驿其达，有厌其杰。厌厌其苗，绵绵其麃。"（种下的百谷有活力，长出的幼苗肥又壮，肥壮的苗儿长得快，风吹田垄千重浪。）经过春耕夏耘的辛勤劳动，终于迎来了秋天的大丰收："载获济济，有实其积，万亿及秭。"（丰收的粮食装满仓，数量超过千万亿。）于是举行各种庆祝活动："为酒为醴，烝畀祖妣，以洽百礼。"（既酿酒来又酿醴，首先用它敬祖妣，举行百种祭祀礼。）"有飶其香，邦家之光。有椒其馨，胡考之宁。"（蒸出饭来喷喷香，为我邦家添荣光。花椒泡酒散香气，先让老人得安享。）最后向神灵表示感谢并希望得到更多的福佑："匪且有且，匪今斯今，振古如兹。"（祈求社稷多多保佑，不仅此地，不仅此年，愿年年丰收，万古如此！）

可见，《载芟》一诗所写，源自周民族悠久的农业传统，沉积了深厚的民族文化。它通过祭祀场景的叙述，描绘了一幅生动的农业生活风景图画，真实地再现了上古社会纯朴的民风，表达了人们

---

① 关于"侯主侯伯"以下几句，今人有不同解释，如郭沫若将"主""亚""伯""旅"译为国王、公卿、大夫；于省吾将"主"释为君；姚小鸥亦引传世文献与金文，认为当取郭、于二说，将"主"释为"祭主"，并进一步认为"有嗿其馌，思媚其妇"所指为馌礼。可备一说。

真纯的感情。诗的语言质朴而又生动，充满了对生活理想的渴望，浪漫而深情。可以说，这是中国古代祭祀诗歌中的杰作。

如果说，《载芟》是周人在籍田典礼上表演的乐歌，有悠久的历史民俗传承体现于其中，那么，《噫嘻》就是周王参加籍田典礼的写实：

噫嘻！成王，既昭假尔。率时农夫，播厥百谷。骏发尔私，终三十里。亦服尔耕，十千维耦。

《毛诗序》说："《噫嘻》，春夏祈谷于上帝也。"朱熹认为此诗是周成王劝诫农官的诗，"昭假"就是"格汝众庶"，指把众人召集起来。周成王告诫农官说：我把你们召集起来，让你们带领着农夫们播种百谷，大力地开垦私田，越多越好。①《吕氏春秋·孟春纪》记载说：孟春之月，天子在初一之日要祈谷于上帝。择一个好的时辰，天子亲自拿起耒耜来示范，三公、九卿、诸侯、大夫也都前来参加典礼。"天子三推"，就是用耜（类似今天的锹）翻土三下，三公五下，卿、诸侯、大夫九下，翻土的次数因等级有别。②《国语·周语》中也有记载。③周天子用耜在籍田中象征性地挖一下，

---

① 朱熹《诗集传》："戒农官之词。昭假尔，犹言格汝众庶。盖成王始置田官，而尝戒命之也。尔当率是农夫播其百谷，使之大发其私田，皆服其耕事，万人为耦而并耕也。"

② 《吕氏春秋·孟春纪》："是月也，天子乃以元日祈谷于上帝。乃择元辰，天子亲载耒耜措之，参于保介之御间，率三公、九卿、诸侯、大夫躬耕帝籍田。天子三推，三公五推，卿、诸侯、大夫九推。"

③ 《国语·周语》："及籍，后稷监之，膳夫、农正陈籍礼，太史赞王，王敬从之。王耕一墢，班三之，庶人终于千亩。"韦昭注说："一墢，一耦之发也。耜广五寸，二耜为耦，一耦之发，广尺深尺……王一墢，公三，卿九，大夫二十七也。""墢"同"坺"。《说文解字》："坺，治也。一曰甾[chā]土谓之坺。"

以示躬耕,"且以劝率天下,使务农也"①。从诗中文意看,此诗当是周成王参加籍田典礼的写实,这说明周成王对农业的重视。他先象征性地翻三下土,然后就对下属的农官发布口令,让他率领农夫,不失时机地抢种百谷。

除了春秋举行籍田典礼之外,周代社会在夏天还要举行耨[nòu]礼,也就是除草之礼。《国语·周语》中载虢文公论及籍田的礼仪时说:"耨、获亦如之。"可知天子籍田之礼,除了要在早春举行始耕典礼,在夏季锄草、秋季收割时还分别要举行典礼。《臣工》便是周王举行耨礼时所唱的乐歌。秋收之后,还要举行大规模的报祭,答谢神灵的恩赐,"以兴嗣岁"。《周颂》中的《丰年》《良耜》,《小雅》中的《楚茨》《信南山》就是用于"秋冬报赛"的祭歌。

农业祭祀诗在《诗经》中有独特的地位,也体现了独特的价值。它们记录了周人为祈求农业丰收而进行的宗教活动以及与之相关的风俗礼制,如《楚茨》中对祭祀场面进行了详细的描写,使我们对那个特定时代的文化现象有所了解。

济济跄[qiāng]跄,絜[jié]尔牛羊,以往烝尝。或剥或亨,或肆或将,祝祭于祊[bēng]。祀事孔明,先祖是皇,神保是飨。孝孙有庆,报以介福,万寿无疆!

执爨[cuàn]踖[jí]踖,为俎孔硕,或燔或炙。君妇莫莫,为豆孔庶,为宾为客。献酬交错,礼仪卒度,笑语卒获。神保是格,报以介福,万寿攸酢!

这是对农业丰收祭祀场景的真实描写,用两章的篇幅来详细形

---

① 班固《汉书·文帝纪》注引韦昭语。

容。第一章写前来参加祭祀的人庄严恭敬，行走有节，洗干净献祭的牛和羊，用作冬烝和夏尝。有人剥皮有人煮，有人陈设并摆放。宗庙门内先设祭，祭品整洁又鲜亮。祖先神灵都降临，一齐享用和品尝。孝孙一定受奖赏，祖先赐他大福禄，让他万寿又无疆。第二章写掌灶的人既神态恭敬，又动作敏捷，肉类又多又丰盛，有的烧来有的烤，主妇工作特勤勉。豆中菜肴也丰富，参加助祭的人很多。大家互相敬酒，酒杯交错，合乎礼仪，谈笑得当。祖先神灵也来了，酬报全家幸福，赐他们长寿。可见，农业祭祀诗并不是抽象地抒发"祈谷报赛"的心情，而是通过具体的场景描写，全面地展现周人的农业生活。如《载芟》中对全社会各阶层人参加田间劳动的情况进行了描述。《噫嘻》中所说的"骏发尔私，终三十里"，反映了西周封建领主采用了劳役地租制的剥削形式。"公田"即封建领主的籍田，"私田"即农奴的"份地"，农奴要"同养公田。公事毕，然后敢治私事"（《孟子·滕文公上》）。农业祭祀诗中还屡屡描写到农业丰收的景象，如"丰年多黍多稌［tú］。亦有高廪，万亿及秭"（《丰年》），"我黍与与，我稷翼翼。我仓既盈，我庾维亿"（《楚茨》），"积之栗栗，其崇如墉，其比如栉"（《良耜》），等等。这些描写反映了周初农业生产的规模和农业经济的繁荣，而所有这些都是考察西周政治、经济及社会性质的珍贵史料。

　　周代天子亲耕的籍田之礼，足以表明农业生产在统治集团心目中的重要地位，而统治集团的重视与提倡必然会促进农业的迅速发展。"春夏祈谷""秋冬报赛"等宗教活动，是那个时代的普遍信仰，轰轰烈烈的祭祀活动定会大大提高周人夺取丰收的信心，激发周人的劳动热情，而精神力量的高涨必然会转化为现实的物质力量。当然，周人并不是消极地等待上天的恩赐，只是在勤劳耕作的同时，希望上天能赐予一个风调雨顺的天时，以求得一个"多黍多稌"的丰年。美好的愿望、虔诚的祈求，也表现出周人对自身力量不足的清醒认识，而这正是了解、征服未知世界的内在驱动力。

　　重农是中国古代社会的重要特点。自周代以后的历代帝王，都会象征性地参加相关的祭祀仪式，这已经成为中国古代的一个传统，一直到清王朝灭亡。如《汉书·文帝纪》记载汉文帝即位第三年，"春正月丁亥，诏曰：'夫农，天下之本也，其开藉田，朕亲率耕，以给宗庙粢盛。'"又说："农，天下之大本也，民所恃以生也。而民或不务本而事末，故生不遂。朕忧其然，故兹亲率群臣农以劝之。"正因为籍田是封建社会朝廷的大事，所以也极受封建帝王的重视，在行籍田礼时帝王表现得极为端庄恭敬。他们也往往把这种重农意识在籍田诗中表现出来。如南朝梁简文帝在《籍田诗》中写道："礼经闻往说，观宝著华篇。岂如春路动，祈谷重人天。……秉耒光帝则，报献动皇虔。度谐金石奏，德厚歌颂诠。是知躬稼美，兼闻富教宣。"《乐府诗集》也记录了从汉至唐各代的籍田乐歌。直到清朝，乾隆皇帝在《御园耕种》诗前小序还说，其父雍正帝每年都至御园进行亲耕活动，又在丰泽园（现北京中南海内）演耕，再在每年春天举行籍田之礼，礼仪之盛甚至超过周代。时至今日，我国民间还流传着这样的歌谣：

　　　　二月二，龙抬头，
　　　　天子耕地臣赶牛。
　　　　正宫娘娘来送饭，
　　　　当朝大臣把种丢。
　　　　春耕夏耘率天下，
　　　　五谷丰登太平秋。①

---

① 王庚虎：《二月二，龙抬头》，《光明日报》，1993年2月22日第2版。

对农业的重视,在今天仍然具有重要意义。这也是这些农业祭祀诗在今天仍然值得我们认真研究和学习的原因之一。

第二节　朴素而沉重的生活陈述

《诗经》中还有些诗篇直接写到了当时的农业生活,是朴素而深情的农业生活陈述。如《小雅》中的《甫田》《大田》,虽然也和秋冬报赛的农业祭礼有关,但诗的核心内容是当时的农业生活,描写了领主省耕、省敛及农夫选种、修械、播种、除草、灭虫、收获等农业生产情况。省耕、省敛与籍田不同,它们不是祭祀的典礼,而是周代关于农业生产的一种巡视制度,指的是周王或领主巡视春耕秋收。《孟子·梁惠王下》记载说:"春省耕而补不足,秋省敛而助不给。"巡视春耕秋收,省问农人,补给耒耜等农具的不足,更重要的是督促农人抓紧农时,勤勉耕作。故《甫田》《大田》两诗对农业生活多有描写。

《诗经》中最有代表性的农业生活诗是《豳风·七月》:

七月流火,九月授衣。一之日觱[bì]发[bō],二之日栗烈。无衣无褐,何以卒岁?三之日于耜,四之日举趾。同我妇子,馌彼南亩。田畯至喜。

七月流火,九月授衣。春日载阳,有鸣仓庚。女执懿筐,遵彼微行,爰求柔桑。春日迟迟,采蘩祁祁。女心伤悲,殆及公子同归。

七月流火,八月萑[huán]苇。蚕月条桑,取彼斧斨。以伐远扬,猗彼女桑。七月鸣鵙[jú],八月载绩。载玄载黄,我朱孔阳,

第五讲 "七月流火,九月授衣"——古老农业文明的生活再现

为公子裳。

四月秀葽[yāo],五月鸣蜩。八月其获,十月陨萚[tuò]。一之日于貉,取彼狐狸,为公子裘。二之日其同,载缵[zuǎn]武功。言私其豵[zōng],献豜[jiān]于公。

五月斯螽动股,六月莎[suō]鸡振羽。七月在野,八月在宇,九月在户,十月蟋蟀入我床下。穹窒熏鼠,塞向墐户。嗟我妇子,曰为改岁,入此室处。

六月食郁及薁,七月亨[pēng]葵及菽。八月剥[pū]枣,十月获稻。为此春酒,以介眉寿。七月食瓜,八月断壶,九月叔苴[jū]。采荼薪樗[chū],食我农夫。

九月筑场圃,十月纳禾稼。黍稷重穋[lù],禾麻菽麦。嗟我农夫,我稼既同,上入执宫功。昼尔于茅,宵尔索绹[táo]。亟其乘屋,其始播百谷。

二之日凿冰冲冲,三之日纳于凌阴。四之日其蚤,献羔祭韭。九月肃霜,十月涤场。朋酒斯飨,曰杀羔羊。跻彼公堂,称彼兕[sì]觥[gōng]:万寿无疆!

这首诗在风诗中是最长的,88句,380字,共分八章。诗歌以季节为线索,叙述当时农民一年的劳动内容和艰辛。"七月流火,九月授衣",火是指大火星,又名"心宿",每年夏历五月黄昏出现在正南方天空,最为醒目,六月升至最高,七月以后逐渐西移下沉,所以叫"七月流火",这是中国北方夏季典型的天象。夏历九月已经是深秋,妇女们开始缝制冬衣。诗的前两章都以这两句开头,奠定了全诗以季节和劳动为主的叙述基调。第一章接下来的诗句与授衣相关联,因为天气寒冷,没有棉衣无法过冬。"一之日觱发,二之日栗烈。无衣无褐,何以卒岁?"请注意这几句中的"一

之日"指周历一月，周历比夏历早两个月，相当于夏历的十一月，"觱发"指寒风劲吹发出的声音。"二之日"指周历二月，夏历十二月。① "栗烈"即凛冽，形容严冬的寒冷。这四句如果用通俗的话讲，大意就是，"一月里来北风吹，二月里来天气寒。没有衣褐来保暖，怎能度过大冬天？"以下"三之日""四之日"，分别指周历的三月和四月，也就是夏历的一月和二月。"三之日于耜，四之日举趾。同我妇子，馌彼南亩。田畯至喜。""耜"，耕田工具。"举趾"，举步下田。"馌"，送饭。"南亩"，向阳的田亩。"田畯"，农官。这几句的意思就是：到这个季节，农民们又要修理农具，举趾下田，开始春耕了；妇女和小孩子把饭送到地头，农官看了很高兴。

诗的第二章写春季女子采桑养蚕的劳动。前面描写了一幅春日采桑的美丽劳动画卷："春日载阳，有鸣仓庚。女执懿筐，遵彼微行，爰求柔桑。春日迟迟，采蘩祁祁。""载"，语气词。"阳"，天气转暖。"仓庚"，黄莺。"懿筐"，深箩筐。"微行"，田间小路。"蘩"，白蒿，用于孵化蚕卵。"祁祁"，形容很多。在春日的暖阳之下，在仓庚鸟的鸣叫声中，女子走在田间的小路上，手执深箩筐去采柔嫩的桑叶，又采来很多白蒿铺在蚕卵上。但春天也是女子出嫁

---

① 关于《七月》的历法问题，历代争论颇多。诗中直接说"三月""四月"等，一般认为是夏历，"一之日""二之日"等，大都认为是周历。这种说法大致没有问题。《七月》和《夏小正》的物候基本相合，但是与夏历物候略有差异，大约晚半个月。另外，既然《七月》之诗用夏历纪年，为什么还要用"一之日""二之日"来写冬天几个月的活动？印志远认为，《七月》所表达的实际上是中国古老的岁时历法观念，以秋季为岁暮，冬至改岁，所谓"曰为改岁，入此室处"，以第二年的春季为岁首。所以从冬至到孟春的几个月不用月份纪名，而称之为"×之日"，这是强调日相在岁时节令中的主导地位，不同于后世的阴阳合历（印志远：《〈豳风·七月〉岁时观念钩沉——兼论文学史上的"岁暮"为秋》，《文学评论》2019 年第 2 期），可资参考。

的日子，所以最后两句写即将出嫁的女子的悲伤："女心伤悲，殆及公子同归。""公子"，《仪礼·丧服》："诸侯之子称公子。"包括男子和女子。《春秋公羊传·庄公元年》："群公子之舍则以卑矣。"何休注："谓女公子也。"根据文意，此处之"公子"应该指女公子。"归"，女子出嫁。如何理解这两句诗，古今有不同意见。"五四"以来，按阶级分析的观点，有人认为这里所写的是女子怕被公子抢走，因而伤悲。但仔细分析，这样理解可能是望文生义，并不准确。因为整首诗的情感基调不是这样的。另外从诗句的文字上也解释不通。"归"指女子出嫁，并不是抢婚。《毛传》曰："春女悲，秋士悲，感其物化也。"这一传统的解释可能更为贴切。女子感物伤情，春景引发春情；采桑女想到自己可能将随贵族女公子同嫁，远离父母，故而伤悲。

限于篇幅，本文不再在这里作更细致的逐章分析。大体而言，全诗每章都集中叙述一两件事情。第一章，从岁寒授衣写到春耕生产，总括衣、食的生产。第二、三、四章，承第一章前半部分，分述关于"衣"方面的事。第五章，由天寒写到修缮破屋御冬。第六章，写农夫们一年所吃的东西。第七章，写农夫秋冬季节的劳动。第八章，写与祭祀相关的活动。总之，这首诗用平铺直叙的列举之法，把豳地农民一年中围绕着"衣""食""住"的所有劳动，一一铺写开来，宛如一幅豳地农民生活的全景图，真实地再现于人们面前，让我们感叹他们生活的艰难。这正如崔述《读风偶识》所言："自正月至十二月，趋事赴功，初无安逸暇豫之一时。男子耕耘于外，女子蚕绩于内。未'举趾'而已先'于耜'，甫'纳稼'而即'执宫功'，虽农隙之时而亦有'剥枣''断壶''采荼''薪樗''取狐狸''缵武功'之事，乃至冰坚水涸，一切之事皆毕，而犹使之冒寒'凿冰'，毋乃过于劳乎？"这首诗带给读者的感受是沉重、真切、震撼心灵的。

那么，这首诗是谁作的，又是如何编入《诗经》当中的呢？《毛诗序》曰："《七月》，陈王业也。周公遭变故，陈后稷先公风化之所由，致王业之艰难也。"即认为此诗是周公所作，朱熹也赞同这一说法。但是从清代以来就有人质疑。如清人方玉润在《诗经原始》中就认为周公作为上层统治者，不可能写出这样的诗篇："《七月》一篇，所言皆农桑稼穑之事，非躬亲陇亩，久于其道者，不能言之亲切有味也如是。"故今人多以为本诗是被剥削阶级（农奴或奴隶）倾诉自己的悲哀与痛苦。但我们通读此诗，感觉虽然这首诗陈述农业劳动之艰难，给人以沉重之感，但是也并不是对自己苦难的痛陈，里面并没有怨愤之气，更像是一种雍容和缓的平静诉说。而且，它被编入《诗经》，列为《豳风》首篇，说明这首诗在当时是深受周代统治者重视的，是具有经典意义的。所以，可能需要我们从《豳风》产生的时代入手进行讨论。

按我们前面所讲，豳属于周族发祥旧地，是公刘迁居之所。《豳风》中的作品，按《毛诗序》的说法，都与周公有关。据我们所考知的历史文献，如根据清华简和传世文献记载，证明《鸱鸮》一诗，确是周公所作。因此，《毛诗序》的说法不能轻易否定，其应该有我们现在所看不到的历史文献证据的支持。据《周礼·春官宗伯·籥［yuè］章》载："中春，昼击土鼓，龡［chuī］豳诗，以逆暑。中秋，夜迎寒，亦如之。凡国祈年于田祖，龡豳雅，击土鼓，以乐田畯。国祭蜡，则龡豳颂，击土鼓，以息老物。"郑玄注说："豳诗，豳风《七月》也。吹之者以籥为之声。《七月》言寒暑之事，迎气歌其类也。""豳雅，亦《七月》也。""豳颂，亦《七月》也。"不论是说《七月》一诗中分风、雅、颂三体，还是说《七月》一诗可分别用风、雅、颂三种乐调演唱，总之，于此可知《七月》

可能是用于迎寒暑节气、祈年、祭蜡的乐歌。这说明,《七月》一诗的来源可能相当古老,可能是出自豳地的用于述说生产生活的古老歌谣。如果我们追溯当时豳人的生活状况,本诗可能就是真实的白描。那是一个生产力低下、物质匮乏、生活艰苦的时代。如果将其和太王迁岐之后的生产力水平与生活状况相比,也许真有新旧时代两重天的感觉。所以,乐官把这首古老的民族歌谣整理和记录下来,最大的意义也可能是忆旧,让子孙后代记住过去生活的艰难,明白今天好生活的来之不易。我们知道,周公是西周初年伟大的思想家,他深知周王朝政权获得的不易,认为天道无常,难以预测,保持王位不易("天难忱斯,不易维王"),因此不要忘记祖先,不要忘记过去,要修炼自己的品德,保住自己的幸福("无念尔祖,聿修厥德")。他曾经一再地劝告成王,不要贪图安逸,先要知道稼穑的艰难:"呜呼!君子所其无逸。先知稼穑之艰难。"他告诉成王,文王在位时还亲自参加劳动,用美好谦恭的态度关心下民,惠及鳏寡,甚至从早到晚顾不上吃饭(《尚书·无逸》"文王卑服,即康功田功。徽柔懿恭,怀保小民,惠鲜鳏寡。自朝至于日中昃,不遑暇食,用咸和万民")。由此而言,这首诗最初虽然未必是周公所作,但是《毛诗序》说此诗是周公"陈王业",让周成王明白"致王业之艰难",是合乎道理的。

　　由此可见,《七月》这首诗的内容是十分丰富的,它的认识价值也是多层次的。早在周代社会,它就被周公拿来教育成王;后世的儒家学者,也从这里发掘其生活教化意义。如朱熹《诗集传》引王氏之说:"仰观星日霜露之变,俯察昆虫草木之化,以知天时,以授民事。女服事乎内,男服事乎外,上以诚爱下,下以忠利上。父父子子,夫夫妇妇,养老而慈幼,食力而助弱。其祭祀也时,其燕飨也节,此《七月》之义也。"这段评论特别强调了《七月》一诗中所包含的自然节令秩序和社会生活秩序的协调，认为把握这种协调是促成社会和谐的重要方式，很有深意。不过在今天看来，这种平静的述说，已经真实地再现了周民族早期从衣、食、住等方面就已经存在的阶级差别：农夫们穿的是粗麻的衣服（褐），贵公子穿的是珍贵的丝绸和皮袭，"我朱孔阳，为公子裳"，"取彼狐狸，为公子裘"。农夫们"采荼薪樗"，吃野菜，烧椿树皮，却要把打来的猎物献给领主，"言私其豵，献豜于公"，农夫们自己住的是"穹窒熏鼠，塞向墐户"才能过冬的房屋，却仍要"上入执宫功。昼尔于茅，宵尔索綯"。所以当我们今天重读此诗的时候，除了能了解当时的生产生活习俗之外，还会更加真切地感受到农夫的不幸与哀苦，在现代社会中突显了它的文化批判力量。

《诗经》中的农业生活诗，除《七月》之外，还有《大田》一首，也值得重视。

大田多稼，既种既戒，既备乃事。以我覃耜，俶载南亩。播厥百谷，既庭且硕，曾孙是若。

既方既皂，既坚既好，不稂不莠。去其螟螣［tè］，及其蟊［máo］贼，无害我田稚。田祖有神，秉畀［bì］炎火。

有渰［yǎn］萋萋，兴雨祈祈。雨我公田，遂及我私。彼有不获稚，此有不敛穧［jì］。彼有遗秉，此有滞穗。伊寡妇之利。

曾孙来止，以其妇子。馌彼南亩，田畯至喜。来方禋祀，以其骍［xīng］黑，与其黍稷。以享以祀，以介景福。

这首诗也描写了春天播种、夏季除害、秋季收获和冬天祭祀的农业生产劳动过程。虽然比《七月》简略，但是第二段"去其螟螣，及其蟊贼，无害我田稚。田祖有神，秉畀炎火"，写周人用火烧的办法防治虫害，很有文化价值。表面上这几句诗只是描写了当时用火驱虫的一个日常生活场景，内里却包含了知识的传承与教育，是先民们丰富的生活经验的诗性总结，从而使诗歌成为具有百科全书性质的文化教材，也让我们对先民们的聪明智慧产生敬佩，体会到文明传承的力量。用火驱虫这一古老办法，因为有效易行而延续下来，朱熹说："姚崇遣使捕蝗，引此为证，夜中设火，火边掘坑，且焚且瘗[yì]，盖古之遗法如此"。再如这首诗中提到了《七月》《载芟》《良耜》等篇中也提到的"俶载南亩""馌彼南亩"，其中"南"字不是单纯的方位词，而是指周人或选择向南朝阳的土地，或南北方向起垄，这说明周人已注意到阳光对农作物生长的重大意义了。这同样是对周人农业生产宝贵经验的形象记载，具有多方面的文化价值和意义。

《大田》这首诗的第三段写得很有意味。前四句"有渰萋萋，兴雨祁祁。雨我公田，遂及我私"，"私"指"私田"，与"公田"对举。周代社会实行井田制，按《孟子·滕文公上》所言："方里而井，井九百亩，其中为公田。八家皆私百亩，同养公田。公事毕，然后敢治私事。"阴云盛起，细雨蒙蒙，无声润物，也滋润着农夫的心田。他们渴求喜雨先下到公田上，同时也能泽溉私田。先公而后私，公私兼顾，颇能表达出诗中的微妙意蕴。对统治者来说，这或许可以看作是他们对下层百姓的怜悯之心，对农夫们而言，这又何尝不是希冀老天也对他们有所眷顾的渴望。接下来的五句："彼有不获稚，此有不敛穧。彼有遗秉，此有滞穗。伊寡妇之利。"表面看来只是写寡妇拾取田间众多的遗穗，细细咀嚼，韵味颇深。方玉润在《诗经原始》中说："诗只从遗穗说起，而正穗之多自见。其穗之遗也，有低小之穗，为刈获之所不及者；有刈而遗忘，为束缚之所不备者；亦有束缚虽备，而为辇载之所不尽者；且更有辇载虽尽,而折乱在垄,为刈获所不削,而束缚之难拾者。凡此皆寡妇之利也。事极琐碎,情极闲淡,诗偏尽情曲绘,刻摹无遗,娓娓不倦。无非为多稼墙一语设色生光,所谓愈淡愈奇,愈闲愈妙,善于烘托法耳。"方氏的评点立足于细节和章法,很精彩。在我看来,这种细致的描写还体现了诗人对下层百姓疾苦的同情,有浓浓的人情味,同时也能让我们体会到那个时候下层农夫生活的艰难,了解那个时代农业社会的结构形态,同样有很大的文化价值,使之成为研究西周社会生活的重要史料。

农业生活诗还具有很高的艺术价值,它们不仅艺术地再现了农业社会中人们勤劳朴实的性格、淳厚平和的民风、凝聚向心的心理,而且在表现技巧上也达到了很高的水平。如《七月》中将节令物候与农事结合起来写,这是由当时的记时习惯所形成的独特表述方法,用一系列的物候形象地表现了季节更替的抽象概念,而且生动地传达出了农业生产生活的乡土气息。如"七月在野,八月在宇,九月在户,十月蟋蟀入我床下"。运用蟋蟀由远及近的迁移来表示气温的逐渐降低、季节的变化,别有意趣。人们在诵读之时,会随着蟋蟀空间位置的转换而产生不同的肤觉感受与心理体验,当然也会在"十月蟋蟀入我床下"中,感受到农夫居住条件的简陋。而《大田》一诗中"有渰萋萋"的景物描写和"彼有不获稚"的细节描写,尤能体现诗人在平静的叙述中委婉言志的高超表达能力。

农事诗是周代农业社会大文化背景下的直接产物,无论是农业祭祀诗还是农业生活诗,都表现了浓浓的社会生活气息,再现了古朴的周代农业社会风貌。农业为立国之本,作为"饥者歌其食,劳者歌其事"的早期诗歌作者,诗人将他们关注的视野直接放在农业生活上,把农业生活的内容直接写入诗歌里,朴素而又真诚,真实而又生动。和后世诗歌相比,农事诗是《诗经》中最有价值、最有特色的内容之一。较之其他题材的作品,更能直接地反映周代的经济基础状况和物质生活实际,揭示中华民族精神气质和审美趋向产生的物质之源。

/ 第六讲 /

"呦呦鹿鸣,食野之苹"
——礼乐文化与燕飨乐歌

如我们在第一章中所述,为适应周代社会的经济结构和政治制度,周人建立了一整套与之相配的礼制,以明确社会等级和尊卑秩序。为了更好地协调社会关系和维护这一礼制,周人又特别重视乐的建设。礼乐相须为用,所以我们称周代文化为礼乐文化。乐配礼而行,乐歌在《诗经》中也就具有特别重要的地位。

从广义上讲,周礼既包括个人伦理道德修养、行为方式的准则规范,又包括政治和经济上的分封制度和与之配套的官制,以及相应的典章制度。从狭义上讲,周礼一般指涉及社会各个层面的礼仪规范。据《周礼》记载,当时把礼划分为吉礼、凶礼、军礼、宾礼、嘉礼五大类,统称为"五礼"。吉礼,是用于祭祀的礼仪;凶礼,是用于丧葬的礼仪;军礼,是用于军事的礼仪;宾礼,是用于朝聘会盟的礼仪;嘉礼,是用于融合人际关系的礼仪,它的内容比较复杂,包括婚礼、冠礼、飨燕、立储、宾射等很多方面。

各种礼仪都有与之相配的乐歌。如有祭祀之乐,再细分,有祭天乐歌、祭祖乐歌、祭社稷乐歌,还有专门祭文王的乐歌;还有出征之乐、凯旋乐歌等。在世俗生活中,有婚礼乐歌、冠礼乐歌等。我们在这里特别关注的是用于燕飨的乐歌,包括朝廷中的迎宾朝会和诸侯士大夫各种宴饮的乐歌,我们把它们统称为燕飨乐歌。《礼记·礼运》曰:"夫礼之初,始诸饮食。"又曰:"夫礼必本于天,动而之地，列而之事，变而从时，协于分艺。其居人也曰养，其行之以货力、辞让、饮食、冠、昏、丧、祭、射、御、朝聘。"可见，在周人的观念里，礼的兴起最初源于饮食。之所以如此，是因为人的生存首先要满足的就是觅食求生的问题。如何根据"货力辞让"原则合理地分配食物，以显示一个人、一个家族、一个国家的文明，就显得特别重要。正是在此基础上，衍生出一系列的燕飨饮食之礼，还配有优美的乐歌。在礼以别亲疏、明等级的情况下，这些乐歌起到了厚人伦、美风俗的重要作用。所谓"乐者为同，礼者为异。同则相亲，异则相敬""礼义立，则贵贱等矣；乐文同，则上下和矣"。所以，燕飨乐歌在《诗经》中占有重要地位。如果从内容来讲，我们又可以将其分为以和谐君臣关系为主的乐歌，以及以和谐血缘亲情关系为主的乐歌。

第一节　鼓瑟吹笙中的君臣和乐

　　燕飨乐歌是直接反映嘉礼中飨礼、燕（宴）礼等礼仪活动的诗歌。其中飨礼是周天子在太庙举行的一种象征性的宴会。《左传·成公十二年》记载："世之治也，诸侯间于天子之事，则相朝也，于是乎有享宴之礼。"杜预注："享有体荐，设几而不倚，爵盈而不饮，肴乾而不食，所以训共俭。"《小雅·彤弓》郑笺云："大饮宾曰飨。""飨，谓享大牢以饮宾也。"飨以大牢招待宾客，规模盛大，但并不是大吃大喝，献酒爵数也有一定限制。燕飨诗中有几首反映飨礼活动的诗，如《小雅·彤弓》写周王燕飨，赏赐有功诸侯；《小雅·桑扈》写周王燕飨诸侯时对他们的赞美及劝诫；《小雅·鱼藻》《大雅·泂酌》写周王燕飨诸侯时，诸侯对周王的赞美。在这些诗中，最值得我们关注的是《小雅·鹿鸣》：

呦呦鹿鸣，食野之苹。我有嘉宾，鼓瑟吹笙。吹笙鼓簧，承筐是将。人之好我，示我周行。

呦呦鹿鸣，食野之蒿。我有嘉宾，德音孔昭。视民不恌[tiāo]，君子是则是效。我有旨酒，嘉宾式燕以敖。

呦呦鹿鸣，食野之芩。我有嘉宾，鼓瑟鼓琴。鼓瑟鼓琴，和乐且湛[chén]。我有旨酒，以燕乐嘉宾之心。

《毛诗序》："《鹿鸣》，燕群臣嘉宾也。既饮食之，又实币帛筐篚，以将其厚意，然后忠臣嘉宾得尽其心矣。"诗以"鹿鸣"起兴。《毛传》说："兴也。苹，蓱也。鹿得蓱，呦呦然鸣而相呼，恳诚发乎中。以兴嘉乐宾客，当有恳诚相招呼以成礼也。"在中国文化传统中，鹿是一种仁兽。传说鹿得美食，必呼朋引伴前来共享。诗以"呦呦鹿鸣，食野之苹"起兴，正是以此为象征，以见君臣之间的相亲相爱之义。但诗中并没有用君臣之称谓，而以主人宴请"嘉宾"的口气，这也正体现了燕飨之乐的功能。因为在强调"尊尊"的政治场合，君臣之间的关系会被等级森严的"礼"所疏远，而燕飨之乐正是为了弥补这一缺憾，以显示君臣之间还有"亲亲"的情感交流。朱熹《诗集传》对此有很好的解释："此燕飨宾客之诗也。盖君臣之分以严为主，朝廷之礼以敬为主，然一于严敬，则情或不通，而无以尽其忠告之益，故先王因其饮食聚会，而制为燕飨之礼，以通上下之情。而其乐歌又以鹿鸣起兴，而言其礼意之厚如此，庶乎人之好我，而示我以大道也。"第二章承接第一章，接着写嘉宾德性美好，从不轻浮，是君子效法的榜样。我有美酒，自当与嘉宾共饮共欢。第三章又紧承以上两章反复抒情，我为嘉宾鼓瑟鼓琴以尽其乐，我敬嘉宾美酒以乐其心。朱熹《诗集传》引范氏对此诗的评论:"食之以礼,乐之以乐,将之以实,求之以诚,此所以得其心也。"

从艺术上讲,这首诗也取得了相当高的成就。以鹿鸣的呼朋引伴起兴,本身就有相当强的画面感,与下面几句的关联更有自然天成之妙。鹿得美草就要呦呦鸣叫以招引同伴,我有嘉宾自然就要鼓瑟吹笙以示欢迎,这是一种巧妙的关联。接下来的两句也是这样:吹笙就要鼓动笙簧发出声响,嘉宾来了自然就要把礼品献上。这也是一种顺势的承接。最后两句点明全诗的主旨,"人之好我,示我周行。"《毛传》曰:"周,至。行,道也。"合起来说,周行者,大道也。意思是:我之所以如此高兴地欢迎嘉宾的到来,是因为他们向我表达了最好的情意,同时指给我大道方向。第二章和第三章重章叠唱而又略有变化,进一步渲染气氛,加深感情。诗行整齐,语言典雅,音韵和谐,情绪欢快,内容与形式完美统一。

《鹿鸣》是《诗经》中最有代表性的燕飨诗,在周代社会的礼乐文化中占有特殊地位。《仪礼·燕礼》:"工歌《鹿鸣》"。《仪礼·大射》:"乃歌《鹿鸣》三终。"《仪礼·乡饮酒礼》:"工歌《鹿鸣》"。《仪礼·燕礼》贾公彦疏:"燕有四等……诸侯无事而燕,一也;卿大夫有王事之劳,二也;卿大夫又有聘而来,还与之燕,三也;四方聘客,与之燕,四也。"由"燕有四等"之说可见,《鹿鸣》一诗用途很广。对此,朱熹分析说:"按《序》以此为燕群臣嘉宾之诗,而《燕礼》亦云'工歌《鹿鸣》《四牡》《皇皇者华》',即谓此也。乡饮酒用乐亦然。而《学记》言大学始教宵雅肄三,亦谓此三诗。然则又为上下通用之乐也。岂本为燕群臣嘉宾而作,其后乃推而用之乡人也欤。"朱熹的推论是对的,《鹿鸣》原本是用于"燕群臣嘉宾"的乐歌,以后则逐渐推广到各类燕飨之礼,所以它是周代社会中最有代表性也最常用的一首燕飨乐歌,影响深远。我认为它也是今天我们创作新的礼仪用乐的重要参考。

据《诗经》和《仪礼》，燕礼用诗不只《鹿鸣》一首，经常与其相配为一组的还有《四牡》《皇皇者华》。《仪礼·乡饮酒礼》："工歌《鹿鸣》《四牡》《皇皇者华》。"郑玄注："三者皆《小雅》篇也。《鹿鸣》，君与臣下及四方之宾燕，讲道修政之乐歌也。此采其己有旨酒，以召嘉宾，嘉宾既来，示我以善道。又乐嘉宾有孔昭之明德，可则效也。《四牡》，君劳使臣之来乐歌也。此采其勤苦王事，念将父母，怀归伤悲，忠孝之至，以劳宾也。《皇皇者华》，君遣使臣之乐歌也。此采其更是劳苦，自以为不及，欲谘谋于贤知而以自光明也。"可见，这三首乐歌都是以君的身份向臣表示慰问。其中《四牡》一诗，写得尤其出色：

四牡騑[fēi]騑，周道倭迟。岂不怀归？王事靡盬[gǔ]，我心伤悲。

四牡騑騑，啴[tān]啴骆马。岂不怀归？王事靡盬，不遑启处。

翩翩者鵻[zhuī]，载飞载下，集于苞栩。王事靡盬，不遑将父。

翩翩者鵻，载飞载止，集于苞杞。王事靡盬，不遑将母。

驾彼四骆，载骤骎[qīn]骎。岂不怀归？是用作歌，将母来谂[shěn]。

从诗的内容看，这是以出使在外的官吏的口气，写他劳苦奔波、怀归思亲的诗。诗的开篇便直陈其事："四牡騑騑，周道倭迟。"四匹大公马啊，已经疲惫不堪，可是漫长的大路啊，还没有尽头。"岂不怀归？王事靡盬，我心伤悲。"我难道不想马上回家？服役的王事啊，没完没了，我的心里啊，充满伤悲。第二章与第一章重复而

第六讲 "呦呦鹿鸣,食野之苹"——礼乐文化与燕飨乐歌

略有变化。第三、四两章则以斑鸠鸟作比。"翩翩者鵻,载飞载下,集于苞栩。"你看那翻飞的斑鸠鸟啊,还可以在茂盛的柞树上暂时休息,可是王事却没完没了啊,我没有奉养父母的一点时机。最后一章回应开篇:"驾彼四骆,载骤骎骎。岂不怀归?是用作歌,将母来谂。""骆",黑鬃的白马。"骎骎",奔驰的样子。我驾驭着四匹大马啊,不停地奔波,回家不得啊,无可奈何,怀念父母啊,听我唱歌。全诗就这样反复咏唱,无限悲伤,情真意切。

《毛诗序》说:"《四牡》,劳使臣之来也。有功而见知则说矣。"若按此说,此诗应该为周王所作,故《郑笺》说:"文王为西伯之时,三分天下有其二,以服事殷。使臣以王事往来于其职,于其来也,陈其功苦以歌乐之。"《孔疏》也说:"故文王所述其功苦以劳之,而悦其心焉。"但是从今天我们所了解的一般创作规律来讲,把这首诗看作是"劳者歌其事"的当事人自我述怀之作,自然更为合理。不过,我们并不能否定这首诗可以被周王用作燕飨之乐来慰劳使臣。《仪礼》中说此诗与《鹿鸣》和《皇皇者华》结为一组,既用于燕礼,也用于大射礼,用于乡饮酒礼。可见,此诗在周代社会已经成为燕飨之乐中的经典乐歌,并在作者原来抒写劳苦、怀念亲人的基础上,又被赋予其古代社会里用于君臣之间感情沟通的重要意义。朱熹对此有很深入的解释。他说,这是慰劳使臣的诗。君派遣使臣,臣为君出使,这是天经地义的事。所以身为臣子,为国家的事四方奔走,是本职工作,他应该做好,怎么会自己夸耀自己的劳苦呢?但是国君却不能因为这事理所应当就心安理得。所以在燕飨之际,就描述使臣的一路艰辛来慰问其劳苦。说他们驾驶这四牡出使在外,道路如此遥远,当时难道不思念家乡吗?只是因为王事也必须要做好,不敢徇私废公,所以心中内顾而伤悲。使臣劳苦在外而不自诉其苦,国君了解其心情而代他表达,上下之间,可以说

是各尽其道了。《毛传》上说：思归，是私恩。靡盬，是公义。伤悲，是情思。没有私恩，就不是孝子。不讲公义，就不是忠臣。这叫君子不以私害公，不以家事辞王事。[①]朱熹的解释，显然把周代社会的君臣关系理想化了，他们都太能体谅对方了，现实社会中的君与臣很难有如此高的境界。但是我们知道，作为燕飨诗，本身就是为了在君臣宴饮欢乐时起到沟通情感、使之相互亲近的作用。那么，把本来属于"劳者歌其事"的使臣抒写劳苦、思乡念亲的作品作为周王慰问使臣之作，自然会起到沟通君臣情感这一更加理想的效果。从这里，我们可以更好地体会"乐"在周代社会中所起的重要作用。

当然，燕飨乐歌也并不都是在上者对在下者的慰问，也有在下者对在上者的颂美。如《天保》一诗，就是燕飨礼上臣下对周王所唱的祝颂之诗。《毛诗序》曰："《天保》，下报上也。君能下下以成其政，臣能归美以报其上焉。"可见，这首诗是对《鹿鸣》一诗的呼应。有君王对臣下的款待安慰，自然就会有臣下对君王的祝颂，由此才更能显示出君臣之间的和谐。这首诗的妙处，在第三章与第六章：

天保定尔，以莫不兴。如山如阜，如冈如陵。如川之方至，以莫不增。（第三章）

如月之恒，如日之升。如南山之寿，不骞不崩。如松柏之茂，

[①] 朱熹《诗集传》："此劳使臣之诗也，夫君之使臣，臣之事君，礼也。故为臣者奔走于王事，特以尽其职分之所当为而已。何敢自以为劳哉？然君之心则不敢以是而自安也。故燕飨之际，叙其情以闵其劳。言驾此四牡而出使于外，其道路之回远如此，当是时，岂不思归乎，特以王事不可以不坚固，不敢徇私以废公，是以内顾而伤悲也。臣劳于事而不自言，君探其情而代之言，上下之间，可谓各尽其道矣。《传》曰：'思归者，私恩也。靡盬者，公义也。伤悲者，情思也。无私恩，非孝子也。无公义，非忠臣也。君子不以私害公，不以家事辞王事。'"

无不尔或承。(第六章)

所谓"天保定尔",就是上天永保您的安宁。在这里,"尔"指周王,这是以天的口气说话,所以称"尔"。"以莫不兴",就是无不兴旺的意思。这两章诗中连用了九个"如"字,第三章用山之高大和川之水盛形容福禄之多,第六章用日月之永恒、南山之寿和松柏之茂来形容福禄之长久,颇有特色。寿比南山、寿如松柏等成语由此而来,开后世祝寿诗之先河。此外,《小雅·南山有台》也是对君王的祝寿。《小雅·南有嘉鱼》与《鹿鸣》主旨近似,也是写君主设宴款待嘉宾之乐;《小雅·湛露》写同姓王侯贵族夜宴祝颂;《小雅·鱼丽》写宴饮席上美酒佳肴的丰盛。周王的族宴为私饮酒礼,《周礼·春官宗伯·大宗伯》:"以饮食之礼,亲宗族兄弟。"贾公彦疏:"《经》云,饮者,非飨燕,是私饮酒法。其食可以通燕食俱有。"故宴饮提到酒多且美的诗篇,可能以私饮酒礼的情景为多。这些诗篇更能体现贵族王侯之间的宴乐情景,反映他们生活中奢侈的一面。

▍第二节　笾豆有践中的血缘亲情

燕飨之礼中有乡饮酒礼,多指诸侯乡大夫的宴饮之礼。《仪礼·乡饮酒礼》说:"乡饮酒之礼,主人就先生而谋宾介。"郑玄注:"主人,谓诸侯之乡大夫也。先生,乡中致仕者。宾介,处士贤者。"此话的意思是说:在乡饮酒礼上,诸侯乡大夫宴请乡中致仕的尊长,同时邀请乡间的一些贤者为陪。可见,乡饮酒礼与燕礼有很大的不同,它所重的不是君臣关系,而是乡党家族关系。因此,最能反映乡饮酒礼活动的诗篇,不是写君臣相得之情,而是兄弟朋友故旧之情。《小雅·伐木》是其代表：

伐木丁[zhēng]丁，鸟鸣嘤嘤。出自幽谷，迁于乔木。嘤其鸣矣，求其友声。相彼鸟矣，犹求友声。矧伊人矣，不求友生？神之听之，终和且平。

伐木许[hǔ]许，酾[shī]酒有藇[xù]！既有肥羜[zhù]，以速诸父。宁适不来，微我弗顾。於[wū]粲洒扫，陈馈八簋[guǐ]。既有肥牡，以速诸舅。宁适不来，微我有咎。

伐木于阪，酾酒有衍。笾豆有践，兄弟无远。民之失德，干餱以愆。有酒湑[xǔ]我，无酒酤我。坎坎鼓我，蹲[cún]蹲舞我。迨我暇矣，饮此湑矣。

这是一首写宴请亲友、颂美亲情的诗。第一章开头，"丁丁"，砍树的声音。第二章开头，"许许"，伐木用力时的喘息声。第三章"阪"，山坡，指伐木之地。三章均以伐木起兴。伐木是重体力劳动，往往需要群体合作，互相帮助，诗的起兴或许与此有关。伐木声响彻山谷，惊动了鸟儿，它们鸣叫唱和着，从山谷中飞到高高的乔木上。这引发了诗人的联想。鸟儿从山谷飞到乔木之上，尚且呼朋引伴，互相关爱，何况是人，难道不需要朋友的帮助和关爱吗？因为是呼朋引伴，充满了关切，鸟的叫声就特别好听。所以诗的第一章最后两句是"神之听之，终和且平"，意思是：凝神细听啊，真是既和谐又动听。神也可以解释为"神灵"，那么这两句的意思就是：神若是听到了，也会觉得既和谐又动听。

这首诗的写法很特别，第一章可以算是一个大的起兴，用鸟的求友鸣叫说明人也需要亲朋好友，写得很生动，营造了一个很好的抒情氛围。第二章写人之求友该如何去做，那就是通过充满亲情的饮酒礼仪让亲友快乐。"酾酒有藇！既有肥羜，以速诸父。宁适不来，微我弗顾。"把美酒滤好，把小肥羊蒸熟，去请我的各位叔父。宁可他们不来，也要把我的好意表达清楚。"於粲洒扫，陈馈八簋。既有肥牡，以速诸舅。宁适不来，微我有咎。"打扫好房屋，摆放好食物。把小公羊蒸熟，去请我的各位舅父。宁可他们不来，我也不能有失礼之误。"诸父"和"诸舅"分开来写，包括了父母双方的所有亲戚。

  第三章在前两章的基础上进一步申述宴请亲朋好友的重要性和饮酒之礼的快乐。分成两部分，前面讲亲友的重要性："伐木于阪，酾酒有衍。笾豆有践，兄弟无远。民之失德，干糇以愆。""衍"，溢出，指美酒之多。"笾豆"，盛食物的竹器。"践"，排列成行，指食物丰盛。"德"，亲友之道。"干糇"，干粮，指普通的食品。"愆"，过错。这几句诗的大意是：我的美酒多多，我的食物丰盛，兄弟朋友之情，永远也不要疏远。失去了亲友之道，为一点小事也会翻脸。后面讲与亲友饮酒的快乐："有酒湑我，无酒酤我。坎坎鼓我，蹲蹲舞我。迨我暇矣，饮此湑矣。"前一个"湑"字，同"酾"，滤酒。"酤"，买酒。"坎坎"，敲鼓声。"蹲蹲"，跳舞貌。后一个"湑"字，指清醇的美酒。诗的大意是：有酒啊，就滤出来我们同喝，没酒啊，我就到外面去买。敲起鼓啊，为我助兴，跳起舞啊，多么快乐。只要有了空闲时间，就让我们把美酒来喝！

  这首诗特别欢快，充满了浓浓的民俗文化特色，也充满了人情味，用今天的话来说，这是周代社会宴请亲朋好友的祝酒歌，也最鲜明地体现了"乐以和同"的教化功能。《毛诗序》说："《伐木》，燕朋友故旧也。自天子至于庶人，未有不须友以成者。亲亲以睦，友贤不弃，不遗故旧，则民德归厚矣。"此论甚为精彩。无论天子还是庶人，都要"须友以成"，都要"亲亲以睦，友贤不弃，不遗故旧"，这确实是中国古代社会"厚人伦，美教化，移风俗"的重要伦理道德原则。

《小雅·常棣》写宴请同族兄弟,并反复申述兄弟应该相互扶持、团结友爱,也是一首名作:

> 常棣之华,鄂不[fū]韡[wěi]韡。凡今之人,莫如兄弟。
> 死丧之威,兄弟孔怀。原隰裒[póu]矣,兄弟求矣。
> 脊令在原,兄弟急难。每有良朋,况也永叹。
> 兄弟阋于墙,外御其务。每有良朋,烝也无戎。
> 丧乱既平,既安且宁。虽有兄弟,不如友生。
> 傧尔笾豆,饮酒之饫[yù]。兄弟既具,和乐且孺。
> 妻子好合,如鼓瑟琴。兄弟既翕[xī],和乐且湛[chén]。
> 宜尔室家,乐尔妻帑[nú]。是究是图,亶其然乎?

"常棣之华,鄂不韡韡"。"常棣",即棠棣。"鄂",借为"萼",即花萼。"不"通"柎"[fū],萼足。"韡韡",鲜艳的样子。这两句翻译过来就是:棠棣开花的时候,它的花萼也很鲜艳。此诗第一章以棠棣的花与萼的关系起兴,说明世上只有兄弟最亲。第二、三、四、五章反复陈说兄弟之亲在何时表现。"死丧之威,兄弟孔怀。原隰裒矣,兄弟求矣。""裒",聚也,此处指聚土成坟。当遇到死丧之难时,兄弟最为关心。哪怕已聚土成坟,兄弟也要到坟上去祭扫。"脊令在原,兄弟急难。每有良朋,况也永叹。""脊令",指鹡鸰鸟,相传这种鸟喜欢同群而飞。比喻遇到困难的时候,只有兄弟才会帮助。反之,哪怕是再好的朋友,也只是在旁边长叹。"兄弟阋于墙,外御其务。每有良朋,烝也无戎。""阋于墙",在墙内争斗,喻兄弟在家中不和。"烝",语气词。"戎",帮助。兄弟虽然在家里争斗,却能够一致对付外来的欺侮。但是在平常的时候,兄弟之情有时反而显得不如朋友。"丧乱既平,既安且宁。虽有兄弟，不如友生。"总而言之，只有在遇到困难的时候，才能看出兄弟之情的可贵。兄弟之情既然如此重要，那么，诗歌在接下来的三章里，就告诉人们，应该如何处理和思考兄弟关系。首先是经常聚会，有酒同饮。"傧尔笾豆，饮酒之饫。兄弟既具，和乐且孺。"陈列好笾豆，把酒喝足。兄弟们聚在一起，多么快乐幸福。其次是要把兄弟之情看得和夫妻之情、子女之情一样重要。"妻子好合，如鼓瑟琴。兄弟既翕，和乐且湛。"夫妻间和好，如琴瑟般和谐。兄弟间和好，快乐也同样深久。"宜尔室家，乐尔妻帑。是究是图，亶其然乎？"家庭幸福之道，就是让妻子儿女快乐。请仔细地想一想，兄弟之间的关系，岂不也应该如此？

在以家族血缘为主的周代宗法制社会里，兄弟之情是仅次于父子、夫妻之情的人伦情感，此诗以日常生活中所遇到的情况，反复陈说兄弟之间的关系，语言质朴而用意深厚。朱熹对此有很好的分析："此诗首章略言至亲莫如兄弟之意。次章乃以意外不测之事言之，以明兄弟之情，其切如此。三章但言急难，则浅于死丧矣。至于四章，则又以其情义之甚薄，而犹有所不能已者言之。其序若曰，不待死丧，然后相收。但有急难，便当相助。言又不幸而至于或有小忿，犹必共御外侮。其所以言之者，虽若益轻以约，而所以著夫兄弟之义者，益深且切矣。至于五章，遂言安宁之后，乃谓兄弟不如友生，则是至亲反为路人。而人道或几乎息矣。故下两章乃复极言兄弟之恩，异形同气，死生苦乐，无适而不相须之意。卒章又申告之，使反覆穷极而验其信然，可谓委曲渐次，说尽人情矣，读者宜深味之。"这段分析很是到位。

《伐木》为宴亲友故旧之诗，《常棣》为宴兄弟之诗，这是《诗经》中抒写人伦之情的燕飨乐歌的代表作。此外，《诗经》中还有这样的诗篇多首。如《小雅·颀[kuǐ]弁[biàn]》写贵族宴请兄弟甥舅等亲戚，被请者表示对主人的依赖和爱戴，并流露了人生短促及时行乐的心情。再如《大雅·行[háng]苇》写周王或者诸侯宴请族人，兼行射礼。诗中写宴请的主人为"曾孙"，在与周代相关的文献中，"曾孙"一般都是指在位的周王或者诸侯，①此诗列于《生民》之后，当是因周王族宴而作。而诗的作者，当是周王的兄弟族亲，所以，作者在诗中既表现出对宴请主人的感谢与颂美，更表达了一种与主人之间兄弟般的亲情。

第三节　以"和"为美的诗乐典范

周人逢时遇事必有燕飨，所以在反映不同内容的诗歌中也记录了燕飨活动，如《小雅·楚茨》中的"为宾为客，献酬交错"，和《周颂·丝衣》中的"兕[sì]觥[gōng]其觩[qiú]（兽角弯曲的样子），旨酒思柔"，都是描写祭祀之后的宴饮；《豳风·七月》中的"朋酒斯飨，曰杀羔羊"是写农事之余的宴饮；《小雅·六月》中的"饮御诸友，炰鳖脍鲤"，是写王师凯旋后的宴饮；《小雅·吉日》中的"以御宾客，且以酌醴"，是写会猎之后的宴饮。由于诗歌内容各有侧重，它们与单纯描写燕飨的诗歌有所不同，但这些诗也反映了燕飨的场面及礼仪，是研究燕飨礼仪的重要史料。

由于燕飨诗主要反映了周代贵族阶层的生活，故"五四"以来，特别是中华人民共和国成立以后，很少有人对燕飨诗进行深入研

---

① 《尚书·武成》："惟有道曾孙周王发，将有大正于商。"《周颂·维天之命》："骏惠我文王，曾孙笃之。"《礼记·曲礼》："诸侯见天子……内事曰'孝子某侯某'，外事曰'曾孙某侯某'。"《礼记·郊特牲》："祭称孝孙孝子，以其义称也。称曾孙某，谓国家也。"《墨子·兼爱》："昔者武王将事泰山隧。传曰：'泰山，有道曾孙周王有事'。"

究。① 而在古代，燕飨诗是礼乐文化的重要组成部分，格外受重视。因为它的根本宗旨，是寻求宗法制度下的社会和谐之美。

周代的礼不仅包括伦理道德的规定、社会生活的仪式，还包括国家政治上的制度法令，故周代学者非常注重礼对修身养性、治国经邦的政治功利作用。《礼记·礼运》在强调礼的重要性时说：

夫礼，先王以承天之道，以治人之情，故失之者死，得之者生。《诗》曰："相鼠有体，人而无礼。人而无礼，胡不遄死？"是故夫礼必本于天，殽于地，列于鬼神，达于丧、祭、射、御、冠、昏（婚）、朝、聘，故圣人以礼示之，故天下国家可得而正也。

诸礼之中，燕飨之礼运用得最为普遍，周代统治者将之作为和睦九族、沟通上下、巩固统治秩序的政治手段。《周礼·春官宗伯·大宗伯》中明言："以飨燕之礼，亲四方之宾客。"《左传·成公十二年》载："享以训共俭，宴以示慈惠，共俭以行礼，而慈惠以布政，政以礼成，民是以息。"故历代学者对燕飨诗极为重视，将其与政治教化紧密结合起来。如《毛诗序》说："《鹿鸣》，燕群臣嘉宾也。既饮食之，又实币帛筐篚，以将其厚意，然后忠臣嘉宾得尽其心矣。"孔颖达疏解其意说："忠臣嘉宾佩荷恩德，皆得尽其忠诚之心以事上焉。明上隆下报，君臣尽诚，所以为政之美也。"《毛诗序》说："《伐木》，燕朋友故旧也。自天子至于庶人，未有不须友以成者。亲亲以睦，友贤不弃，不遗故旧，则民德归厚矣。"又说："《有駜》，颂僖公君臣之有道也。"孔颖达疏："君以恩惠及臣，臣则尽忠事君，君臣相与皆有礼矣，是君臣有道也。"

详考燕飨诗的内容、周代的礼制以及当时编辑《诗经》的目的，

---

① 赵沛霖先生在《诗经研究反思》（天津教育出版社，1989）关于宴饮诗的论述中对燕飨诗作了比较全面系统的研究，我们这里借鉴了其中的一些论述。

我们以为古代学者对这几首诗的解释大致不差，基本上反映了燕飨诗的本质特征。燕飨诗是周代礼乐文化的直接产物。燕飨之礼只是手段，和谐社会才是目的。燕飨诗的写作目的也并非纯是表现欢聚宴饮的活动场面，更重要的是用诗歌的形式告诫人们要遵循燕飨礼仪，重在突出燕飨联络情谊、和谐社会的作用。这在燕飨诗中得到充分的证明：如《小雅·鹿鸣》中"人之好我，示我周行""我有嘉宾、德音孔昭"，是周王夸奖群臣嘉宾对其友好，示以治国之道；嘉宾道德高尚，美名远扬。《天保》一诗中"天保定尔，以莫不兴"，是写臣下对周王的祈福，说上天永远保佑他，让他事事兴旺。君臣之间相敬以礼，相爱以德，相互赞扬称颂，自然会有益于消除隔阂、融洽关系，有益于国家的安定和平。不仅君臣之间需要沟通情感、同心协力，就是兄弟族人、朋友故旧之间也需要互相扶持爱护，才会有所成就。燕飨诗中便屡屡表现人们的这种普遍愿望，如希冀通过燕飨增进兄弟情谊："兄弟既具，如乐且孺""兄弟既翕，和乐且湛"（《小雅·常棣》）；企望通过燕飨结识知心朋友："嘤其鸣矣，求其友声。相彼鸟矣，犹求友声。矧伊人矣，不求友生？"（《小雅·伐木》）

为实现燕飨的文化目的，周代社会自然对燕飨之礼作了一些具体规定。礼是对人行为举止的外在约束，依礼而行则是道德修养的最高体现。人们是以礼为标准品评人的道德修养的，所以在燕飨活动中有对美德的褒扬、对丑行的鞭挞，这本身也是燕飨礼仪的具体内容，通过燕飨诗可以得知在不同的场合有不同的礼仪约束。在君臣飨礼中，要"彼交匪敖"（《小雅·桑扈》），"饮酒温克""各敬尔仪"（《小雅·小宛》），要既不侮慢，又不骄傲，饮酒要温文尔雅，诚敬谦恭，象征性地品尝，重在行礼。而在兄弟族人的私宴上则相对宽松一些，可以"厌厌夜饮，不醉无归"（《小雅·湛露》）。《毛传》注此句说:"夜饮,私燕也。宗子将有事,则族人皆侍,不醉而出,是不亲也,醉而不出,是渫[xiè]宗也。"可知即便是"私燕"也不能纵酒无度,饮至微醉而止是最合礼仪的。故《小雅·宾之初筵》中说:"既醉而出,并受其福。醉而不出,是谓伐德。"对那些放纵狂饮不能循礼自制的人,人们便要斥之以无礼无德,还要设立酒监酒史明察仪法,如《小雅·宾之初筵》中说:"凡此饮酒,或醉或否。既立之监,或佐之史。彼醉不臧,不醉反耻。"意思是说:所有这些饮酒的人,有的已醉,有的没醉。就要设置酒监,还要附设酒史。"彼醉者所为不善而不自知,使不醉者反为之羞愧也。"(朱熹《诗集传》)从中可见周人对燕飨之礼的重视。

燕飨诗不仅具有重要的文化价值,还具有重要的历史价值,它们记载了许多燕飨之礼的程序和仪式,是研究周代礼制的重要史料。如《小雅·瓠[hù]叶》用三章分别写了"酌言献之""酌言酢[zuò]之""酌言酬之"。古人合称之为"一献之礼",又称之为"三爵之礼"。孔颖达疏:"主人献宾,宾饮而又酢主人,主人饮而又酌以酬宾。"这是燕飨中必经的程序。《小雅·宾之初筵》中"三爵不识,矧敢多又"便是指此,又特指以"三"为度的臣侍君小宴之礼。《小雅·鹿鸣》中"承筐是将"则是写酬币之礼,即飨礼中以筐承币帛作为礼品酬宾劝酒之礼。

当然,燕飨席上宾主之间互相称颂不可避免地要带有歌功颂德、粉饰太平、掩盖社会矛盾的因素。有些燕飨诗,如《小雅·鱼丽》反复渲染酒席上美味佳肴的丰盛,客观上从一个侧面暴露了统治阶级生活的奢侈。《小雅·頍弁》中"死丧无日,无几相见。乐酒今夕,君子维宴"还反映出封建贵族对国家、人生前途的悲观失望和及时行乐的颓废心情。尽管如此,这些都遮掩不了燕飨诗在人类文化学上的重要意义。

燕飨乐歌是中国文学史中唯一单纯反映古代燕飨活动的诗歌。它们不仅真实地展现了周代燕飨活动的场面，而且表现出燕飨活动中那种和谐融洽、欢快热烈的气氛，形成独特的风格。诗人不仅通过互相赞颂的语言、"举酬逸逸"（《小雅·宾之初筵》）的行动来突显宾主之间的和谐融洽，用"籥舞笙鼓，乐既和奏"（《小雅·宾之初筵》）的歌舞琴声，用"笾豆有楚，殽核维旅"（《小雅·宾之初筵》）的丰盛酒食来再现燕飨场面的热烈，而且还巧妙地借助种种寓意丰富深厚的自然物象来渲染烘托，将这种热烈的气氛转换为可视可感的艺术形象。如《小雅·鹿鸣》开篇便以"呦呦鹿鸣，食野之苹"起兴。《毛传》说："鹿得萍，呦呦然鸣而相呼，恳诚发乎中，以兴嘉乐宾客，当有恳诚相招呼以成礼也。"鹿为吉祥仁兽，用以象征君主的仁厚圣明，又以"呦呦之鸣"表现仁君的恳诚殷切，为全诗奠定了欢快和谐的基调。《小雅·常棣》则以"常棣之华，鄂不韡韡"起兴，用棠棣花与萼的鲜明茂盛来渲染众多兄弟欢聚一堂的喜悦和睦。《小雅·伐木》则用嘤嘤不停的鸟鸣来比喻寻求朋友知心的诚挚迫切。

燕飨诗中还栩栩如生地塑造出了燕飨礼上种种不同的贵族形象。其中既有"於粲洒扫，陈馈八簋。既有肥牡，以速诸舅"（《小雅·伐木》），慷慨好客、敦厚热情的主人，又有"德音孔昭"（《小雅·鹿鸣》）、文质彬彬、谦恭有礼的嘉宾；既有反复陈说"凡今之人，莫如兄弟"（《小雅·常棣》）的明智之士，又有纵酒狂欢、群魔乱舞的酒肉之徒。《小雅·宾之初筵》便是以燕飨活动的发展为序，写出与宴者在不同阶段的神态变化。宴会开始时，一个个还能装模作样，遵循礼仪，相互酬酢；三杯过后，酒酣耳热，渐次放肆，手舞足蹈，不顾礼仪；待到酩酊大醉之时，已是"宾既醉止，载号载呶[náo]。乱我笾豆，屡舞僛[qī]僛。是曰既醉，不知其邮。

侧弁之俄，屡舞傞［suō］傞"。他们大喊大叫，呼号喧闹，打翻了竹笾，踢倒了木豆，一个个歪戴着鹿皮帽，东倒西歪，跌跌撞撞地手舞足蹈。诗人惟妙惟肖地刻画出一群腐朽虚伪、骄奢淫逸、丑态百出的醉鬼形象。

  燕飨乐歌在诗歌史中既有重要的文化价值，也有独特的审美价值。燕飨乐歌创作的目的，是通过一系列的燕飨之礼，寻求宗法制下的社会和谐之美，它们是以"和"为美的诗乐典范。人与人之间相敬以礼、相爱以德，不仅是周代社会所追求的人际关系理想，在今天也应该是我们构建和谐社会的重要方面。认真研究《诗经》的燕飨乐歌，对于认识周代社会、认识中国古代的礼乐文化，对于我们今天的文明建设，都有重要意义。

/ 第七讲 /

"六月栖栖，戎车既饬"
——战争与徭役的复杂感怀

　　战争和徭役作为社会历史生活中的重要内容贯穿周代始终。从季历开始到武王克商，有季历伐鬼方，文王伐犬戎、伐密、伐崇等著名战争。武王克商之后，不过几年，就有武庚与三监的叛乱和东夷的叛乱，周公东征。成王以后的主要战争有成王伐录，康王平定东夷和北征，康王西伐鬼方，昭王伐会、伐虎方、南征楚国，穆王伐淮夷、伐扬越、征犬戎，懿王反南夷入侵，夷王伐太原，厉王、宣王伐西戎，宣王伐淮夷、伐徐戎、伐楚、伐猃狁等。《诗经》既然是周代社会的文学创作，就必然对其有所反映。除了周人歌颂先王功德的颂祖诗歌与祭祀乐歌，如我们前面所讲到的《大武》乐章、《绵》《皇矣》《大明》等诗篇之外，还有以战争和徭役为主要题材的叙事和抒情诗作品三十余首，占《诗经》诗篇总数的 10%左右。

　　战争和徭役是人类社会生活特定历史阶段相互关联的两大活动。在这里，战争是主要形式，徭役是从属于战争、为战争服务的活动。所以，在周代社会，这两者都被视为"王事"。如写战争的《小雅·采薇》曰："王事靡盬，不遑启处。"而写徭役之苦的《唐风·鸨羽》亦曰："王事靡盬，不能蓺稷黍，父母何怙？""王事"者，国事也。"靡盬"，没有止息。参与战争与服徭役都是周人必须履行的义务。而战争和徭役给当事者带来的共同的直接感受，就是他们为此而作出的个体牺牲。从民族文化心理上讲，其中绝大部分篇章的主旋律是相近的，在情感上也是颇为相通的。由于周人重农尊亲，故从总体上将战争和徭役都视为对农业生产和伦理亲情的破坏，所以《诗经》中的战争徭役诗除若干篇什表达了共御外侮、保土保国的豪情外，其他主要表现为对战争、徭役的厌倦，含有较浓郁的感伤情绪和恋亲意识，从而凸显出较强的周民族文化心理特点，这与颂美祖先武功的乐歌将战争的胜利视为武功的炫耀大不相同。当然，由于直接参与战争与服徭役毕竟是两种不同的活动，叙事抒情的背景和角度各异，表达的内涵及情感也较为复杂，下面我们分开讲述。

第一节　充满胜利豪情的战争诗

　　《诗经》中以战争为题材的诗歌，主要有《邶风·击鼓》《秦风·无衣》《豳风·东山》《破斧》《小雅·采薇》《出车》《六月》《采芑》《渐渐之石》《大雅·江汉》《常武》等。

　　《诗经》中的周代战争主要描述两种情况。一种情况是对周边部族的抵御和进袭。西周自建立以来，一直受到周边部族的威胁和侵扰，其时北方和西方有猃狁和戎狄，东南方有徐戎、淮夷，这些部族大多处于游牧阶段，文化水准的差异及对财帛子女的垂涎，使他们对以农业为主体的较富庶的周人不时发动进袭。"四夷并侵，猃狁最强。"正因为如此，《诗经》中这类战争诗，多以描写抵御或进袭猃狁为主要内容，如《小雅·出车》《秦风·无衣》等。此外，还有反映与淮夷作战的《大雅·常武》《江汉》，表现进袭荆楚的《小雅·采芑》等。周代战争的另一种情况则为对内镇压叛乱。武王克商后,封商纣之子武庚于殷商旧地,并令管叔、蔡叔、霍叔监视武庚。武王死后,周公当政,武庚、管、蔡及徐国、奄国相继背叛,周公率兵东征,经历了三年激战,最后平定了叛乱。《豳风·东山》《破斧》就是这一史实的艺术反映。歌颂战争的胜利,表达保家卫国之情,就成为《诗经》战争诗的重要内容,如《小雅·六月》:

六月栖栖,戎车既饬。四牡骙[kuí]骙,载是常服。狁[xiǎn]狁[yǔn]孔炽,我是用急。王于出征,以匡王国。

比物四骊,闲之维则。维此六月,既成我服。我服既成,于三十里。王于出征,以佐天子。

四牡修广,其大有颙[yóng]。薄伐狁狁,以奏肤公。有严有翼,共武之服。共武之服,以定王国。

狁狁匪茹,整居焦获。侵镐[hào]及方,至于泾[jīng]阳。织文鸟章,白旆央央。元戎十乘[shèng],以先启行。

戎车既安,如轾[zhì]如轩。四牡既佶[jí],既佶且闲。薄伐狁狁,至于大原。文武吉甫,万邦为宪。

吉甫燕喜,既多受祉。来归自镐,我行永久。饮御诸友,炰[páo]鳖脍[kuài]鲤。侯谁在矣,张仲孝友。

《毛诗序》说:"《六月》,宣王北伐也。"这首诗叙写周宣王时大臣尹吉甫奉王命北伐狁狁,终获胜利的事迹。全诗共六章,第一章写尹吉甫六月受命出征之缘由:"六月栖栖,戎车既饬。四牡骙骙,载是常服。狁狁孔炽,我是用急。王于出征,以匡王国。""栖栖",按朱熹的解释是"皇皇不安之貌",比喻情况紧急。为什么在盛夏的六月便急急忙忙地修整装备,四匹雄壮的大公马驾起了战车,士兵们都穿好了战时的服装?因为狁狁的气焰过于嚣张,我们不得不紧急备战,奉宣王之命出征,来保卫我们的国家。第二、三章接写车马军容之盛大，治戎戒备之严谨。"比物四骊，闲之维则。维此六月，既成我服。""比物"，将毛色相同的马编在一起。"骊"，黑色的马。"闲"，通"娴"，熟练。"则"，合于法则。"服"，颜色齐整的战马一组组排开，训练有素而合乎法则。在这炎炎的夏日六月，军服已经装备完整。"我服既成，于三十里。王于出征，以佐天子。""于"，往也。"三十里"，每日行军三十里，即一舍，是每日行军的基本里程。朱熹说："既比其物，而曰四骊，则其色又齐，可以见马之有余矣。闲习之而皆中法，则又可见教之有素矣……既成我服，即日引道，不徐不疾，尽舍而止，又见其应变之速，从事之敏，而不失其常度也。""四牡修广，其大有颙。薄伐猃狁，以奏肤公。""修广"，高大。"颙"，高大的样子。"奏"，完成。"肤"，大。"公"，同"功"。"有严有翼，共武之服。共武之服，以定王国。""严"，威武。"翼"，恭敬。"共武"，共同出征打仗。"服"，事也。以上几句大意是：四匹大公马高大威猛，征伐猃狁，以建大功。将士们严阵以待，共同出战，来保卫我们的王国。两章同以马的整齐威猛、训练有素开头，说明我军装备整齐，准备充分，严阵以待，同仇敌忾，为保卫王国，随时准备消灭来犯之敌。第四、五章描写战争的过程："猃狁匪茹，整居焦获。侵镐及方，至于泾阳。""茹"，柔弱。"整居"，占领。"焦获""镐""方""泾阳"都是地名。是说猃狁势力强大，已经占领了焦获，入侵了镐与方，现在已经到了泾阳。"织文鸟章，白旆央央。元戎十乘，以先启行。""织"，通"帜"，指旗帜。"鸟章"，军旗上绘有鸟的图案花纹。"白旆"，白色旌旗。"央央"，鲜明的样子。"元戎"，大型战车。"乘"，四马驾一辆战车为一乘。十乘形容战车多。"启行"，冲锋在前。尹吉甫奉命御敌，绘有鸟纹图案的白色战旗迎风招展，大型兵车在前面冲锋。"戎车既安，如轾如轩。四牡既佶，既佶且闲。""轾",车向前低行的样子。"轩",车向后仰的样子。"如轾如轩",形容战车进退自如。"佶",马健壮的样子。"闲",通"娴",娴熟,训练有素的样子。以上写战车进退自如、威不可挡,战马威猛高大、训练有素。"薄伐狁,至于大原。文武吉甫,万邦为宪。""薄",发语词。"伐",征讨。"大原",地名,今宁夏固原境内。"万邦",指四方诸侯国。"宪",法,榜样。以上说我军开始对狁征讨,把他们一直追赶到大原。能文能武的尹吉甫,真是天下万国的好榜样。最后一章写战斗以胜利结局,回归镐京后庆功。"吉甫燕喜,既多受祉。来归自镐,我行永久。饮御诸友,炰鳖脍鲤。侯谁在矣,张仲孝友。""燕喜",凯旋后庆功酒宴。"祉",福,指周王的赏赐。"炰",蒸煮。"脍",切细。"侯",发语词。"张仲",人名。"孝友",善父母曰孝,善兄弟曰友。尹吉甫凯旋后举行盛大的庆功宴会,周王给了他丰厚的赏赐,他用精美的食物招待朋友。在这些朋友当中,还有以孝友而闻名的张仲。

全诗表现了对狁的愤怒和藐视,显示了周军士气之盛,军容之整、战马之精良;叙述了统帅指挥若定,将士勇于用命,迅速克敌制胜,战后饮宴庆功的整个战争过程,洋溢着民族自豪感,表达了一种必胜的信念。

在西周史上,宣王号称中兴。厉王暴政,被国人流放,共和执政十四年,周厉王死,宣王立,在位四十六年。宣王收拾厉王留下的乱局,做过一些政治改革,史称其任贤使能,又曾经征伐淮夷、徐戎、狁和楚。最终在伐楚时失败,并没有完全恢复西周盛世,其继位的幽王终于亡国。但是宣王在位的早中期,的确给周王朝带来了新的气象。所以在《诗经》中,除了歌颂文王武王之外,歌颂宣王的诗最多。按《毛诗序》的说法,《大雅》中《云汉》至《常武》六篇,《小雅》自《六月》至《无羊》十四篇,都与宣王有关。

第七讲 "六月栖栖,戎车既饬"——战争与徭役的复杂感怀

猃狁是西周王朝北方最大的威胁,猃狁即犬戎,自穆王征讨后迁于大原,周夷王曾征讨之,周厉王也曾击退过猃狁的入侵。宣王时期和犬戎的战争应该比较激烈,而且交战不止一次。

除了《六月》一诗之外,《小雅·出车》所写也是宣王时的战争。诗中写道:"王事多艰,维其棘矣。""棘",紧急。可见,那次战争的形势也十分危急。"王命南仲,往城于方。出车彭彭,旂旐央央。天子命我,城彼朔方。赫赫南仲,猃狁于襄。""方",朔方,与《六月》一诗所称之"方"应为一个地方。"彭彭",车马之盛。"央央",旗帜鲜明。"赫赫",威名显赫。"襄",通"攘",驱逐。于是,宣王命南仲出征,在朔方筑城,威名赫赫的南仲,终于将猃狁赶走。从诗中看,这次战争大概经历了半年之久,"昔我往矣,黍稷方华。今我来思,雨雪载涂"。出征的时候正是夏季黍稷开花之时,回家的时候已经是大雪纷飞的冬天。第二年春天举行献俘之礼。"春日迟迟,卉木萋萋。仓庚喈喈,采蘩祁祁。执讯获丑,薄言还归。赫赫南仲,猃狁于夷。""执",捉住。"讯",魁首之当审问者。"丑",徒众。"夷",平定。说威名赫赫的南仲,终于将猃狁之患平定。此外,据《兮甲盘》和《虢季子白盘》所记,兮甲与虢季子也都参加过征伐猃狁的战争。① 《六月》和《出车》两首诗,分别对征伐猃狁的战争进行了热情的歌颂。

《大雅·常武》则歌颂了周宣王征讨徐方(徐戎)的胜利。

赫赫明明,王命卿士,南仲大祖,大师皇父。整我六师,以修我戎。既敬既戒,惠此南国。

王谓尹氏,命程伯休父,左右陈行。戒我师旅,率彼淮浦,省

---

① 关于周宣王时对猃狁的战争,可参考杨宽:《西周史》,上海人民出版社,1999,第569—572页。

此徐土。不留不处，三事就绪。

赫赫业业，有严天子。王舒保作，匪绍匪游。徐方绎骚，震惊徐方。如雷如霆，徐方震惊。

王奋厥武，如震如怒。进厥虎臣，阚［hǎn］如虓［xiāo］虎。铺敦淮濆［fén］，仍执丑虏。截彼淮浦，王师之所。

王旅啴［tān］啴，如飞如翰。如江如汉，如山之苞，如川之流，绵绵翼翼。不测不克，濯征徐国。

王犹允塞，徐方既来。徐方既同，天子之功。四方既平，徐方来庭。徐方不回，王曰还归。

《毛诗序》曰："《常武》，召穆公美宣王也。有常德以立武事，因以为戒然。"据此，此诗为召穆公所作。诗篇歌颂的是周宣王命令太师南仲皇父统率六师，出征徐方，迫使徐方归顺西周王朝的事情。诗篇命名为"常武"，意在说明宣王用兵乃是遵循用武之常道，即出师有名，平叛立德。诗的第一章即写宣王出征的缘由："赫赫明明，王命卿士，南仲大祖，大师皇父。整我六师，以修我戎。既敬既戒，惠此南国。""赫赫"，形容德盛。"明明"，形容洞察敏锐。是说宣王得知徐方叛乱的消息，马上就作出英明的决定，出兵征讨。"卿士"，周王朝的执政大臣。"南仲"，人名，可能就是《小雅·出车》一诗中提到的"南仲"。"大祖"，即太祖庙。"大师"，即太师，周代的三公之一。"皇父"，人名。此三句是说在太祖庙中任命卿士南仲为出征的大将，又命皇父为太师。"六师"，六军。周代的军制，天子才能统领六军。"修"，准备。"戎"，兵车。"敬"，通"儆"，警惕。"戒"，戒备。"惠"，施加恩惠。"南国"，南方诸侯。诗人将宣王出征南方、平定徐方之乱看作是施惠于南方的事情。

诗的第二章继续写宣王的任命和战前的准备："王谓尹氏，命程伯休父，左右陈行。戒我师旅，率彼淮浦，省此徐土。不留不处，三事就绪。""尹氏"，主管册命的官。《毛传》："尹氏掌命卿士，程伯休父始命为大司马。浦，涯也。"《郑笺》："尹氏，天子世大夫也。率，循也。王使大夫尹氏策命程伯休父于军将行治兵之时，使其士众左右陈列而敕戒之，使循彼淮浦之旁，省视徐国之土地叛逆者。军礼，司马掌其誓戒。""不留不处，三事就绪。"按《郑笺》的说法："绪，业也。王又使军将豫告淮浦徐土之民云：不久处于是也，女三农之事皆就其业。为其惊怖，先以言安之。"也就是说，宣王在出征之前先在淮夷地区下安民告示："我们将叛军征服就会离开，不会扰民，请你们安心地生活生产。"

第三章写周王军队的声威："赫赫业业，有严天子。王舒保作，匪绍匪游。徐方绎骚，震惊徐方。如雷如霆，徐方震惊。""赫赫"，军容强盛。"业业"，阵容强大。"严"，威风凛凛。"舒"，雍容舒缓。"保作"，安然而行。"绍"，迟缓。"游"，游逛。"绎"，相继，连续。"骚"，骚乱。这章是写宣王率军出征，军容齐整，阵容强大，天子威风凛凛，大军缓缓而行，如雷如霆，徐方闻风丧胆，相继发生骚动。

第四章写宣王与大臣的勇武："王奋厥武，如震如怒。进厥虎臣，阚如虓虎。铺敦淮濆，仍执丑虏。截彼淮浦，王师之所。""奋"，振奋。"武"，威武。"进"，奋进。"虎臣"，如虎之臣。"阚"，愤怒的样子。"虓"，虎大怒的吼声。"铺敦"，布阵屯兵。"淮濆"，淮水边高岸。"仍"，就也。"丑虏"，俘虏。"截"，截断，平定。"所"，所到之处。以上大意为：宣王奋起威武，如上天发出震怒。猛将奋勇前进，犹如怒吼的猛虎。在淮水旁布阵，就地抓获俘虏。王师所到之处，敌人都被征服。

第五章写王师的气势:"王旅啴啴,如飞如翰。如江如汉,如山之苞,如川之流,绵绵翼翼。不测不克,濯征徐国。""啴啴",人多势众。"翰",疾飞。"苞",本,牢固。"绵绵",不绝貌。"翼翼",齐整貌。"不测",不可测度。"不克",不可战胜。"濯",清洗,喻彻底。此章大意是:王师人多势众,如鸟飞一样迅猛,如江汉之水一样不可阻挡,如山一样稳固,如川流一样绵绵不绝。其势不可测度,其力不可战胜,彻底征服徐国。

最后一章写宣王守信,徐国臣服,班师回朝:"王犹允塞,徐方既来。徐方既同,天子之功。四方既平,徐方来庭。徐方不回,王曰还归。""犹",通"猷",谋略。"允",守信。"塞",诚实。"来",归顺。"同",征服。"来庭",来王庭觐见。"不回",不再违抗反叛。意谓宣王谋略高明,诚实守信,终于让徐方归顺,将其征服。徐方到王庭觐见,表示不再反叛,宣王班师还朝。

这首诗是《诗经》战争诗当中写得最有气势的一篇。诗人用夸张的手法,写宣王亲自出征的盛况,特别是第四、五两章,写宣王的威武,猛将的勇敢,王者之师的不可战胜。两章诗中连用了九个"如"字进行形容,形象生动。更重要的是,这首诗强调了王者之师的正义,体现了周民族的自豪感。《诗经》中的战争诗,大都写的是周人与周边部族间发生的战争。在周人看来,他们是高于周边部族的上方大国,双方的战争,是一个核心文明、主体民族对周边部族反叛的征服,或者是周边部族入侵周王朝时的保家卫国,大都属于正义的战争,因而具有正义的力量。客观上来讲,中原地区作为华夏核心的文明区域,是在早自炎黄以来漫长的历史中形成的,它经历了尧舜时期和夏商两代,其文明程度已远高于周边地区,从而在华夏民族文化融合中起着越来越重要的作用。周王朝上继夏商而来,更自视甚高,带有强烈的民族自豪感和民族自信心,这使他们在对外的征讨或防御的战争中,都带有一种必胜的信念。除《六月》和《常武》之外,再如《大雅·江汉》,《毛诗序》说:"《江汉》,尹吉甫美宣王也,能兴衰拨乱,命召公平淮夷。"这首诗与《六月》产生于同一时代。此诗颂美召公虎平定淮夷,开拓南疆有功,受到周宣王封赏的全过程。诗的前半部分写周人军容齐整、士气旺盛、无坚不摧的气势;后面又歌颂周王的教化和文德,"明明天子,令闻不已,矢其文德,洽此四国"。再如《小雅·采芑》,写周宣王派老臣方叔南征楚国,诗的最后一章写道:"蠢尔蛮荆,大邦为仇。方叔元老,克壮其犹。方叔率止,执讯获丑。戎车啴[tān]啴,啴啴焞[tūn]焞,如霆如雷。显允方叔,征伐玁狁,蛮荆来威。"诗中把楚国称为"蛮荆",说他们侵犯中原的行为"愚蠢",竟敢与"大邦为仇"。老将方叔出征,老当益壮,智谋不凡,一出征就把敌人俘虏。方叔的兵车行进时发出"啴啴焞焞"的轰鸣,如雷霆一样气势宏壮。战功显赫的方叔,曾经征服过玁狁,现在他又让荆蛮畏服。这种主体民族精神和民族自豪感,在华夏民族群体的不断扩大中起着重要的作用,体现了这种精神和情感的《诗经》中的战争诗,因而具有鼓舞民族士气、振奋人心的艺术力量,对后世同类题材的诗歌创作从"源头"上产生了极大影响。

《秦风·无衣》也是一首以战争为题材的作品。它写了秦人在面对敌人入侵时同仇敌忾的决心。

岂曰无衣,与子同袍。王于兴师,修我戈矛,与子同仇。
岂曰无衣,与子同泽。王于兴师,修我矛戟,与子偕作。
岂曰无衣,与子同裳。王于兴师,修我甲兵,与子偕行。

此诗据《毛诗序》曰:"刺用兵也。秦人刺其君好攻战,亟用兵，而不与民同欲焉。"但此说与诗的内容不合。朱熹反对此说，认为诗中所言"王于兴诗"，是"以天子之命而兴师也"。但是他并没有具体说这里的"天子"所指为周代何王。他说："秦俗强悍，乐于战斗，故其人平居而相谓曰，岂以子之无衣，而与子同袍乎。盖以王于兴师，则将修我戈矛，而与子同仇也。其欢爱之心，足以相死如此。"但此说仍不足以解释"王于兴师"之意。按《史记·秦本纪》："西戎犬戎与申侯伐周，杀幽王郦山下。而秦襄公将兵救周，战甚力，有功。周避犬戎难，东徙雒邑，襄公以兵送周平王。平王封襄公为诸侯，赐之岐以西之地。"诗中所写，当为此时之事，时当公元前 771 年前后。其时因西周发生内乱，周幽王死，周地大部沦陷，于是秦地人民纷纷抗击狎狁的侵略。他们虽然生活困苦，甚至"无衣"可穿，但是当外敌入侵之时，还是同仇敌忾，修兵整装，待命出征。为了共同对敌，他们可以"与子同袍"，同穿一件战袍，"与子同泽（襗）"，同穿一件内衣，甚至"与子同裳"，同穿一件下裙。因为他们有共同的敌人，"与子同仇"，所以他们就要共同御敌，"与子偕作"，一起作战，"与子偕行"，一起出发。本诗字里行间跳荡着昂扬的斗志和必胜的信念。

第二节　表达痛苦情感的厌战诗

由于周代战争本身所具有的复杂性，社会各阶层所处的地位、生活条件以及在战争中所扮演的角色不同，周人对战争的态度也有很大的差异，有时甚至相互抵触。面对敌人的入侵，周人可以勇敢地拿起武器保家卫国，在对外的征讨中，也洋溢着主体民族的自豪和必胜的信念。但是以农业文明为基础的周民族，并不是一个好战的民族，而是一个热爱家园的民族。无论何种战争，总会带来伤亡，带来亲人的别离和家庭的不幸。战争造成的各种伤亡和不幸时时警醒着诗人，使他们保持一种对于战争的批判态度，尤其反对那些非正义的战争和以扩张为目的的狭隘落后的民族意识。因此，即便是对于保家卫国的战争，他们仍然表现出一种思乡自伤的矛盾心情。《诗经》战争诗中表达这种矛盾心情的代表作是《小雅·采薇》：

采薇采薇，薇亦作止。曰归曰归，岁亦莫止。靡室靡家，猃狁之故。不遑启居，猃狁之故。

采薇采薇，薇亦柔止。曰归曰归，心亦忧止。忧心烈烈，载饥载渴。我戍未定，靡使归聘。

采薇采薇，薇亦刚止。曰归曰归，岁亦阳止。王事靡盬，不遑启处。忧心孔疚，我行不来。

彼尔维何，维常之华。彼路斯何，君子之车。戎车既驾，四牡业业。岂敢定居，一月三捷。

驾彼四牡，四牡骙骙。君子所依，小人所腓[féi]。四牡翼翼，象弭鱼服。岂不日戒，猃狁孔棘。

昔我往矣，杨柳依依。今我来思，雨雪霏霏。行道迟迟，载渴载饥。我心伤悲，莫知我哀。

关于这首诗的主旨，《毛诗序》说："遣戍役也。文王之时，西有昆夷之患，北有猃狁之难。以天子之命，命将率遣戍役，以守卫中国。"但是齐诗鲁诗却认为是懿王时诗。《汉书·匈奴传》也说，懿王时，"王室遂衰，戎狄交侵，暴虐中国，中国被其苦，诗人始作疾而歌之曰'靡室靡家，猃允（猃狁）之故''岂不日戒，猃允（猃狁）孔棘'。"杨宽则认为，诗中所说"一月三捷"，可能是宣王时的事，因为未见懿王克捷狁的记载。我认为这首诗定为宣王时诗可能更为合适些，因为宣王之时对狁的作战颇为频繁，可能性更大。这首诗的前三章均以采薇起兴，用薇菜的初生（薇亦作止）、生长（薇亦柔止）、变老（薇亦刚止），喻示诗人在外出征的时间之长；用感时（岁亦莫止）、心忧（心亦忧止）、复感时（岁亦阳止），来说明有家难回的心情。而这一切都是出于"狁之故"，表达了作者对于外敌入侵的愤怒，以及自己久戍在外，"不遑启居""载饥载渴""我行不来"的痛苦。第四、五章写具体的战场生活：同样是在战场上，作为战士的诗人和统帅军队的君子，两者的身份地位不相同，处境也不相同。君子乘坐的是华丽高大的战车（"彼路斯何，君子之车"），战马雄壮（"四牡业业""四牡骙骙""四牡翼翼"），武器精良（"象弭鱼服"）。而战士却只能跟随于车下，他们没有定居之所，一个月就打了好几次仗（"岂敢定居，一月三捷"［捷，交战，或曰胜利］）；他们也不敢稍加懈怠，因为敌情非常紧急（"岂不日戒，狁孔棘"）。没有定居之所的艰难，久战不休的痛苦，久戍不归的乡恋，"靡室靡家"的哀叹，"载饥载渴"的呼喊，就在这种反复不断的咏唱中极为生动形象地表现了出来。尤其是最后一章，描写久战后归家的情景，更是令人悲怆：想当初出征的时候还是杨柳依依的春日，而现在回来已经是雨雪霏霏的冬天，又饥又渴地在归途上蹒跚而行，谁能知道我内心的哀伤——"我心伤悲，莫知我哀"。诸种矛盾心情就这样复杂地交织在一起，表现出作者热爱和平、反对战争的深刻思想，使这首诗具有极大的艺术感染力量。

在《小雅·采薇》这样的诗里，诗人尽管反对战争，但是在强敌入侵的危急时刻，诗人还是勇敢地参加了保家卫国的战争。然而在另外一些诗中，面对战争诗人则表现出强烈的忧怨之情。《豳风·东山》是表达这种思想情感最为鲜明的作品。

我徂东山，慆〔tāo〕慆不归。我来自东，零雨其濛。我东曰归，我心西悲。制彼裳衣，勿士行枚。蜎〔yuān〕蜎者蠋〔zhú〕，烝〔zhēng〕在桑野。敦彼独宿，亦在车下。

我徂东山，慆慆不归。我来自东，零雨其濛。果臝〔luǒ〕之实，亦施〔yì〕于宇。伊威在室，蟏〔xiāo〕蛸〔shāo〕在户。町〔tǐng〕畽〔tuǎn〕鹿场，熠耀宵行。不可畏也，伊可怀也。

我徂东山，慆慆不归。我来自东，零雨其濛。鹳〔guàn〕鸣于垤〔dié〕，妇叹于室。洒扫穹窒，我征聿至。有敦瓜苦，烝在栗薪。自我不见，于今三年。

我徂东山，慆慆不归。我来自东，零雨其濛。仓庚于飞，熠耀其羽。之子于归，皇驳其马。亲结其缡〔lí〕，九十其仪。其新孔嘉，其旧如之何！

这首诗记叙了一位跟随周公东征三年的战士退役归家的情形，通过他归途中的见闻及悬想，反映了动乱的现实，揭示了战争对农业生产和伦理亲情的破坏，表达了作者对战争的厌倦之情。全诗四章，均以"我徂东山，慆慆不归。我来自东，零雨其濛"开头。这是对抒情缘起的背景叙述。"徂"，往也。"东山"，指东方作战的地方。"慆慆"，同"滔滔"，形容时间长久。"零雨"，细雨。意思是：我到东山打仗，好久不能回来。我今天走在回家的路上，细雨蒙蒙。这样的开头，奠定了全诗的幽怨情调。接下来，第一章写自己当时悲喜交加的心情："我东曰归，我心西悲。"意思是：我今天终于回来了，但是我的心里却充满悲伤。"制彼裳衣，勿士行枚。""裳衣"，普通衣服。"士"，同"事"。"行枚"，衔枚。古时行军打仗，为防止出声，战士们在口中横衔一个小木棍，此即"横枚"。这两句诗的意思是：我今天终于要脱下军装，不再过军旅生活了。"蜎蜎者蠋，烝在桑野。敦彼独宿，亦在车下。""蜎蜎"，野蚕蠕动的样子。"蠋"，野蚕。"烝"，置也。"敦"，蜷成一团。这是诗人见景生情，看到蠕动的野蚕团缩在桑野，联想到自己也露宿在战车旁边，像野蚕一样缩成一团。第二章诗人写归途所见，那是战后的一片荒凉："果臝之实，亦施于宇。伊威在室，蠨蛸在户。町畽鹿场，熠耀宵行。""果臝"，瓜蒌。"施"，蔓延。"伊威"，土鳖虫。"蠨蛸"，长脚蜘蛛。"町畽"，院旁空地。"宵行"，磷火。野生的瓜蒌蔓延到屋檐下，土鳖虫爬满了破漏的屋，蜘蛛在门口结了网，院旁的空地变成了野鹿场，磷火在夜里闪着光，这是一幅多么荒凉可怕的景象啊！但是，这一切都不能阻挡诗人回家的心，"不可畏也，伊可怀也"，反而更让他怀念自己的家乡。第三章紧承第二章，写诗人对家乡的怀念。但是他并没有从自我处落笔，而是想象家里的妻子在怀念着他："鹳鸣于垤，妇叹于室。洒扫穹窒，我征聿至。有敦瓜苦，烝在栗薪。自我不见，于今三年。""鹳"，一种水鸟。《郑笺》："鹳，水鸟也，将阴雨则鸣行者。""垤"，蚂蚁堆。"穹窒"，把屋子的破洞堵住。"征"，征人。"聿"，语助词。诗人想象此时家中的情景：鹳鸟在蚂蚁堆上鸣叫起来，妻子在屋子发出感叹，并赶快把屋子打扫干净，堵住屋里各处的漏洞；因为鹳鸟的叫声告诉她，丈夫就要回来了，他就像那个结在柴堆上的苦瓜，已经三年不见了。第四章再紧承第三章，写诗人回忆结婚时的情况："仓庚于飞，熠耀其羽。之子于归，皇驳其马。亲结其缡，九十其仪。其新孔嘉，其旧如之何！""仓庚"，黄莺。"之子"，指未婚时的妻子。"于归"，出嫁。"皇"，黄色。"驳"，杂色。"亲"，妻子的母亲。"结"，系上。"缡"，女子出嫁时的佩巾。"九十"，言其多。"新"，新婚时。"孔"，很。"嘉"，好，美丽。"旧"，旧人，结婚时是新人，多年之后变旧人。诗人由妻子在家里的守候，自然而又深情地回忆起结婚时的情景：黄莺鸟飞起来了，羽毛闪着美丽的光华。那个女子要出嫁了，驾好了黄色和杂色的马。母亲给她系上了佩巾，结婚的仪式真复杂。最后两句诗人由新婚的回忆揣想眼前，不由得抒发出急切见面的渴望：新婚的妻子多美丽，不知她现在还好吗？

这是一首艺术水平高超的抒情诗。它以诗人回乡途中的所见所感为线索，融现实、想象、回忆于一体：目睹现实中沿途的一片荒凉，归家心切；想象妻子也与他一样，在家里期盼着他归来；回忆当年新婚时的欢乐场景，更渴望尽快见到自己的亲人，看他们现在是个什么样子。诗的中心主题是反战，是思乡，但是全诗没有直接的议论，全是描写与抒怀。描写之生动，想象之新奇，回忆之真实，皆合于人情而又历历在目，情感深沉，内蕴丰厚，确是古诗中的珍品，为后世同类题材的诗歌树立了榜样，产生了广泛的影响。

由上可见，《诗经》中的战争诗表现的情感是复杂的，既有主体民族的自豪感，又有共御外侮的勇敢精神，同时也表现出对自身的哀伤和对战争的怨恨。这些诗不但生动地反映了周代社会战争的历史，而且表现了周人对待战争的态度，说明周人思想品格的可贵。他们爱国家，爱生活，也爱自己的故土与亲人；能够分辨战争性质的好坏，能够积极地投身于正义的战争，也同样敢于批判和诅咒那些不正义的战争。他们以这样的情感来进行战争诗创作，使作品具有了崇高性，从而使战争诗成为教育人的艺术作品，成为《诗经》中最为感人的题材类别之一，在中国历史中发挥着重要作用。

第三节　抒写劳苦怨尤的徭役诗

周代的徭役大致可分为两种，一种是大夫为诸侯、天子，或士为大夫、诸侯、天子服役，奔走四方而效劳。《诗经》中反映这类徭役的诗有《召南·殷其雷》《小星》《邶风·北门》《卫风·伯兮》《王风·君子于役》《小雅·四牡》《四月》《北山》《小明》等。另一种为下层士、庶民或农奴为国君戍守征发、出各种杂役。《诗经》中反映这类徭役的诗有《邶风·击鼓》《式微》《王风·扬之水》《郑风·清人》《齐风·东方未明》《魏风·陟岵》《唐风·鸨羽》《小雅·鸿雁》《渐渐之石》《何草不黄》等。

与《诗经》战争诗情感表现的复杂性相比，徭役诗的情感表现比较单纯，尽管其内容繁纷，背景各异，但概括起来主要有以下两个方面。

其一是感叹行役的劳苦与命运的不公。如《小雅·北山》：

陟彼北山，言采其杞。偕偕士子，朝夕从事。王事靡盬，忧我父母。
溥天之下，莫非王土；率土之滨，莫非王臣。大夫不均，我从事独贤。
四牡彭彭，王事傍傍。嘉我未老，鲜我方将。旅力方刚，经营四方。
或燕燕居息，或尽瘁事国；或息偃在床，或不已于行。
或不知叫号，或惨惨劬劳；或栖迟偃仰，或王事鞅掌。
或湛乐饮酒，或惨惨畏咎；或出入风议，或靡事不为。

从诗中看，作者自称"偕偕士子"，"偕偕"，强壮貌。又说自己"旅力方刚"，可能是个身强力壮的下层官吏。他朝夕不停地从事劳作，因为不能侍奉父母而深感忧伤。没完没了的"王事"让他深感劳苦，但让他更感不平的是苦乐不均，有些人却过着安逸的享乐生活。他说：普天之下都是王土，王土上的人都是王臣，可是，当权者（大夫）为什么这么不公平，唯独让我最为劳苦。当权者夸奖我年轻未老，赞扬我身体强壮，不停地指挥我，把我委派到四方。接下来，全诗连用了十二个"或"字进行劳逸对比：有的人安逸地在家休息（"或燕燕居息"），有的人竭尽全力做事（"或尽瘁事国"）；有的人舒服地躺在床上（"或息偃在床"），有的人在路上奔走不停（"或不已于行"）；有的人不知道人间痛苦（"或不知叫号"），有的人整日辛苦操劳（"或惨惨劬劳"）；有的人仰卧在床上享乐（"或栖迟偃仰"），有的人为王事急急遑遑（"或王事鞅掌"）；有的人沉醉于享乐饮酒（"或湛乐饮酒"），有的人怕失责而胆战心忧（"或惨惨畏咎"）；有的人只会空发议论（"或出入风议"），有的人却什么苦都要忍受（"或靡事不为"）。可以说，十二个"或"字，写尽了诗人内心的怨愤之情。

《小雅·四月》的抒情主人公，似是一个无故受过的人，他被贬谪而行役南国，在路上见景生情，抒写自己的复杂心态：

四月维夏，六月徂暑。先祖匪人，胡宁忍予？
秋日凄凄，百卉具腓。乱离瘼矣，爰其适归？
冬日烈烈，飘风发发。民莫不穀，我独何害？
山有嘉卉，侯栗侯梅。废为残贼，莫知其尤！
相彼泉水，载清载浊。我日构祸，曷云能穀？
滔滔江汉，南国之纪。尽瘁以仕，宁莫我有？
匪鹑［tuán］匪鸢，翰飞戾天。匪鳣［zhān］匪鲔［wěi］，潜逃于渊。
山有蕨薇，隰有杞桋［yí］。君子作歌，维以告哀。

诗的前三章以季节的变化起兴抒情。在六月的盛夏却要行役到炎热的南国，诗人情不自禁地想到他的祖先，难道他忍心让自己的后代子孙受苦吗？（"先祖匪人，胡宁忍予？"）秋天的凉风吹来，万物凋零，诗人又不禁感叹：昏乱的朝政让自己遭受这等疾苦，哪里才是我的归处？（"乱离瘼矣，爰其适归？"）凛冽的寒冬狂风呼啸，诗人再一次痛苦地追问：别人的生活都过得很好，为什么只有我受此祸殃？（"民莫不穀，我独何害？"）接下来的三章则感物起兴，再三地陈说自己所遭受的苦难。"废为残贼，莫知其尤"，意思是：我被人无故残害，我究竟错在哪里？"我日构祸，曷云能穀"，意思是：我天天遭受灾祸，何时才能过上好的日子？"尽瘁以仕，宁莫我有"，意思是：我鞠躬尽瘁地任职，为什么你们这样对待我？诗人哀叹自己的无能为力，永远也躲不开灾难祸殃：我不是老雕，也不是鹞鹰，不能高飞逃到天上（"匪鹑匪鸢，翰飞戾天"）；我不是鳣鱼，也不是鲔鱼，无法把自己藏于深渊（"匪鳣匪鲔，潜逃于渊"）。于是，诗人在最后一章发出无奈的感叹，他没有办法改变自己的命运，只好写一首诗，用来表达自己的无尽哀伤。

《小雅·何草不黄》表达了更多"征夫"的共同命运：

何草不黄，何日不行。何人不将，经营四方。
何草不玄，何人不矜。哀我征夫，独为匪民。
匪兕匪虎，率彼旷野。哀我征夫，朝夕不暇。
有芃[péng]者狐，率彼幽草。有栈之车，行彼周道。

这是一首"经营四方"的征人们的哀歌。诗以野草的枯萎比喻他们的劳苦生活——"何草不黄""何草不玄"。由于被征调，他们不得不像野兽一样四处奔波（"匪兕匪虎，率彼旷野"），他们没日没夜地劳作（"朝夕不暇"），就像行走在深草中的狐狸，跟随着高高的行役栈车，每日行走在漫无尽头的道路上（"有芃者狐，率彼幽草。有栈之车，行彼周道"）。这使他们发出了"独为匪民"的怨愤。其他诸如《小雅·鸿雁》，用哀鸿遍野来比喻那些远行在外的劳苦征人，《王风·扬之水》发出了"怀哉怀哉，曷月予还归哉"的呼喊，《召南·小星》则抒写诗人"夙夜在公，寔命不同"的感叹……这些诗从不同角度、不同层次，对名目繁多、负担繁重的徭役给予了指控。在无所遁逃的苦难生活面前，感叹命运的不公，是那个时代的诗人抒发自己痛苦的一种方式。激烈的怨愤之情和生动形象的比喻，使这些诗篇具有了恒久的艺术感染力，以及强大的社会批判力。

其二则是思乡与念亲。长久的行役在外，不仅使征人们受尽了劳苦，更违背了人伦之常，造成了家庭的悲剧和心灵的痛苦，表现在诗中就是深深的思念——思念家乡、怀念亲人。如《小雅·杕〔dì〕杜》：

有杕之杜，有睆〔huàn〕其实。王事靡盬，继嗣我日。日月阳止，女心伤止，征夫遑止。

有杕之杜，其叶萋萋。王事靡盬，我心伤悲。卉木萋止，女心悲止，征夫归止！

陟彼北山，言采其杞。王事靡盬，忧我父母。檀车幝〔chǎn〕幝，四牡痯〔guǎn〕痯，征夫不远！

匪载匪来，忧心孔疚。期逝不至，而多为恤。卜筮偕止，会言近止，征夫迩止！

这是一首写征夫行役在外经年不归，妻子在家中翘首以盼的诗篇。诗中抒情暗含着时间的线索，步步深入，需要读者细心体会。第一章以"杕杜"开篇，"杕"指树木孤生，"杜"指棠梨树。诗人见到孤生的棠梨树，上面结满了浑圆的果实，忽然见景生情：没完没了的"王事"，又延迟了回家的日期。时间又到了十月（"日月阳止"),他想象此刻妻子一定在家里忧伤地思念:我那远行的征人,应该有空闲回家了吧("女心伤止,征夫遑止")?诗的第二章还以"杕杜"起兴,棠梨树的叶子一片繁盛,时间已经是春日,可是,王事还是没有结束,诗人的内心充满了伤悲。他想象妻子也一定像他一样悲伤,盼望着他快点归来。第三章同样以景物起兴。"陟彼北山,言采其杞。"枸杞已经成熟,时间又到了秋季,可是王事仍然没有结束。转眼就是一年时间,诗人见不到父母,不禁为他们担忧,并发出无奈的感叹:那檀木的兵车都已经破败("檀车幝幝"),四匹驾车的大公马也早就疲惫不堪("四牡痯痯"),征人是不是也应该归期不远了("征夫不远")?第四章承接第三章开头,却又是一个转折。翘首以盼的征人还是没有归来,这怎能不让人非常痛苦("匪载匪来,忧心孔疚")?早已超过当初约定的归期,忧愁也一天天增多("斯逝不至,而多为恤")。于是,诗人乞求于占卜:"卜筮偕止,会言近止,征夫迩止!"龟占与蓍占的结果一样,都说归期就在近日,也许征人真的快要到家了吧!整首诗就这样以景物起兴,以时间为线索,既从征夫的角度切入,又悬想思妇的相思之情,就这样在交替的抒写中,将征夫与思妇细腻的心理变化,层层递进地展示出来。在一次次的失望当中又一次次企盼,结尾还留下了一个美好的愿望,真是委婉有致又曲尽人情。

而有的诗篇则直抒胸臆。如《唐风·鸨羽》:

肃肃鸨羽,集于苞栩。王事靡盬,不能蓺稷黍,父母何怙?悠悠苍天,曷其有所?

肃肃鸨翼,集于苞棘。王事靡盬,不能蓺黍稷,父母何食?悠悠苍天,曷其有极?

肃肃鸨行,集于苞桑。王事靡盬,不能蓺稻粱,父母何尝?悠悠苍天,曷其有常?

孔颖达《毛诗正义》曰:"鸨之性不树止,今乃集于苞栩之上,极为危苦。"可见,这首诗的起兴也是有深意的。鸨是一种野雁,其性不适合栖息于树上,"集于苞栩"说明其处境的危险。诗人以此为喻,说自己就像野雁长久地栖息于丛生的树上,从事没完没了的王事,不能在家里耕种田地,不能赡养父母。于是,诗人只能向着苍天呼喊,何时才能有一个正常的住处("曷其有所"),何时才能有个结束("曷其有极"),何时才能过上正常的生活("曷其有常"),来抒发自己的痛苦之情。三章反复递进,感人至深。

《魏风·陟［zhì］岵［hù］》一诗,则把征人的劳苦、对亲人的思念用另一种方式表现出来:

陟彼岵兮,瞻望父兮。父曰:嗟!予子行役,夙夜无已。上慎旃哉,犹来!无止!

陟彼屺兮,瞻望母兮。母曰:嗟!予季行役,夙夜无寐。上慎旃哉,犹来!无弃!

陟彼冈兮,瞻望兄兮。兄曰:嗟!予弟行役,夙夜必偕。上慎旃哉,犹来!无死!

这首诗本来写的是征人在外思念家里的亲人,可是诗中却想象家里的亲人一一向他叮嘱,让他在外面多多保重,平安归来。"陟彼岵兮,瞻望父兮。""岵",没有草木的小山,诗人登岵远望父亲,其实是望不到的。可是在想象中父亲却看到了他,而且正在叮嘱他说:哎!我的儿子呀!在外行役,没有白天和黑夜。("嗟!予子行役,夙夜无已。")你一定要自己小心保重啊,平平安安地回来啊!("上慎旃哉,犹来!无止!")第二章写瞻望母亲和母亲的叮嘱,第三章写瞻望兄长和兄长的叮嘱,抒情一步步加深。在《诗经》时代就有这样丰富的联想和生动的表达,我们不能不发出由衷的赞叹。

有些诗篇则纯粹从思妇的角度来抒情。如《王风·君子于役》：

君子于役，不知其期。曷至哉？鸡栖于埘［shí］。日之夕矣，羊牛下来。君子于役，如之何勿思？

君子于役，不日不月。曷其有佸［huó］？鸡栖于桀。日之夕矣，羊牛下括。君子于役，苟无饥渴？

徭役不仅给在外的征人造成痛苦，更给家人带来了不幸。诗中的这位女子，在暮色苍茫之中，看见鸡归巢，牛羊下山，不禁想起了自己在远方行役的丈夫。他在外行役已经很久，无日无夜地劳作，不知道何时才是归期，怎能不让家中之人思念？在无可奈何之中，她只能希望征人在外面好好地保重自己，不要有什么饥渴。这诗写得朴素之极，很容易让人想到农村最为典型的生活画面：每当日暮黄昏之时，牛羊鸡鸭等都回到了圈栏，家家屋顶上都冒起了袅袅炊烟，劳作了一天的农夫们也回到家里，和妻子儿女共享着家庭的温馨和生活的快乐。可是，诗中的男子却远在外地行役，家中只剩下妻子一个人，她每天在同一时刻怅惘地等待，忍受着对征人牵肠挂肚的煎熬。这里没有再说什么，但是，读者已经深深地感到了战争徭役给人们生活带来的破坏，已经深深地同情诗中女主人公的不幸。本诗具有震撼人心的艺术力量。

将徭役诗与战争诗进行比较，会发现《诗经》中战争诗的抒写立场比较复杂，情感表现也比较多样，而徭役诗则基本上都属于个体的抒情。从数量上看，《诗经》中的徭役诗比战争诗要多出许多。这说明，周王朝各种繁重的徭役对人民的日常生活具有更为普遍的影响，因而相较于战争题材，徭役题材是诗人进行诗歌创作更主要的题材，周人在徭役诗中自然也寄寓着更为深沉的世俗生活情感，揭示因之而产生的生活悲剧，坦露由之而产生的情感怨尤，使这类诗具有极强的感人力量。在中国诗歌史上，《诗经》中的徭役诗较战争诗也具有更为深远的影响，在后世的诗歌，如唐宋诗词中，我们可以明显地看到它们的影子。

/ 第八讲 /

"先民有言，询于刍荛"
——卿士大夫的政治美刺

卿士大夫政治美刺诗是《诗经》中的一个重要类别，这一类别又包含政治颂美诗与政治怨刺诗两类。政治颂美诗主要是指《诗经》"雅诗"中那些"以述其政之美"的作品，而不包括"美盛德之形容，以其成功告于神明"的宗庙祭歌，也不包括周初对周文王、周武王的赞美诗，主要指周成王以后，尤其是在西周中后期对几位杰出人物的赞美。政治怨刺诗则主要指《诗经》中对当时不良时政的讽刺与批评。这两类诗基本存于《大雅》和《小雅》之中，都出自周代社会的卿士大夫之手。二者虽有美刺之别，但都是周代社会政治的产物，是周代贵族的精神品格在不同政治形势下的表现。特别是那些产生于西周末年的讽喻怨刺诗，体现了中国古代士大夫的忧国忧民之怀，对后世影响深远。

▍第一节　崇尚显允令德的人物颂美

政治颂美诗的主要内容，是对整个贵族阶级及其政治代表人物的赞美。它主要体现在两个方面，其一是赞扬贵族阶级的美德，这类颂美都带有较强的礼仪性质，往往应用在各种礼仪场合，所写也大都是比较抽象的祝颂话语。如《大雅》中的《既醉》《泂酌》《假乐》《卷阿》，《小雅》中的《南山有台》《蓼萧》《庭燎》等：

既醉以酒，既饱以德。君子万年，介尔景福。(《既醉》)
瞻彼旱麓，榛楛[hù]济济。岂[kǎi]弟[tì]君子，干禄岂弟。(《旱麓》)
岂弟君子，民之父母。……岂弟君子，民之攸归。(《泂酌》)
岂弟君子，四方为则。……岂弟君子，四方为纲。(《卷阿》)

这些诗中所说的"德"是指君子的美好道德，"岂弟"（恺悌），指君子能平和近人，对人充满了仁爱。正因为如此，诗人才一再地说他们是"民之父母""民之攸归"，"四方为则""四方为纲"。同样，《小雅·南山有台》在颂美君子时，也一再地说"乐只君子，德音不已""乐只君子，德音是茂"，并由此而称他们是"邦家之基"。之所以如此，是因为在周人的文化观念里，道德践履是政治实践的基础，如《小雅·湛露》所言："显允君子，莫不令德。""治国"需从"修身"做起，在这方面，文王已经给他们树立了榜样。所谓"刑于寡妻，至于兄弟，以御于家邦"（《大雅·思齐》）。因此，颂扬贵族人物的道德人格之美，也就具有了特殊的意义，它是统治者治国的基础，也是卿士大夫们从政的基本条件。

其二是赞美贵族阶级政治代表人物的政绩。《大雅·假（嘉）乐》是其中一篇：

假乐君子，显显令德。宜民宜人，受禄于天。保右命之，自天申之。干禄百福，子孙千亿。穆穆皇皇，宜君宜王。不愆不忘，率由旧章。威仪抑抑，德音秩秩。无怨无恶，率由群匹。受福无疆，四方之纲。之纲之纪，燕及朋友。百辟卿士，媚于天子。不解于位，民之攸墍[xì]。

《毛诗序》曰："《假乐》，嘉成王也。"现在一般人也都认为这是赞美周成王的诗。诗中第一章说他有美好的品德，能安抚百姓，使所有的人都能尽职，所以从上天那里承受了福禄。第二章说他因受福禄而有众多的子孙。他又有肃穆的神态，堂皇的仪表，他是一个很好的君王，因为他从来不犯什么过错，一切都按先王的法度办事（"不愆不忘，率由旧章"）。第三章再一次申说他有严肃庄重的仪表，谈吐文雅有序。他没有任何私怨私恶，率领着众多贤人治国，成为四方纲纪。第四章写朝中群臣对他充满了热爱，一个个尽职尽责，老百姓在他的荫庇下也都安居乐业（"不解于位，民之攸墍"）。全诗并没有具体地写成王到底取得了哪些功业，而是一再地歌颂成王的德行与仪容，"显显令德""穆穆皇皇""威仪抑抑""德音秩秩"；不过，正是由此，诗人向我们暗示了成王所取得功业的伟大，并在字行间流露出对他真挚的爱戴。

在《诗经》的政治颂美诗里，传为周宣王大臣尹吉甫所作的《大雅·烝民》是最为杰出的一首，诗篇赞美了王室重臣仲山甫的赫赫政绩，同时成功地塑造了一个德性完美、勤于王事的政治家形象：

天生烝民，有物有则。民之秉彝，好是懿德。天监有周，昭假于下，保兹天子，生仲山甫。

仲山甫之德，柔嘉维则。令仪令色，小心翼翼。古训是式，威仪是力。天子是若，明命使赋。

王命仲山甫，式是百辟。缵〔zuǎn〕戎祖考，王躬是保。出纳王命，王之喉舌。赋政于外，四方爰发。

肃肃王命，仲山甫将之。邦国若否，仲山甫明之。既明且哲，以保其身。夙夜匪解，以事一人。

人亦有言："柔则茹之，刚则吐之。"维仲山甫，柔亦不茹，刚亦不吐；不侮矜寡，不畏强御。

人亦有言："德𬨎［yóu］如毛，民鲜克举之"。我仪图之，维仲山甫举之，爱莫助之。衮［gǔn］职有阙，维仲山甫补之。

仲山甫出祖，四牡业业，征夫捷捷，每怀靡及。四牡彭彭，八鸾锵锵，王命仲山甫，城彼东方。

四牡骙［kuí］骙，八鸾喈［jiē］喈。仲山甫徂齐，式遄其归。吉甫作诵，穆如清风。仲山甫永怀，以慰其心。

此诗是尹吉甫为仲山甫受周宣王之命赴齐筑城之事而作。仲山甫即樊仲，是周宣王卿士，食采于樊，《国语·周语》又称其为樊仲山甫、樊穆仲。宣王命他到齐地筑城，大概是为了平定齐乱。[①] 但"城彼东方"之事，只在诗的倒数第二章结尾处点出，全诗的重心在颂扬这位贤臣的政绩与德性上。诗的首章先赞美天降贤人，说天生众人，就要有法度榜样，因为民有常性，总是喜欢品德高尚的人（"民之秉彝，好是懿德"）。上天在监视着周人，神明照临下土（"天监有周，昭假于下"），为了"保兹天子"而"生仲山甫"。从第二章起便对"仲山甫之德"进行了多方描绘，说他以温柔善良为做人的准则（"柔嘉维则"），仪容端庄、面色和善（"令仪令色"），为人处世非常谨慎（"小心翼翼"），以先王的古训作为行事的准则，以勤修威仪作为目标（"古训是式，威仪是力"），使人们看到这位王室重臣的人格之美，既内见于守礼修德，又外显于形态威仪。接着第三章，诗人又通过重大政事，写仲山甫是怎样秉德为政，在政事中显现其美德的：周王命令他作为百官的榜样（"式是百辟"），继承祖先的功德（"缵戎祖考"）。他恭谨地执行天子的命令，保护周王的安全（"王躬是保"）。他身居高位，总领诸侯百官，在内管理政务，出则经营四方。作为王的喉舌，他负责传达王的命令让四

[①] 王先谦：《诗三家义集疏》，吴格点校，中华书局，1987，第972页。

方施行("出纳王命,王之喉舌。赋政于外,四方爰发")。第四章写道,周王的政令仲山甫都会执行,凡是国家大事的好坏顺逆,他都能够明辨("肃肃王命,仲山甫将之。邦国若否,仲山甫明之")。他既高明又有智慧,能够保全自己;他从早到晚不肯懈怠,忠心地服务天子一人("既明且哲,以保其身。夙夜匪解,以事一人")。第五章,诗又回到对"仲山甫之德"的具体颂扬:他秉德而行,处理事务时刚柔相济,不卑不亢("柔亦不茹,刚亦不吐;不侮矜寡,不畏强御")。在第六章,诗人感叹道:做一个有道德的人其实不难,就像举起一根羽毛一样,却很少有人能够做到("德輶如毛,民鲜克举之"),只有仲山甫做到了。他的品德之高,已经不需要任何人帮助("爱莫助之")。不仅如此,他还能对周王的缺失加以匡正("衮职有阙,维仲山甫补之")。最后两章,先写仲山甫作为重臣离京出行,"城彼东方"的威仪,他奉王命远行,有雄壮的车马、威武的士兵("四牡业业,征夫捷捷""四牡彭彭,八鸾锵锵""四牡骙骙,八鸾喈喈"),威仪非凡。最后写诗人作诗对仲山甫的颂扬和怀思。因为他的美德感人,所以为此而写的诗歌也声音和美,如清风沁人,可以抚慰人心,诗人也永远对他表示钦敬("吉甫作诵,穆如清风。仲山甫永怀,以慰其心")。就这样,全诗通过对仲山甫政绩的记述、美德的颂扬,抒发崇敬与思怀之情,既展现了一位政治家外在的威仪风采,又显示了他"柔嘉维则"的人格之美。

除《烝民》之外,《大雅·崧高》也是一首颂美诗,是尹吉甫为申伯而写的。申伯原为申国国君,入周为宣王卿士。因为有功受封于谢邑。申是姜姓之国,故诗中称他为"王之元舅"。诗中描写了申伯受封建邑的过程,歌颂申伯的道德功业,称他为国之栋梁("维周之翰")。《卫风·淇奥[yù]》则是对卫武公的赞美,说他像长在淇水角落里的绿竹一样婀娜多姿,他的品质就像象牙一样经过切磋、像美玉一样经过琢磨("如切如磋,如琢如磨"),又像经过冶炼的金锡、经过雕琢的圭璧("如金如锡,如圭如璧"),描写非常生动。

政治颂美诗所歌颂的对象是周代社会的上层贵族,在一段时间内,这类诗曾被看成是对封建统治阶级的歌功颂德之作而遭到否定。其实,在周代社会里,这些上层贵族对社会的发展进步起着重要的历史作用,他们的个体人格以及道德功业都是值得歌颂的,有些人也可以称得上是我们中华民族中优秀的代表,并为后世树立了光辉的榜样。颂美诗作为政治抒情诗的重要组成部分,从一个侧面体现了诗人对周代社会礼乐文明的歌颂,体现了对贵族阶级优秀代表人物热情洋溢的爱,雍容揄扬而不失真情。即便是在今天,优秀的政治家和具有高尚君子品格的人,仍然是我们应该赞美和学习的榜样。但同时我们也会看到,周代的诗人决不会无缘无故地颂美,决不做阿谀奉承的小人,也决不会屈从于权势。当看到这些政治人物的缺失和社会的各种不良现象时,他们会毫不犹豫地展开严肃的讽喻和严厉的批判。

▌第二节　深具忧世之怀的讽喻规谏

雅诗中的讽喻怨刺诗产生于"王道衰""周室大坏"的西周中叶以后,特别是西周末年到平王东迁的时期。讽喻怨刺诗也像政治颂美诗一样,作者属于贵族阶层中的"公卿列士"。作为本阶级意识形态的"思想家"和"代言人",他们很不幸地生活于乱世,这使他们不但难以实现自己的政治抱负和理想,还不得不同社会上一切腐朽现象作斗争,同时不得不面对自己的各种挫折和不幸。于是,他们作诗的目的也不得不顺应时代条件的变化,由颂美转向讽喻和怨刺。这些诗从内容上看又可以分为两个方面:其一是对统治者进行讽喻和规谏,其二是对社会的黑暗现实进行怨刺和批判。这些诗主要见于二《雅》:《大雅》中的《民劳》《板》《荡》《抑》《桑柔》《瞻卬[yǎng]》《召旻》,《小雅》中的《节南山》《正月》《十月之交》《雨无正》《小旻》《小宛》《小弁[pán]》《巧言》《巷伯》等。这两类诗在内容上又有共同性,即表现了那一时期的卿士大夫们的忧患意识。刘熙载《艺概·诗概》说:"《大雅》之变,具忧世之怀;《小雅》之变,多忧生之意。"忧世,也就是忧国忧民;忧生,也就是感慨个人遭遇。一般来说,由于《大雅》的作者多为贵族中地位较高的人物,宗法血缘关系已把他们个人的命运同周王朝的命运紧紧联系起来,他们对于国家兴衰所具有的强烈的责任感、使命感,以及由此而产生的政治参与意识,使他们对于宗周的倾圮有焚心之忧、切肤之痛,故出于这个阶层之手的诗,如《大雅》中的《板》《荡》《抑》等便"具忧世之怀",这些诗的抒情主调多表现为讽喻和规谏。《小雅》的作者地位较《大雅》为低,在等级制度中他们或处于受压地位,或有不幸的个人遭遇,如《小雅》中《正月》《小弁》《巷伯》等诗的作者,因此,他们的抒情诗篇便感慨个人的遭遇而每多"忧生之意",相应的抒情主调也表现为怨刺与批判。下面我们先说讽喻规谏诗。

在讽喻规谏诗中,《板》是其中的代表性诗篇:

上帝板板,下民卒[cuì]瘅[dàn]。出话不然,为犹不远。靡圣管管,不实于亶[dǎn]。犹之未远,是用大谏。

天之方难,无然宪宪。天之方蹶[guì],无然泄[yì]泄。辞之辑矣,民之洽矣。辞之怿[dù]矣,民之莫矣。

第八讲 "先民有言，询于刍荛"——卿士大夫的政治美刺

我虽异事，及尔同寮。我即尔谋，听我嚣[áo]嚣。我言维服，勿以为笑。先民有言，询于刍[chú]荛[ráo]。

天之方虐，无然谑谑。老夫灌灌，小子蹻[qiāo]蹻。匪我言耄，尔用忧谑。多将熇[hè]熇，不可救药。

天之方懠[qí]，无为夸毗[pí]。威仪卒迷，善人载尸。民之方殿屎[xī]，则莫我敢葵。丧乱蔑资，曾[zēng]莫惠我师。

天之牖民，如埙如篪。如璋如圭，如取如携。携无曰益，牖民孔易。民之多辟，无自立辟。

价[jiè]人维藩，大师维垣。大邦维屏，大宗维翰。怀德维宁，宗子维城。无俾城坏，无独斯畏。

敬天之怒，无敢戏豫。敬天之渝，无敢驰驱。昊天曰明，及尔出王。昊天曰旦，及尔游衍。

这首诗传为周厉王时的老臣凡伯所作。全诗共分为八章。第一章由天道变化、人民遭难说起。"上帝板板"，"板"，通"反"，"反反"，违反常道。"下民卒瘅"，"下民"，老百姓；"卒"，通"瘁"，劳苦困顿；"瘅"，病痛。这句话合起来的意思就是：老百姓已经苦困不堪。而这一切都是由于当政者没有政治远见，"出话不然，为犹不远。靡圣管管，不实于亶。犹之未远，是用大谏"。他们发出的政令不合情理，谋略不深，眼光短浅；不尊敬圣贤，做事没有依据；不求实际，不讲诚信。所以诗人要进行讽谏。第二章开始即进行直接的批评："天之方难，无然宪宪。""宪宪"，欣喜的样子。上天正在降下灾难，你们不要得意忘形。"天之方蹶，无然泄泄。""蹶"，颠倒失常。"泄泄"，行止不当。天道颠倒失常，你们更不能胡言乱语。之所以如此，是因为现在的当政者发布的政令违背常道，所以不得人心。"辞之辑矣，民之洽矣。""辑"，和。"洽"，

合。你们发布的政令如果和谐,百姓们就会齐心合力执行。"辞之怿矣,民之莫矣。""怿",借为"斁"[dù],败坏。"莫",通"瘼",病。你们发布的政令如果败坏,老百姓就会遭受苦难。言外之意,现在的天道无常,全是由于你们的恶政。第三章责备那些当政者,说他们本与诗人是同僚,却不听诗人的劝告。古人曾言,为政者还要向割草砍柴的人请教("先民有言,询于刍荛"),可是现在这些执政者连诗人这样同僚的话都听不进去。第四章进一步以一个老臣的身份来责备周厉王,"老夫灌灌,小子蹻蹻",说自己如此真诚恳切地劝导,可是你却如此骄傲无礼,以至于到了"不可救药"的地步。第五章劝周王要正视现实,要关心民生疾苦。上天已经发怒,不要再听信那些阿谀奉承之言("天之方忟,无为夸毗")。你的威仪已经迷失,贤人得不到你的重用("威仪卒迷,善人载尸")。百姓们已经深陷痛苦,其困境让我们不敢去想("民之方殿屎,则莫我敢葵")。现在正值丧乱之际,民穷财尽,你们为何不去救助民众("丧乱蔑资,曾莫惠我师")?第六章告诉厉王正确的治民之方,那就是为政者要构建和谐社会,调整好君民关系,像埙与篪那样相鸣相和,像圭与璋那样相契相随,像携物取物一样相伴相从("天之牖民,如埙如篪。如璋如圭,如取如携")。在上者不要贪求过多,治理社会就会很容易("携无曰益,牖民孔易")。诗人告诫厉王,百姓们之所以生出邪辟之事,主要是由于当政者做出了坏的榜样,上梁不正下梁必歪("民之多辟,无自立辟")。第七章再次告诉厉王为政之方:要正确地认识天子与群臣诸侯之间的关系,要把他们团结在自己的周围,而团结的根本就在于"怀德维宁",否则,就会自毁城墙,使国家灭亡。最后一章,再一次告诫厉王要敬畏天怒和天变,不要再做那些戏豫和荒淫之事("敬天之怒,无敢戏豫。敬天之渝,无敢驰驱")。上天明察一切,无时无刻不在监督着你

("昊天曰明，及尔出王。昊天曰旦，及尔游衍")。整首诗就这样以一个旧臣老者的口吻，反复地向厉王陈说，措辞严厉，促其猛醒，其拳拳之忠，溢于言表。

《诗经》中这种讽喻规谏之诗的言辞，有时显得非常激切，如《板》诗中"老夫灌灌，小子蹻蹻""多将熇熇（火势猛烈），不可救药"这样的言辞，在后世的诗中很难出现。而在"以德辅天"与"敬天保民"观念深植的周代社会，以诗规谏当政者是一个良好的传统。《国语·周语》记载："故天子听政，使公卿至于列士献诗，瞽献曲，史献书，师箴，瞍赋，矇诵，百工谏，庶人传语。近臣尽规，亲戚补察，瞽、史教诲，耆、艾修之，而后王斟酌焉。是以事行而不悖。"这说明在周代"公卿列士"献诗本属礼乐文化内容之一，而备"王斟酌"，以使之"事行而不悖"的讽喻诗，若起到"尽规""补察""教诲"的作用，也自然成为那些进步的贵族思想家用以辅政的有力工具。特别是在宗周倾圮，国势岌岌可危的情况下，他们更会以极大的政治勇气向统治者进言，忧时感事之意溢于言表。

除我们上文所引的《板》诗之外，还有不少同类的诗篇，如《民劳》旧说是召穆公劝谏周厉王之作。诗以安民保国这一思想向最高统治者进谏，警告他"民亦劳止"，为政者必须体恤他们的超负荷劳作，使其"小康""小休""小息""小愒［qì］""小安"，才能防止矛盾激化，不使国家陷于灾难。"民亦劳止"一句在诗中反复出现，既表明诗人秉持以民为本的思想谆谆劝谏，也道出了当时人民承受劳役之繁不得安生的苦况。最后两句，"王欲玉女，是用大谏"，意思是王若珍爱自己，那就听一听我这苦口婆心的劝告吧。拳拳之忠，溢于言表。《荡》也是写给周王的谏诗。《毛诗序》曰："《荡》，召穆公伤周室大坏也。厉王无道，天下荡荡，无纲纪文章，故作是诗也。"《毛诗正义》："《荡》诗者，召穆公所作，以伤周室之大坏也。以厉王无人君之道，行其恶政，反乱先王之政，致使天下荡荡然，法度废灭，无复有纲纪文章，是周之王室大坏败也，故穆公作是《荡》诗以伤之。伤者，刺外之有余哀也，其恨深于刺也。"诗的第一章就将周厉王比作"上帝"，"荡荡上帝，下民之辟。疾威上帝，其命多辟"。说他胡作非为，强横暴戾。"天生烝民，其命匪谌。"天生众民本以君王为法，君王就应该引导他们最初的善心，使之保持不变。"靡不有初，鲜克有终。"人最初都有好的天性，而现在的君王，却在引导人们最终走向恶端。历史就是最好的镜子。所以，诗人在接下来的七章均以"文王曰咨！咨女殷商"开头，借周文王口气指责殷纣王因失德而亡国，警示厉王不要再行恶政，并以前人所言"颠沛之揭，枝叶未有害，本实先拨"（大树倾倒，枝叶未坏，树根先断绝），喻示君为国之根，君若失德，国将难保的道理。结尾又以"殷鉴不远，在夏后之世"，表明周鉴在殷，用意深长。《抑》，《国语·楚语》引此诗，篇名作"懿"，说是卫武公九十五岁所作，用以自儆。其实诗中更多的是严厉地劝告厉王。诗人劝告厉王要守礼修德，"敬慎威仪，维民之则"。并以宗族老人的身份称厉王为"小子"，说他不知道好坏，不辨是非，自己不但用手来牵着他，还要指出具体的事给他看；不但要当面教诲他，还要提着耳朵警醒他："於乎小子，未知臧否！匪手携之，言示之事。匪面命之，言提其耳。"用语之恳切，用心之良苦，令读者动容。"耳提面命"之成语即由此篇而来。《桑柔》一诗，《左传》《国语》俱载其为周厉王臣子芮良夫所作，诗名"桑柔"。如朱熹《诗集传》所说："取以比周之盛时，如叶之茂，其阴无所不偏，至于厉王肆行暴虐，以败其成业，王室忽焉凋弊，如桑之既采，民失其荫而受其病。"厉王被人民赶走，镐京大乱，芮良夫亦逃难东去，故诗中有"我生不辰，逢天僤怒。自西徂东，靡所定处"的诗句。厉王暴虐，民不聊生，国人暴动，厉王被逐，这是自食其果。所以诗人愤怒地质问："谁生厉阶，至今为梗？"这是谁兴起的祸端，至今还为害作梗？诗人在最后一章给予了回答："民之未戾，职盗为寇。"百姓生活不能安定，是当权者逼他们造反为盗。"凉曰不可，覆背善詈。"我已经说你们这样不可，但是你们违背道德，反过来还要骂我。"虽曰匪予，既作尔歌。"虽然你们说我不对，我还是要写这首歌来揭示因果。用官逼民反来揭示大乱的原因，见解十分深刻。诗人的"忧世"之怀，敢于箴诫规谏的精神，读来令人感动。

如我们上文所言，《大雅》的作者多为贵族中地位较高的人物，宗法血缘关系已把他们个人的命运同周王朝的命运紧紧联系起来，使他们对于国家兴衰具有强烈的责任感、使命感，对于宗周的倾圮有焚心之忧、切肤之痛，这些情感都从这些诗中展现出来了。这些诗篇中的讽谏精神，被屈原以降的历代优秀文人继承下来。在民主制度没有建立起来的古代社会，只听阿谀奉承之言还是虚心接受讽谏批评，是判断昏君还是明君的重要标准。唐太宗李世民能接受魏徵的直言极谏，就是因为他知道这些老臣忠心耿耿的情怀。所以他在《赐萧瑀》诗中写道："疾风知劲草，板荡识诚臣。勇夫安识义，智者必怀仁。"诗中所说的"板荡"，就是指《大雅》中以《板》《荡》两诗为代表的这些讽喻规谏之作。

第三节　抒写忧生之嗟的怨刺批判

与讽喻规谏诗不同的是，怨刺批判诗大多出自受到当权者打击迫害的士大夫之手，表现出强烈的讽刺批判精神。其怨刺批判的对象由地上的当权者而及于天上的主宰者，还有那些宵小和权臣。《小雅》中的《十月之交》是代表性诗篇之一：

十月之交，朔月辛卯。日有食之，亦孔之丑。彼月而微，此日而微；今此下民，亦孔之哀。

日月告凶，不用其行。四国无政，不用其良。彼月而食，则维其常；此日而食，于何不臧。

烨烨震电，不宁不令。百川沸腾，山冢崒［zú］崩。高岸为谷，深谷为陵。哀今之人，胡憯［cǎn］莫惩？

皇父卿士，番［pó］维司徒，家伯维宰，仲允膳夫，棸［zōu］子内史，蹶［guì］维趣马，楀［yǔ］维师氏。艳妻煽方处。

抑此皇父，岂曰不时？胡为我作，不即我谋？彻我墙屋，田卒汙［wū］莱。曰予不戕［qiāng］，礼则然矣。

皇父孔圣，作都于向。择三有事，亶侯多藏。不慭［yìn］遗一老，俾守我王。择有车马，以居徂向。

黾勉从事，不敢告劳。无罪无辜，谗口嚣嚣。下民之孽，匪降自天。噂［zǔn］沓背憎，职竞由人。

悠悠我里，亦孔之痗［mèi］。四方有羡，我独居忧。民莫不逸，我独不敢休。天命不彻，我不敢效我友自逸。

周幽王六年（前776），曾发生过一次日食，而在四年前（前780），还曾有过一次大地震。这在古代都被认为是不祥之兆，是天怒人怨、天下大乱的表征。于是，诗人写下了这首批判昏君佞臣的政治抒情诗。全诗共八章。第一章先写日食之变，指出这说明在上者昏庸，也是下民的悲哀。第二章分析日食和月食产生的原因，即统治者的失政。"日月告凶，不用其行。四国无政，不用其良。"第三章追溯发生在四年前的大地震曾经给人民带来了巨大的灾难："烨烨震电，不宁不令。百川沸腾，山冢崒崩。高岸为谷，深谷为陵。"诗人质问：你们这些统治者，难道就没有引以为戒，就不想改恶从善吗？（"哀今之人，胡憯莫惩？"）第四章对倒行逆施的七个用事大臣和与他们勾结在一起的幽王宠妃给予直斥其名的揭露。第五、六两章则直接揭露七个用事大臣中的代表，亦即皇父的罪恶，他毁坏了别人的田地房屋（"彻我墙屋，田卒汙莱"）；聚敛财富，在封地经营自己的采邑（"作都于向"），重用的三个人都是贪官（"择三有事，亶侯多藏"）。第七章写自己为王事而勤劳，却无辜被逸的遭遇（"黾勉从事，不敢告劳。无罪无辜，谗口嚣嚣"）。诗人认为，老百姓的苦难，并不是天降下来的，而是那些当面笑谈、背后作恶的小人所为（"下民之孽，匪降自天。噂沓背憎，职竞由人"）。最后一章写诗人所遭受的不公正待遇（"四方有羡，我独居忧"），以及面对时政不敢贪图安逸的忧心（"民莫不逸，我独不敢休。天命不彻，我不敢效我友自逸"）。整首诗所表现的这种疾恶如仇的态度和直言不讳的大胆批判，使其与《板》《荡》等诗中的谆谆劝告形成了比较鲜明的差异，这就是讽喻规谏诗与怨刺批判诗的区别。

　　类似的诗篇还有《节南山》，这是一个自称"家父"的人所作，诗人为国家即将灭亡而忧心如焚（"国既卒斩""忧心如惔［tán］"），因而在诗篇开头就直刺"秉国之均"的执政大臣师尹，指责他为政不平，任用宵小，连引私党（"琐琐姻亚，则无膴［wǔ］士"），以致天降瘟疫，民多死亡（"天方荐瘥［cuó］，丧乱弘多"），老百姓议论纷纷（"民言无嘉"），人怨天怒。诗人写诗的目的就是要追究这些在王左右的凶恶小人（"家父作诵，以究王讻［xiōng］"）。《正月》的作者是位遭受迫害的官吏，他从天时不正、人多讹言写起，表现了诗人"忧心京京"，处乱世而惧亡国的心情。篇中"心之忧矣，如或结之。今兹之正（政），胡然厉矣？燎之方扬，宁或灭之？

赫赫宗周，褒姒灭之"等语，直接揭示了诗的主题和讽刺批判之意：我心中的忧愁，像打不开的绳结。现在的执政者，为什么如此暴虐?!像那邪恶的野火，谁才能把它浇灭？原本兴盛的宗周，竟然被褒姒毁灭！诗人最后表现出无可奈何的悲伤："民今之无禄，天夭是椓。哿〔gě〕矣富人，哀此惸〔qióng〕独。"人民如今没有幸福，上天降下灾难无数。富人在那儿纵情享乐，有谁可怜我们的孤苦！另外，还有《雨无正》一诗，不仅讽刺了贵族的昏愦荒淫、自私自利、失德乱政，而且将一腔怒气发泄于上帝，指斥"浩浩昊天，不骏其德。降丧饥馑，斩伐四国"，把"天"看作是人间灾难的根源。

《小雅·大东》则是直刺周贵族对东方人进行剥削的诗：

有饛〔méng〕簋〔guǐ〕飧〔sūn〕，有捄〔qiú〕棘匕〔bǐ〕。周道如砥，其直如矢。君子所履，小人所视。眷言顾之，潸〔shān〕焉出涕。

小东大东，杼〔zhù〕柚〔yóu〕其空。纠纠葛屦，可以履霜。佻佻公子，行彼周行。既往既来，使我心疚。

有冽〔liè〕氿〔guǐ〕泉，无浸获薪。契契寤叹，哀我惮人。薪是获薪，尚可载也。哀我惮人，亦可息也。

东人之子，职劳不来。西人之子，粲粲衣服。舟人之子，熊罴是裘。私人之子，百僚是试。

或以其酒，不以其浆。鞙〔xuān〕鞙佩璲，不以其长。维天有汉，监亦有光。跂彼织女，终日七襄。

虽则七襄，不成报章。睆〔huàn〕彼牵牛，不以服箱。东有启明，西有长庚。有捄天毕，载施之行。

维南有箕，不可以簸扬。维北有斗，不可以挹酒浆。维南有箕，载翕〔xī〕其舌。维北有斗，西柄之揭。

《毛诗序》说："《大东》，刺乱也。东国困于役而伤于财，谭大夫作是诗以告病焉。"诗的第一章开篇就用形象的比喻和对比手法，把"西人"对"东人"的剥夺写了出来。"有饛簋飧，有捄棘匕。""饛"，装满食物的样子。"捄"，长而弯曲的样子。"棘匕"，酸枣木勺子。这两句诗生动地写出了周人的贪得无厌，他们家中的簋里已经装着满满的食物，还用一个长长的勺子不停地在往里面舀啊舀。"周道如砥，其直如矢。君子所履，小人所视。眷言顾之，潸焉出涕。"这几句的意思是说：那条平坦的大道啊，像箭一样直，君子们在上面行走，下民们在旁边凝视。眼看着财物都被掠夺走，不由自主地流下了眼泪。第二章换一种表述继续说西人对东人的剥夺。可怜的大东和小东啊，织布机上都已经空空。东人穿着葛麻编的草鞋，怎么才能够抵御寒冬？看那些轻佻的贵族公子往返于周道，我们的心里有无限的忧愁。第三章以寒冷的泉水浸泡柴草为比，说明东人所遭受的苦难情状："有冽氿泉，无浸获薪。契契寤叹，哀我惮人。"寒冷的泉水汩汩涌出，浸湿了刚刚获取的柴薪。夜不能寐，长吁短叹，可怜我们这些劳苦之人。并进一步申说："薪是获薪，尚可载也。哀我惮人，亦可息也。"砍下的柴草可以拉走，但能不能让我们这些劳苦的东人有一点休息？第四章写东人与西人的区别："东人之子，职劳不来。西人之子，粲粲衣服。舟人之子，熊罴是裘。私人之子，百僚是试。"东人从事劳役而无人慰问，西方的贵族却穿着华丽。西人的船夫穿着熊罴衣服，连家奴也会有各种官位。东人和西人的境遇可谓有天壤之别。最后三章以天上的银河、牛郎星、织女星、启明星、长庚星、天毕星、南箕星、北斗星为喻，说它们都是空有虚名而无所作为，怒斥周王室的贵族们不劳而获，而且还贪得无厌地将东方的财物掠夺一空。

　　这首诗构思巧妙，想象丰富，用生动的比喻，将周人对东方诸国巧取豪夺的不平等现象揭示出来，具有独特的文化价值和批判意义，说明社会财富的分配不公和大国对小国的欺负，在周代社会有明显的表现。《小雅》中的其他讽喻诗篇，或隐斥小人的阴险和其心之叵测，如《何人斯》"二人从行，谁为此祸？"（我们曾经一起共事，是谁在从中作梗使坏？）"不愧于人，不畏于天？"（你在人的面前不感到羞愧，难道也不惧怕上天的惩处？）或揭露痛斥宵小们私下串通、谋划害人的卑鄙伎俩，如《巷伯》"缉缉翩翩，谋欲谮人"（你看那些花言巧语，全都出自那些使坏的奸人）。或批评执政者不能择善而用的昏庸，如《小旻》"谋臧不从，不臧覆用"（好话你们听不进去，却偏信那些坏主意）。或斥责逸人的花言巧语、厚颜无耻，如《巧言》"巧言如簧，颜之厚矣"（把坏话说得像笙簧一样动听，真不知道他们的脸皮有多厚）。总之，《小雅》中的讽喻诗篇更为突出地显示了讽刺批判精神，在抨击不良政治时，把锋芒直指周王、权臣和上天。

讽喻规谏诗和怨刺批判诗在情感的表现上虽有不同，二者的精神实质却又是共同的。它们共同构成了《诗经》的讽喻精神。这些诗的作者，也被后世称为"讽喻诗人"。他们是周代贵族中的优秀分子，良好的文化教养、强烈的社会责任感和政治参与意识，造就了他们的精神品格。这种精神品格又包括两个方面：第一是忧国忧民的家国情怀，第二是守礼修德的自觉意识。讽喻诗人忧国忧民的情怀，从根本上说，是由他们与周王朝休戚与共的命运决定的。建立在宗法血缘关系上的周代封建制度，政治上代表"大宗"的周天子是整个王朝的最高统治者，讽喻诗人则是处于不同等级上的卿大夫士；伦理上，周天子乃宗族的一族之长，讽喻诗人则是处于不同血缘层次上的兄弟子孙。这样，宗法血缘关系就把他们同周王朝的命运联系在一起，一荣俱荣，一损俱损，忧国忧民的情怀遂成为讽喻诗人的一种精神品格。在宗周倾圮的时代，这种品格也就表现得尤为明显。二《雅》所有的讽喻诗篇，都流露出一种"忧心惨惨，念国之为虐"的情怀。讽喻诗人守礼修德的自觉意识，则表现为他们对于"礼"的笃信及恪守"德"的规范。他们把它视为生活准则，既用以自律又以之律他，要求包括天子国君大臣在内的所有社会成员都要依此而行。他们严正告诫昏君和佞臣们，"尔德不明"（《荡》）、"颠覆厥德"（《抑》），并大声疾呼，要"敬慎威仪，以近有德"（《民劳》）；同时，他们也时时以"礼"和"德"来约束自己，"天命不彻，我不敢效我友自逸"（《十月之交》），"敬天之怒，无敢戏豫"（《板》）。诗人之所以写出那些充满了讽喻批判精神的作品，其内在的心理动力便是他们忧国忧民的情怀和守礼修德的自觉意识。

　　《诗经》的讽喻怨刺诗中所体现的这种精神，及其作者群体性的精神品格和心理情感特征，是中国古代社会文化的产物，在中国封建社会中具有一定的典范意义，对后代诗人及作品产生了极为重大的影响：屈原忧愤深广的政治抒情诗《离骚》和抒发了"郁结纡轸"之怀的《九章》，就直承了《诗经》的怨刺讽喻精神；屈赋中抒情主人公重视内修外仪的人格美，诗人追求美政、坚持道德操守的精神品格和"忧国怨深"的情感特征，也同样能从二《雅》讽喻诗人那里找到其多方面的文化基因。屈原以后，杜甫等大诗人的忧国忧民情怀，也正是上承了《诗经》的这种传统。讽喻怨刺诗也因此而具有巨大的社会意义，它唤醒了诗人的社会责任感，提升了诗歌的文化价值。它在揭露黑暗与落后，向往理想和光明，推动社会进步方面发挥了重要的作用。

/ 第九讲 /

"关关雎鸠,在河之洲"
——古老风俗中的男女婚恋

表现男女之间爱情、婚姻内容的诗篇,在《诗经》中占有重要地位。在三百零五篇作品中,抒写男女相思相恋各种情感的诗和有关婚姻生活状况的诗,有六十余首,约占总数的五分之一。这些诗基本上都集中在《国风》和《小雅》当中,我们把这些诗统称为婚恋诗。

《诗经》中为什么会有这么多的婚恋诗?这和中国人的文化观念有关,也与周代社会的礼乐文化有关。《周易·系辞下》曰:"天地缊缊,万物化醇。男女构精,万物化生。"《序卦》又曰:"有天地然后有万物,有万物然后有男女,有男女然后有夫妇,有夫妇然后有父子,有父子然后有君臣,有君臣然后有上下,有上下然后礼义有所错。"由这些论述可知,周代人很早就意识到:如同天地化合而生万物一样,男女结合乃是人之天性,有了男女结合才有夫妇,有了夫妇才有父子,有了父子才有社会,有君臣,有上下礼仪制度等社会形态。可见,在周人的文化观念中,男女关系乃人类社会最基本的关系,男女之情也是人类社会最具有生命力的感情。因而,如何建立良好的男女关系,通过婚姻组建家庭,事实上也成为周代社会最基本的生活内容和诗歌情感抒发的对象。在周代的礼仪当中,婚礼占有重要地位,结婚的仪式极其隆重。《仪礼》当中有《士昏礼》,对此有非常详细的记述。《礼记·昏义》曰:"昏礼者,将合二姓之好，上以事宗庙，而下以继后世也，故君子重之。是以昏礼纳采（男方家请媒人去女方家提亲，女方家答应议婚后，男方家备礼前去求婚），问名（男方家请媒人问女方的名字和出生年月日），纳吉（男方将女子的名字、八字取回后，在祖庙进行占卜，卜得吉兆后，备礼通知女方家，决定缔结婚姻），纳徵（亦称纳币，男方家将聘礼送给女方家），请期（男方家择定婚期，备礼告知女方家，求其同意），皆主人筵几于庙，而拜迎于门外，入，揖让而升，听命于庙，所以敬慎重正昏礼也。"又说："夫礼始于冠，本于昏，重于丧祭，尊于朝聘，和于射乡，此礼之大体也。"周代社会对于婚姻的重视，我们在《诗经》歌颂周人开国功业的诗篇中就可以看出来。《大雅·大明》叙述从古公亶父到武王的历史功业，特别提到王季和文王的婚姻："挚仲氏任，自彼殷商，来嫁于周，曰嫔于京。乃及王季，维德之行。大任有身，生此文王。"大意是：那挚国任姓的次女，本是来自殷商。她嫁到了周族，做了王季的新娘。她有美好的德行，怀孕生了文王。接下来用了三章的篇幅，渲染文王和大姒的婚姻。说他们结婚是"天作之合"，是上天的安排。"文定厥祥，亲迎于渭。"在吉祥的日子举行纳聘之礼，文王亲自到渭水上迎接。"缵［zuǎn］女维莘，长子维行，笃生武王。"她是莘国最好的女子，是长女，出嫁于周，蒙上天厚爱，于是生了武王。《大雅·思齐》一篇，本是赞美文王，第一章却先写了文王的祖母、母亲和妻子这三位伟大的女性："思齐大任，文王之母。思媚周姜，京室之妇。大姒嗣徽音，则百斯男。"由此可见周人对于婚姻家庭的重视程度。

《诗经》中大量的抒写男女之情和婚姻生活的诗篇，显然与周人的这种文化观念有关。他们要通过礼乐文化的潜移默化，来和谐人伦男女之情。于是在表现世俗之情的诗歌采集和编写中，就特别关注这些有关男女情爱和婚姻生活的诗篇，进行着意的选择与创作，表达他们对美好爱情生活的向往，对婚姻理想的歌颂，同时也对那些败坏人伦的丑恶现象进行揭露和批判。这使《诗经》中的婚恋诗成为三百篇中最优美、最有艺术魅力的部分，深得后人的喜爱。在此，我把它们分为三个部分来叙述：（1）描写男女之间互相悦慕、爱恋、思念的爱情诗；（2）描写男女婚嫁和婚姻生活的诗；（3）描写婚姻破裂的弃妇诗。

第一节　古朴纯真的爱情诗

这里所说的爱情诗，指的是《诗经》当中抒写男女之间相思相恋等情感的诗。男女之情本是人类最基本的感情，它基于生命的繁衍，出于人的天性，表达了人类对于男女之爱的渴望。无论何时何地，当人生理成熟，步入青春年华，两性的吸引自然就会生发出相思相恋的纯真情感。只是当人类进入文明社会，受礼仪习俗和经济政治等文化因素的制约，这种纯真的情感就会附加各种世俗的条件，并由此而压抑了原初的生命本性。也正因为如此，那些抒写男女之间纯真情感的爱情诗篇才显得格外珍贵。周代社会虽然已经建立了一些规范社会的礼仪文化制度，但还保留了许多上古时代的社会风俗。《周礼·地官司徒》："媒氏掌万民之判。凡男女自成名以上，皆书年月日名焉。令男三十而娶，女二十而嫁。凡娶判妻入子者，皆书之。中春之月，令会男女，于是时也。奔者不禁。若无故而不用令者，罚之。司男女之无夫家者而会之，凡嫁子娶妻，入币纯帛无过五两。"可见，那个时候的结婚虽然已经强调有"媒氏"的介绍，所谓"取妻如之何？匪媒不得"（《齐风·南山》），要有

"问名""纳采"等相关礼仪，但是在恋爱阶段却相对宽松。而且在每年春天这一特殊的季节，还鼓励和提倡男女间自由相会。特别是在郑国、卫国这些殷商故地，婚姻恋爱更是相对自由。由于各种礼教的禁忌较少，《诗经》中的爱情诗显得特别自由活泼，真实地传达了少男少女之间互相悦慕、思念的心声，生动地再现了他们相爱相恋的世俗生活，其内容丰富多彩，朴丽清新，成为中国古代爱情诗中的珍品。

1. 相恋的快乐与幸福

《诗经》中的爱情诗，描写了当时男女相恋的各个阶段，从一见钟情到谈婚论嫁。相恋首先是男女之间从心底对对方的悦慕，因此，表现男女间的相恋和相思，是《诗经》爱情诗中非常突出的方面。这里有男子对女子的悦慕，如《郑风·出其东门》：

出其东门，有女如云。虽则如云，匪我思存。缟[gǎo]衣綦[qí]巾，聊乐我员[yún]。

出其闉[yīn]闍[dū]，有女如荼。虽则如荼，匪我思且。缟衣茹藘[lú]，聊可与娱。

这是表现一个男子思念女子的诗篇。在众多的美女之中，他只喜欢那个穿白色素绢衣服的女子，并说只有同她在一起才会感到幸福与快乐。诗中男子忠贞专一的感情以及真率大胆的表白，让人读来感动。

《诗经》中也有女子对男子的悦慕，如《郑风·叔于田》：

叔于田，巷无居人。岂无居人？不如叔也。洵美且仁。

叔于狩，巷无饮酒。岂无饮酒？不如叔也。洵美且好。

叔适野，巷无服马。岂无服马？不如叔也。洵美且武。

诗中所写的是一位女子对她所爱之人的歌颂。在这位女子的眼中,她所喜欢的"叔"出去打猎了,在整个里巷之中就再也没有她看得上的人了。因为他不但能骑能饮,而且勇武英俊,有美好的品德。总之,在她的心目中,"叔"是最杰出的男子,举世无双,无人能及。这种夸张的写法,最真切地表现了恋爱中的女子心理。

男女相恋往往是一见钟情,过目不忘。《郑风·野有蔓草》就抒写了这样一种情感:

野有蔓草,零露漙兮。有美一人,清扬婉兮。邂逅相遇,适我愿兮。
野有蔓草,零露瀼瀼。有美一人,婉如清扬。邂逅相遇,与子偕臧。

男子偶然遇见一位美女,被她的美貌打动,说她像早晨的露珠一样晶莹灵秀,而女子也对他一见倾心。诗人为这次意外的相遇高兴异常。

在这些诗篇中,《郑风·溱洧》写得尤其有特色:

溱[zhēn]与洧[wěi],方涣涣兮。士与女,方秉蕳[jiān]兮。女曰:"观乎?"士曰:"既且[cú]。""且[qiě]往观乎?洧之外,洵訏[xū]且乐。"维士与女,伊其相谑,赠之以勺药。

溱与洧,浏其清矣。士与女,殷其盈矣。女曰:"观乎?"士曰:"既且。""且往观乎?洧之外,洵訏且乐。"维士与女,伊其将谑,赠之以勺药。

溱水和洧水是郑国的两条河。郑国风俗,每到春季上巳节(三月的第一个巳日),男女都到水边沐浴,祓除不祥。这也是男女相会定情的时节。诗中描写的就是这样一幅情景,在春水涣涣、游人如织的溱、洧两河旁边,士与女手中都拿着兰草,在春光融融中,有一对青年男女互相问答。女子邀男子同游，他们嬉戏调笑，并互赠芍药。真是春意无限，情深意长。

《溱洧》一诗中所描写的男女相恋情景，与郑国当时的风俗紧密相关。它说明，周代社会还是一个礼教初设而古风犹存的时代，甚至当时的一些礼教也建立在民间的风俗之上。这种与风俗相关的诗，再如《鄘风·桑中》：

爰采唐矣？沬［mèi］之乡矣。云谁之思？美孟姜矣。期我乎桑中，要我乎上宫，送我乎淇［qí］之上矣。

爰采麦矣？沬之北矣。云谁之思？美孟弋矣。期我乎桑中，要我乎上宫，送我乎淇之上矣。

爰采葑矣？沬之东矣。云谁之思？美孟庸矣。期我乎桑中，要我乎上宫，送我乎淇之上矣。

诗中所说的"沬"是卫国的城邑，淇水是卫国的河。"孟姜""孟弋""孟庸"，都是美女的代称。"上宫"是桑林之中的社庙，也是卫国仲春男女相会的地方。这是以男子的口吻所唱的歌，他与女子约定在桑中相会，女子邀请他到上宫，最后又把他送到淇水边上，诗中充满了男女相会的快乐。

《诗经》中写男女相会的地点，许多都和城市有关，它所反映的，可能是当时士阶层的生活。如我们前面所引的《出其东门》，诗中所说的"东门"，就指城的东门。"阇闉"，则指古代城门外瓮城的重门。《邶风·静女》一诗中，男女相会的地点也和城有关。

静女其姝，俟我于城隅。爱而不见，搔首踟蹰。

静女其娈［luán］，贻我彤管。彤管有炜［wěi］，说［yuè］怿［yì］女美。

自牧归［kuì］荑［tí］，洵美且异。匪女之为美，美人之贻。

诗中写男子赴约，女子却故意藏在城中的角落，让男子急得不知所措。接着写女子向男子赠物表情，男子语带双关，说她所赠的礼品很美，因为是美人所赠，所以更美。诗中充满了男女相恋时的欢乐。同样写发生在城边的爱情故事，还有《郑风·子衿》：

青青子衿，悠悠我心。纵我不往，子宁不嗣音？
青青子佩，悠悠我思。纵我不往，子宁不来？
挑兮达兮，在城阙兮。一日不见，如三月兮。

诗中的女主人公以女子特有的矜持，埋怨情人为什么不主动前来，为什么连个信儿也没有。她想起两人当时在城阙幽会时的情景，更有"一日不见，如三月兮"的感受，抒情真是细致入微。《王风·采葛》也专门抒写了这种刻骨的相思：

彼采葛兮，一日不见，如三月兮！
彼采萧兮，一日不见，如三秋兮！
彼采艾兮，一日不见，如三岁兮！

这首诗的主人公可能是男子，他想念那个采葛的姑娘，有度日如月、如年的痛苦。诗人的语言虽然夸张，但表达的情感却特别真挚而又热烈，可谓语短情长。《召南·野有死麕［jūn］》则写了男女之间的另一种相恋方式：

野有死麕，白茅包之。有女怀春，吉士诱之。
林有朴樕［sù］，野有死鹿。白茅纯束，有女如玉。
舒而脱［tuì］脱兮，无感我帨［shuì］兮，无使尨［máng］也吠。

男子把刚刚猎获的小鹿作为礼物送给女子，以讨取她的欢心，女子高兴地与之相会，同时又提示他不要过于冒失，不要拉她的佩巾，不要惊得狗叫，以免让人知道。短短几行诗，写活了女子幽会之时既高兴又特别谨慎的心理，意味深长。

要而言之，这些爱情诗，将男女之间自由无束的恋爱生活写得无比生动，向人们展示了古代社会纯朴的风俗、青春的活泼和爱情的美好，蕴含着人类爱情追求中的美好理想，是最为纯洁的爱情展现，引发后人无限的向往，无愧为中国古代爱情诗的瑰宝。

2. 恋爱中的矛盾与烦恼

恋爱并不仅仅有相会的快乐和相爱的幸福，还有相恋过程中的矛盾与烦恼，还有社会上的各种束缚所造成的对爱情的阻隔，这也是最能考验爱情、最能展现心灵的地方，同样是爱情生活的重要方面。表现这一方面的，如《周南·汉广》：

南有乔木，不可休思。汉有游女，不可求思。汉之广矣，不可泳思。江之永矣，不可方思。

翘翘错薪，言刈其楚。之子于归，言秣其马。汉之广矣，不可泳思。江之永矣，不可方思。

翘翘错薪，言刈其蒌[jū]。之子于归，言秣其驹。汉之广矣，不可泳思。江之永矣，不可方思。

诗中的男主人公深情地恋着一位女子，却难以如愿，也找不到追求她的办法。就好像面对既广又深的汉水一样，怎么也渡不过河去。但男子的一腔深情却难以动摇，他甚至愿意做她的仆人，等那女子结婚之时去给她喂马。江汉浩渺迷茫的水色，男子无限缠绵的情丝，有机地融为一体，使这首诗有一种难以言说的风韵。更为典型的是《秦风·蒹葭》：

蒹葭苍苍，白露为霜。所谓伊人，在水一方，溯洄从之，道阻且长。溯游从之，宛在水中央。

蒹葭萋萋，白露未晞[xī]。所谓伊人，在水之湄。溯洄从之，道阻且跻[jī]。溯游从之，宛在水中坻[chí]。

蒹葭采采，白露未已。所谓伊人，在水之涘[sì]。溯洄从之，道阻且右。溯游从之，宛在水中沚[zhǐ]。

这是一个深秋的季节，在蒹葭苍苍的水边，一个男子在诉说着他的失意之情。他所思念的"伊人"，在春光明媚的春日，就在这条河边，也许曾与他有过热烈的相恋；现在到了收获的秋季，"伊人"却到了水的另外一方，让他难以接近。这种可望而不可即的无尽惆怅，与迷蒙苍凉的无边秋色，有机地融为一体。全诗一唱三叹的抒情，更让人感到诗人那无比缠绵的情怀。这是中国最早的具有象征意味的情景交融的抒情诗，内含宛转不尽的情韵，对后世有极大的影响。

自人类进入阶级社会以来，爱情就受到各种社会因素的制约，这使得恋爱不仅仅是男女双方的事情，还要受到家庭的干预。《诗经》时代男女的恋爱虽然比较自由，但是也有了一定的礼教限制。《齐风·南山》云："取妻如之何？必告父母""取妻如之何？匪媒不得"。《豳风·伐柯》说："取妻如何？匪媒不得。"《卫风·氓》中的女主人公也说："匪我愆期，子无良媒。"《鄘风·蝃[dì]蝀[dōng]》中的主人公大概是一个不顾父母之命而出嫁远方的女子，因而受到了当时人的非议。诗的第一段说这种行为不好公开议论："蝃蝀（彩虹）在东，莫之敢指。女子有行，远父母兄弟。"第三段直接指斥这种行为，说那个女人一心想婚嫁，竟然不听父母之言："乃如之人也，怀昏姻也。大无信也，不知命也！"可见，虽

第九讲 "关关雎鸠,在河之洲"——古老风俗中的男女婚恋

然当时的男女恋爱比较自由,但是要确定婚姻关系,父母之命、媒妁之言已经起了很大的作用。如果父母反对子女的恋爱,就会给他们带来痛苦。如《鄘风·柏舟》

> 泛彼柏舟,在彼中河。髧[dàn]彼两髦[máo],实维我仪。之死矢靡它。母也!天只!不谅人只!
>
> 泛彼柏舟,在彼河侧。髧彼两髦,实维我特。之死矢靡慝[tè]。母也!天只!不谅人只!

诗中的女子爱上了一个小伙子,却遭到了母亲的反对。女子态度非常坚决,说自己至死也不会改变主意,并怨恨母亲,呼喊老天,说他们不能体谅自己。诗中的女子用这种激烈的方式来表达她对爱情的执着,感动人心。这也说明,在周代社会,男女之间真正能够由真诚相爱而结为婚姻的难能与可贵。这首诗中所体现的反抗家长干涉、争取婚姻自主的精神,在整个中国古代社会的诗歌中都是少见的。《郑风·将仲子》则写一位女子既恋着情人,又害怕舆论指责的矛盾心情:

> 将仲子兮,无逾我里,无折我树杞。岂敢爱之?畏我父母。仲可怀也,父母之言,亦可畏也。
>
> 将仲子兮,无逾我墙,无折我树桑。岂敢爱之?畏我诸兄。仲可怀也,诸兄之言,亦可畏也。
>
> 将仲子兮,无逾我园,无折我树檀。岂敢爱之?畏人之多言。仲可怀也,人之多言,亦可畏也。

诗中的女子一方面对自己的心上人"仲子"难以释怀,另一方面又劝告他不要到她的住处幽会。她希望仲子能够理解她的心情,她是爱他的,但是又担心这样的幽会被父母兄弟以及邻人发现,受

到他们的指责。这种复杂而又矛盾的苦楚心情，在诗中得到了非常生动的表达。

3．爱情与婚姻的理想

在众多的爱情诗当中，《周南·关雎》是特别重要的一篇。它被列为《诗经》之首，在《仪礼·乡饮酒礼》《乡射礼》和《燕礼》的记载中，它都是当时"乡乐"演奏中的第一篇，说明当时人对这首诗的重视。在我们今天看来，这首诗也代表了《诗经》时代人们对爱情理想的认识。

关关雎鸠，在河之洲。窈窕淑女，君子好逑。
参差荇菜，左右流之。窈窕淑女，寤寐求之。
求之不得，寤寐思服。悠哉悠哉，辗转反侧。
参差荇菜，左右采之。窈窕淑女，琴瑟友之。
参差荇菜，左右芼之。窈窕淑女，钟鼓乐之。

《毛诗序》将这首诗解释为是写后妃之德，并认为是为歌颂周文王之妃而作，自然是对它的抬高，但今人并不相信。这首诗中所抒写的男女情爱，的确是建立在自然相悦的基础之上，同时，诗中写男子对女子的追求，既合乎人之情理，又不失礼法规范。最终以"琴瑟友之""钟鼓乐之"表达君子与淑女的相亲相爱，这更是爱情的最好结局和人生理想。

如果将这首诗放在中国文化的层面来看，更有特殊的韵味。它不但表达了人类对美好的婚姻爱情的普遍渴望，而且还寄托了中国人的文化理想。诗中所言君子，在中国文化中特指那些品质高尚的优秀男人，淑女则特指那些符合中国文化理想的美丽贤淑女子。诗中将女子的形象定格在采择荇菜的场景之中。荇菜既是一种可食的植物，更是古代祭祀时必备的祭品。而采择荇菜以供食用和祭祀，正是古代女子的职责所在。所以，用"左右流之""左右采之""左右芼之"来描摹女子采择荇菜的劳动，正暗示着这才是诗人心目中的"窈窕淑女"，既美丽贤淑又勤劳持家，这体现了诗人审美观的高尚。这样的女子怎能不叫人"寤寐思服"？同样，"琴瑟"在中国古代文化中也不是一般的乐器，而是君子用以修养身心的高雅器物，也是夫妻关系和好的象征。《郑风·女曰鸡鸣》："琴瑟在御，莫不静好。"诗人想象用"琴瑟友之"的方式与淑女进行心灵的交流，结为知音与好友，这更是一种高境界的爱情表达，是一种高尚的生活理想。"钟鼓乐之"，《毛传》："德盛者宜有钟鼓之乐。"《郑笺》："琴瑟在堂，钟鼓在庭，言共荇菜之时，上下之乐皆作，盛其礼也。"采荇菜之淑女如此之勤劳美丽，与这样的女子结为婚姻，怎能不"钟鼓乐之"！①孔子说："《关雎》乐而不淫，哀而不伤。"又说："师挚之始，《关雎》之乱，洋洋乎盈耳哉！"可见，这首诗不仅感情纯正，而且优美动听，的确是周代爱情诗的典范，所以才会被推崇备至。也正因为如此，在特别重视家庭婚姻的周代社会，这首诗才被放在《诗经》篇首，周人认为它有"正夫妇，厚人伦，美教化，移风俗"的作用。在今天看来，这首诗情感抒发的纯正和形式的完美，仍然无可挑剔。"窈窕淑女，君子好逑"，已经成为中华民族爱情的理想。它同时也说明，真正优秀的作品，一定是超越时代的。

《诗经》中的爱情诗丰富多彩，除了前面所讲之外，还有许多优秀的诗篇。如有的诗写男女之间的深情报答："投我以木瓜，报之以琼琚"（《卫风·木瓜》）。有的写女子希望男子及时来求偶："摽

---

① 据《礼记·郊特牲》："昏礼不用乐，幽阴之义也。"但是据《小雅·车舝［xiá］》："虽无旨酒，式饮庶几。虽无嘉肴，式食庶几。虽无德与女，式歌且舞。"则当时的婚礼中并非不举乐。

有梅，其实七兮。求我庶士，迨其吉兮。"（《召南·摽有梅》）有的写男子失恋后的痛苦，他眼睁睁地看着自己的心上人与别人结婚，心里难过之极："江有汜，之子归，不我以。不我以，其后也悔。"（《召南·江有汜》）有的写男子多日不见，女子怀疑他可能有了新欢，思念中又带有着忧怨："旄丘之葛兮，何诞之节兮。叔兮伯兮，何多日也？何其处也？必有与也！何其久也？必有以也！"（《邶风·旄丘》）说的是，旄丘上的葛呀，你的蔓怎么爬得那么长？我那位心上人啊，怎么这么长时间不见？他现在在哪里啊，一定又有了新的相好了吧？他这么久不来看我，一定是有原因啊！有的写男女之间的矛盾，其中一方要反目离开，另一方哀请对方顾念旧情，希望对方能心回意转："遵大路兮，掺执子之祛〔qū〕兮。无我恶兮，不寁〔jié〕（迅速）故也。"（《郑风·遵大路》）有的写男女之间的调笑："子惠思我，褰〔qiān〕裳涉溱。子不我思，岂无他人？狂童之狂也且。"（《郑风·褰裳》）有的写女子投奔心上人的快乐："扬之水，白石凿凿。素衣朱襮〔bó〕，从子于沃。既见君子，云何不乐。"（《唐风·扬之水》）有的写男子的单相思："子之汤兮，宛丘之上兮。洵有情兮，而无望兮。"（《陈风·宛丘》）有的写女子的空思恋："维鹈〔tí〕在梁，不濡〔rú〕其翼。彼其之子，不称其服。"（《曹风·候人》）如此丰富多彩的爱情诗，生动地再现了《诗经》时代青年男女的婚恋生活，展现了纯朴而又自由的上古民风，同时从一个侧面体现了中华民族艺术童年的精神风貌。这里的每一首诗，都如同一颗璀璨的明珠一样放射出耀眼的光华。

　　对《诗经》中的这些爱情诗，自汉代以后人们多有误解。一是因为自汉代以后封建礼教日益严酷，特别是对女性的束缚越来越多；二是后人将《诗经》作为政治教化的工具，对其中的情爱诗篇多有曲解。如《关雎》一诗，本是叙写君子思恋淑女，抒写周代社会婚姻理想的诗篇，却被毛诗学派解释为是表现"后妃之德"，是"后妃心之所乐，乐得此贤善之女，以配己之君子"。他们把后妃的这种行为解释为"不嫉妒"，是"忧在进贤，不淫其色"，是"文王之化"，这是对周文化的曲解，在先秦文献中找不到相关的根据，也不符合诗歌的一般创作规律。所以，汉人的这种解释，宋人就发现了问题。朱熹不再将此诗解释成后妃为君王思淑女，而把"淑女"解释成"文王之妃"，认为是"大姒为处子时而言也"。但是受宋代礼教观的影响，他还是不承认此诗为男子所作，而认为这首诗是"周之文王，生有圣德，又得圣女姒氏以为之配，宫中之人，于其始至，见其有幽闲贞静之德，故作是诗"。将此诗看作是文王后宫中的女子所作，是歌颂文王和大姒的诗，更是一种想当然的说法。但是朱熹虽然可以为《关雎》一诗作这样的曲解，却无法像毛诗一样对《诗经》中所有的爱情诗都作出这样的曲解，于是只好将《郑风》《卫风》中的许多情诗直接解释成"淫奔之诗"。并且断言："郑卫之乐，皆为淫声。"究其原因，是因为无论汉儒还是宋儒，都从自己时代的文化观念出发，并没有将这些诗放在周代礼乐文化的大背景当中去认识。清代，始有学者将《关雎》视为与周代婚姻礼俗相关的男女相恋之作，如姚际恒《诗经通论》："此诗只是当时诗人美世子娶妃初昏之作，以见嘉耦之合，初非偶然，为周家发祥之兆，自此可以正邦国，风天下，不必实指出太姒、文王。"崔述《读风偶拾》："细玩此篇，乃君子自求良配，而他人代写其哀乐之情耳。盖先儒误以夫妇之情为私，是以曲为之解，不知情之所发，五伦为最。五伦始于夫妇，故十五《国风》中男女夫妇之言尤多。……《关雎》，三百篇之首，故先取一好德思贤笃于伉俪者冠之，以为天下后世夫妇用情者之准。""五四"以来的当代学者，大都将这首诗当作一般的爱情诗来解读,同样没能从周代礼乐文化的角度对其进行认真的考察。如余冠英《诗经选》:"这诗写男恋女之情。大意是:河边一个采荇菜的姑娘引起一个男子的思慕。那'左右采之'的窈窕形象使他寤寐不忘,而'琴瑟友之''钟鼓乐之'便成为他寤寐求其实现的愿望。"① 陈子展《诗经直解》:"古文《诗大序》:'《关雎》乐得淑女以配君子。'只取此一句已足说明此诗本义。……此诗或出自风谣,而未必为歌咏一般男女恋爱之诗也。当视为才子佳人风怀作品之权舆。"② 这样的阐释,从接受理论的角度来看是可以理解的,但我们同时要认识到,任何时代的诗歌创作,都离不开那个时代的历史文化环境,《诗经》中的这些爱情诗,既表现了一般青年男女普遍的爱情理想,又带有周代社会特有的文化印记,因而才会有它独特的艺术魅力。

第二节 幸福美满的婚嫁诗

恋爱的理想结局是结婚,但是在《诗经》时代,更多婚姻并非恋爱的直接产物,而是父母之命、媒妁之言下的结合。之所以如此,是因为在现实生活中,婚姻是远比恋爱重要的事情。《礼记·昏义》说:"昏礼者,将合二姓之好,上以事宗庙,而下以继后世也,故君子重之。"因此,《诗经》中婚嫁诗虽然与爱情诗有直接关系,有些诗可以看成是爱情诗的"延续",但也有很多婚嫁诗并不是爱情的产物,它们从另一个方面反映了那一时代的婚嫁习俗、婚姻观、社会观和家庭观。在这些诗篇中,我们可以强烈地感到当时的

---

① 余冠英注释:《诗经选》,人民文学出版社,1979,第3页。
② 陈子展:《诗经直解》,复旦大学出版社,1983,第4—5页。

社会文化施加给婚姻的全方位影响。

《诗经》中的婚嫁诗,首先值得我们重视的是其中对结婚仪式和结婚情景的描写,对结婚者的祝愿与礼赞。婚礼是人生大礼,在《诗经》时代,婚礼是非常隆重的。《豳风·东山》中的主人公回顾他的婚礼景象是"仓庚于飞,熠耀其羽。之子于归,皇驳其马。亲结其缡[lí],九十其仪"。这是普通百姓的婚礼。而贵族的婚礼,更是隆重。如《大雅·韩奕》写韩侯娶妻时的盛况:"韩侯迎止,于蹶[guì]之里。百两彭彭,八鸾锵锵,不[pī]显其光。诸娣从之,祁祁如云。韩侯顾之,烂其盈门。"韩侯娶的妻子是蹶父的女儿,韩侯亲自去迎接,迎亲的车子有上百辆,陪嫁的妾媵多如云。《召南·鹊巢》写的也是贵族女子的出嫁,同样场面盛大,"维鹊有巢,维鸠居之。之子于归,百两御之"。在这方面,最典型的是《卫风·硕人》:

硕人其颀,衣锦褧[jiǒng]衣。齐侯之子,卫侯之妻,东宫之妹,邢侯之姨,谭公维私。

手如柔荑[tí],肤如凝脂,领如蝤[qiú]蛴[qí],齿如瓠[hù]犀[xī],螓[qín]首蛾眉。巧笑倩兮,美目盼兮。

硕人敖敖,说[shuì]于农郊。四牡有骄,朱幩[fén]镳[biāo]镳。翟[dí]茀[fú]以朝。大夫夙退,无使君劳。

河水洋洋,北流活活。施罛[gū]濊[huò]濊,鳣[zhān]鲔[wěi]发[bō]发。葭菼[tǎn]揭揭,庶姜孽[niè]孽,庶士有朅[qiè]。

诗中写出嫁女子的显赫地位、豪华装束、高傲气度,以及女子本人的美丽绝伦,可谓鲜活毕至。诗的第一章写出嫁女子的华丽衣着与高贵身份。你看,新嫁娘体态丰满、身材颀长,美丽的锦衣上面还有细麻的外罩。她是齐侯的女儿，卫侯的妻子，是东宫的妹妹，是邢侯的小姨，谭公是她的姐夫，她的身份是何等高贵！第二章写出嫁女子的美貌与优雅仪态。她的手如初生的白茅般柔软，她的肌肤如凝脂样白滑，她的脖颈如蝤蛴般又白又长，她的牙齿如瓠犀般洁白整齐，她的额头方方正正，她的眉毛细细弯弯。她笑起来还有两个酒窝，美目含情、顾盼多姿。真是写活了。第三段写新嫁娘出嫁时隆重的仪仗。驾车的四匹大公马威武雄壮，马嚼上的红色彩绸随风飘扬，华丽的车上还装饰着山鸡的羽毛。接着还用调笑的口气写了对新郎也即卫君的关爱：今日大臣们要早早退朝，不要让卫君过于辛劳。最后一段用生动的自然景观来映衬出嫁的盛况：卫河的水呀浩浩荡荡，发出的声音轰轰作响。渔网撒下了一张一张，捕上的鱼儿蹦跳欢唱。岸边的芦苇生长正旺，出嫁的陪从个个漂亮，护送的武士威武强壮。从这里，我们可以看到当时的婚礼盛况。

《小雅·车舝 [xiá]》则是一首传神的迎亲曲：

间关车之舝兮，思娈季女逝兮。匪饥匪渴，德音来括 [huó]。虽无好友？式燕且喜。

依彼平林，有集维鷮 [jiāo]。辰彼硕女，令德来教。式燕且誉，好尔无射。

虽无旨酒？式饮庶几。虽无嘉肴？式食庶几。虽无德与女？式歌且舞！

陟彼高冈，析其柞薪。析其柞薪，其叶湑 [xǔ] 兮。鲜我觏 [gòu] 尔，我心写兮。

高山仰止，景行行止。四牡骓 [fēi] 骓，六辔如琴。觏尔新婚，以慰我心。

车辖指的是车轴两头的铁键,这里代指迎亲的车辆。诗中写一个小伙子备好了车马,去迎娶新娘:新娘子的到来呀,免除了我思念的饥渴。("匪饥匪渴,德音来括。")谁说我没有好的伴侣?今天我是多么欢乐!("虽无好友?式燕且喜。")以上为第一章。接下来的几章都写这个小伙子心中的欢乐,如全诗第三章:虽说没有好酒,也要开怀畅饮。虽说没有佳肴,美味任你享受。虽无恩惠予你,也要尽情地歌舞。诗的最后一章尤其精彩:那座高山呀让我仰望,那条大路啊多么宽广。四匹大马在飞快地奔跑,六条缰绳呀把琴曲奏响。今天与她喜结良缘,终于实现了我的理想!他想到新娘的美丽和贤淑,想到结婚的幸福,抑不住心头的喜悦。全诗感情洋溢,情调欢快,真实感人。《郑风·有女同车》则写新郎迎娶新娘子回来的路上同车而行的快乐,他夸奖新娘子的美丽贤淑,快乐无比:"有女同车,颜如舜华。将翱将翔,佩玉琼琚。彼美孟姜,洵美且都""彼美孟姜,德音不忘"。

对新嫁娘的赞美并不止于结婚的快乐,重要的是她会给家庭带来更多的幸福。《周南·桃夭》:

桃之夭夭,灼灼其华。之子于归,宜其室家。
桃之夭夭,有蕡其实。之子于归,宜其家室。
桃之夭夭,其叶蓁蓁。之子于归,宜其家人。

诗中用桃花的鲜艳比喻新娘的貌美,用桃的果实肥大比喻新娘将给家族带来的人丁兴旺,用桃树的枝叶茂盛比喻新娘将带来的家业隆盛。诗虽简单,却生动之极,并充满了喜庆的气氛。

《诗经》中许多婚嫁诗都描写了结婚时男女主人公的喜悦心情。如《唐风·绸缪》:

绸缪束薪，三星在天。今夕何夕，见此良人？子兮子兮，如此良人何？
绸缪束刍，三星在隅。今夕何夕，见此邂逅？子兮子兮，如此邂逅何？
绸缪束楚，三星在户。今夕何夕，见此粲者？子兮子兮，如此粲者何？

古代结婚时需要束薪为炬。"绸缪束薪"，即将薪柴捆缚起来作为火把，并把它点亮。"绸缪束薪""束刍""束楚"，意味着这是结婚的仪式；"三星"即参星，它在深秋后的夜晚开始出现在东方天空，"三星在天"暗示这是结婚的时节。第一章写"今夕何夕？见此良人"，良人指新郎。诗人用感叹的语气唱道：今晚是个什么样的夜晚啊！让我见到了英俊的新郎。这个新郎的美啊，简直无法形容。第二章表达两人相遇的快乐，第三章则赞美新娘。诗的话语不多，却含义深长，并生动地表现了新婚的欢快场景。

《齐风·著》写新娘等待着新郎亲迎时的心情，别有韵味。

俟我于著乎而，充耳以素乎而，尚之以琼华乎而。
俟我于庭乎而，充耳以青乎而，尚之以琼莹乎而。
俟我于堂乎而，充耳以黄乎而，尚之以琼英乎而。

古时结婚，需要新郎乘车到新娘家亲迎，由大门到中庭再到堂前，然后将新娘子接走。"著"，指的就是大门到庭前的屏风之间。全诗三章分写新郎在"著""庭""堂"间等待迎亲，新娘看见新郎打扮得衣冠楚楚，情不自禁唱出了幸福的歌："俟我于著乎而，充耳以素乎而，尚之以琼华乎而。"意思是：新郎等我在门屏间啊，素丝系在充耳边啊，垂挂的美玉光闪闪啊。喜悦之情溢于言表。

《齐风·东方之日》则写新郎对妻子的赞美："东方之日兮，彼姝者子，在我室兮！在我室兮，履我即兮！""即"，相就。"履我即"，跟着我走。意即：东升的太阳啊，美丽的新娘，来到我的新房!来到我的新房啊,走在我的身旁!诗人想到妻子以后将与他形影不离,情不自禁地洋洋自得。《郑风·女曰鸡鸣》写婚后夫妻间的幸福和谐生活,也同样是传神之作:

女曰"鸡鸣",士曰"昧旦"。"子兴视夜,明星有烂。""将翱将翔,弋凫与雁。"

"弋言加之,与子宜之。宜言饮酒,与子偕老。琴瑟在御,莫不静好。"

"知子之来之,杂佩以赠之。知子之顺之,杂佩以问之。知子之好之,杂佩以报之。"

诗分三章。第一章写妻子催丈夫早起,趁着天尚未明,去"弋凫与雁"。第二章写丈夫回来后妻子对他的馈劳,二人共享美味,饮美酒,琴瑟和鸣,欢畅安好。第三章写丈夫对妻子的赠答,他将美丽珍贵的佩饰赠给妻子作终身之报。全诗以对话的方式写来,暖意融融,温情无限,把一对夫妇和睦美好的婚姻生活描绘得淋漓尽致。

《诗经》中的婚嫁诗以描写幸福和快乐为主。但是婚姻对于女子来说,意味着从此离开自己的父母亲人甚至是故乡,"女子有行,远父母兄弟",想到从此远离了亲人,出嫁的女子自然有难以割舍之情。父母兄弟把自己心爱的女儿、姐妹送走,也自有说不出的复杂情感。《邶风·燕燕》就是这样一首诗:

燕燕于飞,差池其羽。之子于归,远送于野。瞻望弗及,泣涕如雨。

燕燕于飞,颉[xié]之颃[háng]之。之子于归,远于将之。瞻望弗及,伫立以泣。

燕燕于飞,下上其音。之子于归,远送于南。瞻望弗及,实劳我心。

仲氏任只，其心塞渊。终温且惠，淑慎其身。先君之思，以勖〔xù〕寡人。

从诗意看，这是卫君送妹妹远嫁南国的诗。诗以"燕燕于飞"起兴，含有留恋不舍之意。远送于野，驻足远望，挥泪而别，真情无限。诗的前三章反复言说难舍难别之情，最后一章则是希望自己的妹妹谨慎处事，生活幸福。这首诗其实早已超出婚嫁诗的局限，对后世送别诗也有极大影响。而《邶风·泉水》则写卫国女子远嫁他国，怀念家乡和父母亲人的心情，其中"有怀于卫，靡日不思""女子有行，远父母兄弟""我思肥泉，兹之永叹"等诗句，把诗中女主人公那种每日思乡、难以遣怀的感伤之情，描写得细致非常。"驾言出游，以写我忧"，忧结之心，无法排解，感人至深。

婚嫁诗在《诗经》中数量较多，这在中国诗歌史上也是一个特别值得注意的事，它一方面表明周代社会对于家庭婚姻的特别关注，另一方面也让我们更深层地了解那一时期的社会婚姻习俗以及文化心理。同时，这些诗也以其独特的内容和高超的艺术成就，丰富了中国的诗歌宝库。

第三节　哀怨忧伤的弃妇诗

《诗经》时代，以男性为中心的社会早已形成，宗法礼教虽不及封建社会中后期那么严苛，但妇女因没有独立的经济地位，婚后成为男子的附属品已是社会的普遍现象。因此，即使前述反映恋爱过程的情诗和反映恋爱结局的婚嫁诗唱出了少男少女们发自内心的爱情呼声，但是在婚后的生活中，如果夫妻间感情破裂，受戕害最深的，往往是女子。由此，《诗经》中也不乏描写女子婚姻不幸的诗。

《邶风·柏舟》就是一个女子对自己婚姻不幸的哀叹：

泛彼柏舟，亦泛其流。耿耿不寐，如有隐忧。微我无酒，以敖以游。
我心匪鉴，不可以茹。亦有兄弟，不可以据。薄言往诉，逢彼之怒。
我心匪石，不可转也。我心匪席，不可卷也。威仪棣棣，不可选也。
忧心悄悄，愠于群小。觏闵既多，受侮不少。静言思之，寤辟有摽[biào]。
日居月诸，胡迭而微？心之忧矣，如匪浣衣。静言思之，不能奋飞。

诗以在河中漂荡、不知所届的柏舟起兴，比喻女子在家中的处境，以及不知如何摆脱这种处境的复杂心情。从诗中看，女主人公是个非常有个性的人，在夫家，她不逆来顺受，在面对不公正时，她曾经和丈夫有过抗争，"我心匪鉴，不可以茹"，但没有成功。她曾经希望娘家兄弟为自己做主，同样没有得到任何帮助："亦有兄弟，不可以据。"但是她秉性坚强，决不妥协："我心匪石，不可转也。我心匪席，不可卷也。"虽然受到各种委屈，仍然保持自己的威仪："威仪棣棣，不可选也。"可是在那个时代，她又是那样的孤立无援，摆脱不了自己的命运，她为此无比痛苦："静言思之，寤辟有摽。"她多么渴望自己能够摆脱这暗无天日的生活，飞出牢笼，获得自由啊！但是又无法做到。全诗就这样以饱满的感情，深深地诉说着痛苦，读来让人感动。《邶风·日月》一诗的女主人公，则受到了更为严重的虐待。初嫁时丈夫曾经对她很好，可是不久就变了态度："乃如之人兮，逝不古处""逝不相好""德音无良"。她无可奈何，只好向日月哭诉，希望日月能够洞察人间的不平："日居月诸，照临下土。"她甚至埋怨父母，为什么不能养她到老而非让她出嫁："父兮母兮，畜我不卒。"因为她受的苦实在太多了，已经无法尽述，她不知道这样的日子何时才能结束："胡能有定？报我不述。"

婚姻不幸的最坏结局是女子被弃，表现这一现象的诗歌就是弃妇诗。由于妇女没有独立的政治地位和经济地位，弃妇的命运自然也就最为悲惨。《诗经》中有多首描写弃妇的诗篇，其中最典型的当数《卫风·氓》：

氓之蚩蚩，抱布贸丝。匪来贸丝，来即我谋。送子涉淇，至于顿丘。匪我愆期，子无良媒。将子无怒，秋以为期。

乘彼垝[guǐ]垣，以望复关。不见复关，泣涕涟涟。既见复关，载笑载言。尔卜尔筮，体无咎言。以尔车来，以我贿迁。

桑之未落，其叶沃若。于嗟鸠兮！无食桑葚。于嗟女兮！无与士耽。士之耽兮，犹可说也。女之耽兮，不可说也。

桑之落矣，其黄而陨。自我徂尔，三岁食贫。淇水汤汤，渐车帷裳。女也不爽，士贰其行。士也罔极，二三其德。

三岁为妇，靡室劳矣。夙兴夜寐，靡有朝矣。言既遂矣，至于暴矣。兄弟不知，咥[xì]其笑矣。静言思之，躬自悼矣。

及尔偕老，老使我怨。淇则有岸，隰则有泮。总角之宴，言笑晏晏，信誓旦旦，不思其反。反是不思，亦已焉哉！

诗中的"氓"以其貌似忠厚的样子，骗取了女主人公一往情深的思恋和最终的以身相许，但是当他把女主人公娶回家之后就现出了原形。可怜的女主人公毫不嫌弃他的贫穷，婚后任劳任怨地操持家务，得到的回报却是氓对她的负心、虐待以至最后的抛弃，这使得女主人公在精神和肉体上都受到极大的折磨。

全诗共六章。第一章写氓如何以忠厚的样子骗取了女主人公的爱。"氓之蚩蚩,抱布贸丝。匪来贸丝,来即我谋。"他假借用布币买丝的方式来和主人公亲近,得到了主人公的信任,并且和她约定了婚期。第二章写主人公对氓一往情深的思恋。"乘彼垝垣,以望复关。不见复关,泣涕涟涟。既见复关,载笑载言。""复关"在这里代指迎亲的车辆。女子每天盼望着迎亲车子的到来,并最终带着自己的财物嫁给了他:"以尔车来,以我贿迁。"第三章写女子的自我反省,说女子千万不要在感情方面陷得太深,以致无可自拔:"于嗟女兮!无与士耽""女之耽兮,不可说也"。第四章写女子结婚后生活的困难,年老色衰,丈夫变心:"桑之落矣,其黄而陨。"她痛斥男子的负心:"士也罔极,二三其德。"第五章写女子结婚后所受的劳苦和虐待:"三岁为妇,靡室劳矣。夙兴夜寐,靡有朝矣。言既遂矣,至于暴矣。"家里兄弟也没有同情和理解:"兄弟不知,咥其笑矣。"女主人公只有自我伤悼:"静言思之,躬自悼矣。"最后一章是女子自我伤心的感怀,原想找一个可以与之偕老的丈夫过美好的生活,没想到却遇到了这样一个反复无常的坏人:"及尔偕老,老使我怨""信誓旦旦,不思其反"。最终表示了与丈夫彻底决绝的心情:"反是不思,亦已焉哉!"全诗以叙事为线索展开抒情,同时夹以议论,细致地描述了女子从相恋到被弃的过程,生动地表达了从被骗到最后被弃时的心灵痛苦,全方位地展示了当时妇女的社会地位和她们的婚姻生活,具有极大的认识价值和极高的艺术水平。

《诗经》中的弃妇诗,由于内容的特殊性,大都写得楚楚动人,除了《氓》以外,《邶风·谷风》和《小雅·谷风》也都是弃妇诗。两诗都以"谷风"起兴,"习习谷风,以阴以雨""习习谷风,维风及雨",以历经风雨喻同经患难。《邶风·谷风》有比较详细的叙事,诗中女主人公追忆她与丈夫的生活,最初他们曾经发誓白头偕老，新婚时两人亲密如同兄弟手足。女主人公不辞劳苦、勤俭持家，才使日子一天天好起来。谁想到丈夫喜新厌旧，竟将她赶出了家门。诗中历数这一经过，述说着自己的不幸和丈夫的无情，凄怨哀恸。《小雅·谷风》则直斥丈夫的无情，两人共经患难，没想到日子好了以后，丈夫却把自己抛弃，"忘我大德，思我小怨"，诗中充满了对负心人的怨恨。《王风·中谷有蓷［tuī］》则以山谷中的野草枯萎起兴，"中谷有蓷，暵［hàn］其干矣"，写一个女子不幸被弃，"有女仳离，嘅其叹矣"。她由此而感叹所遇非人，"遇人之艰难矣""遇人之不淑矣"，并为此而痛哭，追悔莫及，"有女仳［pǐ］离，啜［kǎi］其泣矣。啜其泣矣，何嗟及矣"。全诗回环往复的低吟浅诉、自伤自悼，充分表现了一个弱女子的孤苦无靠。《小雅·我行其野》写一个女子远嫁他乡，"我行其野，蔽芾（fèi，茂盛）其樗。昏姻之故，言就尔居"。没想到丈夫却另有新欢，"不思旧姻，求尔新特"，于是她表示了要与丈夫决绝，要回到自己家乡："尔不我畜，复我邦家""尔不我畜，言归斯复"。从这些诗中我们可以看到，在那个时代，弃妇们的命运是多么悲惨。她们被那些负心的男子无情地抛弃，却没有反抗的能力，她们是那样的软弱无助。这样的诗篇被选入《诗经》，同时也说明，对失败婚姻的控诉，对女子的同情，对社会中丑恶现象的批判，也是《诗经》所承担的"诗可以怨"的一项重要社会职责。正是在这些弱女子的声声哭诉之中，我们更深刻地了解了那个社会男女不平等的残酷现实。

《诗经》中的婚恋诗，是最有价值的部分之一。它们既有极高的美学价值，又蕴含深刻的社会学意义，显现了丰厚的文化内容，值得我们从思想性、艺术性、社会性三个方面，进行深入的研究挖掘。

从总体上来，《诗经》中的婚恋诗非常细腻地表现了男女之间的相悦与相知，表现了那个时代的婚姻理想。其中的男女爱情诗所表现的情感是高尚的、纯洁的，其在《诗经》中的出现，标志着那时代的人对于爱情已经有了十分严肃的认识，男女之爱已经由原始的性爱升华为情爱，极大地丰富了人类的情感世界。如《周南·关雎》中男子的"寤寐思服""辗转反侧"，是渴望与"窈窕淑女"结成美好的姻缘，"琴瑟友之""钟鼓乐之"。这些诗篇表现了对情爱的积极、健康的追求，热烈坚韧、严肃坚贞。又如《郑风》中的《风雨》《有女同车》《出其东门》，这些诗篇也表现了情人们的纯朴诚厚和对情爱的高尚理解，这是中华民族美德的体现。如《邶风·静女》《陈风·月出》等诗所反映的对女性的尊重，《卫风·木瓜》等诗所描写的"投我以木瓜，报之以琼琚"的互敬互爱精神，《陈风·衡门》《东门之池》等诗所写的对内美的崇尚等，都是这种高尚理想的重要组成部分。男女爱情诗篇中思想的深刻还表现为对压抑爱情的文化氛围进行反抗的绝唱。如果说《郑风·将仲子》中所表现的是虽不改爱恋初衷，但仍对社会压力有所顾忌，那么《鄘风·柏舟》则直接喊出了反抗的呼声。《诗经》中婚嫁诗大都表现出喜庆的色彩，表达了那个时代人们对婚姻的重视和对理想婚姻的渴望。隆重和喜庆的婚礼意味着人生迎来一个重要时刻，也蕴含着对美好家庭生活的憧憬。而弃妇诗的产生则表明那个时代男女之间的不平等已经产生，女子的命运更值得关注和同情。对她们不幸遭遇的抒写，也是对不良社会现实的批判，体现了中国诗歌关注现实的优秀品质。婚恋诗有丰富的社会文化价值，我们可以通过婚恋当事人的遭遇和命运，来透视当时社会历史的本质。在这些诗篇产生的时代，封建社会制度已日趋形成，男女结合需遵父母之命、媒妁之言的封建礼教，但原始社会的某些残余影响尚存，比较宽松的社会环境，终究使男女恋情有了滋生的土壤，这也是爱情诗篇产生的必要条件。即便是在婚嫁诗中，我们也可以看出当事人对于情感的重视。至于弃妇诗，则直接反映了封建制度下妇女因没有独立经济地位而经历的痛苦遭遇。

婚恋诗是《诗经》中艺术价值最高的类型之一，紧密切合生活现实的写实手法、特点鲜明的形象塑造、深含意蕴的景物描写以及生动活泼的语言，在这些诗篇中都得到了充分的展现。其中在形象塑造和景物描写两个方面，婚恋诗取得的艺术成就，较其他诗篇类型更高一筹。

我们在婚恋诗中窥到的少男少女们的形象，是鲜活的、立体的，并且是各具特色的。比如写少女，或天真烂漫，或妩媚窈窕，或庄重矜持，或顽皮泼辣；写少男，或孔武有力，或倜傥潇洒，或因恋爱受挫辗转反侧、夜不成寐，或因恋爱成功喜不自胜、炫耀幸福。当然，这里也有弃妇的形象，她们曾经爱得一往情深，却遭抛弃，被抛弃之后的决绝也给人以深刻的印象。所有这些形象，无不跃然纸上，栩栩如生。能在抒情诗中塑造如此鲜明的形象，主要是因为诗人在诗篇中直接倾诉其内在感受，因此，我们能从抒情主人公的欢乐和悲哀中，看到他们的行动与面貌乃至性格特征。婚恋诗篇中的景物描写也颇具特色。除了前述起兴大都掺进了主观因素之外，在创作手法上，也各显千秋。像《蒹葭》这样的诗篇，以河边蒹葭苍苍的凄迷秋景来抒写诗人相思的情怀，已经达到了极高的艺术境界。这些诗篇中的景物，或用来衬托感受，或用来寄托情感，或用来兴起寓意，总之，景物描写绝少闲笔，多有兴寄，这些艺术上的成功之处，多为后世诗人所吸纳。

/ 第十讲 /

"简兮简兮,方将万舞"
——社会生活的世俗百态

《诗经》三百篇的内容丰富多彩,除了前面所述的类型之外,还有很多内容各异的诗篇,显示出周代社会的世俗百态,这些也是我们学习和介绍《诗经》作品不可忽略的重要部分。下面作简要叙述。

▌ 第一节 多彩民俗的生动描述

《诗经》中涉及民俗风情的诗篇极多,其中所包括的恋爱婚姻习俗、农业生产习俗等,我们在前面各讲已经有所论列。以"二南"为例,它涉及家庭生活的许多方面。如《周南·葛覃》写已婚女子准备回家看望父母时的情景,内心充满了欢快:

葛之覃[tán]兮,施[yì]于中谷,维叶萋萋。黄鸟于飞,集于灌木,其鸣喈[jiē]喈。

葛之覃兮,施于中谷,维叶莫莫。是刈是濩[huò],为絺[chī]为绤[xì],服之无斁[yì]。

言告师氏,言告言归。薄污我私,薄浣我衣。害[hé]浣害否,归宁父母。

诗以葛覃起兴，葛是多年蔓生植物，是古代用以织布的主要原料。"覃"在这里指"蔓延"。葛的长藤爬满了整个山谷，叶子一片浓绿。黄鸟在灌木丛中欢快地鸣叫着，诗中的女主人公来到这里采葛，把它割下来拿回家里，经过蒸煮，取其纤维，织成各种精（绤）粗（绤）的葛布。然后就高兴地告诉"师氏"：快快洗好我的内衣（私）和外衣（衣），哪些要洗哪些不用洗也要弄清，我要回家探望父母了。这首诗写得很有趣味，本是写女子归宁，却从采葛洗衣处下笔，展现日常的生活景象，让我们可以亲切地体会当时女子的生活。诗中还提到了"师氏"，《毛传》解释说："师，女师也。古者女师教以妇德、妇言、妇容、妇功。祖庙未毁，教于公宫三月。祖庙既毁，教于宗室。妇人谓嫁曰归。"《郑笺》曰："我告师氏者，我见教告于女师也，教告我以适人之道。重言我者，尊重师教也。"诗中的女子自幼受过很好的女功教育，应该是生于贵族之家。所以《毛诗序》说："《葛覃》，后妃之本也。后妃在父母家，则志在于女功之事，躬俭节用，服澣濯之衣，尊敬师傅，则可以归安父母，化天下以妇道也。"朱熹赞同这种说法，并进一步引申解释说："此诗后妃所自作，故无赞美之词。然于此可以见其已贵而能勤，已富而能俭，已长而敬不弛于师傅，已嫁而孝不衰于父母，是皆德之厚而人所难也。小序以为后妃之本，庶几近之。"古人把此诗解释为"后妃自作"，为"后妃之本"，今人可能会有异议。因为究竟是否为后妃自作，并没有其他的证明。但是此诗中所包含的文化内容的确值得我们认真思考。因为诗中提到了"师氏"，所以我们可以认定此诗所写内容应该与周代贵族女子的生活有关，纺绩织布也是当时一般贵族女子所必做之家务。而古人认为此诗中所包含的妇德教育，如朱熹所说："已贵而能勤，已富而能俭，已长而敬不弛于师傅，已嫁而孝不衰于父母"，在今天还值得我们深思，仍然具有教育人的力量。

《召南》中的《采蘩》《采蘋》两首诗，写当时的贵族女子采集蘩和蘋等作为贡品以用于宗庙祭祀，可见当时的风俗。如《采蘋》：

> 于以采蘋？南涧之滨。于以采藻？于彼行潦［lǎo］。
> 于以盛之？维筐及筥［jǔ］。于以湘之？维锜及釜。
> 于以奠之？宗室牖下。谁其尸之？有齐季女。

这首诗的写法比较特别，全篇用一问一答的形式，描述了从采蘋到祭祀的整个过程：到哪里采蘋啊？到南涧之滨。到哪里采藻啊？到流动的水潦。用什么来装啊？用方筐和圆筥。用什么来蒸煮啊？用三足的锜和无足的釜。把作好的祭品摆放在哪里啊？就放在宗庙的天窗之下（"宗室牖下"）。由谁来扮演"尸"（神主）的角色啊？就由那个端庄的少女。整首诗写得相当简洁明快，生活气息浓郁。

《邶风·简兮》描写了一位武士的雄姿：

> 简兮简兮，方将万舞。日之方中，在前上处。硕人俣［yǔ］俣，公庭万舞。
> 有力如虎，执辔如组。左手执龠［yuè］，右手秉翟［dí］。赫如渥［wò］赭［zhě］，公言锡爵。
> 山有榛，隰有苓。云谁之思？西方美人。彼美人兮，西方之人兮。

诗用直陈的手法，写这位武士跳舞时的风采。"简"是敲鼓的声音，"万舞"是古代的大型舞蹈，由文舞和武舞两部分组成。文舞手执野鸡尾和籥等乐器，武舞手执戈与盾牌等武器。诗中写道：鼓已经咚咚敲响，万舞马上就要开场。正当中午时分，那个武士站在队伍最前面。你看他长得如此高大,在宫廷中的表演多么酣畅。他力大如虎,牵着马缰绳轻松自如。他左手拿着乐器轻吹,右手拿着雉尾曼舞。他的脸膛光彩红润,公侯赏赐给他美酒。山中有榛木啊水中有苓草,那个跳舞的西方美人啊,真是让我思念又羡慕。诗篇很短,却写得相当生动,不仅写出了武士的雄姿,还写出了诗人对他的爱慕。不仅如此,这首诗还提供了相当多的文化信息。我们说诗中的舞者是一位贵族武士,是因为在周代社会,跳舞是贵族子弟必学的功课,而一般情况下表演的舞蹈,也大多由贵族子弟来承担。《周礼·春官宗伯·乐师》说:"大司乐掌成均之法……以乐舞教国子。""乐师掌国学之政,以教国子小舞。凡舞,有帗〔fú〕舞,有羽舞,有皇舞,有旄舞,有干舞,有人舞。"舞蹈表演最能展示一个人的形体之美,所以诗人通过对跳舞的描写,生动地再现了这个男子的英武形象。

　　文武兼修是周代社会对贵族男子的基本要求,因为他们不仅要承担治国理政的重担,还有拿起武器保家卫国的职责。平时他们是温文尔雅的君子,战场上则是勇敢善战的武士。《周礼·地官司徒·保氏》:"养国子以道。乃教之六艺,一曰五礼,二曰六乐,三曰五射,四曰五御,五曰六书,六曰九数。"可见,射箭驾车是周代贵族必须掌握的基本技能。英勇的武士也是女子们所倾慕的对象。《左传·昭公元年》记载了这样一个故事:徐吾犯的妹妹长得美丽,郑国的公孙楚和公孙黑都很喜欢她。公孙楚先下了聘礼,公孙黑随后也强行送去了一份聘礼,这让徐吾犯不知道如何应对,就去请教子产。子产说,那就让你的妹妹自己选择吧。公孙楚和公孙黑都同意这样做。公孙黑(子皙)先到,他打扮得非常漂亮,又带来了丰厚的礼品。公孙楚(子南)穿着一身军装后到,他表演了射技,然后跳到车上离开。徐吾犯的妹妹看了之后说,公孙黑长得的确很美，但是公孙楚更像一个大丈夫。男女都应该各有自己该有的样子，这才叫顺，我选公孙楚。①从这件事可以看出，尚武是当时的社会风气，英俊的武士才更符合女子的择偶标准。所以在《诗经》中，我们看到有多首歌颂男子勇武的诗篇。如《郑风·大叔于田》就用生动的语言描写田猎中的"大叔"，说他既善御马，又善射箭，可以徒手与老虎搏斗，勇猛无比。再看《齐风·还［xuán］》：

子之还［xuán］兮，遭我乎峱［náo］之间兮。并驱从两肩兮，揖我谓我儇［xuān］兮。

子之茂兮，遭我乎峱之道兮。并驱从两牡兮，揖我谓我好兮。

子之昌兮，遭我乎峱之阳兮。并驱从两狼兮，揖我谓我臧兮。

诗中写猎手相遇，互相赞美："那个小伙子，身手好敏捷呀，他和我相逢于峱山之间呀，我们并肩驱赶小野兽呀，他还不断地把我赞呀。"第二、三章回环往复，写出了两个少年英雄惺惺相惜的情感。《齐风·猗嗟》赞美的也是一位这样的男子：

猗嗟昌兮，颀［qí］而长兮。抑若扬兮，美目扬兮。巧趋跄兮，射则臧兮。

猗嗟名兮，美目清兮。仪既成兮，终日射侯，不出正兮，展我甥兮。

猗嗟娈兮，清扬婉兮。舞则选兮，射则贯兮，四矢反兮，以御乱兮。

"猗嗟"是表示惊叹的语气词，"昌"在这里指品貌之美，"颀"指身材修长。"抑若扬"两句指男子的美目流盼之美。"巧趋跄"指

---

① 《左传·昭公元年》："郑徐吾犯之妹美，公孙楚聘之矣，公孙黑又使强委禽焉。犯惧，告子产。子产曰：'是国无政，非子之患也。唯所欲与。'犯请于二子，请使女择焉。皆许之。子晳盛饰入，布币而出。子南戎服入，左右射，超乘而出。女自房观之，曰：'子晳信美矣，抑子南，夫也。夫夫妇妇，所谓顺也。'适子南氏。"

的是身形敏捷,"射则臧"指射箭本领高强。第一章可以这样翻译:"哎呀呀不得了!那个身材颀长的小伙真是好!威仪壮美神采扬呀,两只眼睛能发光呀!身形矫健步灵敏呀,射箭本领真高强呀!"第二、三两章回环往复而略有变化,进一步赞美这个男子在射、乐之礼上的杰出表现。最后点明他的身份,说他是诗人之"甥",夸奖他真是一个保国的栋梁之材("以御乱兮")。《秦风》中的《小戎》和《驷驖》也是赞美武士的诗篇,说他们是狩猎的英雄(《驷驖》)、驾车的高手(《小戎》),同时也是温文尔雅的君子,"言念君子,温其如玉"(《小戎》)。

《小雅·斯干》一诗,前半篇描写了周王朝的宫室建筑之美,后半篇写占梦生子的风俗:

秩秩斯干,幽幽南山。如竹苞矣,如松茂矣。兄及弟矣,式相好矣,无相犹矣。

似续妣祖,筑室百堵,西南其户。爰居爰处,爰笑爰语。

约之阁阁,椓〔zhuó〕之橐〔tuó〕橐。风雨攸除,鸟鼠攸去,君子攸芋。

如跂斯翼,如矢斯棘,如鸟斯革,如翚〔huī〕斯飞,君子攸跻。

殖殖其庭,有觉其楹。哙〔kuài〕哙其正,哕〔huì〕哕其冥。君子攸宁。

下莞〔guān〕上簟〔diàn〕,乃安斯寝。乃寝乃兴,乃占我梦。吉梦维何?维熊维罴,维虺〔huǐ〕维蛇。

大人占之:维熊维罴,男子之祥;维虺维蛇,女子之祥。

乃生男子,载寝之床。载衣之裳,载弄之璋。其泣喤喤,朱芾〔fú〕斯皇,室家君王。

乃生女子，载寝之地。载衣之裼［tì］，载弄之瓦。无非无仪，唯酒食是议，无父母诒罹。

此诗可能是周王朝宫室落成之时所作的赞美诗。第一章先写建筑宫室的所在地，即幽幽的南山之下、水流盛大的山涧之旁。在这样的好地方建造宫室，家族就会像竹松一样繁茂，兄弟们也会和睦相亲而无欺诈。第二、三两章写筑室劳动时的场景，第四、五两章描绘建筑的房屋之美。最后四章写生子占梦。其中特别值得关注的有两处，第一是描写宫室之美的第四、五章，"如跂斯翼，如矢斯棘，如鸟斯革，如翚斯飞"，连用了四个"如"字形容屋宇的漂亮。它端正得就像人在那里恭敬地站立，排列整齐得就像正直的箭一样，屋檐伸展就像鸟在展翅，又像雉鸟的彩翅一样华丽。接下来又用三个叠音词来形容屋宇的宏伟大气："殖殖其庭，有觉其楹。哙哙其正，哕哕其冥。"宽阔的庭院平平正正，高大的廊柱直达天庭，白天屋里宽敞明亮，夜晚则显得幽深缈暝。第二是后四章写占梦习俗。"维熊维罴，男子之祥；维虺维蛇，女子之祥。""乃生男子，载寝之床。载衣之裳，载弄之璋。""乃生女子，载寝之地。载衣之裼，载弄之瓦。"在这些充满民俗风情的描写当中，我们不仅可以了解当时的社会生活，也能体会到那个时代就已经存在的男女之间身份的不平等和周人重男轻女的民族习惯。

▌第二节 不良现象的讽刺批判

说到《诗经》中对社会的批判，人们往往首先会想到大小《雅》中的怨刺诗。其实，对社会各种不良现象的批判，也体现在《国风》中的大量诗篇。这些诗篇大多和社会政治无关，针对的是世俗生活中的不良现象，关乎当时社会的价值评判和道德评判。

  首先值得关注的是对当时统治者人伦道德败坏的严厉批判。《邶风·新台》就是这样一首诗："新台有泚［cǐ］，河水弥弥。燕婉之求，籧［qú］篨［chú］不鲜。"《毛诗序》曰："《新台》，刺卫宣公也。纳伋之妻，作新台于河上而要之。国人恶之，而作是诗也。"卫宣公为长子伋娶妻，听说女子貌美，就在河岸筑了新台，拦下她来做了自己的老婆。强占自己的儿媳妇，这是败坏人伦的丑行，诗人作诗进行了辛辣的讽刺。"籧篨"即粗竹席，比喻身材臃肿而不能俯身的人。诗的大意是：新筑的台呀宽敞明亮，清清的河水温柔荡漾，本想要嫁一个文雅的郎君，没想到他长成这副丑样。《鄘风·墙有茨［cí］》也是一首批判卫国宫中丑行的诗："墙有茨，不可埽（扫）也。中冓［gòu］之言，不可道也。所可道也，言之丑也。""茨"指蒺藜，"中冓"指深宫之内。诗歌以墙上的蒺藜难扫难除比喻宫中的丑事之多，难以启齿，进行不点名的批判。《齐风》中的《南山》《敝笱》《载驱》三篇，都是讽刺齐襄公和她的妹妹文姜淫乱的诗，《陈风·株林》则是批判陈灵公淫乱的诗，前面我们在关于《诗经》创作时间的部分已经作过简要介绍，此处不再赘述。

  《秦风·黄鸟》一诗，则是对秦穆公死时用活人殉葬的强烈批判。诗中极力称道子车氏三兄弟的杰出不群，同时对他们成为秦穆公的殉葬品的可怕遭遇表示深深的震动和痛惜：

  交交黄鸟，止于棘。谁从穆公？子车奄息。维此奄息，百夫之特。临其穴，惴惴其慄。彼苍者天，歼我良人！如可赎兮，人百其身！

  交交黄鸟，止于桑。谁从穆公？子车仲行。维此仲行，百夫之防。临其穴，惴惴其慄。彼苍者天，歼我良人！如可赎兮，人百其身！

交交黄鸟，止于楚。谁从穆公？子车鍼虎。维此鍼虎，百夫之御。临其穴，惴惴其慄。彼苍者天，歼我良人！如可赎兮，人百其身！

《左传·文公六年》："秦伯任好卒。以子车氏之三子奄息、仲行、鍼虎为殉。皆秦之良也。国人哀之，为之赋《黄鸟》。"《史记·秦本纪》也说："缪公卒，葬雍。从死者百七十七人，秦之良臣子舆氏三人名曰奄息、仲行、鍼虎，亦在从死之中。秦人哀之，为作歌《黄鸟》之诗。"可见，此诗所写的乃是一个真实的事件。时当春秋之际，在秦国竟然会出现这样逆历史潮流而动、以活人为殉的暴政，无怪乎引起国人的愤怒。《左传》的作者也对此进行了严厉的批判："秦穆之不为盟主也，宜哉。死而弃民。先王违世，犹诒之法，而况夺之善人乎！《诗》曰：'人之云亡，邦国殄瘁。'无善人之谓。若之何夺之？"诗中特别突出地描写了三位英雄临殉之前的恐惧情景："临其穴，惴惴其慄。"并大声疾呼："彼苍者天，歼我良人！如可赎兮，人百其身！"这既是对子车氏三子的深刻同情与哀悼，更是对秦穆公所施暴政的严厉批判。这首诗因此而具有重大的历史文化价值。

《郑风·清人》则是郑国人讽刺郑文公的诗。

清人在彭，驷介旁旁。二矛重英，河上乎翱翔。
清人在消，驷介麃麃。二矛重乔，河上乎逍遥。
清人在轴，驷介陶陶。左旋右抽，中军作好。

《左传·闵公二年》："郑人恶高克，使帅师次于河上，久而弗召。师溃而归，高克奔陈。郑人为之赋《清人》。"此事发生在公元前660年。《毛诗序》据此而解题："《清人》，刺文公也。高克好利而不顾其君，文公恶而欲远之不能。使高克将兵而御狄于竟，陈其师旅，翱翔河上。久而不召，众散而归，高克奔陈。公子素恶高克进之不以礼，文公退之不以道，危国亡师之本，故作是诗也。"这一年，狄人攻破了卫国，郑文公派高克守边，以防不测。高克本是个好利忘义之徒，郑文公不喜欢他，却让他去守卫边境，到换防之期又不将他召回，以致军心涣散，主帅叛逃。郑人就作了这首诗讽刺郑文公的愚蠢。"清人在彭，驷介旁旁。二矛重英，河上乎翱翔。""清"是郑国邑名，"清人"是高克统帅的清邑的士兵。"彭"是军队的戍守之地。诗中极力描写郑国军队的精良："驷介旁旁"（战马强壮之貌），"驷介麃麃"（战马威武之貌），"驷介陶陶"（战马驱驰之貌）；"二矛重英"（两支矛上都装饰着双层的缨穗），"二矛重乔"（两支矛上都装饰着双层的鸟的羽毛）；可是他们却无所事事，"河上乎翱翔""河上乎逍遥""中军作好"（在中军游戏玩耍）。可见，军队最终的溃散乃是咎由自取。诗中没有对郑文公的正面指责，但是强烈的批判意义则明显地表现出来。

除了对这些明显的具体事实进行讽刺批判之外，《诗经》中还有一些诗对当时的不良社会现象进行了讽刺批评。《魏风·伐檀》是最有代表性的一篇：

坎坎伐檀兮，置之河之干兮。河水清且涟猗。不稼不穑，胡取禾三百廛[chán]兮？不狩不猎，胡瞻尔庭有县貆[huán]兮？彼君子兮，不素餐兮！

坎坎伐辐兮，置之河之侧兮。河水清且直猗。不稼不穑，胡取禾三百亿兮？不狩不猎，胡瞻尔庭有县特兮？彼君子兮，不素食兮！

坎坎伐轮兮，置之河之漘[chún]兮。河水清且沦猗。不稼不稼，胡取禾三百囷［qūn］兮？不狩不猎，胡瞻尔庭有县鹑兮？彼君子兮，不素飧［sūn］兮！

诗的语言朴素、简洁而明快，但是对不劳而获者的质疑，却像"坎坎"的伐檀声一样铿锵有力。另外，《魏风·硕鼠》一诗，则表达了诗人渴望逃脱剥削、向往美好生活的心声：

硕鼠硕鼠，无食我黍！三岁贯女，莫我肯顾。逝将去女，适彼乐土。乐土乐土，爰得我所。

硕鼠硕鼠，无食我麦！三岁贯女，莫我肯德。逝将去女，适彼乐国。乐国乐国，爰得我直。

硕鼠硕鼠，无食我苗！三岁贯女，莫我肯劳。逝将去女，适彼乐郊。乐郊乐郊，谁之永号？

用"硕鼠"进行比喻，生动而又贴切。对"乐土""乐国""乐郊"的向往，可以说是中国人最早的桃花源社会理想的思想原型。

《鄘风·君子偕老》则是嘲讽徒有其表而无其德的贵妇人的诗：

君子偕老，副笄［jī］六珈［jiā］。委委佗［tuó］佗，如山如河。象服是宜。子之不淑，云如之何？

玼［cǐ］兮玼兮，其之翟［dí］也。鬒［zhěn］发如云，不屑髢［dí］也。玉之瑱［tiàn］也，象之揥［tì］也。扬且之皙也。胡然而天也！胡然而帝也！

瑳［cuō］兮瑳兮，其之展也，蒙彼绉［zhòu］絺［chī］，是绁［xiè］袢［pàn］也。子之清扬，扬且之颜也，展如之人兮，邦之媛也！

《毛诗序》曰："《君子偕老》，刺卫夫人也。夫人淫乱，失事君子之道,故陈人君之德,服饰之盛,宜与君子偕老也。"郑玄则进一步指出这首诗是讽刺卫宣公夫人宣姜,可备参考。诗分三章,第一章总述这位贵妇的风度:那个应该和君子偕老的女子啊,头上的发簪镶着六颗宝珠。她的举止是那样雍容端庄,像山一样庄重,像河一样深沉,她穿着绘有雉羽的礼服是那样合体。可是她的品德却与之不配,真不知应该如何把她评说。第二章详细描绘她的穿戴,尤其重在描写头饰:她穿的那件绘有翟雉图案的祭服啊,颜色是那么鲜艳!她的黑色秀发,柔和如云,根本就不需要假发修饰("不屑髢也")。她戴着美玉耳饰("玉之瑱也"),头上别着象牙发簪("象之揥也")。她的额头光润白皙("扬且之皙也")。她怎么长得既像天仙,又像帝女?第三章重点描写她穿的衣服:你看她外面穿的礼服("其之展也"),也是多么漂亮。上面还罩着细麻做的绉绨外罩,轻轻掩盖着里面的内衣("是绁袢也")。你看她长得那样清秀,上挑的眼眉是那样美丽("扬且之颜也")。就是这个美丽的人啊("展如之人兮"),才称得上是一国之美女!

周代社会重视人的外表之美,更注重人的内在美德。此诗所描写的这位贵妇人,外表虽美却不称其德。诗人没有直接地进行讽刺,而是采取了以美为刺的反讽手法,通过一些感叹和反问的句式把思想表现出来,很讲究写作技巧。此外,《鄘风·相鼠》批评不讲礼仪的人,《陈风·墓门》批评"不良"之"夫",也都带有很强的社会批判意义。可见,风诗在当时的确体现了它的干预现实的讽喻功能。

第三节　复杂情感的深沉抒怀

《诗经》中还有许多表达怀人、念旧、故国之思,以及抒写各种世俗情怀的诗,也值得我们关注。如《唐风·葛生》一诗表达对已亡配偶的痛切思念:

> 葛生蒙楚,蔹[liǎn]蔓于野。予美亡此,谁与独处?
> 葛生蒙棘,蔹蔓于域。予美亡此,谁与独息?
> 角枕粲兮,锦衾烂兮。予美亡此,谁与独旦?
> 夏之日,冬之夜。百岁之后,归于其居。
> 冬之夜,夏之日。百岁之后,归于其室。

葛与蔹都是蔓生植物,本应攀附于高大的树木之上,而现在却只能生长在荆棘丛中,或者蔓生于野。诗以此起兴,比喻女子在丈夫死去之后的无依无靠。接下来极写未亡人失去亲人后的寂寞孤独。夫妻二人合用的八角枕头还是那么漂亮,合用的锦被还是那么灿烂,可是如今她只能独自入眠。漫长而又炎热的夏日,凄凉而又寒冷的冬夜,今后该如何度过?睹物伤情,亡人在地下已经无知,可未亡人在世间却要经受长久的熬煎,她只盼望百岁之后,同归一穴,与亲人长眠在一起。诗中所表现的夫妻挚爱与刻骨相思,哀痛感人,为后世悼亡诗之祖。

《邶风·凯风》写有子七人,不能将养老母,致"母氏劬劳",进而自责,真情感人。《小雅·蓼[lù]莪[é]》写儿子痛悼父母,他深情地回忆父母的养育之恩,为自己不能报答其万一而呼天喊地。这是《诗经》中最为感人的诗篇之一:

蓼蓼者莪，匪莪伊蒿。哀哀父母，生我劬劳。
蓼蓼者莪，匪莪伊蔚。哀哀父母，生我劳瘁。
瓶之罄[qìng]矣，维罍[léi]之耻。鲜民之生，不如死之久矣。无父何怙[hù]？无母何恃？出则衔恤，入则靡至。
父兮生我，母兮鞠我。拊我畜我，长我育我，顾我复我，出入腹我。欲报之德，昊天罔极！
南山烈烈，飘风发发。民莫不榖，我独何害！
南山律律，飘风弗弗。民莫不榖，我独不卒！

"蓼"，又长又大的样子。"莪"，一种蒿草。李时珍《本草纲目》曰："莪抱根丛生，俗谓之抱娘蒿是也。""蔚"，也是蒿的一种。莪香美可食用，并且环根丛生，故又名抱娘蒿，喻人成材且孝顺；而蒿与蔚，皆散生，蒿粗恶不可食用，蔚既不能食用又不结子，故称牡蒿。诗的头两章以此起兴，诗人见到蒿与蔚，却错把它当成莪，于是心有所动，遂以为比，借以自责。说自己就像蒿与蔚一样，既不成材，又不能终养尽孝。后两句承此言及父母养大自己不易，费心劳力，吃尽苦头。朱熹《诗集传》指出："言昔谓之莪，而今非莪也，特蒿而已。以比父母生我以为美材，可赖以终其身，而今乃不得其养以死。于是乃言父母生我之劬劳而重自哀伤也。"中间两章写儿子失去双亲的痛苦和父母对儿子的深爱。诗人一连用了生、鞠、拊、畜、长、育、顾、复、腹九个动词，诉说父母对自己从小到大的养育之恩，语拙情真，言直意切，絮絮叨叨，不厌其烦，声促调急，确如哭诉一般。后两章抒写自己所遭遇的不幸。头两句诗人以眼见的南山艰危难越、耳边的飙风呼啸起兴，营造了困厄危艰、肃杀悲凉的气氛，象征自己遭遇父母双亡的巨痛与凄凉，这也是诗人悲怆伤痛心情的外化。四个入声字重叠：烈烈、发发、律律、弗弗,渲染了环境,加重了哀思,读来如呜咽一般。朱熹说:"晋王裒[póu]以父死非罪,每读诗至'哀哀父母,生我劬劳',未尝不三复流涕,受业者为废此篇,诗之感人如此。"的确,此诗在今天读起来仍然有令人落泪的力量。

《秦风·渭阳》一诗,传说是写秦康公送他舅父重耳回家的诗篇,字里行间传达着甥舅之间的依依别情。"我送舅氏,曰至渭阳。何以赠之?路车乘黄。我送舅氏,悠悠我思。何以赠之?琼瑰玉佩。"先赠四匹黄马驾驶的"路车"(诸侯所乘之车),又赠"琼瑰玉佩",但是这些都不足以表达依依之别的心情。还有的诗写对故人的怀念和敬仰,如传说中的召伯勤政爱民,南巡时曾在一棵甘棠树下休息,召南人就因此而作了《甘棠》,告诫人们要加倍地爱惜这棵甘棠树,诗句中流露出浓浓的怀念之情:"蔽芾[fèi]甘棠,勿剪勿伐,召伯所茇[bá]。蔽芾甘棠,勿剪勿败,召伯所憩。蔽芾甘棠,勿剪勿拜,召伯所说[shuì]。"

《王风·黍离》则饱含着故国之思:

彼黍离离,彼稷之苗。行迈靡靡,中心摇摇。知我者,谓我心忧;不知我者,谓我何求。悠悠苍天,此何人哉?

彼黍离离,彼稷之穗。行迈靡靡,中心如醉。知我者,谓我心忧;不知我者,谓我何求。悠悠苍天,此何人哉?

彼黍离离,彼稷之实。行迈靡靡,中心如噎[yē]。知我者,谓我心忧;不知我者,谓我何求。悠悠苍天,此何人哉?

《毛诗序》曰:"《黍离》,闵宗周也。周大夫行役至于宗周,过故宗庙宫室,尽为禾黍。闵周室之颠覆,彷徨不忍去,而作是诗也。""宗周",指的是西周镐京。平王东迁,都雒邑王城,史称东周。《毛诗正义》曰:"作《黍离》诗者,言闵宗周也。周之大夫行从征役,至于宗周镐京,过历故时宗庙宫室,其地民皆垦耕,尽为禾黍。以先王宫室忽为平田,于是大夫闵伤周室之颠坠覆败,彷徨省视,不忍速去,而作《黍离》之诗以闵之也。"诗以"彼黍离离"开头,"离离"是黍穗下垂之貌,过去曾经是繁华的都城,现在却变成了一片农田,诗人感物生情,心中无限感慨。"行迈靡靡,中心摇摇",远行的步履缓慢沉重,心中摇荡不知所往。这种深深的故国哀愁,又有谁能知晓,谁能理解?"知我者,谓我心忧;不知我者,谓我何求。悠悠苍天,此何人哉?"这几句话在三章的末尾反复倾诉,陈词痛切,催人泪下。"黍离之悲"由此而成为中国后世诗歌中表现故国哀思的经典话语。南宋词人姜夔的《扬州慢·淮左名都》,抒写自己途经扬州,念及往日繁华,今日之荒凉,即全袭此篇之意。他在序中说:"淳熙丙申至日,予过维扬。夜雪初霁,荠麦弥望。入其城则四顾萧条,寒水自碧。暮色渐起,戍角悲吟。予怀怆然,感慨今昔,因自度此曲。千岩老人以为有《黍离》之悲也。"可见此诗对后世的影响。与此诗有同一基调的诗还有《曹风·下泉》:

冽彼下泉,浸彼苞稂。忾我寤叹,念彼周京。
冽彼下泉,浸彼苞萧。忾我寤叹,念彼京周。
冽彼下泉,浸彼苞蓍。忾我寤叹,念彼京师。
芃芃黍苗,阴雨膏之。四国有王,郇伯劳之。

《毛诗序》曰:"《下泉》,思治也。曹人疾共公侵刻下民,不得其所,忧而思明王贤伯也。"而齐诗则认为此诗为"荀伯遇时,忧念周京"而作。诗的最后一章提到了"郇伯"。何楷《诗经世本古义》以为此诗是曹人美晋荀跞[luò]纳周敬王于成周而作。此事在《左传·昭公三十二年》中有记载。鲁昭公二十二年,周景王死,王子猛即位,王子朝作乱,攻杀王子猛而篡位。晋文公派晋国大夫荀跞攻打王子朝,立王子匄[gài],即周敬王。从景王死到敬王立,东周王室内乱达十年之久。这首诗就是赞美荀跞护送周敬王进入成周的诗。此诗所以被列入《曹风》,是因为曹是晋的属国,勤成之事皆参与其中。相比较而言,齐诗说比毛诗说更有根据,今从之。①

此诗在写法上也颇具特色。诗的前三章以凛冽的泉水浸泡着莠草而起兴,比喻周人当时处境的凄惨与悲凉,表达诗人对西周盛时的深情怀念。最后一章以禾苗得阴雨之滋润而蓬勃生长,表达对荀伯的感念之情。《下泉》一诗的这种忧乱思治之情,同样对后世诗歌产生了深刻影响。王粲《七哀诗》:"南登霸陵岸,回首望长安。悟彼《下泉》人,喟然伤心肝。"诗中所引《下泉》典故即由此而来。诗人哀叹西京长安的一片战乱悲惨之象,也像《下泉》的作者一样痛伤心肝,同时也渴望有一个像郇伯这样的人才出来收拾乱局,重现和平景象。《桧风·匪风》则写了一个背井离乡的人对家乡的无限怀念:"匪风发兮,匪车偈[jié]兮。顾瞻周道,中心怛[dá]兮。"大风在呼啸,车马在驱驰,诗人望着周道上来来往往的行人,心中充满了悲伤。"谁将西归,怀之好音",他多么想遇到一个西去的人,为他向家乡报一声平安呀!

除故国之思外,《诗经》中还有的诗篇表现了对旧日生活的怀念,感伤今不如昔,如《秦风·权舆》里诗人悲叹:自己从前住广屋大宅,现在却连顿饱饭也吃不上,于是发出今不如昔的感叹。"於我乎,夏屋渠渠,今也每食无余。於嗟乎,不承权舆!"《王风·兔爰》则抒写的是小人得志,君子遭殃,生不逢时之叹:

有兔爰爰,雉离于罗。我生之初,尚无为;我生之后,逢此百

---

① 王先谦:《诗三家义集疏》,吴格点校,中华书局,1987,第504页。

罹。尚寐无吪。

　　有兔爰爰，雉离于罦［fú］。我生之初，尚无造；我生之后，逢此百忧。尚寐无觉。

　　有兔爰爰，雉离于罿［chōng］。我生之初，尚无庸；我生之后，逢此百凶。尚寐无聪。

　　"罗""罦""罿"都是捕兔的网，兔子没有被捕获，雉鸟却落入其中。诗人以此起兴，抒写自己的人生不幸。朱熹《诗集传》说："张罗本以取兔，今兔狡得脱，而雉以耿介，反离于罗，以比小人致乱，而以巧计幸免，君子无辜，而以忠直受祸也。"与其如此，还不如长寐不动死去的好（"尚寐无吪"）。《桧风·隰［xí］有苌［cháng］楚》则同样表现了对困苦生活无可奈何的消极感伤情绪：

　　隰有苌楚，猗傩其枝，夭之沃沃，乐子之无知。
　　隰有苌楚，猗傩其华，夭之沃沃。乐子之无家。
　　隰有苌楚，猗傩其实，夭之沃沃。乐子之无室。

　　诗人看到洼地上生长的"苌楚"（羊桃）枝繁叶茂，婀娜多姿，反观自己则生活困顿，不堪其苦，于是生出无端的羡慕之情，感叹人反而不如无知无识的草木。"乐子之无知""乐子之无家""乐子之无室"。诗虽然只有短短的三章，但是在回环往复的咏唱中将这种生活艰难的感伤情绪表达得非常充分。表达同样情感的还有《小雅·苕之华》："苕之华，其叶青青。知我如此，不如无生！"对生活艰难的痛苦感受，同样深刻。《诗经》中的忧生之嗟，不仅表现在士大夫对政治关心的相关诗篇当中，更表现在这些抒写日常生活的诗篇当中，这样能让人有更为切实的感受。

而《唐风·蟋蟀》则是中国诗歌史中第一首表达及时行乐思想的诗：

蟋蟀在堂，岁聿其莫。今我不乐，日月其除。无已大康，职思其居。好乐无荒，良士瞿［jù］瞿。

蟋蟀在堂，岁聿其逝。今我不乐，日月其迈。无已大康，职思其外。好乐无荒，良士蹶［guì］蹶。

蟋蟀在堂，役车其休。今我不乐，日月其慆。无已大康，职思其忧。好乐无荒，良士休休。

诗由"蟋蟀在堂"起兴，前四句写秋天时蟋蟀在田野，冬天则躲入房屋里，说明时光又到了岁末，若不及时行乐，一年的时间又过去了。但是后四句又是对自己的告诫，不要太过于享乐，还要时时刻刻想到自己的职责，真正的"良士"要对此有所警惕（"瞿瞿"），应该要"好乐无荒"才是。第二、三两章反复咏唱，强调享乐要有节制，工作还要努力勤勉（"良士蹶蹶"）、心态平和（"良士休休"）。《唐风·山有枢》一诗也表达了及时行乐的思想，只不过它是以批评那些不懂得享乐的吝啬鬼的方式来写的：

山有枢，隰有榆。子有衣裳，弗曳弗娄。子有车马，弗驰弗驱。宛其死矣，他人是愉。

山有栲，隰有杻。子有廷内，弗洒弗扫。子有钟鼓，弗鼓弗考。宛其死矣，他人是保。

山有漆，隰有栗。子有酒食，何不日鼓瑟？且以喜乐，且以永日。宛其死矣，他人入室。

诗共三章。第一章说那个人徒有华丽的服饰和高大的车马，但是不知享用，等到他死去之后，这些东西都归了别人。第二章写那个人徒有高堂大屋,却不舒服地住在里面,有钟鼓乐器,也不知演奏。等他死了之后,这些东西同样被别人占有。最后一章,诗人提出了自己的建议:"子有酒食,何不日鼓瑟?且以喜乐,且以永日。"意思是说,你有这样好的生活条件,为什么不能快快乐乐地享受美好的生活呢?与此表达同一情调的诗还有《秦风·车邻》:

有车邻邻,有马白颠。未见君子,寺人之令。

阪有漆,隰有栗。既见君子,并坐鼓瑟。今者不乐,逝者其耋[dié]。

阪有桑,隰有杨。既见君子,并坐鼓簧。今者不乐,逝者其亡。

这是写诗人与朋友相会的诗。全诗三章,第一章写诗人命令侍人去迎接好友:车轮子啊"邻邻"地响,头顶长着白毛的大马啊威武雄壮。见不到君子我何其想念,侍人啊命令你赶快备车前往。接下来两章写与朋友相见时的快乐:"既见君子,并坐鼓瑟""既见君子,并坐鼓簧"。而且还发出感叹:"今者不乐,逝者其耋""今者不乐,逝者其亡"。感叹光阴易逝,人生短促,唯有及时行乐,才不枉此生。

人生短促、及时行乐的思想情感,在中国文化传统中向来是多受批评的,因为这里面常常带有对生活的消极态度。《诗经》中的这几首也是如此,这也许是最初人们认识到生命短促时的一种自然心态,是对积极的生活态度的反向思考,但是这里面所体现的生命意识却值得我们关注。从此,感叹人生短促,如何在有限的生命中过得更有意义,就成为中国人开始深入思考的重要命题。从孔子的临流叹逝,到屈原的恐美人迟暮,都是从人生短促中生发出对生命意义的积极思考。这些诗歌对战国秦汉以后人的思想和汉代游仙行乐等诗歌的创作显然有极大影响，同样是值得我们注意的现象。

以上是我们对《诗经》内容所作的重新梳理。当然只是从大的方面入手，得其大概而已。喜欢《诗经》的朋友认真研读，自然还会发现更多的内容。但即便如此，我们已经明显地感到《诗经》作品内容的丰富性，反映社会生活的广泛性和思想的深刻性。从中既可以看到周代的文化特征与实践理性精神，又可以体味其鲜活的文化气息。所有这些，奠定了《诗经》在中国文学史上不可取代的经典地位。

/ 第十一讲 /

"周原膴膴，堇荼如饴"
——《诗经》的文化精神

　　作为中国第一部诗集，《诗经》以其丰富的生活内容、广泛的创作题材，向我们展示了殷周社会乃至远古社会的历史风貌。从《诗经》的祭祖诗中，我们看到了殷周祖先创业建国的英雄业绩；从农事诗中，我们看到了在农业生产中辛勤劳作的农奴；从战争徭役诗中，我们看到了仆仆风尘的役夫征人；从卿士大夫政治美刺诗中，我们看到了那些关心国家时政的优秀人物；从婚姻爱情诗中，我们看到了周人的婚姻习俗；从其他诗篇中，我们也看到周代社会各种各样的民俗风情。可以这样说，《诗经》三百零五篇作品，交织成一幅多层次、多角度展现殷周社会的立体画卷，每篇作品都潜含着无数可以发掘的文化内容。它是中国上古文化一部形象化的历史，是从远古到周代社会的文化积淀。因此，对于《诗经》，我们不仅仅需要从题材的大体分类中去认识其内容的丰富，在世界一体化的今天，我们更需要从当代世界的视角，从《诗经》的情感指向，认识它独特的价值，认识它与世界其他民族诗歌的不同，与中国现代诗歌的不同，认识这部伟大的作品中所包孕和沉积的深厚的中华民族文化精神。从这方面讲，它的意义也是无限的。下面，我们从几个方面略作概括。

第一节　植根于农业文明的乡土意蕴

中国是一个古老的农业国度。据考古发掘，早在 1 万多年前的新石器时代初期便已有了农业种植活动。9100 年至 8200 年前，湖南澧县彭头山就出现了农耕部落遗址。位于浙江金华的上山新石器时代遗址，就发现了原始稻作农业。在公元前 5000 年至公元前 3000 年左右存在的仰韶文化，就"是一种较发达的定居农耕文化遗存，主要栽培粟黍"。在与仰韶文化大约同时的浙江河姆渡文化遗址，同样发现了稻谷遗存。在马家浜文化桐乡罗家角遗址，也出土了稻谷。① 在出土的甲骨卜辞中，也多有关于农业生产的问卜，可知，农业已经是商代社会的主要生产方式。卜辞中多次出现黍、禾、麦、稻等农作物名称，农业生产的好坏乃是殷民族甚为关心的大事。从土质丰厚的黄土高原和富饶的渭河流域发祥的周民族，更是一个典型的农业民族。

农业的发展，一方面使中国人很早就摆脱了依赖自然采集和渔猎的谋生方式，有了更为可靠的食物来源，促进了文明的进步；另一方面也改变了因采集和渔猎不得不经常迁徙的生活方式，形成了高于周边民族的定居农耕文化，从而培养了中国人那种植根于农业生产的安土重迁、勤劳守成的浓重的乡土情蕴。

《诗经》是具有浓重的乡土之情的艺术。且不说十五《国风》散发着浓郁的各地乡土的芬芳，即便是在《雅》《颂》的抒情诗中，也沉潜着植根于农业文化深深的情蕴。这不仅仅表现为周人对农事的关心、对农神的崇拜，而且表现为《诗经》大部分作品中的眷恋

---

① 中国大百科全书总编辑委员会《考古学》编辑委员会、中国大百科全书编辑部编：《中国大百科全书·考古学》，中国大百科全书出版社，1986，第 595、189 页。

故土与思乡怀归之情。本来，从人类的普遍文化情感上讲，眷恋乡土乃是各民族的共同心理。《荷马史诗·奥德赛》中的希腊英雄奥德修斯，在特洛伊战争结束后在外漂流了十年，历尽千辛万苦之后返回了他的故乡，这就是一个最好的证明。但是我们须知，《奥德赛》这部希腊英雄史诗的中心主题却不是思乡，诗人只不过以奥德修斯回乡为故事发展的线索，来叙述这位英雄的冒险经历，歌颂希腊人对自然的抗争和探寻海外的英雄主义精神。产生《荷马史诗》的时代背景是希腊英雄时代的奴隶制社会制度，"古代部落对部落的战争，已经逐渐蜕变为在陆上和海上为攫夺牲畜、奴隶和财宝而不断进行的抢劫，变为一种正常的营生，一句话，财富被当作最高的价值而受到赞美和崇敬，古代氏族制度被滥用来替暴力掠夺财富的行为辩护"[①]。希腊人通过《荷马史诗》，对海外征服的英雄主义精神表达了最为崇高的赞美。

可是，以农业生产为根基建立起来的周代社会，从一开始就不可能产生古希腊奴隶社会的对外扩张探险精神。周人立足于自己脚下的这片热土，靠勤劳的双手去创造自己的财富与文明。他们从来不愿意离开生养他们的土地，他们眷恋的是和平安适的田园生活，沉醉于温馨的乡土之梦。周人歌颂他们的祖先后稷，是因为后稷教会了他们如何稼穑；歌颂他们的创业之祖公刘，是因为公刘带领他们躲开了戎狄的侵扰，选择了豳这块适宜农业生产的土地；周人歌颂古公亶父、王季、文王，同样是因为他们再次率领族人躲开了戎狄的攻侵，定居于土地肥沃、"堇荼如饴"的周原，领导人们驱除了外患；周人歌颂武王，是因为武王革除了残暴的君主纣王之命。一句话，周人对他们祖先英雄的歌颂，首先就在于这些祖先英雄们

---

① 恩格斯：《家庭、私有制和国家的起源》，载中共中央马克思恩格斯列宁斯大林著作编译局编译《马克思恩格斯选集（第四卷）》，人民出版社，1995，第106页。

第十一讲 "周原膴膴,堇荼如饴"——《诗经》的文化精神

为他们创造了和平安稳的农业生活环境,而绝不在于这些英雄们在对外扩张中掠夺了多少财富和奴隶。《诗经》中植根于农业生产的乡土情蕴,首先在周族史诗和祭祀诗这种特别典雅庄重的作品中得到最好的表现。如《周颂·良耜》:

畟[cè]畟良耜,俶[chù]载南亩。播厥百谷,实函斯活。或来瞻女,载筐及筥。其饟[xiǎng]伊黍,其笠伊纠。其镈[bó]斯赵,以薅[hāo]荼蓼[liǎo]。荼蓼朽止,黍稷茂止。获之挃[zhì]挃,积之栗栗。其崇如墉,其比如栉。以开百室,百室盈止,妇子宁止。杀时犉[chún]牡,有捄[qiú]其角。以似以续,续古之人。

《毛诗序》:"《良耜》,秋报社稷也。"和用于春天祭祀的《载芟》虽然所述时节不同,但是二者的性质是一样的,同样是在祭祀的过程中将一年的农业劳动演示一遍,从春天的垦荒一直写到秋天的收获。诗的大意是:耒耜好锋利啊,耕田到南亩。播下百样种啊,颗颗有活力。家人来看望啊,带着(方)筐和(圆)筥,装着小米饭,戴着草斗笠。这是写春天播种时的情景。接下来写夏天锄草:锄头真锋利啊,用它来锄草。荒草全死掉,庄稼长得好。接下来写秋收:镰刀唰唰响,庄稼好丰实。堆积如城墙,排列如篦齿。打开百间房,家家装满室,妇女孩子多安适。最后写收获后的祭祀:宰杀大公牛,牛角多弯曲。继承先辈业,幸福传百世。可见,这首诗与其说是周人的祭祀之歌,不如说是他们在描写生活的理想。他们在祭坛上表演一年来辛苦的劳动过程,说明幸福来之不易,他们献上最好的粮食贡品,以娱乐祖先和神灵,乞求神灵明年带给他们更好的收成;他们在故乡的土地上编织着生活理想的花环,描绘着事业兴旺发达的图画。

农业生产培养了周人安土重迁的文化品格，反过来，对农业生产的破坏，由战争、徭役等造成的远离故土家园，也就成了诗人心中最痛苦的事件。让我们先来看两首诗：

陟彼岵兮，瞻望父兮。父曰：嗟！予子行役，夙夜无已。上慎旃哉，犹来！无止！（《魏风·陟岵》）

有杕之杜，有睆其实。王事靡盬，继嗣我日。日月阳止，女心伤止，征夫遑止。（《小雅·杕杜》）

这两首役夫征人之诗，表达的都是思念家乡、父母、妻子之情，显然，这与周人以农业为主的社会生活和在此基础上生成的以家庭为核心的生活相关。对于农民来说，农业是他们的衣食之源，家庭是他们的生存依靠，父母是他们的感情所系。当他们出征或行役在外之时，农业生产和家庭就是他们最为关切的对象。周人的这种心理，成为他们进行抒情诗创作的内在动因、艺术创作的思维方式和审美表达，由此形成了那些抒情诗的内在结构。他们用以创作的生活题材是战争与徭役，但是他们在诗中却很少用笔墨去写徭役的劳苦、旅途的艰难，也很少去描写残酷的战斗场面、血腥的厮杀。周公东征三年的战争可谓漫长矣，可是他们只用"我徂东山，慆慆不归"八字作为每章的开头。周人对北方少数民族的战争可谓激烈矣，但《采薇》《出车》等诗也不过仅有"狁孔棘""薄伐西戎"几句简单交代而已。他们在抒情诗中重点表现的并不是这些战争本身，而是由战争引起的对家乡的深深思恋。于是，借由战争行役的题材来抒写诗人的怀归相思之情，就成了这一类抒情诗的特殊结构。即一切关于战争行役的简要叙述或者是景物描摹，都紧紧围绕着相思怀归这一抒情主题而开展，由此形成了这些作品的最大艺术特点。

翻开《诗经》，我们感受最为深刻的内容之一，就是《国风》

和《小雅》中那种浓浓的相思怀归之情。这里有在外的游子征夫的思乡之曲，如《国风》中的《击鼓》《式微》《扬之水》《陟岵》《鸨羽》《匪风》《东山》《破斧》，以及《小雅》中的《四牡》《采薇》《出车》《杕杜》《鸿雁》《祈父》《黄鸟》《蓼莪》《四月》《北山》《小明》《鼓钟》《渐渐之石》《何草不黄》；也有在家乡的妻子思念在外征人的惆怅恋歌，如《国风》中的《卷耳》《汝坟》《草虫》《殷其雷》《伯兮》《君子于役》等。如此众多的作品，尽管各有其独特的艺术表达和情感抒发的不同情境，但共同指向眷恋故土家园的乡思之情，这不能不说是农业文明所培养起来的特殊民族情感。像《唐风·鸨羽》写远行在外的征人久役不归，首先想到的是家里田园的荒芜，想到父母的无人奉养，由此一遍遍地呼喊苍天，这难道不是农业民族所培养起来的一种特殊的文化情感吗？

植根于农业生产的乡土情蕴，并不仅仅表现为一种眷恋故土的思乡之情，它更培养了周民族安分守己、不事扩张、不尚冒险的品格。所以我们看到，除《商颂》外，一部《诗经》，尽管也有歌颂周人建国立功之祖的乐歌，尽管周代社会几百年从未间断过对于周边部族的战争，但这里竟没有一首诗歌颂周民族对于域外的征服，也没有一首诗传述过独特的异域风物、赞美过勇士们的探奇猎险、宣传过域外扩张精神。按周人的文化心理，不要说像古希腊人那样离家远征特洛伊十年，即使是周公东征仅仅三年，诗人就已经发出"我徂东山，慆慆不归"的感叹；即便是抵御外族入侵一年二年的离乡光景，似乎也让他们难以忍受。"采薇采薇，薇亦作止。曰归曰归，岁亦莫止。"在周人看来，如果至岁暮还不见还家，已经不符合生活的常情。诗人之怨，早已经充盈于字里行间，"我心伤悲，莫知我哀"。更有甚者，他们在出征离家的那天，就已经带着满腹的哀怨与眷顾,"昔我往矣,杨柳依依";回乡时仍然有着不尽的忧愁,"今我来思,雨雪霏霏"。植根于农业文化的安土重迁的乡土情蕴,在这些诗章里得到了淋漓尽致的表现。

　　《诗经》是植根于中国农业文明的艺术,农业社会塑造中国人的农业文化心态。从一定意义上说,《诗经》就是一部充分体现了中国农业文化精神的诗集。这不独表现为在思想情感上浓厚的乡土情蕴,还表现在创作态度、表现方式、写作目的、审美观念等各个方面。作为农业劳动对象的大自然中丰富活泼的生命形态刺激了"触景生情,感物而动"的直觉感发式的创作冲动;农业生产对大自然的依赖关系形成了天人合一的文化心态,并决定了情景交融的表现方式。《诗经》中的开篇和起兴,多从和日常生活相关的动植物入手,情感的表达也多由此而生发,就鲜明地体现了这一特点。如《周南》十一篇,《召南》十四篇,《关雎》《螽斯》《兔罝[jū]》《麟之趾》《鹊巢》《草虫》《羔羊》《野有死麕》《驺虞》等九篇的抒写与动物有关,《葛覃》《卷耳》《樛木》《桃夭》《芣苢》《采蘩》《采蘋》《甘棠》《摽有梅》《何彼秾矣》等十篇与植物有关。最典型的如《周南》中的《樛木》一诗:"南有樛木,葛藟累之。乐只君子,福履绥之。"以葛藟攀附于樛木为喻,诗人借此表达对君子的祝福,内中也包含着诗人对于君子的依恋与信任。《螽斯》一诗则曰:"螽斯羽,诜诜兮。宜尔子孙,振振兮。"螽斯是一种蝗虫,可以振翅发声。螽斯又有很强的繁殖能力,此诗以螽斯为比,祝颂一个家族多子多孙。又如我们在前面所引的贺婚诗《桃夭》,以桃树的花盛、实多、枝叶繁茂,比喻新嫁娘的美丽,祈望她给家业带来兴旺,带来多子多孙的幸福。这三首连在一起,共同表现一个祝颂的主题,最鲜明地表现了农业社会形成的天人合一的自然观与审美观。这样一种抒写模式,也只有在我们立身于农业社会,理解了农业文明后才能有深刻的体会。同样，农业社会自给自足的生产方式，影响了传统诗歌乐志畅神、自适自足、重在表现自身价值的写作取向；农业社会人们效法大自然和谐的节奏秩序，形成了以"中和"为美的审美观念，农业耕种周而复始的简单再生产，也滋养了尚古意味和静观情趣。所有这些，得到了农业社会集体文化心理的普遍认同，从而成为创作与鉴赏的审美规范，并构成传统诗歌农业文化形态的基本特征。①在《诗经》中，这些特征我们都可以得到或多或少的印证。正是这些，使《诗经》不但在作品题材内容上，而且在文化精神上成为后世中国诗歌创作的楷模与典范，成为中国人读来最亲切，因而也最喜爱的作品。

第二节 浓厚的伦理情味和宗国之怀

翻开《诗经》，另一个突出的感受就是其中充溢着浓厚的宗族伦理情味和宗国情感。在祭祖诗中，诗人把他们的开创基业的祖先奉为神明："思文后稷，克配彼天。立我烝民，莫匪尔极。贻我来牟，帝命率育，无此疆尔界。陈常于时夏。"（《周颂·思文》）乞求祖先神保佑自己部族事业昌盛、人丁兴旺。他们以自己拥有后稷、公刘、太王、王季、文王、武王等这样的祖先英雄而自豪，以自己是这一部族群体中的一员而骄傲。拥有共同的祖先沟通了他们互相之间的情感，也使他们在宗族血缘的旗帜下联合起来，形成极强的宗国意识，共同抵御外侮、创造家园。在农业祭祀诗中，他们以全部族的共同劳作作为向神明敬献的厚礼，"千耦其耘，徂隰徂畛。

---

① 关于中国传统诗歌文化形态基本特征的概括，可参考胡晓明：《传统诗歌与农业社会》，《文学遗产》1987 年第 2 期。

侯主侯伯，侯亚侯旅，侯彊侯以"（《周颂·载芟》）；也共同分享"百室盈止，妇子宁止"（《周颂·良耜》）的丰收喜悦。在农业生活诗中，他们也表现出氏族兄弟之间的团结。甚至在《豳风·七月》这样的诗里，尽管显见着封建领主与农奴之间存在着鲜明的阶级差别，但温情脉脉的血缘关系仍然把他们联结在一起，在丰收后的喜庆典礼上，全族的人都喜气洋洋地会聚一堂，共叙亲族之间的依恋之情："朋酒斯飨，曰杀羔羊。跻彼公堂，称彼兕觥：万寿无疆！"在战争徭役诗里，诗人们一方面表现出为祖国家园而战的宗国精神，为此不惜抛弃个人的安定生活，"靡室靡家，狁之故"（《小雅·采薇》），另一方面也表现出对于父母兄弟的牵念与关心，"王室靡盬，不能蓺稷黍，父母何怙"（《唐风·鸨羽》）。在卿士大夫的政治美刺诗里，诗人一方面颂赞那些给宗族国家带来幸福的君子，说他们是"邦家之基""邦家之光"（《小雅·南山有台》），另一方面也对那些不顾宗族国家利益的昏君与佞臣给予严厉的批判，甚至要以宗族老人的身份教训他们，"於乎小子，未知臧否。匪手携之，言示之事。匪面命之，言提其耳"（《大雅·抑》）。在礼仪诗中，诗人更热情地表达了父兄朋友君臣之间的血肉亲情。如"常棣之华，鄂不韡韡。凡今之人，莫如兄弟"（《小雅·常棣》），"伐木许许，酾酒有藇。既有肥羜，以速诸父。宁适不来，微我弗顾。於粲洒扫，陈馈八簋。既有肥牡，以速诸舅。宁适不来，微我有咎"（《小雅·伐木》）。在男女情爱诗中，诗人同样把夫妻之间的相亲相爱之情写得真挚生动，"宜言饮酒，与子偕老。琴瑟在御，莫不静好"（《郑风·女曰鸡鸣》）。反之，诗人写思妇对行役在外的丈夫牵肠挂肚的思念则是"君子于役，不日不月。曷其有佸？……君子于役，苟无饥渴？"（《王风·君子于役》）至于那些怀人念旧的诗篇，也处处都有这种浓厚的宗族伦理情味和宗国情感。如《小雅·黄鸟》写民适异国，不得其所，思念故土家园。第一章言"此邦之人，不我肯榖。言旋言归，复我邦族"，第二章言"复我诸兄"，第三章言"复我诸父"，这种眷恋父老亲人的伦理亲情和宗族故国之思表达得急切而又深长。可以说，在《诗经》几大主要题材类别的作品中，没有哪一类中不贯注着这种浓厚的伦理情味和宗国情感。它是牵动诗人内心的一条最为敏感的抒情主弦，随时随地都会因为轻微的触动而发出深情的回响；它已经沉积于诗人文化心理的深处，成为普遍存在于《诗经》中最为深沉的文化情感。

在中国文学史上，《诗经》是最具伦理情味的诗歌艺术。之所以如此，就是因为它的产生时代周代，乃是一个具有浓厚的宗族意识的农业社会。自原始社会以来形成的宗族血缘关系，在周人的农业文化生活中不但没有被削弱，反而变成一套由家庭宗族推而广之的宗法制国家的结构模式，并由此形成了一套更完善的以血缘关系为纽带的社会制度，赋予它一种伦理形式。宗族观念既是周人最重要的伦理观念，也是最重要的政治观念。同时，它已经内化为周人最为真挚的社会情感，它植根于故土，情深于亲人，升华为爱国，已经成为贯穿于周代抒情诗中的一个中心主题。它或隐或显，或明或暗，或深沉或热烈，或委曲或直截地出现于《诗经》的大部分作品中，从而使《诗经》抒情诗中处处充溢着伦理亲情，跃动着中华民族的一颗爱心。他们把自己的生活理想寄托于和妻子的相亲相爱，"琴瑟在御，莫不静好"（《郑风·女曰鸡鸣》），寄托于对父母的孝敬，"凯风自南，吹彼棘心。棘心夭夭，母氏劬劳"（《邶风·凯风》），寄托于对兄弟的关心，"凡今之人，莫如兄弟"（《小雅·常棣》），乃至对宗族的依恋和对国家的忠诚。同样，也正因为有了这样一颗崇高的爱心，诗人更加痛苦于亲人的离别、朋友的失信、家庭的破败和国家的灭亡。因而，在《诗经》中，不独像"呦呦鹿鸣，食野之苹。我有嘉宾，鼓瑟吹笙"(《小雅·鹿鸣》)和"伐木丁丁，鸟鸣嘤嘤"(《小雅·伐木》)这一类写亲朋聚会的诗让人感到亲切，就是那些伤人伦之情废、叹故国之灭亡的作品也特别具有打动人的力量。如《小雅·蓼莪》伤父母之亡，《唐风·葛生》悼丈夫之去世，《王风·黍离》悲故国之颠覆，读来更会让人感伤落泪。朱熹《诗集传·〈蓼莪〉注》曰："晋王裒［póu］以父死非罪，每读诗至'哀哀父母，生我劬劳'，未尝不三复流涕，受业者为废此篇，诗之感人如此。"胡承珙《毛诗后笺》亦曰："晋王裒、齐顾欢，并以孤露（指幼年丧父或父母双亡）读《诗》，至《蓼莪》，哀痛泣涕。唐太宗生日，亦以生日承欢膝下，永不可得，因引'哀哀父母，生我劬劳'之诗。是自汉至唐，无不以此诗为亲亡后作者。"朱熹在《诗集传·〈黍离〉注》中又说："周既东迁，大夫行役至于宗周，过故宗庙宫室，尽为禾黍。闵周室之颠覆，彷徨不忍去，故赋其所见黍之离离，与稷之苗，以兴行之靡靡，心之摇摇。既叹时人莫识己意，又伤所以至此者，果何人哉！追怨之深也。"的确，《诗经》中的这一类作品之所以感人至深，就是因为诗人所伤乃是人伦之至情，所抒乃是胸怀之至感，所以才会具有永恒的艺术感染力量。

　　人伦之情和宗国之爱，是《诗经》这部作品具有不朽艺术魅力的原因之一。之所以如此，是因为这种崇高的人类情感早已经超越了时代的局限，已经成为中华民族的优良传统，在塑造民族文化品格方面起着极为重要的作用。后人推重《诗经》，看重它所包含的深厚人伦之情和宗国之爱，也是其中最重要的原因之一。《毛诗序》曰："故正得失，动天地，感鬼神，莫近于诗。先王以是经夫妇，成孝敬，厚人伦，美教化，移风俗。"近代学者多不以《毛诗序》的这段话为然，认为这是汉儒把《诗经》当作教化工具、曲解诗意的妄说。但是我们须知道的是，如果《诗经》本身不具备那样浓厚的人伦情味和宗国情感的话，汉人是决不会无中生有地阐发出其所具有的巨大教化功能的。反过来，从读者方面讲，如果《诗经》本身不具有这种文化意蕴，即便是汉人把它抬得再高，它也不会产生感人落泪的艺术力量，也绝不会几千年来一直被人称颂不已。随着历史的变迁，尽管每个时代的人伦之情和宗国情感各有不同的内容，但是以重亲重孝、爱国爱家为核心的中华民族伦理道德却没有改变，并将以其崇高的精神品格被不断地继承和发扬。从这方面讲，《诗经》作为中国文学史上产生最早、伦理情味和宗国情感最为浓厚的一部作品，它的这种文化价值也必将不断得到发掘，它是伟大、永恒、不朽的。

▌ 第三节 以人为本的抒情指向

人本来就是文化的主宰，丰富多彩的社会生活都是人的创造，文学作品丰富的内容以人为中心得以表现，这应该是世界各民族文学的基本表征。可是，在西方文学，尤其是古希腊文学传统中，人的生活却往往通过神的主宰来实现。在古希腊人眼中，神主宰着人的命运。因此，人在世间的一切活动，都是一种神意的安排，古希腊文学中最伟大的作品，是《荷马史诗》，即《伊利亚特》和《奥德赛》，是以歌咏氏族部落英雄和过去历史事实为主旨的。《荷马史诗》以及全部古希腊神话——就是希腊人由野蛮时代带入文明时代的主要遗产。[1] 古希腊人在公元前12世纪初远征特洛伊城，和特洛

---

[1] 见恩格斯：《家庭、私有制和国家的起源》，载中共中央马克思恩格斯列宁斯大林著作编译局编译《马克思恩格斯选集（第四卷）》，人民出版社，1995，第23页。

伊人进行了十年战争，史诗《伊利亚特》所写的正是这个"英雄时代"的故事。故事反映的是人的历史，可是在《荷马史诗》中，战争却是天后赫拉、智慧女神雅典娜、爱与美之神阿佛洛狄特三人争夺那个由专管争吵的女神厄里斯丢下的"引起争执的金苹果"而起。在古希腊戏剧中，像埃斯库罗斯的《奥列斯特》三部曲，本是"用戏剧的形式来描写没落的母权制跟发生于英雄时代并日益获得胜利的父权制之间的斗争"①，但是，故事却以"命运"和"神的判决"的方式来实现其最终结局。总之，把神看作人的主宰，认为上帝和众神永远控制着人类的生活与命运，并且以这种观念和情感进行艺术创作，是古代西方文学的重要特征。

可是，在中国文化中，却没有一个像西方基督教那样创造了宇宙和人类，而且一直干预并指导着人类生活的"上帝"，也没有以人类命运为代价进行角逐的古希腊众神。中国文化中的"天"（或"上帝"）主要指宇宙的自然力量，"天"对人的主宰只能以一种潜移默化的方式出现，而不是靠有意志的神的发号施令，人的命运主要由人自己来掌握。中国古代文化中也有一种所谓"天命"的东西，但是这种"天命"绝不是把握在神手中的"命运"，更不是神的预言或征兆，而只是人自身的善恶之行的必然结果。这种观念在周人那里已经根深蒂固。"天命靡常，惟德是辅"，在周以后的中国人看来，尽管黄帝、颛顼、尧、舜、禹、成汤、周文等传说中的"明君圣王"都发迹于"天命"的眷顾，但"天命"眷顾他们却是因为他们本身的"美德"，也就是说，"天命"是他们靠自身的努力获得的。正因为具有这种面对人类自身的理性精神，中国文化才真正称得上是人文文化，中国文学才真正称得上是人的文学而不是神

---

① 恩格斯：《家庭、私有制和国家的起源》，载中共中央马克思恩格斯列宁斯大林著作编译局编译《马克思恩格斯选集（第四卷）》，人民出版社，1995，第6页。

的文学。

  《诗经》作为我国古代第一部诗集，表现出鲜明的以人为本的民族文化特色。在《诗经》三百零五篇作品中，除了《大雅·生民》和《商颂·玄鸟》这两首诗在写到商周祖先降生时略有神话因素的沉积之外，其他作品都没有任何神秘的色彩。在这里，我们看不到众神的踪迹，也看不到神对人事的判决和预言。即使在《诗经》中保存下来的商代颂诗里，"天命"垂顾商人，也仍然是商人自己努力的结果。如《长发》诗中所云："何天之休，不竞不絿[qiú]，不刚不柔。敷政优优，百禄是遒。"大意是：承受上天福佑，从不急与人争。刚柔相济有法，布施政令宽容，聚来好运重重。而商的中兴则是由于天子能礼贤下士和伊尹的帮助，"允也天子，降予卿士。实维阿衡，实左右商王"。大意是：商汤不愧天子，天降卿士相帮。阿衡本是伊尹，由他辅助商王。《周颂》《大雅》中描写周人受命于天的发迹过程，就是后稷、公刘、古公亶父、王季、文王等圣王不断努力、进德修业的过程。如《大雅·皇矣》中所云："帝作邦作对，自大伯王季。维此王季，因心则友，则友其兄，则笃其庆。载锡之光，受禄无丧，奄有四方。"大意是：上帝为周族划出疆界，并辅助太伯王季。就是这个王季，天生友爱之心。尊敬他的兄长，给周族带来福庆。上帝赐给他荣光，让他福禄无疆，让他拥有四方。"比于文王，其德靡悔，既受帝祉，施于孙子。"等到文王即位，他继承父德不变，既承受上帝福佑，就泽及儿子孙子。"帝谓文王：予怀明德，不大声以色，不长夏以革。不识不知，顺帝之则。"上帝告诉文王，不要疾言厉色，不施鞭革之刑。不要自作主张，谨遵上帝之法。反之，当宗周面临崩溃之时，尽管上天垂下了日食、地震等凶象，诗人也不是战战兢兢地祷告上天，而照样认为："下民之孽，匪降自天。噂沓背憎，职竞由人。"（《小雅·十月之交》）即百姓遭受的苦难，并非来自上天。阳奉阴违之举，全是佞人所为。对于国家的兴亡，从人事上寻找最终原因，并且把它诉诸诗的创作，这正如我们在第一讲中所言，是周人以人为本的哲学、政治思想在文学中的鲜明体现。

以人为本而不是以神为本，这使中国人很早就摆脱了原始社会的巫术宗教观念，也使诗这种文学体裁很早就从巫术宗教中脱离出来。如果说，中国的原始诗歌，像伊耆氏的《蜡辞》乃至甲骨卜辞中的乞雨辞，还带有鲜明的宗教意味的话，那么到了周代，这种原始宗教神学观念已经被周人的实践理性精神逐步取代。所以在《诗经》中，除了颂诗这种"美盛德之形容，以其成功告于神明"的祭祀歌曲之外，在占作品总数近十分之九的雅诗和风诗中，几乎很少带有宗教巫术观念的诗作。其实，即便是在《周颂》这样的祭祀诗中，面对冥冥中的上天先祖，周人也并不把自身的一切都托付于神，更重要的是借此追念先公先王的道德功业，表达自己要"不懈于位"，要敬德保民，以求国家长治久安的想法。如《周颂·访落》一诗曰：

访予落止，率时昭考。於乎悠哉，朕未有艾。将予就之，继犹判涣。维予小子，未堪家多难。绍庭上下，陟降厥家。休矣皇考，以保明其身。

关于此诗之旨，《毛诗序》云："嗣王谋于庙也。"朱熹《诗集传》曰："成王既朝于庙，因作此诗，以道延访群臣之意。言我将谋之于始，以循我昭考武王之道。"诗的大意是：小子造访宗庙，要遵循武王之道。任重而道远，可我却这样幼小。我要按先王之法执政，光大先王事业。可怜我小小年纪，难以承受如此多的苦难。祈望先王降临，经常来往宗庙。先父光明伟大，对小子时时关照。在诗中，其敬德修业、谨慎戒惧之情，溢于言表。《周颂·敬之》一诗则直写群臣如何在庙中劝诫嗣王："敬之敬之，天维显思，命不易哉。无曰高高在上，陟降厥士，日监在兹。"诗的大意是：警惕啊警惕，天道光明无私，不会变更原则。不要说高天在上，他会降到人世，日夜监督在此。这里没有像奥林匹斯山上的众神那样的神明存在的场所，他们也不相信神能主宰自己的命运并决定自己的生活。在这里，人就是自己生活的主宰，也是诗歌的情感投射的全部指向。他们肯定自己，信任自己，尽情地表现着自己，并且早在2500多年前的时代，就以自己的创作实践，把"文学是人学"这一命题给予了充分的表现，并且奠定了以人为本而不是以神为本的中国诗歌发展的民族心理传统。它使《诗经》充满了浓郁的人情味，使诗成为表达周人伦理情感和乡土情蕴的最好形式，举凡念亲、爱国、思旧、怀乡等各种喜怒哀乐之情，都可以在这里得到最好的表达。它使《诗经》带有亲切的生活感，使诗成为描写世俗生活的最好艺术，举凡农事、燕飨、战争、徭役、恋爱、游观等各种世俗生活，都成为诗的主要内容。它让人看到，周人的内心世界，就是一个既没有幻想错综的神怪故事，也没有张皇幽渺的浪漫色彩的平凡的人间世界。那农夫们在田间耕耘的勤劳身影，征人们在途中跋涉的仆仆风尘形象，君子们身着狐裘的逍遥神态，武士们襢裼暴虎的矫健雄姿，情人们水边相会的深情注目，夫妻间琴瑟好合的切切心声，这一切的一切，都会把读者带进一个熟悉而又亲切的世间，让读者体会到人类自身在平凡中的伟大。从这一点讲，《诗经》无愧为凝聚了中华民族人文精神的最伟大的艺术。

第四节　直面现实的生活态度

植根于农业生产的乡土情蕴，宗法制下浓重的伦理情味和以人为本的人文精神，也必然形成《诗经》直面现实的创作态度。

《诗经》是直面现实的艺术。以农业生产为根本的周民族，从一开始就是一个务实的民族。他们根据四时节令的变化来安排自己的生产生活，在土地上辛勤地耕耘，建立起自己的宗族和国家。这使他们很早就认识到大自然所具有的客观规律，从而摆脱了自然泛神论观念的束缚，以更实际的态度来对待生活。现存《大戴礼记》中的《夏小正》一篇，相传是夏代遗书。《史记·夏本纪》中说："孔子正夏时，学者多传《夏小正》。"不管这话是否可靠，但《夏小正》无疑是产生极早的一部古老月令。这篇文章按夏历十二月的顺序，详细记载了大自然，包括天上星宿、大地生物的相应变化，形象地反映了上古人民对时令气候的观察与认识。在此基础上产生的古老的反映农事生活的诗篇《豳风·七月》，最鲜明地表现了周人由农业生产实践而产生的面对现实的创作态度。这里没有对自然万物的丝毫神化，也没有任何的虚妄与怪诞。全诗从夏历七月初大火星开始西移的天象说起，一一叙述每一个节令农夫们的生产与生活，细备而又周详。它说明，正是农业社会的生产实践，培养了周人的务实精神，使他们把自己的生活看成是不需依赖超自然的神灵、可以把握的生活。《毛诗序》曰："《七月》，陈王业也。周公遭变故，陈后稷先公风化之所由，致王业之艰难也。"《毛诗序》把《七月》看成是周公创作的说法不一定可靠，前面我们已有论述。实际上这首诗的创作远比这早，它的原型可能是豳地农民记载农事生活的歌谣。但我们也不能排除周公曾用此诗来教诲成王。《尚书·无逸》也是周公告诫成王的文献，开篇即言"呜呼！君子所其无逸。先知稼穑之艰难，乃逸，则知小人之依"。这段话的大意是：哎！君子不要贪图安逸。先了解耕种的艰难，然后才可以安逸，才能了解老百姓的痛苦。可见，周初统治者即从艰苦的农事生活中看到"王业之艰难"，并不把"王业"看成是上天恩赐、唾手可得的东西。面对艰苦的农业生活，周人并没有虚妄的空想，而是立足于现实，对生活进行认真的记述和描绘，从而引导和教育后人对现实采取正确的认识态度，树立起直面现实的生活观念。

《诗经》是直面现实的艺术。面向现实的生活观念使周人把诗的创作看成对自己现实生活的真实再现。正是面向现实的眼光使诗人对社会生活具有了最为敏锐的观察能力，使诗人能够把握现实生活中的各种素材，对各种生活现象进行深刻的揭示与描写。大至国家的宗庙祭祀、军事战争、朝会燕飨、政治变革，小至平民百姓的蚕桑耕耘、屯戍徭役、婚丧嫁娶、娱乐游观，都是《诗经》所要描写表现的对象。何休《春秋公羊传解诂·宣公十五年》提到古代有采诗制度："男女有所怨恨，相从而歌，饥者歌其食，劳者歌其事。男年六十，女年五十无子者，官衣食之，使之民间求诗，乡移于邑，邑移于国，国以闻于天子，故王者不出牖户尽知天下所苦，不下堂而知四方。"采诗之说，如我们前面所分析，未必像汉人所说的那样理想化。但是《诗经》中作品的丰富性，的确体现了"饥者歌其食，劳者歌其事"的特点。它们来自社会的各个阶层，抒写的是发生在他们身边的生活，是体验最深的事情。除了《颂》和《雅》的部分篇章外，《诗经》中缺少宏大的抒情叙事，更多的是生活中的小事。征人的怀念，男女的相思，夫妻的爱恋，生活中的烦恼，都可以入诗。如关于生活的态度，《陈风·衡门》一诗就颇为乐观。其诗曰：

衡门之下，可以栖迟。泌之洋洋，可以乐饥。
岂其食鱼，必河之鲂？岂其取妻，必齐之姜？
岂其食鱼，必河之鲤？岂其取妻，必宋之子？

诗以"衡门"为题，《毛传》曰："衡门，横木为门，言浅陋也。""齐之姜""宋之子"，指齐国姜姓和宋国子姓女子，泛指大家闺秀。这是一首要人安贫乐道的诗。在作者看来，生活不求奢华，横木为门，即可栖身；泌水洋洋，也能让人乐道忘饥；食鱼不必鲂与鲤，娶妻也无须名门大族。只要满足基本需要，即可自安自乐。而《曹风·蜉蝣》一诗，则表现得颇为感伤：

蜉蝣之羽，衣裳楚楚。心之忧矣，于我归处。
蜉蝣之翼，采采衣服。心之忧矣，于我归息。
蜉蝣掘阅，麻衣如雪。心之忧矣，于我归说［shuì］。

蜉蝣穿穴而生（掘阅），生命极其短促。诗人睹物生情，以其自比。蜉蝣有美丽的翅膀、艳丽的外形，却朝生暮死，美丽又有何用？这就像衣冠楚楚的自己，生命也如同蜉蝣一样短促，想到此处，怎能不倍感忧伤？这一消极感伤的人生态度，与《衡门》一诗完全相反。在此，我们很难说二者谁更可取，因为人在不同的境遇中会有不同的想法。但二者所共同关注的都是自己的生活和生命，是直面现实的感发。它显示了人生情感的复杂，生活的丰富。这使《诗经》成为反映周代社会生活的百科全书式著作，也使《诗经》具有写实和朴真特征，具有生活的亲切感，能引导人们去关注现实，热爱生活，批判社会中的一切不合理现象，激发人们对于理想生活的不懈追求，《诗经》本身就成为一部生活的教科书，具有巨大的社会教育力量。

第十一讲 "周原朊朊,堇荼如饴"——《诗经》的文化精神

《诗经》是直面现实的情感抒发。中国很早就有"诗言志"的传统,所谓:"诗者,志之所之也。在心为志,发言为诗。"把诗歌看作表达诗人思想情志的主要艺术形式,这也使抒情诗很早就成为中国诗歌的主要样式,使中国成为抒情诗的国度。按黑格尔的话说,抒情诗和史诗不同,"正式史诗只能出现于原始时代,而抒情诗却在民族发展的任何阶段中都可以出现"①。但是在古希腊,抒情诗却远不及史诗等诗体发达,甚至亚里士多德在《诗学》这部名著里所讨论的"诗",也仅包括史诗、悲剧、喜剧和酒神颂而已。而在中国却正相反,史诗相对不发达,抒情诗却得到高度发展。其中的原因固然有多个方面,但"诗言志"的民族传统观念和直面现实的人生态度,无疑会使每一个普通人都把自己的情感投射于他们对现实生活的观察,对发生在他们周围的平凡生活事件作出善恶判断,从而表现出他们对待生活的爱憎和喜怒哀乐之情,达到文学表现社会和人生的目的。从这一角度讲,抒情诗的产生和史诗不同,更需要文明的高度发展和人的诗心的启悟,需要有高度的文化修养。因为同样按照黑格尔的话说,虽然抒情诗可以产生在一个民族发展的各个时代,但它和史诗仍有着很大差别,"正是由于抒情诗要求打开心胸的凝聚幽禁状态而去容纳多种多样的情感和进行更广阔的考察……还要对诗的内心生活具有自觉性,抒情诗也愈需要一种用力得来的艺术修养。这种艺术修养既是一种优点,同时也是主体的自然资禀经过锻炼和完善化的结果"②。尽管黑格尔在这里所说的抒情诗和《诗经》中包含的民俗诗歌并不相同,但是我们仍然可以说,中国的《诗经》时代已经不是一个只产生民间诗歌的时代。十五《国风》中的很大一部分作品已经是下层贵族表达个人情感的

---

① 黑格尔:《美学(第三卷)(下册)》,朱光潜译,商务印书馆,1981,第191页。
② 黑格尔:《美学(第三卷)(下册)》,朱光潜译,商务印书馆,1981,第201页。

创作，而《大雅》《小雅》中的绝大部分抒情诗都是各级贵族有目的的创作，他们都已经属于黑格尔所说的"最卓越的抒情诗人"，他们的创作，标志着我们中华民族的文明在周代就已经处于很高阶段，周代诗人已经是有着高度文化教养的诗人，他们已经在以个体的抒情诗来表现我们民族的现实生活方面作出了突出贡献。他们以自己敏感的诗心，把抒情的笔触伸展到社会生活的各个方面。这里既有对农业生产的关心，对宗族国家的热爱，也有对敌人的仇恨和对封建恶政的憎恶；有征人的忧伤，也有弃妇的哀怨；有男女相知的欢乐愉悦，也有失恋相思的辗转徘徊；有对民俗风情的欣赏，也有参与劳动的快乐等。总之，诗人在直面现实生活时所产生的各种各样的情感，都可以在一首首短小的抒情诗中得到表现。他们不但以直面现实的创作态度，描述了周代社会丰富多彩的生活，还通过自己的情感表达，告诉人们应该怎样去生活；他们不但以抒情诗的方式揭示了生活的本质，还表现了周人的生活旨趣、观念及其文化品格与才具；他们不但创造了中国诗歌史上最早的一批直面现实的抒情诗作，还奠定了中国后世抒情诗歌直面现实的创作传统。同时，他们还以自己的创作实践说明，具有中华民族文化精神的直面现实的《诗经》抒情诗，是最有生命力的抒情艺术。

　　植根于农业生产的乡土情蕴，浓厚的宗族伦理观念和宗国情感，以人为本的抒情指向，直面现实的生活态度，是《诗经》作者的主要情感指向，其背后则承载着丰厚的民族文化精神。《诗经》是中国上古文化的诗的总结和艺术的升华，它生成于中华民族的文化土壤，有着极为深厚的文化内容。这使它在中国历史上的影响远远超出了诗的界域，关于它的文化意蕴的开掘也将是无限的。

/ 第十二讲 /

"言念君子,温其如玉"
——周文化背景下的艺术创造

作为中国历史上第一部诗集,《诗经》的艺术成就是非常高的。它的情感抒发指向表现了非常明显的周文化特征,它的艺术创造同样体现了鲜明的周文化背景。《诗经》的艺术特色,尤其以人物形象的塑造和以"比兴"为主的表现手法两方面最为明显。和后代诗歌相比,《诗经》中以"君子"为代表的人物形象尤为突出,而"比兴"中的物象择取则与周文化息息相关。这是《诗经》独特艺术成就的重要组成部分,值得我们认真分析。

第一节 以"君子"为典范的抒情主体

《诗经》的主体是抒情诗,它所表达的中心内容是诗人的各种情感。每一首抒情诗都有作者,作者是诗歌情感抒发的主体,他或隐或显地存在于诗的内外,化为抒情诗中的主体形象。这个形象是否生动,是否具有鲜明的时代特色,是我们判断诗作艺术水平的一个重要标志。《诗经》以前,虽然中国早有诗歌存在,但是从现存的文献记载来看,那时的抒情叙事都非常简单,还谈不到有多么鲜明生动的人物形象。从传说中涂山氏的《候人歌》到《易经》中"乘马班如,泣血涟如"之类的爻辞,都没有独具性格的人物。可是一翻开《诗经》，我们就会看到各种各样的人物形象：有农奴，也有封建主；有贵族士大夫，也有下层民众；有文人，也有武士；有负心的男子，也有痴情的女人；有行役游子，也有闺中思妇。他们组成一个栩栩如生的周代社会人物形象画廊，向我们展示了周人的精神风貌。

1.《诗经》中"君子"形象的塑造

从整体上讲，《诗经》中的人物是以"君子"为典范的。何谓"君子"？从西周春秋的一般意义上讲，君子是对统治者和贵族男子的通称。显然，这是一个有着明显的阶级意义的称谓。要被人称为"君子"，他在经济和政治上首先就要有一定的地位，要有"君"的尊贵。在周代社会，"君"起码是大夫以上，拥有土地的各级统治者。《仪礼·丧服》说："君，至尊也。"郑玄注："天子、诸侯及卿大夫有地者，皆曰君。"故由此而引申出来的"君子"一词，作为统治者和贵族男子通称，首先有与"小人"和"野人"相对的意义。例如在《小雅·采薇》这首诗中，诗人描写将帅出征驾驶着战车，士兵们掩蔽在车下，就这样写道："驾彼四牡，四牡骙骙。君子所依，小人所腓。"因此，当我们欣赏《诗经》中那些歌颂君子的诗篇时，首先就要想到这个词所具有的贵族等级意义。在这些"君子"中，周王显然是最杰出的一个。所以《大雅·假（嘉）乐》这首诗这样歌颂周王："假乐君子，显显令德。宜民宜人，受禄于天。"

但是在周代社会，"君子"还有另一个重要意义，就是专指那些才德出众和有特异节操的人。从这个意义上讲，并不是所有的周代贵族都可以称得上"君子"。《周易·乾卦》说："九三，君子终日乾乾，夕惕若厉，无咎。"这句话的字面意思是：君子整天有忧愁，夜里也要提防，但最终没有什么不好。《文言》对此解释说："君子进德修业。忠信所以进德也；修辞立其诚，所以居业也。知

第十二讲 "言念君子,温其如玉"——周文化背景下的艺术创造

至至之(知道如何达到目的并努力去达到),可与几也;知终终之(知道什么是终并能全其终),可与存义也。是故居上位而不骄,在下位而不忧。故乾乾因其时而惕,虽危无咎矣。"由此可见,在周代文化观念中,"君子"虽然是一个具有阶级地位的称谓,但同时人们对"君子"也有着严格的道德要求,"进德修业"是其最基本的条件。正因为"君子"一词含有道德评价的意味,所以在西周春秋时期,人们往往把那些虽非贵族但在言行举止上有可称道之美德者也称为君子。而这,也正是《诗经》中理想的君子形象。《诗经》中出现"君子"一词共186次。其中《国风》55次,《小雅》102次,《大雅》28次,《鲁颂》1次。这些"君子"中,虽然有39次没有明确的地位标示,表面上仅指男子或者丈夫,但是考虑到"君子"在周代社会的普遍意义,也应该是指有贵族身份的男子。无论指男子、丈夫还是指有身份地位的人,都含有道德评价的意味。如《曹风·鸤鸠》:

鸤鸠在桑,其子七兮。淑人君子,其仪一兮。其仪一兮,心如结兮。

鸤鸠在桑,其子在梅。淑人君子,其带伊丝。其带伊丝,其弁伊骐[qí]。

鸤鸠在桑,其子在棘。淑人君子,其仪不忒[tè]。其仪不忒,正是四国。

鸤鸠在桑,其子在榛。淑人君子,正是国人,正是国人。胡不万年?

《毛诗序》认为此诗是讽刺"在位无君子",但是与诗的内容不符,孔颖达解释说这是"举善以驳时恶"。而朱熹则认为此诗是"美君子之用心均平专一",后人多从其说。然无论说此诗是美是刺,于正文的解释并无影响,只是看对谁而言,面对君子就是颂美,面对小人就是讽刺。因为诗中所写的就是君子形象。诗以鸤

鸠，也就是布谷鸟起兴，说这种鸟育有七子，无论生于何处，都能一视同仁。以喻君子表里如一，"其仪一兮"；内心坚定，"心如结兮"；穿戴得体，"其带伊丝，其弁伊骐"；仪表端正，"其仪不忒"。而这样的人才可以称得上"淑人君子"，是国人的好榜样，"正是国人"。这首诗虽然只是从君子的外在形象描绘入手，但正是外在的仪表可以见出人的内在品质。这正如朱熹在《诗集传》中所引陈氏之说："君子动容貌斯远暴慢，正颜色斯近信，出辞气斯远鄙倍，其见于威仪动作之间者，有常度矣。岂固为是拘拘者哉。盖和顺积中，而英华发外，是以由其威仪一于外，而其心如结于内者，从可知也。"《礼记·经解》说："天子者，与天地参，故德配天地，兼利万物，与日月并明，明照四海而不遗微小。其在朝廷则道仁圣礼义之序，燕处则听《雅》《颂》之音，行步则有环佩之声，升车则有鸾和之音。居处有礼，进退有度，百官得其宜，万事得其序。诗云：'淑人君子，其仪不忒。其仪不忒，正是四国。'此之谓也。"由这些传统解释，我们可知"君子"在《诗经》中所包含的丰富意义。

《诗经》中如此众多的歌唱君子之诗，从多个方面展现了那个时代的君子形象。在世俗生活中，他们神采飞扬，喜乐陶陶，"君子阳阳""君子陶陶"（《王风·君子阳阳》），是女子思念的对象，"未见君子，忧心忡忡。亦既见止，亦既觏止，我心则降"（《召南·草虫》）。在家中，君子是女子的依靠，生活的脊梁，"南有樛木，葛藟累之。乐只君子，福履绥之"（《周南·樛木》）。出征在外，君子是妻子的牵挂，"君子于役，不知其期。曷至哉？鸡栖于埘。日之夕矣，羊牛下来。君子于役，如之何勿思？"（《王风·君子于役》）在战场上，他们是雄姿飒爽的武士，"四牡孔阜，六辔在手。骐骝是中，騧骊是骖。龙盾之合，鋈［wù］以觼［jué］軜

[nà]。言念君子，温其在邑"（四匹大马肥又壮，六根缰绳手中牵。青黑红黑在当中，白嘴黑马在两边。飞龙盾牌并排列，白金马环穿绳间。我思夫君多英武，身在边防风度翩）(《秦风·小戎》)。于国家，他们是基石，百姓的父母，"乐只君子，邦家之基""乐只君子，民之父母"(《小雅·南山有台》)。其中，《卫风·淇奥[yù]》是这些歌颂君子之作的代表：

瞻彼淇奥，绿竹猗猗。有匪君子，如切如磋，如琢如磨。瑟兮僴[xiàn]兮，赫兮咺[xuān]兮。有匪君子，终不可谖[xuān]兮。

瞻彼淇奥，绿竹青青。有匪君子，充耳琇[xiù]莹，会弁如星。瑟兮僴兮，赫兮咺兮。有匪君子，终不可谖兮。

瞻彼淇奥，绿竹如箦[zé]。有匪君子，如金如锡，如圭如璧。宽兮绰兮，猗重较兮。善戏谑兮，不为虐兮。

《毛诗序》说："《淇奥》，美武公之德也。有文章，又能听其规谏，以礼自防，故能入相于周，美而作是诗也。"卫武公在周平王之时为卿士，是一个有德的君子。《史记·卫康叔世家》："武公即位，修康叔之政，百姓和集。四十二年，犬戎杀周幽王，武公将兵往佐周平戎，甚有功，周平王命武公为公。五十五年卒。"《毛诗正义》曰："言'美武公之德'，总叙三章之义也。'有文章'，即'有斐君子'是也。'听其规谏，以礼自防'，即'切磋琢磨，金锡圭璧'是也。'入相于周'，即'充耳会弁，猗重较兮'是也。其余皆是武公之德从可知也。"诗以淇水边亭亭玉立、婀娜多姿的绿竹起兴，赞美卫武公有优雅翩翩的外表，如经过了切磋琢磨的象牙与美玉，"如切如磋，如琢如磨"。他穿戴高贵（"充耳琇莹，会弁如星"），有刚硬坚强的品格（"如金如锡，如圭如璧"），有严正勇猛的气质、光明磊落的胸怀("瑟兮僩兮,赫兮咺兮"),有宽容柔和的态度、和善幽默的性格("善戏谑兮,不为虐兮")。这样的君子,让人永远难忘("有匪君子,终不可谖兮")。

在《诗经》君子的形象中,最高代表就是那个风度翩翩的周王,"瞻彼洛矣,维水泱泱。君子至止,福禄如茨。韎[mèi]韐[gé]有奭[shì],以作六师"(你看那洛水啊浩浩泱泱,君子到来,福禄绵长。身着护膝英俊威武,统帅六军士气高昂)(《小雅·瞻彼洛矣》)。而周成王的形象则更为高大,请看《大雅·假乐》一诗:

> 假乐君子,显显令德。宜民宜人,受禄于天。保右命之,自天申之。
> 干禄百福,子孙千亿。穆穆皇皇,宜君宜王。不愆不忘,率由旧章。
> 威仪抑抑,德音秩秩。无怨无恶,率由群匹。受福无疆,四方之纲。
> 之纲之纪,燕及朋友。百辟卿士,媚于天子。不解于位,民之攸塈。

《毛诗序》曰:"《假乐》,嘉成王也。"诗中将成王称为君子,第一章说他有光明显耀的德行,善于安抚百姓,使官吏各尽其能。他得到了天的保佑,所以上天让他为王。第二章说他有干禄百福,子孙众多,神态肃穆,仪表堂堂,宜称君王而保有天下,他没有任何过失疏漏,一切遵循先王之法。第三章说他威仪严肃,谈吐有章,没有私怨,引领群臣,为四方纲纪。第四章写他为四方表率,遍宴朋友。各地诸侯,朝中群臣,都爱戴他。他勤勉执政,让天下百姓都得到休息。总之,以周王为代表的各级贵族,展示了周代君子的群体形象,强化了《诗经》在当时的教化意义,也让我们更好地认识了那一时代人们心中的人物理想。

2.《诗经》中其他人物形象的塑造

当然《诗经》中的人物形象不只有君子,还有各种类型的人物。如深情的妻子,丈夫出征便无心打扮:"自伯之东,首如飞蓬。岂无膏沐？谁适为容！"（《卫风·伯兮》）再如性格刚烈，誓死不嫁他人的姑娘："泛彼柏舟，在彼中河。髧彼两髦，实维我仪。之死矢靡它。母也！天只！不谅人只！"（《鄘风·柏舟》）又如深念故国的行人（《王风·黍离》），道德沦丧的齐襄公（《齐风·南山》），虽然都是在短短的抒情诗中所写出的人物，但是通过生动的描写，都有性格鲜明的表现。

受抒情诗结构形式与篇幅的限制，《诗经》中的人物形象塑造不可能像叙事作品那样详细叙述或描写，却可以通过简要的叙述或典型场景的描写来塑造。在《卫风·氓》中，诗人通过对自己和氓从相识到结婚再到反目的整个事件发展的简要描写，塑造了"氓"这个生动的人物形象，他在求婚时表现得老实忠厚，"氓之蚩蚩"，在结婚初时"信誓旦旦"，可是随着时间的推移却渐渐露出其凶狠的本相，"士也罔极，二三其德"。在《小雅·宾之初筵》这首诗中，诗人通过一场筵会前前后后的描写来塑造那些所谓的"君子"形象。

宾之初筵，温温其恭。其未醉止，威仪反反。曰既醉止，威仪幡幡。舍其坐迁，屡舞仙仙。其未醉止，威仪抑抑。曰既醉止，威仪怭怭。是曰既醉，不知其秩。

宾既醉止，载号载呶［náo］。乱我笾豆，屡舞僛［qī］僛。是曰既醉，不知其邮。侧弁之俄，屡舞傞［suō］傞。既醉而出，并受其福。醉而不出，是谓伐德。饮酒孔嘉，维其令仪。

他们在筵会初始时"温温其恭""威仪抑抑"，一副道貌岸然的君子相。可是一喝醉了酒就丑态百出，"载号载呶""乱我笾豆，屡舞僛僛""侧弁之俄，屡舞傞傞"。《诗经》里的叙述和典型场景描写虽不及叙事作品那么详细，却能以更为精练的语言把握人物形象特征，因此同样能够给人留下深刻的印象。

《诗经》虽然以抒情诗为主，但是诗中很注意人物的外貌描写和心理描写。有的诗篇采用外貌描写法，如《卫风·硕人》写庄姜的容貌，由静态的面容到动态的顾盼，其中"巧笑倩兮，美目盼兮"句，向来为人们所称道，被公认为描写人物形象的传神之笔。再如《齐风·猗嗟》：

猗嗟昌兮，颀而长兮。抑若扬兮，美目扬兮。巧趋跄兮，射则臧兮。
猗嗟名兮，美目清兮。仪既成兮，终日射侯，不出正兮，展我甥兮。
猗嗟娈兮，清扬婉兮。舞则选兮，射则贯兮，四矢反兮，以御乱兮。

诗中描写那个男子，说他身材修长（"颀而长兮"）；容貌秀美，一双眼睛神采飞扬（"抑若扬兮，美目扬兮""美目清兮""清扬婉兮"）；走起路来风度翩翩（"巧趋跄兮"）；射箭的技艺超群（"射则臧兮""终日射侯，不出正兮""射则贯兮"）；还特别善于跳舞（"舞则选兮"）。诗中的描写全面、细致，同时又是动态的、形神兼备的。在此，我们不能不佩服诗人高超的写人技巧，那个体强貌美、能射善舞的男子形象，在这首短短的诗中已经呼之欲出。

《诗经》中有的诗篇采用心理描写的方法。如《卫风·伯兮》通过对女主人公思念丈夫情切的心理描写来塑造她的形象。尤其是第三章"其雨其雨，杲杲出日。愿言思伯，甘心首疾"四句，心理描写真切之至，取得了极佳的艺术效果。还有的诗篇，表面看起来并没有直接的心理描写，但全诗以表达细腻的心理活动为主，有时短短几句话就十分传神。如《召南·摽有梅》：

摽有梅，其实七兮。求我庶士，迨其吉兮。
摽有梅，其实三兮。求我庶士，迨其今兮。

第十二讲 "言念君子,温其如玉"——周文化背景下的艺术创造

摽有梅,顷筐塈[jì]之。求我庶士,迨其谓之。

全诗以树上的梅子熟落起兴,暗喻女子的青春易逝,盼望意中人快快主动向她求婚。诗只有三章,每章四句,但诗人却抓住了几个关键性的词语,第一章写"摽有梅,其实七兮",说树上的梅子十个已经落下三个,树上只剩下七个,意味着梅子熟得恰到好处,以此为比,暗示男子快选一个好日子来向她求婚("迨其吉兮")。第二章写"摽有梅,其实三兮",说树上的梅子十个已经落下七个,树上只剩下三个,意味着梅子熟得已经有些过时,暗示男子求婚要抓紧当下的大好时机,今天就可以求婚("迨其今兮")。第三章写"摽有梅,顷筐塈之",说树上的梅子全部落下,用筐子装上就可以收走,暗示男子现在只要来求婚,女子马上就能答应("迨其谓之")。诗人用递进式的手法写来,每章中又用了一个关键词"求",把这个女子急切地盼望意中人前来求婚的那种既矜持又着急的心理活灵活现地表现了出来,真是抒情的高手。

《诗经》中塑造最多的人物形象还是抒情主人公自己。他们从具体生活实际出发,把诗歌作为表达自己思想感情的工具。他们进行诗歌创作、抒发情感的过程,也就是塑造自我形象的过程。如《鄘风·载驰》:

载驰载驱,归唁卫侯。驱马悠悠,言至于漕。大夫跋涉,我心则忧。
既不我嘉,不能旋反。视尔不臧,我思不远。
既不我嘉,不能旋济。视尔不臧,我思不閟。
陟彼阿丘,言采其蝱[méng]。女子善怀,亦各有行。许人尤之,众稚且狂。
我行其野,芃[péng]芃其麦。控于大邦,谁因谁极?大夫君子,无我有尤。百尔所思,不如我所之。

这首诗，据《毛诗序》说："许穆夫人作也。闵其宗国颠覆，自伤不能救也。卫懿公为狄人所灭，国人分散，露于漕邑。许穆夫人闵卫之亡，伤许之小，力不能救，思归唁其兄，又义不得，故赋是诗也。"此事在《左传·闵公二年》有记载。许穆夫人是卫宣姜的女儿，嫁于许。她听说自己的故国为狄所灭，就要回国吊唁，并谋划去大国求援，以帮助卫人复国。但是许国大夫们却恪守古礼，坚持"父母终，不得归宁父母"的教条，阻碍许穆夫人回国。于是许穆夫人作了这首诗，一方面表达自己对故国的哀伤和要拯救故国的决心，另一方面批评和谴责那些只知拘守古礼的许国大夫们。正是通过这种抒情，诗人塑造了自己的形象：一个既有政治远见，又有胸襟城府，既敢于冲破旧礼束缚，又敢于和那些迂腐的士大夫们据理力争的杰出爱国女性。她是受人尊敬的。

许穆夫人是《诗经》作品中我们有幸得知其名的少数几位作者之一。这使我们可以根据历史记载来详细分析她的形象。《诗经》的其他大多数作者没有许穆夫人那么幸运，但即使如此，通过作品，我们仍然可以看到那些鲜明的作者形象。在这里，除了《国风》爱情诗中的痴情男女之外，最为引人注目的还是《大雅》《小雅》怨刺诗中的主人公形象，如《小雅·雨无正》《十月之交》中忧时伤国的士大夫，《小弁》中被谗言伤害而遭驱逐的忠臣，《大雅·抑》中敢于"耳提面命"的忠心耿耿的老臣；再如《板》《荡》《桑柔》等诗中忧心忧国的凡伯、召穆公、芮伯等，这些人大都是贵族思想家、封建领主制的忠诚捍卫者，或无力回天的落魄伤时者。他们具有强烈的忧国意识，又有着直言敢谏的精神。他们不是为卖弄才华而作诗，而是用诗来表现自己的满腔真诚。他们就这样塑造了自己，成为中国文学史上第一批士大夫诗人，成为自屈原以降所有文人诗作者的典型榜样。

要而言之，《诗经》虽然以抒情诗为主，但是其间却活跃着各种生动的人物形象。这些人物形象，大多数不是诗人刻意的塑造，而是通过情感的表达自然显现出来的。这向我们展示了周人对自我的认识，对理想人格的追求，展示了他们的人生境界和生动活泼的心灵。能在抒情诗中表现出如此生动的人物形象，也标志着中国抒情诗创作的成熟。

第二节　以赋、比、兴为用的艺术表达

《诗经》有高超的创作技巧，最为后人称道的是"赋、比、兴"三种艺术手法。"赋、比、兴"本是古人在谈及《诗经》时使用的三个名词。《周礼·春官宗伯·大师》说："（大师）教六诗：曰风，曰赋，曰比，曰兴，曰雅，曰颂。"这是这三个名词同时出现的最早文献记载。它的最初产生，可能和《诗经》在周代社会的应用有关。郑玄注："赋之言铺，直铺陈今之政教善恶。比，见今之失，不敢斥言，取比类以言之。兴，见今之美，嫌于媚谀，取善事以喻劝之。"如此而言，它最初的意义指的是用诗之法。《毛诗序》曰："故诗有六义焉：一曰风，二曰赋，三曰比，四曰兴，五曰雅，六曰颂。"在郑玄看来，此处所说的"六义"与《周礼》"六诗"相同，所以他也用同样的话来为《毛诗》作笺。从现有文献来看，最早把赋、比、兴当作艺术手法来进行探讨的，当数汉代郑众。《毛诗正义》引郑众的话说："比者，比方于物。诸言如者，皆比辞也。""兴者，托事于物则兴者起也。取譬引类，起发己心，诗文诸举草木鸟兽以见意者，皆兴辞也。"其后探讨者越多，以朱熹的说法最为简明。他说："赋者，敷陈其事而直言之者也""比者，以彼物比此物

也""兴者,先言他物以引起所咏之词也"。① 通俗点说,赋就是直陈,比就是运用比喻,兴就是借物起兴。后人多采用朱熹的说法。

"赋、比、兴"之所以由最初的诗之用法变为关于《诗经》艺术手法的名词,是有其内在原因的。从诗章的创作起始点看,这三者的确是最常用的艺术手法,基本上可以概括《诗经》大部分诗篇的创作情况。其中"赋"是最基本的艺术手法。抒情就直接入题,这应该是人类所有诗歌创作都要遵循的基本规律。《诗经》中这类作品最多。如《召南·采蘩》《采蘋》《邶风·简兮》《北门》《静女》《卫风·硕人》《氓》《郑风·将仲子》《叔于田》《齐风·还》《著》《魏风·陟岵》《伐檀》《秦风·小戎》《渭阳》《小雅·出车》《祈父》《我行其野》《大雅·生民》《公刘》等。特别是《周颂》,大多以赋为主要手法,很少用比和兴。

以直陈为特征的"赋"看起来很简单,但是一首以直陈其事为主的诗,如果要写好也不容易。如何才能叙述得体,需要有剪裁的功夫。以《卫风》中的两首诗——《硕人》与《氓》为例。《硕人》以简洁的语言,从多个方面描写了庄姜出身的高贵。在第二章的直陈中借用了比的手法,将庄姜之美描写得无以复加,特别是"巧笑倩兮,美目盼兮"两句,简直是神来之笔,把人都写活了。其实,此诗的第三章也照样手法高妙:

> 硕人敖敖,说于农郊。四牡有骄,朱幩镳镳,翟茀以朝。大夫夙退,无使君劳。

短短七句话,包括了丰富的内容,展现了生动的场景。"硕人敖敖"形容庄姜之美。"说"同"税",指休息,"说于农郊"指庄

---

① 见朱熹《诗集传》中《葛覃》《螽斯》《关雎》三诗注。

姜的婚嫁车队暂停在城郊等待卫人的迎接。"四牡有骄"形容驾车的马高大矫健，"朱幩镳镳"形容拴在马嚼上的红色绸带飘动的样子，这两句是用形象化的语言写庄姜出嫁车马仪仗的豪华与气派。"翟"指山鸡羽毛，用以饰车，表示华贵。"茀"指车上的屏障，古代贵族女子乘车要隐蔽起来，不能轻易让人看见。"翟茀以朝"是说庄姜乘坐这样的车与卫君相见。"大夫夙退，无使君劳"两句略带诙谐之味，意思是大臣们要体谅卫君，要早早退朝，让他不要过于劳累，以便享受新婚的幸福。短短二十八字，展现了这么丰富的内容，我们不能不佩服诗人的写作水平之高。

《氓》这首诗的直陈描写更是高超。如诗的第二章：

乘彼垝垣，以望复关。不见复关，泣涕涟涟。既见复关，载笑载言。尔卜尔筮，体无咎言。以尔车来，以我贿迁。

这是写女主人公与"氓"定婚之后的复杂心理情感。她一旦与"氓"定情，便一往情深地等待着他来迎娶。"关"指车厢①，"复关"，指代女主人公一直在等待的"氓"来迎娶她的车子。她每天站在那个残破的墙头遥望，盼望迎亲的车子到来。她等了好久也不见车来，忍不住痛哭流涕；某天迎亲的车子忽然到了，她高兴得又说又笑。"氓"又是占卜又是算卦，得到的都是吉祥之言。驾车前来迎亲，不但接走了新娘，还带走了一车的嫁妆。短短一章，不但客观地描写了女主人公结婚时的情景，更生动地表现了女主人公当时复杂的心情，真是叙述高手。所以，从赋法的角度入手，我们就会发现《诗经》的叙述技巧有多么高超。

但是《诗经》中更加引人关注的还是它的比兴手法。《诗经》中

---

① 《墨子·贵义》："子墨子南游使卫，关中载书甚多。"

生动的比喻随处可见,如《王风·兔爰》将在暴政下生活的"我"比喻为生怕触动法网的小心翼翼的兔子,《魏风·硕鼠》将不劳而获者比作大老鼠,《齐风·南山》把淫荡的齐襄公比作南山的雄狐,这些都向来为人称道。《诗经》中有的全诗都用"比"的手法来进行创作。如《豳风·鸱鸮》:

鸱鸮鸱鸮,既取我子,无毁我室。恩斯勤斯,鬻子之闵斯。

迨天之未阴雨,彻彼桑土,绸缪牖户。今女下民,或敢侮予?

予手拮据,予所捋荼。予所蓄租,予口卒瘏[tú],曰予未有室家。

予羽谯[qiáo]谯,予尾翛[xiāo]翛,予室翘翘。风雨所漂摇,予维音哓[xiāo]哓!

关于此诗的解释,歧说颇多,以朱熹的解释最为后人所取。朱熹《诗集传》曰:"比也。为鸟言以自比也。鸱鸮,鸺鹠,恶鸟,攫鸟子而食者也。室,鸟自鸣其巢也。"他将鸱鸮比为纣王之子武庚,而认为诗中作为抒情主体的小鸟("我""予")是周公"自比"。"托为鸟之爱巢者,呼鸱鸮而谓之曰:鸱鸮鸱鸮,尔既取我之子矣,无更毁我之室也。以我情爱之心,笃厚之意,鬻养此子,诚可怜悯。今既取之,其毒甚矣,况又毁我室乎?以比武庚既败管蔡,不可更毁我王室也。"这一解释或有争议,但无论是将诗中的鸱鸮解释为"恶鸟"还是如《毛传》《郑笺》所说的"小鸟",都是一种比喻。诗中的抒情者以另一种小鸟的身份出现,自然也是一种比喻。无论此诗是否与周公有关,但此诗"借禽鸟的悲鸣自叙遭遇,表现被强暴者欺凌的忧愤。全诗连用十个'予'字,一字一呼。涕泣而道,如闻其声"[①]。这确是一首艺术水平相当高超的诗作。

---

① 褚斌杰注:《诗经全注》,人民文学出版社,1999,第163页。

相比较而言，《诗经》中"兴"的使用最为引人注目。它有两种情况，一是借句起兴，兴句与后文没有多少意义关联，如《小雅·采菽》："采菽采菽，筐之筥之。君子来朝，何锡予之。"这里的开头两句只起开头或起韵的作用。二是借物起兴，因景生情。这种兴法在《诗经》中使用得最为普遍。如《郑风·野有蔓草》："野有蔓草，零露漙兮。有美一人，清扬婉兮。"诗以清晨沾满露珠的青草起兴，映衬邂逅的美人清扬婉转的体态容貌。在《诗经》中，更多的是"比"和"兴"两者结合在一起，既用于诗章的开头起兴，又或明或暗地含有比喻之意，这使得二者密不可分，常常连言。如《周南·关雎》第一章"关关雎鸠，在河之洲。窈窕淑女，君子好逑"，就是兴与比兼用。诗人看到了在黄河沙洲上成双成对的雎鸠，于是兴发诗情，想起了心中思念的淑女。这成双成对的雎鸠自然也喻示着"窈窕淑女"应该是"君子好逑"。同样，《召南·摽有梅》也是兴与比相兼。以梅子的成熟比喻女子到了婚嫁之时，以梅子从树上熟落比喻女子的青春易逝，希望求婚者及时而来，含蓄委婉而又意味深长。这说明当时的诗人在体悟艺术审美奥秘和写作技巧上已经达到了相当高的水平。

那么我们要问，为什么《诗经》时代的诗人会有这样高的艺术表达能力？我们除了从一般的文本表象中关心比兴等艺术手法的使用，还要从更深的层次去理解比兴等手法何以生成，它背后潜藏的文化原因，以及它所达到的艺术效果。

从发生学的角度讲，人类之所以在进行抒情创作时不直言而要采用比兴等手法，应该有比较深刻的原始文化原因。意象创作的基础首先在于它与人所要抒之情或所要言之事有一种类比或象征性的联系。对此，今人已多有探讨，如赵沛霖在《兴的源起》一书中就曾指出《诗经》中鸟类兴象的起源与鸟图腾崇拜、鱼类兴象的起源与生殖崇拜、树木兴象的起源与社树崇拜、虚拟动物的起源与祥瑞观念之间的关系。①傅道彬则借助于西方原型批评理论进一步提出，"兴象系统中贮存着中国上古文化的原型"②，美籍华人王靖献从对《诗经》中使用套语的溯源中，也提出了这样的问题，他说："作为'兴'而用于完成典型场景的主题，来自普遍流行的知识或信仰之源中，它常用于引起广泛联想之目的，而超越了包含于诗本身之中的字面意义。"③这样看，《诗经》中那些借景起兴的诗句，在《诗经》时代的创作者和欣赏者心目中，就是一幅幅蕴含丰富的意象画面。例如《小雅·谷风》和《邶风·谷风》中都使用了"谷风"和"雨""云"（阴）这样的起兴诗句。这山谷就"与生儿育女繁衍后代的女性之间"具有"隐喻关系"④，而《诗经》里凡是以雨为兴的诗句都具有男欢女爱的象征意义"⑤。由此我们体会《邶风·谷风》一诗中篇首两句起兴的意义："习习谷风，以阴以雨"，《毛传》："兴也。习习，和舒貌。东风谓之谷风。阴阳和而谷风至，夫妇和则室家成，室家成而继嗣生。"这首诗从开篇的起兴就暗示读者，这是一首抒写夫妻关系的诗。这说明，《毛传》还是理解"谷风"这一隐喻的原始象征意义的，把"谷风"当作一个文化意象来看，并不像后人批判的那样是完全曲解。有了这些意象，《诗经》的抒情作品才更耐人寻味。如《周南·桃夭》，一章言"桃之夭夭，灼灼其华"，二章言"桃之夭夭，有蕡其实"，三章言"桃之夭夭，

---

① 赵沛霖：《兴的源起——历史积淀与诗歌艺术》，中国社会科学出版社，1987。又，关于鱼的兴象问题，可参考闻一多《神话与诗·说鱼》一文。
② 傅道彬：《中国生殖崇拜文化论》，湖北人民出版社，1990，第294页。
③ 王靖献：《钟与鼓——〈诗经〉的套语及其创作方式》，谢谦译，四川人民出版社，1990，第137页。
④ 王靖献：《钟与鼓——〈诗经〉的套语及其创作方式》，谢谦译，四川人民出版社，1990，第128页。
⑤ 傅道彬：《中国生殖崇拜文化论》，湖北人民出版社，1990，第301页。

其叶蓁蓁"。整首诗正因为有了桃的花盛、实多、叶绿的意象描写，才给人以丰富的艺术联想，意味着新嫁娘就像那棵枝繁叶茂、花盛实丰的桃树，给夫家带来欢乐，带来多子多孙的幸福。

《诗经》中运用那些带有文化原型意义的起兴诗句，构成简单意象，再对这些意象进行和人物情感相融合的画面描述，就产生了意境。这样的诗篇虽不多见，但是仍值得我们珍视和重视。如《秦风·蒹葭》：

蒹葭苍苍，白露为霜，所谓伊人，在水一方。溯洄从之，道阻且长。溯游从之，宛在水中央。

蒹葭萋萋，白露未晞。所谓伊人，在水之湄。溯洄从之，道阻且跻。溯游从之，宛在水中坻。

蒹葭采采，白露未已。所谓伊人，在水之涘。溯洄从之，道阻且右。溯游从之，宛在水中沚。

《蒹葭》是一首怀人之作。它之所以具有艺术境界，就因为它把男女相恋这一在现实生活里要受到多方限制约束的艰难过程，融汇入"水"这一文化意象的描写之中。关于水的文化意义，傅道彬曾从文化原型角度作过较好探讨，并总结说："首先水限制了异性之间的随意接触，在这一点上它服从于礼义的需要和目的，于是它获得了与礼义相同的象征意味；其次也正因为水的禁忌作用"，"水成为人们寄托相互思慕之情的地方"[①]。此外，假如我们从人类生存环境和人类征服世界的能力来看还会知道：水始终在人类文化心理中扮演着可爱又可恨的角色。人的生活离不开水，远古人更愿择水而居，水边也是男女相会的处所。但是水又会给人带来灾难，它也是古人难以克服的交通障碍。《诗经》里写男女相恋多写水，孙

---

① 傅道彬：《中国生殖崇拜文化论》，湖北人民出版社，1990，第310页。

作云曾经对《诗经》中与之相关的诗篇进行分析，指出了当时的恋爱多发生在水边的事实，如《周南·关雎》《汝坟》《召南·江有汜》《鄘风·桑中》《卫风·考槃》《郑风·溱洧》等①。此外，水对人的爱情阻隔，在《周南·汉广》《邶风·匏有苦叶》《卫风·氓》等诗之中也都有或隐或显的表现。《蒹葭》把男女相恋的艰难放入河水阻隔的意象之中进行描写，再以秋天的凄凉衬托，就创造出一个迷离扑朔、凄情感伤的艺术境界，在那秋水伊人、可望而不可即的画面里，蕴含着无穷无尽的、难以言传的中国文化情韵，古往今来，不知道曾经打动过多少读者。

从"习习谷风，以阴以雨"到"桃之夭夭，灼灼其华"，再到"蒹葭苍苍，白露为霜"，我们可以看出《诗经》抒情诗从对原始文化意象的一般类比到通过它们来创造艺术意境的过程。《蒹葭》这样的诗在《诗经》中虽然很少，却代表了《诗经》抒情诗艺术境界创造的最高成就。它说明中国古典抒情诗创作至迟在《诗经》时代，已经开始了对主客合一、情景交融的艺术境界的追求。这是中国抒情诗走向成熟的重要标志之一，也开启了中国后世诗歌意境创造的不二法门。

第三节　以周文化为底版的物象择取

诗歌之所以不同于其他文体，是因为它的艺术表达主要不是通过说理，而是通过形象的描绘。面对纷纭多彩的大千世界，诗人必然要对物象进行选择，必然要从独特的文化视野对其作出描述和理

---

① 孙作云：《诗经恋歌发微》，载《诗经与周代社会研究》，中华书局，1966，第295—331页。

解。人类文化的历史表明，不同的时代、不同的民族，对物象的择取也表现出不同的角度和方式。往往正是这些独特之处，显示了一个时代或一个民族文学的独特成就。

翻开《诗经》，我们扑面感受到的也是这种独特的周代文化风韵。植根于乡土的文化情蕴，宗法制下浓重的伦理情味，以人为本的情感指向和面向现实的生活态度，都对《诗经》中的物象择取产生了极为深刻的影响。举例来讲，像《豳风·东山》这样的诗，当作者把抒情景物的描写重点放在秋雨蒙蒙的季节，放在被战争毁坏的田园与农田之上时，就不能不引起我们的思考。为什么诗人选择这样的景物来反映对于战争的怨恨和对家乡的怀念呢？原来，是周人的农业文化心理和在此基础上形成的生活方式与生活习俗等，使诗人对秋天这一丰收的季节有一种特殊的感情，对土地与庄稼有着特殊的热爱，因此，他才把抒情物象的择取放在这里而不是别处，这景物描写也就具有特殊的民族时代意涵，具有更为感人的艺术力量。再如，当我们了解了《郑风·溱洧》这首诗产生的文化背景是当时青年男女春季于水边相会的风俗之时，我们也就会明白，那"溱与洧，方涣涣兮"的景物描写，那"维士与女，伊其相谑，赠之以勺药"的人物行动描述，也都是作者的一种文化心理选择。因为这种描写虽然简单，却足可以唤起同时代人的美好回忆，想起自己所熟悉的春日青年男女相爱的情景。同样，如《唐风·绸缪》这首诗，之所以用"绸缪束薪，三星在天"来起兴，就因为这两句诗关合着周代的风俗习惯。在周代，结婚时必定束薪为炬，束刍喂马；举行婚礼，必定在黄昏的时候。"绸缪束薪"是婚礼的用物，"三星在天"是结婚的时间，二者都是结婚的标志。① 可见，正因为这

---

① 此风俗可参考《毛传》、陈奂《诗毛氏传疏》和魏源《诗古微》等有关材料，此处引文见程俊英：《〈诗经〉漫话》，上海文艺出版社，1983，第137页。

里的物象描写具有周文化的特殊意义，所以诗人才会在创作中择取它，从而收到形象生动、言简意赅的艺术效果。

　　《诗经》中的艺术描写构成一个具有特殊文化意象系列的，也许莫过于对于人的外表服饰打扮的描述。仔细阅读《诗经》，我们就会发现，这里面写到人物时特别注意对服饰打扮的描写。举例来讲，《诗经》中多次提到"狐裘"和"羔裘"。《邶风·旄丘》："狐裘蒙戎"；《秦风·终南》："君子至止，锦衣狐裘"；《桧风·羔裘》："羔裘逍遥，狐裘以朝""羔裘翱翔，狐裘在堂"；《豳风·七月》："取彼狐狸，为公子裘"；《小雅·都人士》："彼都人士，狐裘黄黄"。那么，"狐裘"和"羔裘"在这里有何意义呢？对此，《礼记·玉藻》有解释："君衣狐白裘，锦衣以裼之。君之右虎裘，厥左狼裘。士不衣狐白。君子狐青裘豹褎，玄绡衣以裼之；麛裘青豻褎，绞衣以裼之；羔裘豹饰，缁衣以裼之；狐裘，黄衣以裼之。锦衣狐裘，诸侯之服也。"《白虎通·衣裳》："天子狐白，诸侯狐黄，大夫狐苍，士羔裘，亦因别尊卑也。"另外《左传·僖公五年》士蒍［wěi］赋诗也有这样的诗句："狐裘尨茸，一国三公，吾谁适从？"原来，"狐裘"和"羔裘"在周文化中都具有特殊意义，诗人写到"狐裘"是一种有意的择取，是把它当作人物身份地位的象征物来写的。"狐裘"是上层贵族（君子、公子）之服；"羔裘"则是士大夫在家燕居之服。《诗经》中《郑风》《唐风》《桧风》有三首《羔裘》。《桧风·羔裘》："羔裘逍遥，狐裘以朝。"《毛传》："羔裘以游燕，狐裘以适朝。"《召南》中还有一首《羔羊》，都是通过对人的外在服饰羔裘的描写来表达对人物的思念与赞美或者讽刺。如《召南·羔羊》：

　　羔羊之皮，素丝五紽［tuó］。退食自公，委蛇［yí］！委蛇！
　　羔羊之革，素丝五緎［yù］。委蛇！委蛇！自公退食。

羔羊之缝，素丝五总。委蛇！委蛇！退食自公。

此诗之义，《毛诗序》曰："召南之国，化文王之政，在位皆节俭正直，德如羔羊也。"《毛传》："大夫羔裘以居。"《毛诗正义》："毛以为召南大夫皆正直节俭，言用羔羊之皮以为裘，缝杀得制，素丝为英饰，其纰数有五。既外服羔羊之裘，内有羔羊之德，故退朝而食，从公门入私门，布德施行，皆委蛇然，动而有法，可使人踪迹而效之。言其行服相称，内外得宜。"这里，"纰"是用丝带打结做成的纽扣，"緎"是纽襻，"总"是把它们扣在一起。"委蛇"是指步履安闲，悠然自得之态。按《毛诗》的解释，此诗写一位贵族大夫退朝回家，身着羔裘，配上用素丝带打结做成的五个纽扣，打扮有法，神态悠闲，实际上是通过人的外在服饰描写来颂美人物内在的品行。当然，《毛诗》将大夫在家穿羔裘视作"节俭"，这种说法是否合理，也许我们还有疑问，但是"羔裘"在这首诗中具象征意义是没有问题的。

在《诗经》关于服饰的描写中，另一个重要的物品是玉和玉制成的各种佩饰，《诗经》中写到与玉相关的字，如瑳［cuō］、玼［cǐ］、珩［héng］、琇［xiù］、珌［bì］、瓒［zàn］、珈、瑰、琼、环、琚、瑶、玖、琛、璲、璋等出现有几十次之多。《诗经》中称赞人物是"有女如玉"（《召南·野有死麕》），"彼其之子，美如玉"（《魏风·汾沮［jù］洳［rù］》），"言念君子，温其如玉"（《秦风·小戎》），"其人如玉"（《小雅·白驹》），"金玉其相"（《大雅·棫朴》），把玉的佩饰和相关玉器作为人物形象描写的最重要组成部分。写君王的出场是"济济辟王，左右奉璋"（《大雅·棫朴》）；写君子的仪表是"颙［yóng］颙卬［áng］卬，如圭如璋"（《大雅·卷阿》）；写君子的赠物是"琼瑰玉佩"，是"报之以琼瑶""琼琚""琼玖"（《卫风·木瓜》）。

为什么《诗经》的人物描写这么注重玉呢？原来，玉在周代文化中既是身份地位的象征，也是人的道德品质的象征。《荀子·法行》引孔子说："夫玉者，君子比德焉。温润而泽，仁也；栗而理，知也；坚刚而不屈，义也；廉而不刿，行也；折而不挠，勇也；瑕适并见，情也；扣之，其声清扬而远闻，其止辍然，辞也。故虽有珉之雕雕，不若玉之章章。《诗》曰：'言念君子，温其如玉。'此之谓也。"《礼记·聘礼》也有类似的话语。《礼记·玉藻》也说："古之君子必佩玉，右徵、角，左宫、羽，趋以《采齐》，行以《肆夏》，周还中规，折还中矩，进则揖之，退则扬之，然后玉锵鸣也。故君子在车，则闻鸾和之声，行则鸣佩玉，是以非辟之心无自入也。……君子无故玉不去身，君子于玉比德焉。"唯其如此，玉才成为《诗经》创作中一种具有特殊文化意义的文学描写对象。在诗中只要一提到玉，读者或听众就会从中体会到它所象征的等级意义和道德意义。下面请看《秦风·终南》：

终南何有？有条有梅。君子至止，锦衣狐裘。颜如渥丹，其君也哉！

终南何有？有纪有堂。君子至止，黻［fú］衣绣裳。佩玉将将，寿考不忘。

按《毛诗序》所说，这首诗所歌颂的是秦襄公。当时周平王东迁，原来西周的大片土地都被犬戎占领。秦襄公收复失地，国势变强，开始列为诸侯，受到周王的赏赐，于是秦人作了这首诗赞美他。诗以起兴的手法写起：终南山上有什么？山楸楠木长得壮。君子（秦襄公）来了穿什么？锦衣狐裘好漂亮。红光满面精神旺，他是我们的好榜样。第二章以同样的手法起兴：终南山上有什么？杞（"纪"）树棠树都生长。君子来了穿什么？黻衣绣裳好漂亮。身配美玉铿锵响,祝他福禄寿无疆。诗没有具体去写秦襄公的非凡功业,却突出了他身上的穿戴打扮。如我们前面所述,锦衣狐裘都是贵族之服,黻衣本是黑与青相间的"亚"字形花纹的礼服,有刺绣的下裙也是礼服。他身上佩戴的美玉还铿锵作响,更显风采不凡。通过对穿戴打扮的描写,读者和听众就能知道诗中所歌颂的一定是一位德高望重的君子。

我们再看两首诗:

相鼠有皮,人而无仪。人而无仪,不死何为。(《鄘风·相鼠》)

彼都人士,狐裘黄黄。其容不改,出言有章。行归于周,万民所望。(《小雅·都人士》)

这两首诗,一为刺,一为美,一在《鄘风》,一属《小雅》,按理说作者之间没有什么创作联系。但是我们仔细一看,就发现这两首诗都将对人物的观察视角放在了"礼仪容止"上面。《相鼠》一诗,一章言"人而无仪",二章言"人而无止",三章言"人而无礼"。在作者看来,如果一个人没有这三样东西,活着就不如去死。而第二首诗中的"都人士"之所以受到赞美,也正是因为其"狐裘黄黄。其容不改,出言有章",因此他才成为"万民所望"。类似的还有《小雅·菁菁者莪》中的君子,他的仪容美好又举止得体:"菁菁者莪,在彼中阿。既见君子,乐且有仪。"《小雅·瞻彼洛矣》中的君子,佩刀的鞘上都镶着美玉,可见其仪容多么高贵华美:"瞻彼洛矣,维水泱泱。君子至止,鞞[bǐng]琫[běng]有珌[bì]。"

由此可见,服饰打扮和礼仪容止在这里不仅仅是一种描写的选择,而且表明了周人的艺术思维方式和审美心理。在周人看来,得体的服饰仪容本身就是一种美,不仅是一种外在美,而且是内在美的外在显现。在周人看来,"君子"之美不仅表现为内怀德性,还表现为外具仪容。内在的德性恰恰又是通过外在的仪容才得以表现的。所以,《诗经》中的颂美诗另一个突出的特点就是描写君子外在的仪容之美。

周人的这种艺术思维方式和审美心理必然会影响作品的内在结构。通读《诗经》,我们就会发现,当诗人在对人物进行或美或刺的抒情评判时,他们最擅长的方法就是通过描写人物的外在打扮、礼仪容止来塑造人物形象。从《召南·羔羊》到《邶风·旄丘》《鄘风·君子偕老》《干旄》《卫风·淇奥》《硕人》《芄兰》《郑风·缁衣》《羔裘》《有女同车》《齐风·猗嗟》《魏风·汾沮洳》《唐风·扬之水》《羔裘》《秦风·驷驖》《小戎》《终南》《桧风·羔裘》《曹风·鸤鸠》《豳风·九罭》《狼跋》,仅仅是十五《国风》中,我们就发现这么多内在结构模式上类同的创作。在《大雅》和《小雅》中,这种例子就更为多见。如《大雅·棫朴》赞美周王和他的群臣是"济济辟王,左右奉璋""奉璋峨峨,髦士攸宜""追琢其章,金玉其相",全是从人物的外在仪容入手。在《大雅·假乐》这首诗中,开篇即言"假乐君子,显显令德",中间又写其"威仪抑抑,德音秩秩",在诗人看来,这里根本不用去写"君子"(指周王)的具体功业,只要写出了他的仪容,他的道德与功业也就不言而喻了。反之,如果他们的穿戴和道德品质不相称,诗人也给予严厉的批判,如《桧风·羔裘》就是诗人为讽刺桧君"好洁其衣服,逍遥游燕,而不能自强于政治"而作。这里借用《曹风·候人》的话,就是"彼其之子,不称其服"。

由此可见,物象描写是一种文化选择。正因为周文化精神作用于诗人,他们才在《诗经》中选择此类物象而不选择彼类,从而形成具有特殊时代意义的艺术形态。选择本身也提高了诗人对事物的观察能力和艺术表现力，使诗人能够用敏锐的眼光捕捉到事物的某一特征并把它用精练的语言表现在诗中。从这个意义上讲，正是周代文化精神培养和提高了诗人的艺术表现力，才使《诗经》创作取得了如此高的艺术成就。

《诗经》中通过服饰仪容的描写来表示对人物道德品质的评判，具有鲜明的时代性。我们要学习和研究《诗经》，就一定要对周代文化有充分的了解。我们常说研究文学要"知人论世"，而研究距离我们的时代已经十分遥远的《诗经》，尤其需要如此，否则便会望文生义。如《关雎》一诗，当代学者往往简单地把它当作一首爱情诗，似乎它所抒写的就是如我们当代的普通青年男女一样的自由爱恋。可是，我们如果将它和周文化联系起来，就会发现，这里的抒情主人公已经打上了贵族文化的烙印，也带有了理想化色彩。如我们上文所言，"君子"在周代社会指的并不是一般男子，而是有身份地位又有很高道德水平的男子。"窈窕"是幽闲之意，"淑"训为善。"窈窕淑女"，《毛传》解释为"幽闲贞专之善女"。诗中写到女子在水边采择荇菜，这也和周代社会贵族女子承担为祭祀准备贡品的职责有关。"琴瑟"是贵族所用的乐器。所以，这首诗所写的"君子"对"淑女"的相思，与当代社会中的男女相思相恋并不完全相同。它体现了周代社会的婚姻理想，男子是那个时代有身份地位和道德文化修养的人，女子也是那个时代有良好文化教养，且能尽女性职责的人。正因为这样，这首诗在周代社会不仅仅是一首爱情诗，更是一首表达那个时代婚姻理想的诗，有重要的思想教化意义，所以才会受到古人崇高的评价，被置于《诗经》之首。周人的这种文化心理，到汉代就有所改变。我们在汉诗中看到的对于女子穿戴的描写，如辛延年的《羽林郎》和汉乐府《陌上桑》，就不再具有道德意义，而是表现了汉代城市中崇尚奢侈、夸耀富贵的心理。[①]所以我们说,只有了解了周代文化,才能真正理解《诗经》。在这里,审美和文化是紧密结合在一起的。

要而言之,《诗经》有独特的艺术成就,它的意象创造与周文化有紧密的关系。《诗经》中的理想人物形象是"君子",它对人物的评判也总是或明或暗地以"君子"作为标准。它的丰富多彩的人物形象体现了周人的文化精神风貌。《诗经》的主要艺术手法为"赋""比""兴",它在周代社会完善成熟,同样体现了鲜明的周文化精神。《诗经》中的物象择取更是建立在周文化的基础之上,其关于人物打扮和穿戴的描写都因此而与后世不同,蕴含了丰富的周文化意味。从周文化入手,是我们解读《诗经》艺术奥秘的一把钥匙。

---

① 辛延年的《羽林郎》中写酒家胡的穿戴打扮是:"长裾连理带,广袖合欢襦。头上蓝田玉,耳后大秦珠。两鬟何窈窕,一世良所无。一鬟五百万,两鬟千万余。"汉乐府《陌上桑》中的秦罗敷的服饰打扮是:"头上倭堕髻,耳中明月珠。缃绮为下裙,紫绮为上襦。"

/ 第十三讲 /

"喤喤厥声，肃雍和鸣"
——《诗经》的乐歌特征

《诗经》是中国古代第一部诗歌总集，这使它与后世诗歌有共同的诗性本质，是后代诗歌发展的源头。但是《诗经》与后世的诗歌总集又有明显的不同。它是周代社会礼乐文化的有机组成部分，承担着宗教祭祀、历史传述、礼仪教化、政治言说、文化教育、审美娱乐等多重功能。所有这些，又是以乐歌的方式呈现的。① 所以，充分认识《诗经》的乐歌特征和演唱方式，进而探讨其诗体的形成和语言特点，是我们学习和了解《诗经》的重要方面。

▎第一节　《诗经》曲调的组合方式

《诗经》本是乐歌，有优美的曲调。孔子说："师挚之始，《关雎》之乱，洋洋乎盈耳哉！"（《论语·泰伯》）《左传》记载吴季札到鲁国，听乐工给他演唱周乐，曲调包括《诗经》中的《风》《雅》《颂》，他一再地感叹"美哉"。但是，受技术条件的限制，《诗经》的乐谱没有流传下来，这致使后人无法聆听吟唱《诗经》美丽的曲调，也无法进行音乐方面的复原。郑樵在《通志》中曾感叹说：

---

① 关于《诗经》乐歌特质的详细论证，可以参看赵敏俐等：《中国古代歌诗研究——从〈诗经〉到元曲的艺术生产史》，北京大学出版社，2005。

当汉之初，去三代未远，虽经生学者不识诗，而太乐氏以声歌肄业，往往仲尼三百篇，瞽史之徒例能歌也。奈义理之说既胜，则声歌之学日微。东汉之末，礼乐萧条，虽东观、石渠议论纷纭，无补于事。曹孟德平刘表，得汉雅乐郎杜夔。夔老矣，久不肄习，所得于三百篇者，惟《鹿鸣》《驺虞》《伐檀》《文王》四篇而已，余声不传。太和末又失其三，左延年所得惟《鹿鸣》一笙，每正旦大会，太尉奉璧，群臣行礼，东厢雅乐常作者是也。古者歌《鹿鸣》必歌《四牡》《皇皇者华》，三诗同节，故曰工歌《鹿鸣》之三，而用《南陔 [gāi]》《白华》《华黍》三笙以赞之，然后首尾相承，节奏有属。今得一诗而如此用，可乎？应知古诗之声为可贵也。至晋室，《鹿鸣》一篇又无传矣。自《鹿鸣》一篇绝，后世不复闻诗矣。

在后世的一些文献，如朱熹编的《仪礼经传通解·诗乐篇》、元人熊朋来的《瑟谱》，以及《魏氏乐谱》等书中，虽也有《关雎》《鹿鸣》等的乐谱，但是那已经不是先秦旧乐，只能参考而不能为据。所以，单纯从音乐的角度来研究《诗经》，已经是不可能的了。

但是，《诗经》既然是可以歌唱的，那么乐歌对于《诗经》的语言艺术形式的影响就是显而易见的。所以，我们虽然不能复原《诗经》古乐，却可以从音乐的角度对《诗经》的乐歌特征进行一些探索性的研究。

首先值得我们关注的是《诗经》重章叠唱的形式。在《诗经》三百零五首作品中，除《周颂》之外，其余诗篇大都采用重章叠唱的形式。最少两章，如《召南·小星》；最多十六章，如《大雅·桑柔》。《国风》以二章、三章为主，《雅》以四章、五章以上为多。而《周颂》之所以呈现为单章的形式，与它在宗庙中为舞蹈配乐有关。但即便如此，《周颂》的原初形式也未必全是单章。如我们前面曾经介绍过《大武》乐章，它至少是由六章组成的组曲。清华简《周公之琴舞》里周公和成王各作"琴舞九绦"，同样是组曲。因此，探讨《诗经》乐曲的组合方式，就很有必要。著名音乐史家杨荫浏先生认为，《诗经》的这种诗体形式就是歌唱的曲式，他由此总结出《诗经》的十种不同曲式。李炳海先生则对《国风》的演唱方式作了更细致的探讨，他把《国风》的乐调组合先分为"同调演唱"和"异调演唱"两大类型，又作了一些具体的分析。本文在两位先生的基础上，概括出八种不同曲调组合方式，并各举一例进行简要介绍。

（1）一个曲调的重复，如《周南·樛木》：

南有樛木，葛藟累之。乐只君子，福履绥之。
南有樛木，葛藟荒之。乐只君子，福履将之。
南有樛木，葛藟萦之。乐只君子，福履成之。

这是《诗经》中最常用的曲调形式。以《周南》为例，《桃夭》《螽斯》《兔罝》《芣苢》《麟之趾》都属于这一类型。

（2）一个曲调的后面用副歌，如《召南·殷其雷》：

殷其雷，在南山之阳。何斯违斯，莫敢或遑？
（副歌）振振君子，归哉归哉！
殷其雷，在南山之侧。何斯违斯，莫敢遑息？
（副歌）振振君子，归哉归哉！
殷其雷，在南山之下。何斯违斯，莫或遑处？
（副歌）振振君子，归哉归哉！

《诗经》中这一类型的曲调也很多，如《周南·汉广》《邶风·北门》《北风》等。

（3）一个曲调的前面用副歌，如《豳风·东山》：

（副歌）我徂东山，慆慆不归。我来自东，零雨其濛。

我东曰归，我心西悲。制彼裳衣，勿士行枚。蜎蜎者蠋，烝在桑野。敦彼独宿，亦在车下。

（副歌）我徂东山，慆慆不归。我来自东，零雨其濛。

果臝之实，亦施于宇。伊威在室，蠨蛸在户。町疃鹿场，熠耀宵行。不可畏也，伊可怀也。

（以下两章形式相同）

（4）在一个曲调的几次重复之前，用一个总的引子，如《召南·行露》：

（引子）厌浥行露，岂不夙夜，谓行多露。

谁谓雀无角？何以穿我屋？谁谓女无家？何以速我狱？虽速我狱，室家不足！

谁谓鼠无牙？何以穿我墉？谁谓女无家？何以速我讼？虽速我讼，亦不女从！

《周南·卷耳》《小雅·皇皇者华》也是此种类型。

（5）在一个曲调的几次重复之后，用一个总的尾声，如《召南·野有死麕》：

野有死麕，白茅包之。有女怀春，吉士诱之。

林有朴樕[sù]，野有死鹿。白茅纯束，有女如玉。

（尾声）舒而脱[tuì]脱兮，无感我帨[shuì]兮，无使尨[máng]也吠。

《周南·汝坟》《邶风·燕燕》，以及《小雅》中的《裳裳者华》

《都人士》《隰桑》《苕之华》也是如此。

（6）两个曲调各自重复，连接起来，构成一首歌曲，如《郑风·丰》：

（第一调）子之丰兮，俟我乎巷兮，悔予不送兮。
（第一调）子之昌兮，俟我乎堂兮，悔予不将兮。
（第二调）衣锦褧衣，裳锦褧裳。叔兮伯兮，驾予与行。
（第二调）裳锦褧裳，衣锦褧衣。叔兮伯兮，驾予与归。

采用同一形式的还有《邶风·凯风》《小雅·鱼丽》。

（7）两个曲调有规则地交互轮流，连成一首歌曲，如《唐风·采苓》：

（第一调）采苓采苓，首阳之巅。人之为言，苟亦无信。
（第二调）舍旃舍旃，苟亦无然。人之为言，胡得焉？
（第一调）采苦采苦，首阳之下。人之为言，苟亦无与。
（第二调）舍旃舍旃，苟亦无然。人之为言，胡得焉？
（第一调）采葑采葑，首阳之东。人之为言，苟亦无从。
（第二调）舍旃舍旃，苟亦无然。人之为言，胡得焉？

《大雅·大明》也是此种类型。

（8）几个曲调交叉运用，没有固定的模式，如《豳风·九罭》：

（第一调）九罭之鱼，鳟鲂。我觏之子，衮衣绣裳。
（第二调）鸿飞遵渚，公归无所，于女信处。
（第二调）鸿飞遵陆，公归不复，于女信宿。
（第三调）是以有衮衣兮，无以我公归兮，无使我心悲兮。

与之类似的有《小雅·四牡》《小明》等。①

以上的探讨带有一定的推测性。因为《诗经》演唱的具体情况我们已经不能复原,前面的总结是根据《诗经》的章法组合形式推测出来的。②但既然《诗经》是乐歌,自然就要有相应的曲调,而曲调与诗歌的章法结构是直接相对应的。因此,从乐歌的角度出发,对于我们深入认识《诗经》的章法结构、语言形式等都有直接的影响。我们知道,歌唱是时间的艺术,旋律的重复在其中起着十分重要的作用。而《诗经》中最为典型的乐调组成方式就是重复。那么,在重复的乐章中,如何遣词造句,如何抒情叙事,甚至包括语言的运用、艺术结构的特殊性及审美艺术境界的产生等各个方面,与后世的文人诗歌都大不相同。而这也正是我们揭示《诗经》艺术成就的重要起点。

第二节 与演唱相关联的章法结构

《诗经》是周代社会的乐歌,是诉诸歌唱的艺术。那么,它在当时的歌唱方式同样值得我们研究。它广泛用于宗教祭祀、礼仪燕飨、政治讽喻等各种场合,因此,它的演唱方式又是灵活多样的,

---

① 此处参考了杨荫浏:《中国古代音乐史稿(上)》,人民音乐出版社,1981,第57—61页。赵敏俐、吴思敬主编,李炳海著:《中国诗歌通史(先秦卷)》,人民文学出版社,2012,第111—122页。

② 关于《诗经》的歌唱问题,近年来深受关注,也取得了比较突出的成果。黄松毅《仪式与歌诗——〈诗经·大雅〉研究》(中国传媒大学出版社,2010),黄冬珍《〈国风〉艺术研究》(光明日报出版社,2011),付林鹏《两周乐官的文化职能与文学活动》(中国社会科学出版社,2016),李辉《〈诗经〉重章叠调的兴起与乐歌功能新论》(《文学遗产》2017年第6期),以上对此问题已经多有讨论,可供参考。

在某些特定的场合又有着严格的演唱规定，要符合一定的礼仪程式。因此，考察周代社会乐歌的演唱方式，对于我们理解《诗经》的艺术成就十分必要。

首先让我们来考察一下《颂》诗的演唱。如《周颂·有瞽》：

有瞽有瞽，在周之庭。设业设虡［jù］，崇牙树羽。应田县鼓，鞉［táo］磬柷［zhù］圉［yǔ］。既备乃奏，箫管备举。喤喤厥声，肃雝和鸣，先祖是听。我客戾止，永观厥成。

《毛诗序》："《有瞽》，始作乐而合乎祖也。"郑玄笺曰：王者治定制礼，功成作乐。合者，大合诸乐而奏之。"孔颖达疏："《有瞽》诗者，始作乐而合于太祖之乐歌也。谓周公摄政六年，制礼作乐，一代之乐功成，而合诸乐器于太祖之庙，奏之，告神以知和否。""瞽"，盲人，周代以盲人为乐官。"庭"，指宗庙堂前的平地。"业"，指悬挂钟磬之类乐器的木架的横梁。"虡"，指悬挂钟磬木架的立柱。"崇牙"，悬挂钟磬之类乐器的木架上端所刻锯齿形状。"树羽"，插在崇牙上的彩色羽毛。"应"是小鼓，"田"是大鼓，而"县鼓"是一种可以悬挂的鼓。"鞉"，一种有柄有两耳的小摇鼓。"磬"，一种玉石制的打击乐器。"柷"，一种如漆桶状的乐器。"圉"，一种形如伏虎状的乐器，上呈锯齿状，用木尺划之而发声。"箫管"，两种竹类乐器。"备举"，所有乐器一起演奏。"喤喤"，形容声音洪大。"肃雝"，形容声音肃穆和谐。由此可知，这首诗是周初王者功成而作、以告太庙的乐歌，诗中描写的大合奏场面宏大。但是，这首诗极其简短，只是对奏乐场景的简洁描写，没有铺叙，也没有对王者功业的热烈歌颂。《周颂·清庙》："於穆清庙，肃雝显相。济济多士，秉文之德。对越在天，骏奔走在庙。不显不承，无射于人斯。"《毛诗序》："《清庙》，祀文王也。周公既成洛邑，朝诸侯，率以祀文王焉。"《郑笺》："清庙者，祭有清明之德者之宫也，谓祭文王也。天德清明，文王象焉，故祭之而歌此诗也。"这首诗虽然把祭祀文王的场景描写得庄严肃穆而又隆重，但是语言同样简短。这说明，在宗教祭祀场合的歌舞表演中，对舞容的重视远胜于歌声。乐歌本身的演唱，在这个场景中并不是主角，而只是配角。《礼记·乐记》云："《清庙》之瑟，朱弦而疏越，一倡而三叹，有遗音者矣。"孔颖达疏："《清庙》，谓作乐歌《清庙》也。朱弦，练朱弦，练则声浊。越，瑟底孔也。画疏之，使声迟也。倡，发歌句也。三叹，三人从叹之耳。"由此可知，像《周颂·清庙》这样的诗之所以单章而又简短，一个重要的原因是宗庙歌诗所起的只是陪衬作用。它随着祭祀活动的展开，用迟缓、凝重、肃穆的乐音，配以简洁、朴素的歌词，缓缓地唱来，再加入深沉的感叹式合唱，配合舞蹈和相关的祭祀活动。

在周初王者作乐的诸多颂诗中，传为武王克商之后所作的《大武》乐章最为重要。《礼记·乐记》里曾有过这样的记载：

宾牟贾侍坐于孔子，孔子与之言及乐，曰："夫《武》之备戒之已久，何也？"……子曰："居！吾语女。夫乐者，象成者也。总干而山立，武王之事也；发扬蹈厉，大公之志也。《武》乱皆坐，周召之治也。且夫《武》，始而北出，再成而灭商。三成而南，四成而南国是疆，五成而分周公左、召公右，六成复缀以崇。

这段话被学者们多次引用。以此为根据，大多数学者都认为，《大武》可分为六章，它的表演过程，就是对武王伐纣至周王朝统一这一段历史的全景再现，纷繁复杂，场景宏大。但是，我们现在所看到的《周颂》中属于《大武》乐章的作品，如《武》《赉》《桓》诸篇，莫不言辞简单。由此而言，《周颂》的表演方式是配舞而行，它的歌辞所以多为单章且简单，这与它的表演方式和实际功能是紧密相关的。

而雅诗作为朝廷的正乐，承担着与宗庙音乐不同的艺术功能。它或者述民族之历史，或者记国家之大事，或者谈政教之得失，其演唱方式，则由重视舞容变为重视文辞。诗的篇幅也由《周颂》的短制单章变为言辞繁复的多章组合。以《大雅》为例（见表13-1）：

表 13-1　《大雅》各篇的章数和每章句数

篇名	章数	每章句数	篇名	章数	每章句数	篇名	章数	每章句数
文王	7	8	行苇	4	8	桑柔	16	6、8
大明	8	6、8	既醉	8	4	云汉	8	10
绵	9	6	凫鹥	5	6	崧高	8	8
棫朴	5	4	假乐	4	6	烝民	8	8
旱麓	6	4	公刘	6	10	韩奕	8	12
思齐	5	4、6	泂酌	3	5	江汉	6	8
皇矣	8	12	卷阿	10	5、6	常武	6	8
灵台	4	4、6	民劳	5	10	瞻卬	7	8、10
下武	6	4	板	8	8	召旻	7	5、7
文王有声	8	5	荡	8	8			
生民	8	8、10	抑	12	8、10			

《大雅》31首诗中，三章成篇1首，四章成篇3首，五章成篇者4首，其余23首皆为六章及以上，其中最多的为《桑柔》，共十六章。再从每章句数来看，《大雅》共有219章，其中4句一章的仅有30章，其余皆5句以上，最多的是《皇矣》《韩奕》，每章各12句。我们再仔细分析会发现，三章成篇的《泂酌》、四章成篇的《灵台》《行苇》《假乐》，都是各种祭祀、典礼场合上的抒情颂赞诗，而且这几首诗基本上都有与《国风》相近的重章叠唱的组合方式。而那些带有叙事特征的颂祖诗、颂美诗和讽喻怨刺诗，基本上都是六章以上。而且，这些诗篇的章法组合方式多变，采用重章叠唱方式的

很少。这使我们怀疑，这些诗篇虽然有可能是唱的，但同时也是可以用来诵读的。《崧高》："吉甫作诵，其诗孔硕，其风肆好，以赠申伯。"《烝民》："吉甫作诵，穆如清风。仲山甫永怀，以慰其心。"这两段话可以为证。或者，这些诗篇的唱法本就接近于诵。可见，《大雅》作为朝廷的正乐，由于承担着与颂诗不同的艺术功能，或述民族历史，或记国家大事，或谈政教得失，因此其演唱方式才由重视舞容变为重视文辞。结构的宏大，语言的典雅，章法的整齐，自然也成为雅乐对于诗歌语言的基本要求，尤其是对《大雅》的要求。①

而风诗则重在表演各地世俗风情，抒写社会各阶层的世俗情感，其重点由言事说理变成抒情，故曲调与文辞复趋于短制。以《周南》为例（见表13-2）：

表13-2 《周南》各篇的章数和每章句数

篇名	章数	每章句数	篇名	章数	每章句数	篇名	章数	每章句数
关雎	5	4	螽斯	3	4	汉广	3	8
葛覃	3	6	桃夭	3	4	汝坟	3	4
卷耳	4	4	兔罝	3	4	麟之趾	3	4
樛木	3	4	芣苢	3	4			

在《周南》的11首诗中，三章成篇的共9首，四章、五章成篇的各1首。再从每章的句数来看，11首中每章四句的共9首，每章六句和每章八句的各1首。可见，在《周南》中，一首诗三章，每章四句是主要的诗体形式。据李炳海统计，《国风》160首诗中，两章成篇的39首，三章成篇的92首，四章成篇的22首，五章成篇的4首，六章成篇的2首，八章成篇的1首。二章和三章成篇的各

---

① 关于《大雅》的演唱问题，可以参考黄松毅：《仪式与歌诗——〈诗经·大雅〉研究》，中国传媒大学出版社，2010。

占 24.4% 和 57.5%，加在一起占 81.9%。可见，篇章短制是《国风》诗体的主要形式。① 如果再仔细分析，《国风》中六章以上的三首诗分别是《邶风·谷风》《卫风·氓》《豳风·七月》，三者都是以叙事为主。《国风》中的抒情诗，无一不属于篇章短制。而且，如我们前面所说，这些诗篇大都以一个曲调的重复为主，采用重章叠唱的章法组合方式。这种组合方式，最接近于我们今天熟悉的流行歌曲，它们是典型的世俗歌唱。与之相应，风诗的句子参差错落，轻灵活泼，又具有通俗的语言风格。

我们在这里没有统计《小雅》，它的诗体特征介乎《国风》与《大雅》之间。其用于讽谏说理和叙事的诗体，多是多章长篇，而用于礼仪之乐和抒世俗之情的，多属于短章短篇。其长篇者，往往章法复杂，语言雅正，体式端庄，句式多为整齐的四言，近书面语，与《大雅》相近。而短章短篇者，则多属于重章叠唱，语言通俗，体式灵活，句式以四言为主而多有杂言，与《国风》相近。这说明，《诗经》时代，诗人们已经对"风""雅""颂"各类诗体的特征有了很好的把握，能够根据它们的演唱场合和实际功能而采取不同的诗体形式，选择不同的语体风格，进行艺术加工和创造，并且达到了相当高的艺术成就。

第三节　形式多样的演唱方法

《诗经》是歌唱的艺术，应用在典礼仪式等各种场合，有的甚至配合舞蹈表演。这使它的创作，有更多的外部因素参与，歌者也

---

① 赵敏俐、吴思敬主编，李炳海著：《中国诗歌通史（先秦卷）》，人民文学出版社，2012，第 73—74 页。

会在其中扮演不同的角色，演唱形式多样化。如《周颂·噫嘻》：

噫嘻！成王，既昭假尔。率时农夫，播厥百谷。骏发尔私，终三十里。亦服尔耕，十千维耦。

按《毛诗序》所言："《噫嘻》，春夏祈谷于上帝也。"朱熹在《诗集传》中说这首诗是："戒农官之词。昭假尔，犹言格汝众庶。盖成王始置田官，而尝戒命之也。尔当率是农夫播其百谷，使之大发其私田，皆服其耕事，万人为耦而并耕也。"《毛诗序》和朱熹所说是一致的，更准确地说，这是周成王在春季亲自参加的籍田典礼上对农官的劝诫之词。但是这首诗并不是成王自己所唱，而应该是乐工以第三者的口气所唱，所以诗中先提到了成王，接着又把口气转向农官，向他发布命令。同样，《周颂》中的《清庙》《有瞽》两诗，也是在祭祀活动中，以第三者的身份所唱。作者的视角决定了诗歌写作的体式。

当然，《诗经》中的作品，大多数是以抒情者为主体歌唱，歌唱者就是为作者代言。但是值得注意的是，《诗经》中诗篇的抒情主体有时并不止一人，还有许多情况下是两人对唱。对唱是先秦时代就存在的一种歌唱方式。《尚书·益稷》所载帝舜和皋陶有对唱，《今本竹书纪年》和《尚书大传》中所记的《卿云歌》是帝舜和群臣对唱。新出土的清华简《耆夜》中记载了武王伐耆凯旋之后举行饮至之礼的歌唱场景，特别值得我们注意：

武王八年征伐耆，大戡之。还，乃饮至于文太室。

毕公高为客，召公保奭为夹，周公叔旦为主，辛公诓甲为位，作策逸为东堂之客，吕尚父命为司正，监饮酒。

王举爵酬毕公，作歌一终曰《乐乐旨酒》："乐乐旨酒，宴以二

第十三讲 "喤喤厥声,肃雍和鸣"——《诗经》的乐歌特征

公。恁仁兄弟,庶民和同。方臧方式,穆穆克邦。嘉爵速饮,后爵乃从。"

王举爵酬周公,作歌一终曰《輶乘》:"輶乘既饬,有服余不胄。处士奋甲,繄民之秀。方臧方武,克燮仇雠。嘉爵速饮,后爵乃复。"

周公举爵酬毕公,作歌一终曰《赑[bì]赑》:"赑赑戎服,臧武赳赳。毕精谋猷,裕德乃救。王有旨酒,我忧以孚。既醉有侑,明日勿稻。"

周公或举爵酬王,作祝诵一终曰《明明上帝》:"明明上帝,临下之光。丕显来格,歆厥禋盟。于月有成辙,岁有桌行。作兹祝诵,万寿无疆。"

周公秉爵饮,蟋蟀骤降于堂,周公作歌一终曰《蟋蟀》:"蟋蟀在堂……"①

饮至之礼,指的是军队出征回来,在宗庙举行祭祀之后,周王和群臣在一起举行的饮酒礼。这段记载生动地展现了当时的场景。在这个典礼上,毕公高为客,可能他是伐耆的主将,功劳最大。召公奭作为助宾客行礼的介(夹),周公旦作主人。在这个饮至礼上,真正的主人自然是武王,但是根据周代礼仪,君臣不在一个等级上,不能平起平坐,为了表示对毕公的尊敬,所以让周公为主。辛公甲作位(中庭之侧位),作策逸(史佚)作东堂之客,吕尚作司正(酒宴监礼)。饮至礼开始,首先是武王举爵敬酒酬谢毕公,作歌一终,也就是作歌一曲。接着又举爵敬酒酬谢周公,作歌一终。接下来周公也举爵敬酒酬谢毕公,作歌一终,又举爵敬酒酬谢武

---

① 为阅读方便,此处释文采用现代汉语书写方式,原释文请看清华大学出土文献研究与保护中心编、李学勤主编:《清华大学藏战国竹简(一)》,中西书局,2010,第150—156页。

王,也作歌一终。文中又说,正当周公举爵将饮之际,忽然看见一只蟋蟀在堂,就又作了《蟋蟀》一诗。由这个例子可见,在周代社会的礼仪宴饮场合,常有主要人物之间的对唱。

《穆天子传》中所记《白云谣》是西王母与周穆王对唱。在《周公之琴舞》中有周公与成王的对唱。非常有意思的是,如果将这些文献记载中的相关记叙全部去掉,就会给人一首诗的感觉。如《穆天子传》:

乙丑,天子觞西王母于瑶池之上。西王母为天子谣曰:白云在天,丘陵自出。道里悠远,山川间(谏)之,将子无死,尚能复来。

天子答之曰:予归东土,和治诸夏。万民平均,吾顾见汝。比及三年,将复而野。

西王母又为天子吟曰:徂彼西土,爰居其野。虎豹为群,于鹊与处。嘉命不迁,我惟帝女。彼何世民,又将去子。吹笙鼓簧,中心翱翔。世民之子,惟天之望。[①]

我们将这段文献记载中相关的记述去掉,只保留歌的部分,则呈现为以下形式:

白云在天,丘陵自出。道里悠远,山川间之,将子无死,尚能复来。
予归东土,和治诸夏。万民平均,吾顾见汝。比及三年,将复而野。
徂彼西土,爰居其野。虎豹为群,于鹊与处。嘉命不迁,我惟帝女。
彼何世民,又将去子。吹笙鼓簧,中心翱翔。世民之子,惟天之望。

姜晓东认为:"上例可以表明,歌诗中的章节,与创作者的情感表达需要和演唱艺术水平密切相关。各章篇幅,往往长短不一。

[①] 顾实:《穆天子传西征讲疏》,中国书店,1990,第153—159页。

若某一作者演唱的诗句数目,恰好是其他作者演唱句数的整数倍,就很容易被错误地理解为诗中的多个章节,这足以引发我们对《诗经》文体形式的新思考"。① 这的确是一个很有见地的看法。既然对唱的方式在先秦时期就存在,那么《诗经》中的许多诗歌最初就可能属于对唱。这种对唱的痕迹在现存的文本中还保留下来,仔细阅读我们就会发现。如《郑风·女曰鸡鸣》就属于男女的对唱:"女曰'鸡鸣',士曰'昧旦'"。《齐风·鸡鸣》也是一首男女对唱:

(女)鸡既鸣矣,朝既盈矣。(男)匪鸡则鸣,苍蝇之声。
(女)东方明矣,朝既昌矣。(男)匪东方则明,月出之光。
(男)虫飞薨薨,甘与子同梦。(女)会且归矣,无庶予子憎。

这是一首女子催促男子上朝之诗,明显地表现为对唱形式。第一章起首两句是女子催促男子早起,告诉他鸡都叫了,该上朝了;接下来是男子所唱,说那不是鸡鸣,而是苍蝇的嗡嗡声。第二章起首还是女子所唱,说天已经亮了,朝堂上的人已经满了;接下来还是男子唱,说那不是天亮,那是月光。第三章则由男子先唱:听那虫飞之声,我还想和你一同入梦;接下来是女子唱:你还是早去早归吧,希望人家不要把你批评。可见,这首诗我们只有从歌唱的角度入手才能给以很好的解释。它采用对唱的形式,生动地再现了一对夫妻的日常生活场景,表现了女子的贤惠与男子的多情,生活情趣浓厚。此外,如《魏风·十亩之间》也是一首对唱体的诗:

(甲)十亩之间兮,桑者闲闲兮,行与子还兮。

---

① 姜晓东:《周代歌诗演唱与〈诗经〉作品的文体形式——试以周代文献中的歌诗创作情况及〈卷耳〉为例》,载赵敏俐主编《中国诗歌研究(第十二辑)》,社会科学文献出版社,2016,第120页。

(乙)十亩之外兮,桑者泄泄兮,行与子逝兮。

这是一首采桑者对唱的乐歌。第一章是在"十亩之间"的采桑者所唱,第二章是在"十亩之外"的采桑者所唱。春日采桑是周代青年男女约会的时机,也许,这正是处于恋爱之中的一男一女的一唱一和。由这首诗,我们可以联想《左传·隐公元年》所记郑庄公和他母亲姜氏的对唱:"公入而赋:'大隧之中,其乐也融融。'姜出而赋:'大隧之外,其乐也泄泄。'"李炳海认为:"郑庄公母子所赋的诗与《魏风·十亩之间》多有相似。很有可能先是《魏风·十亩之间》以男女对唱的方式在世间流传,郑庄公母子对它加以借鉴,在相见时也采用有倡有和的赋诗方式。"① 这个推论很有道理。其实我们还可以根据前面的诸多证据进一步指出,这种对唱方式,在周代社会一定非常流行,因此也就形成了《诗经》中的一种特殊诗体,即对唱体。

《诗经》中的对唱体诗,其实不止于我们前面所举,还有些是在各种礼仪场合由乐工所唱,其实也可能是按照不同角色来对唱的。如《周南·卷耳》:

(甲)采采卷耳,不盈顷筐。嗟我怀人,寘彼周行。

(乙)陟彼崔嵬,我马虺[huī]隤[tuí]。我姑酌彼金罍,维以不永怀。

(乙)陟彼高冈,我马玄黄。我姑酌彼兕觥,维以不永伤。

(乙)陟彼砠[jū]矣,我马瘏[tú]矣,我仆痡[pū]矣,云何吁矣。

---

① 赵敏俐、吴思敬主编,李炳海著:《中国诗歌通史(先秦卷)》,人民文学出版社,2012,第124页。

这首诗古今都被解为女子思念男子所作。因为诗的开篇确是一个女子的口吻。如朱熹《诗集传》所言："后妃以君子不在而思念之，故赋此诗。托言方采卷耳，未满顷筐，而心适念其君子，故不能复采，而置之大道之旁也。"但第二章以后则是以男子身份所唱之词。如何解释这种矛盾现象？自朱熹以来，一般都认为本诗是女子代男子抒情，是悬想之词。她想象男子在外出行的辛苦，于是借酒浇愁。但是这样说也有矛盾，因为诗中所提及的"金罍""兕觥"都是比较大的酒器，不可能出行时带在身上。这个矛盾古今都没有解开，人们大都避而不谈。清人姚际恒说"此诗固难详"，今人高亨也说"这首诗的主题不易理解"。可是，如果我们把它看作是在祖道仪式上的角色对唱，这首诗就可以得到很好的解释。古人出行要举行祖道之礼，在先秦文献中多有记载，就《诗经》而言，《大雅·烝民》曰："仲山甫出祖。"《大雅·韩奕》："韩侯出祖，出宿于屠。显父饯之，清酒百壶。"这里所说的"出祖"都指的是出行前的祖道之礼。又，据《韩奕》可知，在行祖道之礼时，还要有饮饯之事。《诗经》中其他描写"出祖"且有饮饯的，还有《邶风·泉水》："出宿于泲[jǐ]，饮饯于祢[mí]。"关于出祖饮饯的具体礼仪，《仪礼·聘礼》有记载："出祖，释軷[bá]，祭酒脯，乃饮酒于其侧。"郑玄注云："祖，始也。既受聘享之礼，行出国门，止陈车骑，释酒脯之奠于軷，为行始。《诗传》曰：'軷，道祭也'，谓祭道路之神。《春秋传》曰'軷涉山川'，然则軷，山行之名也。道路以险阻为难，是以委土为山，或伏牲其上，使者为軷祭，酒脯祈告也。卿大夫处者，于是饯之，饮酒于其侧。礼毕，乘车轹之而遂行，舍于近郊矣。"贾公彦疏："案《月令》'冬祀行'，郑注：'行庙门外之西，为軷壤，厚二寸，广五尺，轮四尺。祀行之礼，北面设主于軷上。国外祀山行之神为軷壤，大小与之同。'郑注《夏官·大驭》云:'封土为山象,以菩刍棘柏为神主,既祭之,以车轹之而去,喻无险难也。'"由此可知,古人出行之时祭祀路神,可能是用荆棘杂草(菩刍棘柏)等捆扎成一个东西作为神主,先要祭酒脯以祈告,以求平安,要让出行之人饮酒以告别。同时还要在出行的地方堆起一个小土坎,把一些祭物放在上面,让出行的车马从上面碾压过去。如此而言,这首诗很有可能是在祖道仪式上所唱的乐歌。① 从诗的语气看,可能就是乐工对唱的形式。第一章是以女子口气所唱,表达了她对即将远行之人的担忧和关心,这就是古人所说的"后妃之志"。后三章则是以男子口气所唱,描写他在旅途中的艰难。如此,"金罍""兕觥"方可解释得通,全诗的男女口吻互换问题也得以解决。

《诗经》中的对唱体可能有好多种形式。如我们上文所论及,《郑风·女曰鸡鸣》第一章是男女对唱,第二章是女子所唱,第三章是男子所唱。《齐风·鸡鸣》每一章都是男女对唱。《魏风·十亩之间》第一章和第二章为男女分唱。《周南·卷耳》则是第一章用女子口气唱,后三章用男子口气唱。《召南·野有死麕》前两章为男子所唱,后一章为女子所唱。《召南·采蘋》则每章都是用一问一答的形式对唱。《小雅》中的一些礼仪乐歌也采用对唱形式。可以说,对唱体是《诗经》时代最有特色的一种诗体,也是有别于后世文人诗歌的重要诗体。这种诗体在汉乐府中也有所继承。

---

① 此处采纳了姜晓东的观点,见姜晓东:《周代歌诗演唱与〈诗经〉作品的文体形式——试以周代文献中的歌诗创作情况及〈卷耳〉为例》,载赵敏俐主编《中国诗歌研究(第十二辑)》,社会科学文献出版社,2016,第124—130页。

第四节 以套语为特色的传唱技巧

当我们把《诗经》当作乐歌来认识的时候,有一个问题特别值得思考,那就是它和中国上古诗歌传统的关系。我们知道,在中国古代最早的文艺理论中,诗、歌、乐是不可分的。《尚书·舜典》曰:"诗言志,歌永言,声依永,律和声。八音克谐,无相夺伦,神人以和。"《毛诗序》曰:"言之不足,故嗟叹之,嗟叹之不足,故永歌之,永歌之不足,不知手之舞之、足之蹈之也。"以此而言,从表达情志方面讲,"永歌"是比"言之"和"嗟叹之"更好的方式。特别是在上古文字还没有发明的时候,人们的情感表达基本全靠口头交流,因此选择一种更为有力的表达手段就显得格外重要,充分地利用口头表达技巧也比后世更有意义。歌与乐相结合的形式,恰恰可以提高语言的表达力、增强人的记忆力,并由此形成了以乐歌为基础的一系列艺术传统。

《诗经》的艺术远源是上古与乐舞结合在一起的口头传唱和表演,它还保留着相当多的在口头传唱中形成的诗歌特点。在长期的歌唱中形成了一系列各地共同的曲调,同一曲调或同一歌名的作品,在题材、内容和基调方面存在着共同性。比如《诗经》中有许多同题的诗作,如《国风》中有《谷风》,《小雅》里也有《谷风》;《王风》里有《扬之水》,《郑风》和《唐风》里也有《扬之水》;《邶风》和《鄘风》里都有一首《柏舟》,《秦风》和《唐风》里各有《无衣》一首,《郑风》《唐风》和《桧风》里各有一首《羔裘》;《唐风》和《小雅》中各有《杕杜》一首,《秦风》和《小雅》中各有《黄鸟》一首。李炳海对这些同名歌诗的章句数量作过详细分析,并据此推测它们的演唱曲调异同。他最后得出结论:"《国风》篇名相同的歌诗因其每段词句数相同或相近，可以用相同或基本相同的曲调演唱。《国风》和《小雅》的同名歌诗因其每段歌词的句数相差较大，不能用同一曲调演唱。"这说明，《国风》各首之间在演唱曲调方面有更大的共同性，互相之间有更大的影响。而《小雅》则与《国风》在乐调体系方面有较大的不同。因为《国风》为地方歌诗，《小雅》为朝廷之乐。但李炳海同时又发现："《国风》和《小雅》的同名歌诗并非全无关联，而是仍有相通之处。在题材、内容和基调方面，二者的关联还是很明显的。"[1]这一条显然更为重要，它说明，《国风》和《小雅》存在不同，但其实还共同继承了一些古老的传统，这个传统，不仅体现在主题上，还体现在诸如比兴、重复、套语等各个方面。如固定的诗行、用词的技巧，等等。所有这些充分体现《诗经》乐歌特点的内容，我们用过去从书面文学总结出来的美学原则都不能对其作出很好的解释（比兴的问题可能就是其中之一）。这个传统，就是我们所说的口头传统。

在这方面，西方学者帕里和洛德提出的口头诗学理论给我们极大的启示。帕里—洛德理论有一个基本观点："早期诗歌的基本性质是'口述的'，而口述诗歌总的语言特点则是'套语化与传统性'"。[2]他"从分析《荷马史诗》中的'特性形容词'的程式入手，很快就发现，《荷马史诗》的演唱风格是高度程式化的，而这种程式来自悠久的传统。……随后他又发现，这种传统的史诗演唱，只能是口头的"[3]。《诗经》虽然不同于《荷马史诗》，但也是用于口

---

[1] 赵敏俐、吴思敬主编，李炳海著：《中国诗歌通史（先秦卷）》，人民文学出版社，2012，第132—135页。
[2] 王靖献：《钟与鼓——〈诗经〉的套语及其创作方式》，谢谦译，四川人民出版社，1990，第15—16页。
[3] 约翰·迈尔斯·弗里：《口头诗学：帕里—洛德理论》，朝戈金译，社会科学文献出版社，2000，"译者导言"第14页。

头演唱的乐歌,口头传唱的特点仍然非常明显。用口头诗学的理论来看《诗经》,我们会发现其中有特别多固定的抒写格式和套语,这自然也是中华民族在漫长的口传诗歌发展过程中形成的技巧,与音乐演唱的固定模式紧紧联系在一起,后世的歌唱者在创作中可以熟练地拿来套用。也就是说,一个民族在早期诗歌长久的发展过程中,逐渐形成了一些固定的音乐曲调和演唱程式,这也决定了演唱者会习用一些传统的抒写格式与语言模式,从而具有了一些模式化的特征。所谓"诗体既定,乐音既成,则后之作者各从旧俗"(孔颖达《毛诗正义》),说的正是这一道理。

用口头诗学的理论来研究《诗经》,王靖献所做的研究最值得重视。他用该理论对《诗经》的艺术进行了独到的分析,指出《诗经》中存在大量的套语现象(见表13-3)。

表13-3 《诗经》中的套语使用

类别	诗行数目	全行套语	百分比
国风	2608	694	26.6
小雅	2326	532	22.8
大雅	1616	209	12.9
颂	734	96	13.1

"《诗经》诗句总数是7284行,而全句是套语的诗句是1531行,即占《诗经》总句数的21%。这一数字恰好通过了杜根在分析古代法语诗歌时所作的'口述创作'的限定线。"[①]

套语首先表现为一些固定句式,可称之为"套语式短语"。这样的例子,在《诗经》中比比皆是,比较典型的:"之子于×",如"之子于归""之子于垣""之子于钓""之子于狩""之子于征""之子于苗"

[①] 王靖献:《钟与鼓——〈诗经〉的套语及其创作方式》,谢谦译,四川人民出版社,1990,第56—57页。

等;"子之×兮",如"子之还兮""子之昌兮""子之汤兮""子之茂兮""子之丰兮"等;"载×载×",如"载号载呹""载渴载饥""载起载行""载玄载黄""载芟载柞""载生载育""载飞载下"等;"维其×矣",如"维其黄矣""维其优矣""维其嘉矣""维其高矣";"终×且×",如"终风且暴""终窭且贫""终温且惠""终和且平";等等。其次表现为句组,即一些结构相同的句组在不同的诗中不断地出现,如《召南·草虫》:"喓喓草虫,趯[tì]趯阜螽。未见君子,忧心忡忡。亦既见止,亦既觏止,我心则降。"《小雅·出车》:"喓喓草虫,趯趯阜螽。未见君子,忧心忡忡。既见君子,我心则降。"《小雅·采薇》:"昔我往矣,杨柳依依。今我来思,雨雪霏霏。"《小雅·出车》:"昔我往矣,黍稷方华。今我来思,雨雪载涂。"《小雅·采薇》:"驾彼四牡,四牡骙骙。"《小雅·车攻》:"驾彼四牡,四牡奕奕。"《小雅·节南山》:"驾彼四牡,四牡项领。"这些套语的大量使用,说明《诗经》的作者对其非常熟悉,可以灵活娴熟地将其运用于诗歌的创作,加以变换,组成诗行。

《诗经》中许多诗歌共用的比兴,其实也是一种套语。不过在它的应用中,还包括有共同的主题。如《邶风·谷风》:"习习谷风,以阴以雨。黾勉同心,不宜有怒。"《小雅·谷风》:"习习谷风,维风及雨。将恐将惧,维予与女。"为什么这两首诗都用"谷风"起兴?《毛传》:"兴也。习习,和舒貌。东风谓之谷风。阴阳和而谷风至,夫妇和则室家成,室家成而继嗣生。"《毛传》说《邶风·谷风》这首诗是用"兴"的手法所写。因为谷风是春天从山谷里吹来的温暖煦煦的东风,它会带来阴雨,滋润万物生长,所以用来表示夫妇和谐,象征着婚姻幸福。巧得很,《王风·中谷有蓷[tuī]》则以山谷中的"蓷草"因为没有雨水的浇灌而干枯,来说明女子因为没有遇见好人而遭受的不幸:"中谷有蓷,暵[hàn]其干矣。有女仳［pǐ］离，嘅［kǎi］其叹矣。嘅其叹矣，遇人之艰难矣。"可见，"谷风"这一意象之所以可以用来作比，是因为它的背后有着比较深刻的文化意味，包含着时人对"谷风"的文化认识。而这两首诗都用"谷风"来开头，是作为反衬——全诗的主题是在诉说婚姻的不幸。这说明"兴"作为诗歌创作中的套语，同时具有暗示主题的作用。

存在着那么多套语，按传统的理论，这正表明诗歌的民间性质，它是民间诗人依据固定的模式随口吟唱，里面自然没有诗人的艺术追求和艺术独创。可是，按帕里—洛德的理论和王靖献的分析，"学者大都是根据书写文学的审美批评标准如'独创性''新颖性'等来分析评价套语创作的口述文学的，自然会产生出种种误解，从而导致了对古代诗歌艺术美的普遍偏见"①。其实，即便是在利用套语进行口头创作时，也需要一定的技巧。"口述套语学者认为，在某一特定的音响形态中依据类推法来创造短语的能力是歌手所具有的基本技艺"，更何况，"《诗经》中的作品经历过了一个'传送'时期，从口述的而且也许是非常套语化的阶段到今天我们所看到的这样一个经过润色、改动、校订的传本"②。在《诗经》中，并不是所有的诗都是口头创作的，还有许多诗是书面创作的，虽然这些诗也受到套语的影响，但已经有了明显的个性表达和艺术追求，也能从中更为明显地看出贵族文人和专业艺术人才（乐师和歌手）对《诗经》乐歌整理润色的艺术技巧。对此，王靖献还较详细地分析了《小雅·出车》这首诗。他认为这首诗是《诗经》中最套语化的

---

① 王靖献：《钟与鼓——〈诗经〉的套语及其创作方式》，谢谦译，四川人民出版社，1990，"序"第 5 页。
② 王靖献：《钟与鼓——〈诗经〉的套语及其创作方式》，谢谦译，四川人民出版社，1990，第 66、32 页。

诗之一。因为这首诗中的大部分句子都可以找到套语的痕迹，特别是诗的四、五、六章：

昔我往矣，黍稷方华。今我来思，雨雪载涂。王事多难，不遑启居。岂不怀归？畏此简书。

喓喓草虫，趯趯阜螽。未见君子，忧心忡忡。既见君子，我心则降。赫赫南仲，薄伐西戎。

春日迟迟，卉木萋萋。仓庚喈喈，采蘩祁祁。执讯获丑，薄言还归。赫赫南仲，玁狁于夷。

第四章的前四句与《小雅·采薇》一诗的相关诗句极其相似，第五章的前六句与《召南·草虫》基本相同。第六章的前四句化自《豳风·七月》。此外，这三章中的其他句式在《诗经》中也可以找到大量相同的句子。那么，套语的大量使用，是不是就没有技巧可言，也无所谓创造？显然不是这样。王靖献指出："《小雅·出车》是描写眼前场景的独创性的诗句与套语式诗句的平行排列，而其套语式诗句又因其非常巧妙地出现在相关的上下文语境中而变得含义更加丰富。""诗人把由某些套语系统新创造的短语与意义清楚的固定短语（可能是由来已久的）两相对照，并以此为基础设计创作了这首诗。""运用这些模式化的表现文字，——它们是抒情性与个人化的——诗人最后还是抛掉了他因为公众创作而戴上的假面。"① 也就是说，这首诗虽然运用了大量的套语，呈现出鲜明的口传诗歌特征，但是诗人所运用的这些套语，又大都是经过他修改和处理过的。这一方面说明诗人的创作继承了口头文学传统，另一方面又说明诗人已经超越了口传诗歌的局限，将其由早期的公共书写变成了

---

① 王靖献：《钟与鼓——〈诗经〉的套语及其创作方式》，谢谦译，四川人民出版社，1990，第97—99页。

个体的抒情诗。

　　以上，我们从四个方面分析了《诗经》作为乐歌的特点，包括它的曲调组合方式、章法结构、演唱方式和以套语为特色的口传诗歌技巧传统的继承。这说明，《诗经》作为一种特殊的诗歌类型，与后世诗歌有很大不同。我们过去比较熟悉的诗歌研究理论是立足于书面语言的，同时又附属于社会思想理论或政治理论，所以我们很少去思考《诗经》作为乐歌的诗体特点，也很少从乐歌的角度对《诗经》进行艺术分析。今天，我们需要还原它的本来面目。只有从乐歌的角度来分析，我们才能看清《诗经》的艺术特点，看清它与后代诗歌的不同，发现后代诗歌是如何从《诗经》发展而来的。

第十四讲

"吉甫作诵,其诗孔硕"
——《诗经》的语言艺术

作为中国第一部诗集,《诗经》的基本诗体是四言诗。四言诗是中国最先发展成熟的一种诗歌样式。它与后代的骚体诗、五言诗、七言诗、杂言诗并列,并且为后世各种诗体的渊薮。诗是语言的艺术,《诗经》在语言的运用方面表现出了高超的技巧。下面我们从三个方面对此进行分析。

第一节 符合节奏韵律的诗体典范

诗是有节奏有韵律的语言加强形式,作为以歌唱为主要表现方式的《诗经》体,从章法上讲以重章叠唱为特色,我们在前面已经有过专门讨论,从句式上看,则以四言为主,但也包括一言、二言、三言、五言、六言、七言等各种句式。为什么作为中国最早的一部诗集,其诗体形式会以这种形式呈现?让我们先从个别的一、二、三言等诗句说起。

包括一言句和二言句的诗:

萚兮萚兮,风其吹女。叔兮!伯兮!倡,予和女。(《郑风·萚兮》)

陟彼岵兮，瞻望父兮。父曰：嗟！予子行役，夙夜无已。上慎旃哉，犹来！无止！（《魏风·陟岵》）

羔羊之皮，素丝五紽。退食自公，委蛇！委蛇！（《召南·羔羊》）

噫嘻！成王，既昭假尔。率时农夫，播厥百谷。骏发尔私，终三十里。亦服尔耕，十千维耦。（《周颂·噫嘻》）

在《诗经》中，单纯的一言句和二言句很少，它们偶尔出现在一首诗中，且多带有感叹的成分，属于诗句中的特例。

三言句在《诗经》中则占有一定的数量，但是也不会超过十分之一。大多集中在《国风》当中。如：

江有汜，之子归，不我以。不我以，其后也悔。（《召南·江有汜》）

山有榛，隰有苓。云谁之思？西方美人。彼美人兮，西方之人兮。（《邶风·简兮》）

叔于田，巷无居人。岂无居人？不如叔也。洵美且仁。（《郑风·叔于田》）

三言句在一章诗中或出现一句，或出现两句，或出现多句。在《诗经》中，还有两首完整的三言诗。一首是《齐风·猗嗟》，另一首是《陈风·月出》：

月出皎兮，佼人僚兮。舒窈纠兮，劳心悄兮。
月出皓兮，佼人懰兮。舒忧受兮，劳心慅兮。
月出照兮，佼人燎兮。舒夭绍兮，劳心惨兮。①

---

① 此诗中的"兮"不能算作一言，它是早期歌唱时带有感叹的尾声。后面我们还要讨论。

这首诗写得非常好，是中国现存最早的对月怀人诗。诗共三章，每章四句，第一句起兴，写月光之美，诗人分别用了"皎""皓""照"三个词，形容月光的皎洁、明亮和光彩照人。第二句写所思之人的美丽，诗人将她称为"佼人"，亦即美人。也分别用三个形容词来写她的美："僚"，俊美好看；"㑞"，妩媚可爱；"燎"，光彩照人。第三句则共用一个形容词，并加一个联绵词来形容其体态之美。"舒"字形容女子的举止从容优雅，"窈纠""忧受""夭绍"则形容其步态的轻盈。最后一句用"劳心"形容诗人内心的思念之重。又分别用三个词形容思念的步步加深："悄"，暗自怀念；"慅"，心神不安；"惨"，内心伤痛。同时，每一句诗的最后又加了一个感叹词来强化感情。全诗大意是：月出多皎洁啊，美人多俊秀啊，体态真从容啊，令我暗相思啊！月出多明亮啊，美人多妩媚啊，体态真轻盈啊，令我神不宁啊！月出光照人啊，美人多光彩啊，体态真优雅啊，令我相思苦啊！可以说，这是中国诗歌史上最为优美的一首三言诗了。此外，《齐风·猗嗟》一诗，除了第二章"终日射侯"一句之外，其余句式皆为三言加一语助词"兮"，也可以视为一首比较完整有特殊形态的三言诗，极为生动。和四言诗句相比，三言诗句是由一个非对称音组构成，比较急促，因此不好把握，所以要作好很难。而《诗经》中的这两首三言诗都在每句的后面加了一个嗟叹词"兮"，减缓了它的快节奏，并且增加了它的抒情效果，有一句一叹之妙，真是难得的好诗。这显示了《诗经》诗体的复杂性和丰富性。但是，除此之外，《诗经》中再没有一首完整的三言诗。这说明，虽然《诗经》中经常可以看到三言诗句，但是三言诗并没有成为人们常用的一种诗体。

五言诗句在《诗经》中也出现了一些。如：

谁谓雀无角？何以穿我屋？谁谓女无家？何以速我狱？虽速我

狱，室家不足！（《召南·行露》）

投我以木瓜，报之以琼琚。匪报也，永以为好也！（《卫风·木瓜》）

知子之来之，杂佩以赠之。知子之顺之，杂佩以问之。知子之好之，杂佩以报之。（《郑风·女曰鸡鸣》）

五言诗在《诗经》中出现的次数虽然不多，却引人注目，在上引的这几例中，五言句都占了主体。尤其是最后一例，构成了《郑风·女曰鸡鸣》中的完整一章。因此，我们完全可以将其视为后世五言诗的源头。

《诗经》中也有个别的六言、七言、八言句，如：

王事适我，政事一埤［pí］益我。我入自外，室人交遍谪我。已焉哉！天实为之，谓之何哉！（《邶风·北门》）

爰采唐矣？沫之乡矣。云谁之思？美孟姜矣。期我乎桑中，要我乎上宫，送我乎淇之上矣。（《鄘风·桑中》）

天命不彻，我不敢效我友自逸。（《小雅·十月之交》）

这样的句子虽然很少，却告诉了我们《诗经》语言形式的多样性。它们与四言诗句杂用，以其变化多姿的形态，构成诗章，为《诗经》增色不少。如《齐风·还［xuán］》：

子之还［xuán］兮，遭我乎峱［náo］之间兮。并驱从两肩兮，揖我谓我儇［xuān］兮。

子之茂兮，遭我乎峱之道兮。并驱从两牡兮，揖我谓我好兮。

子之昌兮，遭我乎峱之阳兮。并驱从两狼兮，揖我谓我臧兮。

这是两个猎手在峱山路上相遇时所唱的歌，他们并肩而驱，互相夸赞。全诗每章四句，一句三言，一句六言，两句五言，每句用感叹声结尾。多样的句式，为这首诗增色不少。再如《邶风·式微》：

式微，式微，胡不归？微君之故，胡为乎中露！
式微，式微，胡不归？微君之躬，胡为乎泥中！

全诗两章，每章五句，头两句二言，第三句三言，第四句四言，第五句五言，极有特色。但是非常有意思的是，在《诗经》中，除四言之外，虽然有两首完整的三言诗和个别的五言诗章，最主要的样式还是四言诗句，占总数的 90% 左右。西晋挚虞《文章流别论》曰：

古之诗，有三言、四言、五言、六言、七言、九言。古诗率以四言为体，而时有一句二句杂在四言之间，后世演之，遂以为篇。古诗之三言者，"振振鹭，鹭于飞"之属是也，汉郊庙歌多用之；五言者，"谁谓雀无角，何以穿我屋"之属是也，于俳谐倡乐多用之；六言者，"我姑酌彼金罍"之属是也，乐府亦用之；七言者，"交交黄鸟止于桑"之属是也，于俳谐倡乐世用之……夫诗虽以情志为本，而以成声为节。然则雅音之韵，四言为正，其余虽备曲折之体，而非音之正也。

这段话讲了《诗经》中的杂言对后世各类诗歌的影响，也讲到了它们与四言之间的关系。挚虞认为，这些杂言诗句虽然对后世的影响也很大，但是《诗经》正体的诗歌句式还是四言。正所谓："然则雅音之韵，四言为正，其余虽备曲折之体，而非音之正也。"那么，我们就要探讨，为什么四言才是《诗经》的正体呢？

要研究《诗经》的诗歌体式，首先应该从诗的产生开始。人类最早从何时开始了诗的歌唱？确切的时间我们已经不得而知。《毛诗序》曰："诗者，志之所之也。在心为志，发言为诗。情动于中而形于言，言之不足，故嗟叹之，嗟叹之不足，故永歌之，永歌之不足，不知手之舞之、足之蹈之也。"由此而言，当先民们有了语言表达的冲动之后，就可能开始了诗歌的创作，因为写诗就是一种用语言来表达情感的方式。但是诗的语言又不同于一般的说话语言，而是一种强化了声音节奏的特殊语言。所谓"诗言志，歌永言，声依永，律和声"是也。换句话说，最初的诗歌语言并不是一般的言说，而是将心中之"志"按照一定的节奏韵律表达出来，一定要"声依永""律和声"，要"依声节之"。因此，从诗的咏歌与吟诵角度入手，研究构成中国诗歌韵律节奏的基本要素，是我们研究中国诗体形式的出发点。①

构成中国诗歌节奏韵律的第一要素是音节。所谓音节，是诗歌语言的最小单位，即一字之音。汉语是一字一音的语言形态，所有的诗词都是由一字一音组成，因此，每个字都是一个独立的音节，这为汉语诗歌形式的生成奠定了最初的基础，使我们可以用字数来辨析不同的诗体并为其命名，如四言诗、五言诗、七言诗、杂言诗等。因此，研究汉语诗词，我们不能不关注音节。

但是，汉语诗词的每一句，并不是音节毫无规律的组合，而是以音组的方式按照一定的规律组合而成的。所谓音组，即由两个或三个音节组成的诗歌声音组合形态。一个字只能算是一个音节，构不成音组，只有两字结合在一起，才能构成一个音组。而且，这两个字之间形成一种自然的对称关系，所以我把这一音组称为"对称音组"。两字再加一字，便打破了这种声音的对称平衡，变成一个非对称音组。音组只有这两种形态。因为四个字会自然地形成两个

---

① 关于中国早期诗歌的咏歌与吟诵的特征，可参考赵敏俐：《咏歌与吟诵：中国早期诗歌体式生成问题研究》，《文学评论》2013 年第 5 期。

对称音组，五个字则自然地生成一个对称音组和一个非对称音组，依此类推。对称与非对称不仅是诗歌音组的基本形态，也是宇宙万物形式变化的基本形态，是事物形式发展所遵循的基本法则。诗的语言与散文的语言乃至平时说话语言最大的不同，就是它特别追求声音节奏的和谐，并将其作为诗体形成的首要因素。因此，音组在汉语诗词形成的过程中具有至关重要的作用。

我们把音组看成是组成诗歌声音结构的基本单位，这也是我们分析中国诗歌诗体生成的出发点。从一般的道理来讲，除了诗歌之外，人们的日常说话，以至于散文的写作，也会尽可能地追求节奏的和谐，所以，音组在汉语构词乃至语句的组成中也起着重要的作用。在中国早期历史文献中，在诗歌以外的文体中我们也常常能发现一些节奏音韵和谐的文字，如用于占卜的卦辞、用于祭祀的祭文、铸刻在金石上的文字，乃至一些用于表达思想与哲理的著作（如《老子》）。但是，日常的说话与散文的写作，其第一目的是把思想表达清楚，这些文体并不把声韵与节奏的和谐看成是构成文体的核心要素。换句话说，有严格的声音节奏等形式规定，是古典诗歌区别于其他文体的标志。

汉语诗句的组成以音组为基础。现存的最早最原始的汉语诗歌是二言诗，由一个对称音组构成，如《淮南子·道应训》所言："今夫举大木者，前呼'邪许'，后亦应之，此举重劝力之歌也。"这里的"邪许"二字，就是由一个对称音组构成的最简单的诗句，其前后呼应的重复，就构成了中国最原始的诗歌。《吴越春秋》所载《弹歌》"断竹，续竹，飞土，逐肉"，也是现存少有的二言诗。二言诗在历史上留下来的极少，也许是过于简单，所以后世少有作者。但是由一个对称音组构成的二言句在早期汉语诗歌中却大量存在，《诗经》中就有不少二言诗句，如"母也""天只"（《鄘风·柏舟》），

"噫嘻""成王"(《周颂·噫嘻》)等。最早的三言诗,则每句由一个非对称音组组成,如《周易·需》:"需于郊,利用恒""需于沙,小有言""需于泥,致寇至""需于血,出自穴"。只由一个对称音组构成的二言诗和只由一个非对称音组构成的三言诗,就是中国最古老的诗体。而这两者的混合使用,就成为中国最早的杂言诗。如《周易·归妹》:"女承筐,无实;士刲[kuī]羊,无血。"

在诗歌语言的组合当中,对称音组起着最为重要的作用。之所以如此,是因为对称音组最好地体现了对称的声音之美,两两相对,声音和谐。四言诗将两个对称音组连接在一起,进一步强化了诗歌的节奏感。因而,由两个对称音组相连而成的四言诗,也就成为中国古代很早就形成并且也是最重要的一种诗体。

对称是诗歌音乐形式的最基本要素,对称在中国诗歌中的重要作用,不仅仅表现在对称音组上,而且表现在诗句上。依此类推,还表现在从章节到全篇层面上。一首标准的四言诗,总会处处体现出对称原理。两个对称音组就组合成一句同样具有对称特征的二分节奏的诗行,这就是一个四言诗句。由两个四言诗句组合成一个对句,就构成了一个具有对称意义的两行诗。两组对称的诗句就构成了一章形式非常完美的四言诗。如:

关关/雎鸠,(出句)
在河/之洲。(对句)——(上联)
窈窕/淑女,(出句)
君子/好逑。(对句)——(下联)

这是典型的四言诗体结构。每一句都由两个对称音组组成,这两个对称音组同样构成了一个对称的二分节奏的四言诗行。两个四言诗行合成一联,上句为出句,下句为对句,也是对称。两联合成一章，前一联为上联，后一联为下联，同样是对称。四行诗句，分别在第一、第二、第四句句尾押韵，也是一种对称。其中，第一句和第二句形成相互对称的一联，两句同押尾韵，是句的对称。之所以第三句不押韵，第四句再押尾韵，是因为三四两句与一二两句又形成了一种上下联的对称关系，第二句句尾与第四句句尾相押，则构成了两联押韵的对称。

其实，对称原理在中国古代诗歌中所起的作用远不止于此，还表现在章节上，表现在声音平仄上，甚至表现在语法词汇上。我们仍然以《关雎》为例，看第二段：

参差／荇菜，左右／流之。——（上联）
窈窕／淑女，寤寐／求之。——（下联）

这四句，除了在诗体形式上符合对称原理之外，上联与下联又形成了对偶句式，而且非常严整。"参差"对"窈窕"，都是形容词，前者双声，后者叠韵。"荇菜"对"淑女"，都是名词，前者为植物，后者为人物。"左右"对"寤寐"，前者指方位，后者指状态，在句中都用作状语，其中"左右"是一对反义词，"寤寐"也是一对反义词。"流"对"求"，都是动词。再从节奏韵律来讲，整齐的四言句式，二二节奏，偶句同以"之"字结尾，倒数第二字"流""求"同押幽部韵，音韵流畅。中国诗歌的语言形式，在《诗经》的时代竟然可以表现得如此完美，不能不令人称奇。

由此可见，四言诗是中国诗歌最基本的形式，也是最符合声音对称原理的形式。中国早期诗歌以四言诗为主，体现了先民对于汉语诗歌音乐形式的掌握和对于艺术之美的自觉追求，其在艺术上的最高成就就是《诗经》。《诗经》三百零五篇作品，绝大多数以四言为主，都在自觉或者不自觉中向着四言诗的典型形态靠拢。大多数的四言句都由两个对称音组组成，大多数的诗歌都由四句、六句、八句等偶数句组成，大多数的诗歌都遵循着句式之间的对称原理，大多数的诗篇都遵循着首句押韵与偶句押韵的规则，强化着每一联之间的对称效果。这种环环相扣的对称就形成了诗歌的旋律，既是音乐节奏的旋律，也是语言节奏的旋律，是二者之间的完美统一。

第二节　独具早期诗体特征的语词艺术

《诗经》是四言诗的典范，在《诗经》四言诗的创作过程中，语词起到了重要作用。所谓语词，现代汉语中一般将其称为"虚词"。它大致包括两种类型，一是"嗟叹词"，一是"语助词"。可以说，语词的使用，是《诗经》四言诗的一大特点，是它独特艺术成就的有机组成部分，也是它有别于后世诗歌的一个重要标志。只有破解了《诗经》中的语词艺术，我们才能真正了解《诗经》四言诗形成的奥秘。

1. 嗟叹词的产生及其在《诗经》中的表现

"嗟叹"之名，取自《毛诗序》。它在论及诗歌起源时说："诗者，志之所之也。在心为志，发言为诗。情动于中而形于言，言之不足，故嗟叹之，嗟叹之不足，故永歌之"。按此说法，诗歌是人心有所感动的一种语言表达。由于人的语言不足以表达丰富的情感，于是不得不用嗟叹的方式来增强表达的效果。如果还不足以表达情感，那就诉诸歌唱。这是我们祖先对于诗歌起源问题的深刻总结，沉积了深厚的文化传统，对于我们认识诗体的发生和语言的发展也具有极大的启示意义。这些在中国早期诗歌中保存的大量的嗟叹声，成为诗体的有机组成部分，是诗歌中用于表达情感的声音符号。

嗟叹词的产生，出于人类早期情感表达的需要，也是人类的一种艺术审美追求。《淮南子·道应训》曰："今夫举大木者，前呼'邪许'，后亦应之，此举重劝力之歌也。"实事求是地讲，《淮南子》所记录的，不过是古人抬木头时所发出的劳动呼喊，"邪许"两字并没有实在的意义。但是，在抬木头的时候，前面的人喊一声"邪许"，后面的人也跟着和上一声，这就形成了一种有规律、有节奏的声音重复——"邪许！邪许！"就具有了歌的要素，用模仿的文字把这种声音记录下来，就是古代最早完全由嗟叹声组成的"举重劝力之歌"。而《吕氏春秋》所载涂山氏之女的《候人歌》"候人兮猗"，则由"候人"这两个实词与"兮猗"这两个嗟叹词组成一个诗句，最为典型地体现了"言之不足，故嗟叹之，嗟叹之不足，故永歌之"的要义。它们都是最早的具有原生态性质的诗歌。由此可以看出，嗟叹词不仅是中国古代最早的歌唱语言，也是最早的诗体形式要素。

由于早期文献的缺失，我们现在所能见到的真正属于中华民族早期的诗歌极其有限，而后世文献中的记载则多带有传闻性质。但是在《诗经》当中，我们会发现好多诗作还保留着早期诗歌的特色，嗟叹词在其中起着重要的构建诗体的作用，如：

于嗟！麟兮！（《周南·麟之趾》）
于嗟乎！驺虞！（《召南·驺虞》）
于嗟！阔兮！（《邶风·击鼓》）
猗嗟！昌兮！（《齐风·猗嗟》）
绿兮！衣兮！（《邶风·绿衣》）

母也！天只！（《鄘风·柏舟》）

伯兮！朅兮！（《卫风·伯兮》）

以上例句中的"于嗟""于嗟乎"与"猗嗟"，都是用于句首的嗟叹词，有很强的独立意义。"兮"字、"也"字和"只"字，则是用于句尾的嗟叹词。将它们单独断句，可能更符合这些诗句在歌唱时的原生态状况。从歌唱的角度来讲，它们也完全可以成为独立的句子。而现在各类《诗经》版本之所以将这些诗句视为四言诗句，完全是从后世的习惯入手而进行的诗行划分，未必是原来歌唱时的声音表达面貌。但是由此我们可以看出，在中国早期诗歌体式构建的过程中，嗟叹词起了非常重要的作用。

《诗经》中的诗歌以四言为主，还包括二言、三言、五言、六言等多种句式。无论在哪种句式中，我们都发现了嗟叹词的存在。它们有的在句首或者句中，但是最主要的还是在句尾。那么，在进行诗体分析的时候，对于这些在诗句中处于不同位置的嗟叹词，我们应该如何处理呢？如《魏风·十亩之间》这首诗，每句的末尾有一个嗟叹词"兮"，如果按照现代人的诵读习惯，也许有人会这样读：

十亩 / 之间兮，

桑者 / 闲闲兮，

行与 / 子还兮。（《魏风·十亩之间》）

如此，这首诗就可以看成是每行都由五个字组成的诗。但是，从歌唱的角度来看，这首诗每句末尾的"兮"字正好是"言之不足"的"嗟叹"，也许这样读更为合适：

十亩之间 / 兮，

桑者闲闲 / 兮，

行与子还/兮。

如此而言，这首诗则是在每句诗的末尾带有嗟叹的四言诗，而不能称之为五言诗。非常有意思的是，古今学者在讨论五言诗起源问题的时候，无论是晋代的挚虞、南朝梁时的刘勰还是当代的众多学者，几乎从来没有人将这首诗当作五言诗来看待。由此可见，对于"兮"字在这首诗中所起的作用，我们只有从歌唱的角度才能给出更为合理的解释，指出它在诗中存在的意义。

嗟叹词在诗歌中主要承担的是抒情功能和音乐功能，它是中国早期歌唱的有机组成部分，是诗乐合一的重要标志。它不仅在抒情的表达与歌唱中起着重要作用，同时也参与了诗体的建构，是中国早期诗歌形式的重要组成部分。因而，研究中国早期诗体的形成，我们必须注意嗟叹词在其中所起的作用。在文字尚不发达的早期，嗟叹词不仅可以强化情感的表达，而且有规律的声音嗟叹，也成为最容易形成节奏韵律的基本要素，从而使之具有了诗体的形式特征。在此，我们再以《齐风·著》为例进行分析：

俟我于著/乎而，
充耳以素/乎而，
尚之以琼华/乎而。

这首诗共三章，每章的形式都一样，句尾的嗟叹词为"乎而"。从诗体的诵读节奏来讲，我们可以把每句诗分成前后两部分。由此，我们可以更加明确地感受到嗟叹词在诗体构成中的意义。由于嗟叹词的存在，每句诗前后呼应，构成了诗行，有了统一的韵尾，形成了诗句的重复，使全诗有了鲜明的韵律节奏，从而具有了诗的形式。假设没有嗟叹词的存在，那么这首诗的形式就变成这样：

俟我于著,
充耳以素,
尚之以琼华。

如果单纯从语言的角度来看,没有这些嗟叹词,并不影响诗句意义的表达。但是从歌唱的角度来看,有没有这些嗟叹词,它的艺术效果却大不一样。今天我们虽然已经听不到那时的演唱了,但是即便是用现代语音朗诵,我们依然能够明显地感到,没有了嗟叹词"乎而"的存在,不仅整首诗的感情表达会大受影响,其诗体本身的形式之美也会大打折扣。如果不特别说明,我们甚至很难想象它会是一首诗。

嗟叹词在《诗经》作品中,以用于句尾最为普遍,在强化感情的同时,还起着强化节奏韵律的作用。中国早期的许多诗歌都具有这一特征,如《吕氏春秋·古乐》引《候人歌》:"候人兮猗。"《尚书·益稷》引《赓歌》:"股肱喜哉,元首起哉,百工熙哉。""元首明哉,股肱良哉,庶事康哉。""元首丛脞[cuǒ]哉,股肱惰哉,万事堕哉。"《孔子家语》引《南风歌》:"南风之薰兮,可以解吾民之愠兮。南风之时兮,可以阜吾民之财兮。"《礼记·檀弓》引孔子《曳杖歌》:"泰山其颓乎,梁木其坏乎,哲人其萎乎。"这些诗歌都是后人追记,虽然未必完全保留了当时的原样,甚至也许是后人假托之作,但是我们不能否认,这些诗歌的形式比较古朴,保留了不少中国早期歌唱的因素。因而,包括《诗经》在内的众多早期作品,虽然我们现在习惯上都把它们称为"诗",但是从这些作品产生的实际情况来讲,还是把它们称为"歌"更合适,它们并不等同于后世的只用于诵读的诗,只是根据早期歌唱而记录下来的文本形式而已。

但是《诗经》时代毕竟是诗乐合一的时代，从理想的状态来讲，音乐歌唱与诗体形式二者之间应该是完美的统一，歌唱必然会对诗体的形成产生极大的影响。其中最为重要的一点就是对诗行的约束，要求诗行整齐。《诗经》以四言句为主，它由两个对称音组构成——由于汉语是一字一音，因而，从诗体的角度来讲，一个对称音组理想的形态应该是由两个实词组成。但是，在语言词汇尚不发达的上古，完全由实词组成四言诗句有时并不那么容易，于是使用嗟叹词，在强化抒情的同时又起到整齐诗行的功能，实在是一举两得的最佳方式。《诗经》许多篇章中的嗟叹词并非游离于对称音组的节奏之外，而是诗体中对称音组的有机组成部分。如《周南·汉广》，嗟叹词用于偶数句的末尾，一方面强化情感的表达，形成了更加鲜明的节奏；另一方面也使这首诗的句式变得更为整齐，成为由两个对称音组组成的二分节奏的四言诗句：

南有 / 乔木，不可 / 休思。①
汉有 / 游女，不可 / 求思。
汉之 / 广矣，不可 / 泳思。
江之 / 永矣，不可 / 方思。

这首诗中的嗟叹词有"思"和"矣"两个，与上首诗中的嗟叹词"乎而"同样用于诗句的末尾，也起着强化抒情的作用。但它们又参与了诗行的建构，与"乎而"颇有不同。"乎而"可以成为一个独立音组，在诗句中与前面的音组共同构成一个诗句。而这里的"思"与"矣"字，却不能成为一个独立的音组，而是与前面的词

---

① 《毛诗》中"思"字为"息"，许维遹校释的《韩诗外传集释》作"思"，并有相关考证。袁梅《诗经异文汇考辨证》对此亦有相关考辨，应以"思"字为是，今从其说。

语形成了一个临时的声音组合。同时，由于这两个嗟叹词的存在，这首诗便成为一首形式完整的四言诗。

由此可见，虽然从表面上看《诗经》中用于诗句末尾的嗟叹词都是一样的，实际上却可以分为两种不同的形态：一种是独立地存在于诗句末，另一种是与前面的词语组成一个临时的对称音组。前一种形态中的嗟叹词主要承担的是增加抒情效果的功能，而后一种形态中的嗟叹词同时还承担着整齐句法的功能。从只承担强化抒情的音乐功能到同时兼有诗体建设功能，这是嗟叹词在诗歌功能中发生的重大变化，也是中国诗歌体式发展史上重要的一次进化。

为了说明两者的差别，我们再举两例作较为深入的分析：

子之汤／兮，
宛丘之上／兮。
洵有情／兮，
而无望／兮。（《陈风·宛丘》）

野有／蔓草，零露／漙兮。
有美／一人，清扬／婉兮。
邂逅／相遇，适我／愿兮。（《郑风·野有蔓草》）

两首诗所使用的嗟叹词都是"兮"，表面看起来相同，但实际上在诗体形式组成上所承担的功能却大不一样，它们的诗体语言组合方式也大不一样。《陈风·宛丘》中的嗟叹词在诗中的主要功能是增加抒情的效果，属于单纯的"言之不足"的嗟叹，它前面的语词是一个紧密结合的音组，与它构不成临时的对称音组，它也没有承担规整诗行的作用。所以这首诗就是一首三四言混合而成的杂言诗，只不过在每个诗句后面增加了一个独立的嗟叹声而已。

而《郑风·野有蔓草》中的嗟叹词"兮",虽然也有增强抒情效果的功能,但是并没有前者那样强烈,它与前一个单音词可以组合为一个临时的对称音组,从而使它成为这个四言诗句的有机组成部分。没有这个"兮"字,这首诗就是一首四三言相混合的杂言诗,有了它则变成了整齐的四言诗。由此可见,这里的"兮"字同时还承担了规整诗行的作用,与前面的单音词共同参与了对称音组的建构,却由此而牺牲了一部分作为嗟叹词的独立性。因而,这首诗的韵律组合形式就与上一首大不相同,"兮"字不再单独成为一个独立的嗟叹音符。

为什么同样都是在句尾的"兮"字,从韵律结构上却可以作出两种不同形式的划分呢?其原因来自诗体以韵律结构为主的生成机制。从声音的组合形态来讲,对称音组比非对称音组有更好的声音效果,所以,两个字以上的词语组合,在诗歌句式中总是趋向于组成更多的对称音组。所以,嗟叹词"兮"字如果出现在一句诗的末尾,就有和它前面的词组成对称音组的可能,关键要看在它前面的那个词的独立性如何。如果该词的独立性较弱,它就会依附于它前面的词,与其难以"分手"。如《宛丘》一诗,"子之汤""宛丘之上""洵有情""而无望"四句,其中的"汤""上""情""望"四个单音词,都与前面的词结合紧密,独立性很弱,所以很难与后面的"兮"字结合成对称音组,"兮"字就只能以嗟叹词的方式独立存在。而《野有蔓草》一诗中的"湾""婉""愿"三字,在这首诗中都以独立性比较强的单音词方式存在,所以它就可以与后面的嗟叹词组成一个临时的对称音组,从而使这个嗟叹词成为诗行的有机组成部分,削弱了它的语气作用。由此,我们就可以把同样都以"兮"字结尾的诗进行比较,看出它们的不同。包含"兮"作为独立嗟叹词而存在的诗句的,如《王风·采葛》:

彼采葛／兮，一日不见，如三月／兮！
彼采萧／兮，一日不见，如三秋／兮！
彼采艾／兮，一日不见，如三岁／兮！

在《诗经》以"兮"字为结尾的诗句中，"兮"作为独立嗟叹词存在的占大多数，除《陈风·宛丘》《王风·采葛》之外，还有《郑风·缁衣》《遵大路》《丰》《齐风·还》《东方之日》《猗嗟》《魏风·陟岵》《十亩之间》《陈风·月出》《桧风·素冠》等。

包含可以与前面的词语组成对称音组的"兮"字结尾句的，除了《郑风·野有蔓草》外，还有《桧风·匪风》：

匪风／发兮，匪车／偈［jié］兮。顾瞻周道，中心／怛［dá］兮。
匪风／飘兮，匪车／嘌［piāo］兮。顾瞻周道，中心／吊兮。
谁能／亨鱼？溉之／釜鬵［xín］。谁将／西归？怀之／好音。

仔细分析这首诗中的"发""偈""怛""飘""嘌""吊"六个单音词，可以发现它们都有比较强的独立性，是对前面名词的形容，所以它们才可以与后面的"兮"字组成临时的对称音组。这种情况在《诗经》中的例子虽然不多，但是它说明了"兮"字在诗体发展过程中功能的转化。这说明，在中国诗歌体式发展的过程中，有一个从早期的诗乐一体到各自独立的过程。由于汉语诗歌最终脱离了音乐而独立，因此，具有鲜明的诗乐合一特征的嗟叹词，在后世的诗歌中逐渐减少。而《诗经》时代，则正是嗟叹词大放异彩的时代，从早期的独立情感表达，如"举重劝力之歌"的"邪许"，到强化情感的嗟叹，如《齐风·著》中的"乎而"、《陈风·宛丘》中的"兮"，再到可以与其他单音词组成临时对称音组、《周南·汉广》中的"矣"和"思"，《郑风·野有蔓草》中的"兮"，嗟叹词成为《诗经》中一道亮丽的风景线，让我们充分体会到早期诗与歌一体的艺术之美。《诗经》体式的摇曳多姿，情感表达的声情并茂，有相当大的成分来自嗟叹词的运用。在汉代以后的诗歌里，则少有嗟叹词的影子。当然，由于诗与歌在后世仍然有合作的广阔前景，这些嗟叹词在后世的诗歌中也一直没有完全绝迹，而这，正是诗的早期歌唱特征在后世诗歌中的遗存，如汉乐府中的《上邪》等。

2. 语助词：在诗体建构中的多功能音符

这里所说的语助词，指的是《诗经》中除嗟叹词之外起辅助作用的各类虚词。古人往往将这些词解释为"辞"，如《周南·芣苢》"薄言采之"，《毛传》："薄，辞也"。再如《周南·葛覃》"言告师氏，言告言归"，朱熹《诗集传》："言，辞也。"《尔雅·释诂》"伊、维，侯也"，邢昺疏："皆发语辞"。这些词有时也被称为"语助"。如对于《小雅·白驹》中的"贲然来思""勉尔遁思"二句，孔颖达《毛诗正义》："此'来思''遁思'，二'思'皆语助，不为义也"。因为这些词语虽无实义却有助于诗旨与诗情的表达，在《诗经》中的用法又灵活多变，所以本书将它们统一称为"语助词"。

《诗经》中的这一类语助词非常多，根据在诗中的位置，大致可以分为以下几种情况。第一是用在句首。如：

> 言告师氏，言告言归。薄污我私，薄浣我衣。（《周南·葛覃》）
> 采采芣苢，薄言采之。采采芣苢，薄言有之。（《周南·芣苢》）
> 维鹊有巢，维鸠居之。（《召南·鹊巢》）
> 亦既见止，亦既觏止。（《召南·草虫》）
> 式微，式微，胡不归？（《邶风·式微》）
> 有杕之杜，有睆其实。（《小雅·杕杜》）

第二是用于句中。如：

关关雎鸠，在河之洲。(《周南·关雎》)
葛之覃兮，施于中谷。(《周南·葛覃》)
桃之夭夭，灼灼其华。之子于归，宜其室家。(《周南·桃夭》)
燕燕于飞，差池其羽。之子于归，远送于野。(《邶风·燕燕》)
鸿雁于飞，肃肃其羽。之子于征，劬劳于野。(《小雅·鸿雁》)

第三是用于句末。如：

亦既见止，亦既觏止。(《召南·草虫》)
何其处也？必有与也！何其久也？必有以也！(《邶风·旄丘》)
母也！天只！不谅人只！(《鄘风·柏舟》)
爰采唐矣？沬之乡矣。云谁之思？美孟姜矣。(《鄘风·桑中》)
日月阳止，女心伤止，征夫遑止。(《小雅·杕杜》)

《诗经》中有大量的语助词，并不单单用在句首、句中或者句尾，往往在一句诗中多处使用。有时不仅使用一个、两个，甚至是三个合用。如：

采采芣苢，薄言采之。(《周南·芣苢》)
有杕之杜，有睆其实。(《小雅·杕杜》)
其虚其邪？既亟只且！(《邶风·北风》)

对这一类词语，古人训释不多，研究亦不够，自清人王引之方开始重视。他将这些词称为"语词"。在《经传释词·自序》中说："语词之释，肇于《尔雅》。'粤''于'为'曰'，'兹''斯'为'此'，'每有'为'虽'，'谁昔'为'昔'；若斯之类，皆约举一隅，以待三隅之反。盖古今异语，别国方言，类多助语之文。凡其散见于经传者，皆可比例而知；触类长之，斯善式古训者也。自汉以来，说经者宗尚雅训，凡实义所在，既明著之矣，而语词之例，则略而不究；或即以实义释之，遂使其文扞〔hàn〕格，而意亦不明。"在这里，王引之将经传中那些"虚词"称为"语词"，他之所以要对这些语词进行研究，就因为这些词语在此前的经传解读中不受人们重视，人们往往将其实化，这并不合理，因而妨碍了对经典的学习。王引之有感于此，在其父王念孙的引发之下，他在儒家经典中选择了160个这样的"语词"，作了专门而深入的研究，从此开经典中虚词研究之先河。其典型例证，如《邶风·终风》"终风且暴"，《毛传》："终日风为终风。"朱熹从之。王引之则用《诗经》中同类例句说明"终"乃"既"之义，"终风且暴"为"既风且暴"。在王引之的基础上，近人杨树达的《词诠》又加入了现代的语法学理论，对这些词语作了大量解释。当代语法学在此基础上对这些词又有更加充分的讨论。例如，从语法学的角度来看，我们上引的那些用于句首的语助词大多具有一定的发语意义，用于诗句中间的语助词大都具有一定的连接作用，而那些用于句末的语助词往往具有一定的感情色彩。具体到每一个词，如"之""于""矣""也"等，则又有非常细致的语法学分析。但我认为这些讨论所关注的主要是这些词的语法功能，而且试图将其纳入近代从西方传来的语法体系进行解释，并没有关注这些词在中国古代诗歌中所承担的音乐功能和诗体功能。我们需要从研究诗歌艺术的角度入手，探讨这些语助词在中国早期诗歌中的音乐学意义和诗体学意义。

  首先我们要问的是，《诗经》中为什么要使用这些语助词，不用它们行吗？如《周南·关雎》"关关雎鸠，在河之洲"，不用"之"字，写成"关关雎鸠，在河洲"不行吗？《周南·桃夭》"桃之夭夭，灼灼其华",写成"桃夭夭,灼灼华"不可以吗?省略了这里的语助词,丝毫不影响文义,而且比原来的句子更为精练。可是,如果我们从诗歌本身的节奏韵律角度来看,有没有这些语助词却大不相同。"关关雎鸠,在河之洲"是两个整齐的四言句,每句都由两个对称音组构成,读起来朗朗上口,没有了第二句的"之"字,就变成了"关关雎鸠,在河洲",一句四言,一句三言,两句的声音不再对称,读起来没有韵律和谐的感觉。将"桃之夭夭,灼灼其华"写成"桃夭夭,灼灼华",由两句四言变成两句三言,音乐的感觉更是大不一样,由原来的舒缓变得有些急迫。可见,这些语助词之所以在诗歌中存在,主要是因为它们承担着音乐功能和诗体功能。换句话说,它们在音乐学和诗体学上的意义更大于它们在语法学上的意义。至于它们的语法学意义,应该是在这种习惯用法之后才逐渐形成的。①

既然如此,我们就要进一步讨论这些语助词在《诗经》中的存在方式,也就是说,我们要讨论它们是以什么样的方式纳入诗句中去的。而这又需要我们从诗乐一体的艺术本质出发来进行探讨。

如我们所知,就文体特征而言,诗是有节奏有韵律的语言加强形式。构成节奏韵律的基本要素是对称与重复,因此,对称音组在诗体构成中扮演着重要角色。就四言诗而言,它的基本形式就是由两个对称音组组成的。然而,在上古双音词尚不发达的情况下,如何用语言组成对称音组,就成为四言诗创作中的关键一环。而语助词的大量使用,在四言诗体的形成过程中就起到了至关重要的作

---

① 关于这些语助词的音乐学意义和语法学意义到底孰前孰后,语言学家可能会有不同的认识,他们也许会从语法结构的角度来进行解释,此处不作讨论。我在这里所要强调的是,当下的诗歌形式研究受语言学的影响太大,失去了它的学科独立性。当我们在讨论诗歌中的语词功能的时候,我们应该超越语言学的局限,更关注诗学的本质。

用。换句话说,语助词在《诗经》中广泛应用,是因为它就像一个万能的音符,可以出现在一句诗中的任何位置,灵活地进行组合。仔细分析《诗经》四言诗中对称音组的组合方式,主要有如下几种:第一是由两个单音实词组成,如"抱布""贸丝";第二是由一个专有名词组成,如"文王""上帝";第三是由一个重言词组成,如"夭夭""灼灼";第四是由一个实词和一个语助词或者嗟叹词组成,如"云谁""之思""母也""天只";第五是由两个语助词或者两个嗟叹词组成,如"薄言""亦既""于嗟"。在以上五种组合方式中,最为灵活的组合方式就是后两种。何以如此?因为在歌唱的语境下,对音乐的要求是第一位的,对语法的要求是第二位的。因此我们看到,《诗经》中的好多对称音组都由语助词参与组合而成,都是一种临时组合,如《周南·葛覃》:

葛之/覃兮,施于/中谷,维叶/萋萋。
黄鸟/于飞,集于/灌木,其鸣/喈喈。

这段诗共有六句,十二个对称音组,其中,只有"中谷""萋萋""黄鸟""灌木""喈喈"这五个音组分别由实词组成,其余七个全是由一个实词和一个语助词组成。其组合方式,或者是实词在前,语助词在后,如"葛之""覃兮""施于""集于";或者是语助词在前,实词在后,如"维叶""于飞""其鸣"。但无论如何,这些双音组都是临时组合,都不具备双音词的性质。但是,正因为这些语助词发挥了它们灵活的组合能力,才使这首诗成为一首整齐的四言诗。这就是它们在早期诗歌中的音乐学意义和诗体学意义。

从音乐学和诗体学的角度出发,这些语助词最大的功能是组成音组,建构诗行,这是中国早期诗歌创作的一种艺术技巧,是立足于当时语言基础上的一种艺术创造。它是《诗经》四言体形式产生的过程中不可或缺的一种语言要素,由此而成就了《诗经》迥异于后世五言、七言诗的艺术之美。对此,我们可以从以下两点加深认识。

第一是利用这些语助词,通过声音组合的方式,简洁有效地建构四言诗行。我们知道,《诗经》时代是以单音词为主的时代。四言诗如果分别由四个单音实词组成,就意味着每个四言诗句都可以组成一个非常复杂的句式,如《豳风·七月》中的"女执懿筐",《东山》中的"我徂东山",其句法结构都为"主语+谓语+(定语)+宾语";《小雅·常棣》中的"脊令在原,兄弟急难"两句,都可以说是"主语+谓语+宾语"。这样的句式在内容上包含的信息量也更大。但事实上,在《诗经》中包含四种句法成分的句式并不多见,一句诗中包含三种句法成分的句式也不是主流,更多则是一句诗中包括两种句法成分。何以如此?作为一种歌唱的艺术,《诗经》中的语言结构要受到歌唱节奏的制约。四言诗的二分节奏,很自然地将一个诗句分成前后两个部分,包含两种句法成分的句式,与四言诗才是最佳组合方式,无论是诵读还是歌唱才最为流畅。这要求诗人在创作中不仅要遵循四言诗由两个对称音组组成的规范,还要使语言的表达符合二分节奏的需要,首先将一个四言诗句分成两个对称音组。从理想的状态讲,这个对称音组最好是一个双音词或者是一个词组。但是当这个音组的核心词只是一个单音词的时候,最简便易行的方式就是用一个没有实际意义的语助词与之相配,组成一个临时的双音组以便于歌唱,这就是这些语助词在《诗经》中大量存在的意义,也是它的主要功能。

如我们上文所言,根据口头诗学的理论,为了满足歌唱的需要,早期诗歌中形成了许多套语。套语的产生,有文化和民俗方面的因素,如与比兴相关的套语。但是我们还要知道,在诗歌中之所以运用套语，更重要的一个原因是出于语言的习惯，或者说是为了表达的便利。在这些套语形成的过程中，语助词起了相当大的作用。王念孙、王引之父子发现了"终风且暴"里的"终"与"且"相互对应的关系，从而纠正了《毛传》以来对"终"字的错误解释，就是其中典型的一例。从语法学的角度来讲，"终"与"且"可以看成是一对相互照应的连词。如果我们从口头诗学的角度看，就会发现"终×且×"恰恰是由语助词构成的句式套语，如"终风且暴""终窭且贫""终温且惠""终和且平"等。当我们今天从音乐歌唱和诗体艺术的角度来认识这一现象的时候，才会更好更全面地认识这些语助词在诗歌中存在的意义。它们或用在句首，如"言告师氏""言念君子""维叶萋萋""维鹊有巢"；或用在句中，如"在河之洲""桃之夭夭""集于灌木""集于苞桑"；或用于句末，如"琴瑟友之""吉士诱之""齐子归止""日月阳止"。它们有的是独立使用，有的是组合使用，如"子之/还兮""子之/昌兮""子之/汤兮"中的"之"与"兮"，"维其/优矣""维其/高矣""维其/嘉矣"中的"维其"与"矣"，"载芟/载柞""载渴/载饥""载笑/载言"中的"载"，还有上文提到的"终"与"且"。这些套语都是早期诗人在长期的艺术实践中逐渐总结和摸索出来的，符合四言诗二分节奏的韵律模式，容易被人理解和接受。正是这些由语助词构成的套语，极大地方便了诗人的创作。请看《小雅·鸿雁》一诗：

鸿雁/于飞，肃肃/其羽。之子/于征，劬劳/于野。爰及/矜人，哀此/鳏寡。

鸿雁/于飞，集于/中泽。之子/于垣，百堵/皆作。虽则/劬劳，其究/安宅？

鸿雁/于飞，哀鸣/嗷嗷。维此/哲人，谓我/劬劳。维彼/愚人，谓我／宣骄。

　　这是一首句式非常规整的四言诗,每一个句子都可以分为两个对称音组。但是这些对称音组并非全由实词组成,而是用了几个语助词,其中"于"字出现了七次,"其"字出现了两次,"维"字出现了两次,"则"字出现了一次。再仔细分析,我们会发现这七个"于"字使用的地方不太一致,其中五个都在一个动词的前面,如"于飞""于征";一个用在动词的后面,如"集于",一个用在名词的前面,如"于野"。两个"其"字用的地方也不一样,"其羽"的"其"在名词之前,"其究"的"其"在动词之前。从现代语言学的角度讲,这种用在不同地方的语助词都有不同的意义。但是从诗的角度讲,它们的用法并没有多少差别,都是带有套语性质的习惯性用法,主要是为了顺利地组成对称音组,造成诗句的整齐与声音的和谐。

　　由于这些语助词的存在,《诗经》四言诗产生了特殊的诗体韵味。将《诗经》与后世诗歌艺术进行比较,可以明显地体会到以歌唱为特征的四言诗的艺术之美。而参与这种艺术之美构建的要素之一就是语助词的大量使用。因为《诗经》是歌唱的艺术,这使它与后世文人所创作的只用于诵读的诗歌大不相同,歌唱首先要诉诸声音,从听觉效果上打动听众。而声音是转瞬即逝的,因而,在歌唱的艺术当中,节奏和旋律就起着加强听觉效果的重要作用。《诗经》的一大特点是重章叠唱,习用了大量的套语,采用了大量的现成句法模式,语助词正是构成这些句法模式的基本要素。请看下面这首诗中语助词的应用:

　　爰采唐矣？沬之乡矣。
　　云谁之思？美孟姜矣。

期我乎桑中，要我乎上宫，
送我乎淇之上矣。(《鄘风·桑中》)

这首诗中用了三个语助词"之""矣""乎"，其中，"之"字用了三次，"矣"字用了四次，"乎"字用了三次。四个"矣"字都用于句尾，三个"之"字和"乎"字都用于句中。它们的用法都可以在《诗经》中找到大量的相同例证，这说明它们也都属于句法套语。其中前四句是将"矣"字放在句末的句法套语。后三句则是将"乎"字放在句中的句法套语。正是这两种句法套语的重复使用，构成了这首诗的句式重复，强化了声音效果，而这也正是以歌唱为主的《诗经》四言诗的诗体韵味的独特之处。没有这些句法和语助词的重复使用，就没有这样的艺术特点。这一点，我们将其与后世的五言诗，如汉代的《古诗十九首》进行比较，就可以明显地体会出来。

另外值得我们注意的是，在《诗经》语助词的使用上，《国风》明显地多于《雅》《颂》。这可能是由三者在现实中所承担的功能不同所致。《雅》《颂》原本主要用于宗庙祭祀和朝廷礼仪，它的主体风格庄严隆重，相应的遣词造句所追求的是雅正典则，因而较多地进行了书面语言的修饰。在此基础上产生的"变雅"则主要是当时的贵族士大夫用于抒情言志的作品，因而风格也更贴近于书面语言。而风诗则主要用于日常的礼俗生活，它的主体风格轻松活泼，相应的遣词造句需要更多地贴近生活的语言，因而更多地表现了口头文学的特点，更多地采用由大量的语助词组合而成的套语式句法。同时，由于这些语助词没有实在的意义，这也降低了诗句的内容含量和语义密度，更便于听众在有限的时间内欣赏诗歌的音乐之美、接受理解并发挥艺术想象。歌唱的艺术以声音之美为第一要义，过于深奥的语义和繁复的语言形式并不适合于歌唱。不独古代如此，当代也是如此。

　　总而言之，我们讨论《诗经》的语言艺术，不能脱离对嗟叹词和语助词的关注，因为它们在其中都起到了重要作用。这种作用首先体现在歌唱方面，在诗乐一体的《诗经》时代，嗟叹词和语助词都是组成和谐的诗歌音乐形式的基本要素。由于"言之不足"而产生了"嗟叹"，才使早期诗歌找到了更好的情感表达的语言补充方式和声音表现方式，使之更适合于歌唱。由于诗乐一体，要求声音节奏和语言节奏尽量统一，语助词在组成对称音组以适应歌唱方面发挥了重要作用。诗是中国古代最有代表性的文学样式，诗乐一体是中国早期诗歌最基本的特点。嗟叹词与语助词在《诗经》中的大量存在，为我们研究中国早期诗歌的歌唱形态提供了生动的实例。对其进行细致考察，不但有助于我们理解《诗经》的语言艺术之美，也有助于我们更好地认识中国诗歌形式，探寻其艺术之美生成的奥秘。

第三节　根源于形声表意字的诗性表达

　　《诗经》的语言由实词和虚词两部分构成，它们都与中国早期诗歌的发展状况有关。如果说，虚词在《诗经》的句法结构方面表现了特殊意义，那么实词在《诗经》的遣词造句中同样体现了鲜明的特色。这些特色，与中国象形字的早期特征和先秦语言多为单音词的特点有直接关系，由此而形成了《诗经》在语言组合上的独特诗性表达方式。下面我们分几点讨论。

1. 立足于具象名物的生动表达

　　孔子在与弟子们讨论《诗经》的时候说过："小子何莫学夫诗？

诗，可以兴，可以观，可以群，可以怨。迩之事父，远之事君。多识于鸟兽草木之名。"他在这段话中讲了《诗经》的多种功能，其中就包括文化教育功能、读书识字功能。《诗经》中的词语的确是丰富多彩的。据统计，它使用单字近 3000 个，若按字义计算，有 4000 左右。这些单字构成了众多的词语，表述了极为丰富的生活知识。如仅以生物名词计算，就有草本植物 100 种、木本植物 54 种，关于鸟类的有 38 种，关于兽类的有 27 种，关于昆虫和鱼类的有 41 种。这些单字也表现了人对各种动植物的辨识能力。又如关于手的动词就有按、攘、抱、携、指、掺、挟、挹、握、提、拊、拾等 30 多个。① 这些丰富的名词和动词意味着周人辨识事物和驾驭语言的非凡能力，是他们进行诗歌创作的语言基础。

  从民族语言的发展情况看，周代还是一个以单音词为主的时代，在表达同类事物的不同个体时，还没有形成以抽象类概念为主构造复合词的普遍能力，最常用的方式还是用不同的单音词来表示具有不同表象特征的个体。而《诗经》的作者则充分利用了这一特点，将其娴熟地运用于诗歌创作，极大地提升了《诗经》的诗性蕴含。如《诗经》中写到"马"，很少用抽象的一般性名词"马"，而是大量使用那些具有描述作用的特殊名词，有 30 多个。如《小雅·皇皇者华》写使臣出征，全诗五章，从第二章开始，每章都以所乘之马不同而开篇，"我马维驹""我马维骐 [qí]""我马维骆""我马维骃 [yīn]"。"驹"，小马。"骐"，青色而有黑色圆斑的马。白马黑鬣 [liè]（马鬃）曰"骆"，浅黑、白杂毛曰"骃"。《鲁颂·駉 [jiōng]》是一篇专门写马的诗篇，其中提到的马就有 16 种之多："骗" [yù]，黑身白胯的马；"皇"，黄白色的马；"骊"，纯黑色的马；"黄"，

---

① 此处参考杨公骥：《中国文学（第一分册）》，吉林人民出版社，1980，第 258—259 页。

黄色杂有赤毛的马；"骓"，毛色苍白相杂的马；"駓"[pī]，毛色黄白相杂的马；"骍"[xīng]，赤色的马；"骐"，青色而有黑色圆斑的马；"驒"[tuó]，皮毛呈鳞状斑纹的青马；"骆"，黑鬃的白马；"骝"，黑鬃、黑尾巴的红马；"雒"，黑身白鬃的马；"駰"，浅黑、白杂毛的马；"騢"[xiá]，赤白色相间的杂毛马；"驔"[diàn]，黄色脊毛的黑马；"鱼"，双眼周围有白毛的马。这些具象化名词的产生，一方面说明周人对于马的熟悉程度，另一方面也说明他们驾驭和使用语言的非凡能力。正因为诗中运用了这些具有描述性作用的名词，所以诗中的马的形象才如此鲜明生动。这些以单音词为主的名词，与重章叠唱的诗体相得益彰，成为《诗经》艺术的一大特色。如《郑风·大叔于田》：

叔于田，乘乘马。执辔如组，两骖如舞。叔在薮，火烈具举。襢裼[xī]暴虎，献于公所。将叔无狃[niǔ]，戒其伤女。

叔于田，乘乘黄。两服上襄，两骖雁行。叔在薮，火烈具扬。叔善射忌，又良御忌。抑磬控忌，抑纵送忌。

叔于田，乘乘鸨。两服齐首，两骖如手。叔在薮，火烈具阜。叔马慢忌，叔发罕忌。抑释掤[bīng]忌，抑鬯[chàng]弓忌。

这是一首写女子歌颂心中所爱男子的诗，他（"叔"）是一位勇敢的武士。诗中主要描写了"叔"打猎时的雄姿。写"叔""乘乘马""乘乘黄""乘乘鸨"，这里的"马"是指六尺以上的高大威武的马，①"黄"是指黄色杂有赤毛的马。"鸨"是指皮毛黑白相间的马。这样，诗中的叙述既不嫌重复，也不嫌抽象。通过对"叔"所乘之马的生动描写，衬托出这位勇敢武士的形象。

---

① 《周礼·夏官司马·校人》："马八尺以上为龙，七尺以上为騋，六尺以上为马。"

其实这首诗中值得我们注意的不止是各种不同名称的马,其他名词的运用也是如此。因为名词多有具象化特征,所以在看似一般的叙述当中,却包含丰富生动的情景描写,需要我们逐字逐词地细心体会。如这首诗的第一章接着写"叔"打猎时的形象。"执",用手掌握。"辔",驭马的缰绳。"组",用丝接成的带子。"骖",一车四马中旁边的马匹。"舞",跳舞。"薮",多草木的沼泽之地。襢,脱掉上衣。"裼",露出肉体。"暴",徒手搏斗。"公",旧说指郑庄公。"所",处所。"将",请求。"狃",粗心、轻视。"戒",戒备、警惕。也就是说,这里的每个单音词几乎都有它的独立意义,都具有鲜明的形象化特征,其内容特别丰富。用现代汉语翻译过来,这一章的大意是:叔去田猎啊,驾驶着四匹大马拉的战车多么威武。他手握缰绳像舞动丝带,两匹骖马就像跳舞。叔来到草木繁茂的泽薮,烧起烈火驱赶野兽。叔脱衣露出粗壮的胳膊,徒手与凶猛的老虎搏斗,然后把它献给领主。请求叔啊千万小心,一定要警惕会伤害你的老虎!

  诗的第二章特别写了叔驾车的雄姿,也用了很多单音词,同样生动。"服",一车四马中间的两匹。"襄",借为"骧",马头高扬。"雁行",两匹骖马像雁的行列一样紧跟着中间的两匹服马。"抑",语助词。"磬控",《毛传》:"骋马曰磬,止马曰控"。"纵",放开。"送",驱动。"忌",语助词。这一章的大意是:叔去田猎啊,驾驶着大黄马拉的战车多么威风。两匹服马昂首挺胸,两匹骖马紧紧相从。叔来到草木繁茂的泽薮,驱赶野兽的烈火熊熊。叔善于射箭,驾车也是英雄。你看他一会儿把战马勒住,一会儿又驱赶着战车纵横。

  第三章重点写叔田猎结束时的潇洒。"齐首",并肩齐驱。"如手",像左右手一样。"阜",火烧得旺盛。"发",放箭。"罕",稀少。"释",打开。"掤",箭筒盖。"鬯",盛弓的袋子。"鬯弓",把弓装进袋里。这一章的大意是:叔去田猎啊,驾驶着黑白杂毛马拉的战车多么雄壮。叔的驾驭技术娴熟,服马骖马随心所畅。叔来到草木繁茂的泽薮,驱赶野兽的烈火正旺。叔让马车缓慢行进,箭也不再放于弦上。他把弓箭装入袋中,凯旋之时得意洋洋。

短短三章诗,就把"叔"打猎时的英武身姿描写得活灵活现。因为《诗经》时代的单音词多有具象化特征,每个字都有丰富的意义,所以阅读和欣赏这些诗歌,每一个字都不要轻易放过,要仔细体会它所包含的特殊意象,这对于习惯于双音词思维的现代人是个不小的考验。

利用具象化的名物词汇进行艺术表达,是《诗经》艺术的一大特征。它使诗的语言简洁生动且具有形象性,大大加强了艺术效果。对此,前人已有所体会。如南朝梁钟嵘在《诗品》中说:"夫四言,文约意广,取效风骚,便可多得,每苦文繁而意少,故世罕习焉。"可见,四言诗这种"文约意广"的特征,钟嵘已经认识到了。但是也正像他所说的那样,后人必须向《诗经》学习,掌握《诗经》用语的奥秘,才会有所得。假如他们以汉以后的用语习惯去模仿,便只会"每苦文繁而意少",甚至于有东施效颦之讥了。

2. 用重言和双声叠韵形容词摹声摹形

稍微了解《诗经》的读者都会注意到,《诗经》中使用的重言词和双声叠韵词特别多。重言如肃肃、喓喓、悢悢、揭揭、翘翘、翼翼、晰晰、霏霏等;双声如参差、黾勉、踟蹰等;叠韵如窈窕、崔嵬、沃若、逍遥、辗转等。这些重言和双声叠韵的形容词,具有极强的艺术表现力,用它们来描摹事物的声音与形貌,产生了极好的艺术效果。值得注意的是:在《诗经》形容词的使用中,和双声叠韵形容词相比,重言形容词更多。诗人几乎可以用它来形容各种事物。如用"粼粼"形容水的清澈,用"迟迟"形容路的长远,用"草草"形容人的劳心,用"温温"形容人的宽厚,用"猗猗"形容竹的美态,用"习习"形容风的和舒。这样的重言形容词,有的一章诗中可以使用两个,如"桃之夭夭,灼灼其华"(《周南·桃夭》);有的可以使用三个,如"肃肃兔罝,椓之丁丁。赳赳武夫,公侯干城"(《周南·兔罝》)。有的一章诗中甚至可以使用更多,如《卫风·硕人》最后一章描写庄姜出嫁时路上的风景之美和随从之盛:"河水洋洋,北流活活。施罛〔gū〕濊〔huò〕濊,鳣〔zhān〕鲔〔wěi〕发〔bō〕发。葭菼〔tǎn〕揭揭,庶姜孽〔niè〕孽,庶士有朅〔qiè〕。"七句之中就使用了六个重言词,真是把眼前景物写活了:宽阔的河水呀浩浩荡荡,奔流不息、轰轰作响。撒网入水呀网声唰唰,鳣鱼鲔鱼活蹦乱撞。水边芦苇呀生长茁壮,陪嫁的姑娘呀个个漂亮,随从的武士威武雄壮。利用这么多的重言词来摹声摹形,这在中国诗歌史上是独树一帜的。在此我们再举一例来说明,如《周南·螽斯》:

> 螽斯羽,诜〔shēn〕诜兮。宜尔子孙,振振兮。
> 螽斯羽,薨薨兮。宜尔子孙,绳绳兮。
> 螽斯羽,揖揖兮。宜尔子孙,蛰蛰兮。

这是一首祝颂诗。螽斯是一种蝗虫,产卵众多,繁殖力强。螽斯在起飞时振动翅膀,会发出声响。此诗用螽斯为比,祝愿人多子多孙,后代昌盛。这首诗写得非常简单,共三章,每章四句,各章第一句一样,第三句也相同,只有第二句和第四句各换了一个形容词。其中各章第二句中的形容词语义相同或相似。"诜诜""薨薨",《毛传》都注释为"众多也","揖揖"则注为"会聚也"。其实,"众多"和"会聚"都是引申义,其本义则指螽斯振翅发出的声音,都是拟声。其中,"诜诜"指一大群螽斯起飞时发出的声音,"薨薨"指螽斯在天上飞过时发出的声音,"揖揖"指螽斯降落时发出的声音。也就是说,这三个重言词都是"摹声"。而各章第四句的形容词也基本同义,且与第二句的形容词相对应。"振振"指一群螽斯起飞时的样子,"绳绳"指螽斯在天上群飞而过的样子,"蛰蛰"指螽斯降落时的样子。也就是说,这首诗每章第四句的重言词都是"摹形"。这首诗写得真是形象生动,短短几句话,就把螽斯群飞起落时震动人心的声音与漫天而来的壮观景象描摹出来。可以看出,这里既有对螽斯习性的了解和观察,更有诗人在遣词造句方面的匠心独运。其实,蝗虫对于从事农业生产的周人来说并不是什么益虫,因为蝗灾对于他们来说实在是太可怕了。但是,蝗虫的这种强大繁殖能力也给了诗人丰富的联想,诗人以此为比,祝颂家族的繁荣昌盛,可谓别开生面。尤其是这六个重言词的运用,可谓生动形象至极,还充分显示了《诗经》用形容词来摹声摹形的时代特色。

《诗经》中使用了大量的重言、双声和叠韵的形容词,这是它与后世诗歌用词的一个重要区别。在中国后世诗歌中,虽然也有个别诗篇采用类似手法,如《古诗十九首》中的《青青河畔草》:"青青河畔草,郁郁园中柳。盈盈楼上女,皎皎当窗牖。娥娥红粉妆,纤纤出素手。"李清照《声声慢·寻寻觅觅》中的"寻寻觅觅,冷冷清清,凄凄惨惨戚戚",曾因为使用这种重言形容词而广为后人称道,然即便如此,使用者仍然很少。而对于《诗经》时代的作者来讲,运用这些重言或者双声叠韵的形容词却如家常便饭。何以如此?这里面有诗人的苦心经营,但更重要的是一个时代的语言环境造就了一个时代的诗体。相比于汉代以后,周代社会还是一个词汇不太发达、以单音词为主的时代,因为尚没有形成如后代那样丰富的双音词组合方式,所以《诗经》时代的诗人在对事物进行描写的时候，就只能立足于单音词，在这一基础上进行艺术创造。所以我们看到，仅仅在《周南》十一首诗中，就有"关关""窈窕""参差""辗转""萋萋""喈喈""莫莫""采采""崔嵬""虺隤""诜诜""振振""薨薨""绳绳""揖揖""蛰蛰""夭夭""灼灼"等十八个这样的词语。利用重言或者双声叠韵的方式来构成新词，对所观察的事物进行声音与形状的描摹，是那个时代的诗人得心应手的遣词造句方式，组合便利，又生动形象。

另外，重言和双声叠韵形容词的大量使用，也是出于歌唱的需要。这些形容词在声音的表现上最为和谐动听，所以才会得到诗人的喜欢，用于歌唱之中，增强歌唱的效果。清人李重华说："叠韵如两玉相扣，取其铿锵；双声如贯珠相连，取其宛转。"① 他在这里虽然只是以玉声珠声为喻来解释双声叠韵，还没有揭示出它们产生的根源，但是他能够从音乐音响效果方面进行思考，这无疑是相当高明的见解。《诗经》本身就是配乐可唱的，它的语言运用自然就要受节奏韵律的影响。其中的双声叠韵，尤其是重言，最初就取自动作音响的谐音。"伐木丁丁，鸟鸣嘤嘤"（《小雅·伐木》），"鼓钟将将，淮水汤汤""鼓钟喈喈，淮水湝湝""鼓钟钦钦，鼓瑟鼓琴，笙磬同音"（《小雅·鼓钟》）。这些重言词都是对音乐的模仿。而那些用以描摹形象的重言和双声叠韵形容词，同样也会形成声音的和美效果。

《诗经》中这些重言和双声叠韵形容词的产生，更是诗人对现实生活细致观察的结果。刘勰在《文心雕龙·物色》中有一段常被人们引用的话："诗人感物，联类不穷；流连万象之际，沉吟视听之区。写气图貌，既随物以宛转；属采附声，亦与心而徘徊。故

---

① 李重华：《贞一斋诗说》，载王夫之等撰《清诗话（下册）》，上海古籍出版社，1978，第935页。

'灼灼'状桃花之鲜,'依依'尽杨柳之貌,'杲杲'为出日之容,'瀌瀌'拟雨雪之状,'喈喈'逐黄鸟之声,'喓喓'学草虫之韵;'皎日''嘒星',一言穷理;'参差''沃若',两字穷形:并以少总多,情貌无遗矣。虽复思经千载,将何易夺?"按刘勰的说法,《诗经》在描绘事物时之所以能达到如此的效果,主要是因为人为物感。所谓"春秋代序,阴阳惨舒,物色之动,心亦摇焉""物色相召,人谁获安?"但是,为什么同是在"物色相召"之下,后代的"写气图貌"与"属采附声",虽百般地有意经营却达不到如此的效果?是因为"自近代以来,文贵形似,窥情风景之上,钻貌草木之中",正所谓"精思愈疏"。也就是说,真正的艺术来自对生活的理解与观察,而不是文人脑海里的冥思苦想。《诗经》不同于后世的文人诗,它是产生于那个特定时代、集实用和审美功能为一体的乐歌,而这种乐歌既有广泛的群众基础,更有悠久的历史传统。

3.中心词语的锤炼与情景的推进

《诗经》艺术形式的一个重要特征是重章叠唱。重章叠唱的章法产生了许多歌唱的技巧,如我们前面所说的套语的运用。但光有这些还不够,还需要诗人利用这些技巧,将丰富的内容用生动的文字表达出来。下面,让我们以《周南·芣苢》为例进行分析:

采采芣苢,薄言采之。采采芣苢,薄言有之。
采采芣苢,薄言掇之。采采芣苢,薄言捋之。
采采芣苢,薄言袺[jié]之。采采芣苢,薄言襭[xié]之。

这首诗可以说是《诗经》中最为简单的诗歌之一,三章文辞大部分重复,只换了六个动词。可是就是这样一首诗,却得到了古今学者的普遍称赞。朱熹《诗集传》曰:"化行俗美,家室和平,妇人无事,相与采此芣苢,而赋其事以相乐也。"清人方玉润《诗经原始》云:"读者试平心静气,涵泳此诗,恍听田家妇女,三三五五,于平原绣野、风和日丽中,群歌互答,余音袅袅,若远若近,忽断忽续,不知其情之何以移而神之何以旷。则此诗可不必细绎而自得其妙焉。"今人闻一多对此作了民俗学的考证,认为在中国早期风俗信仰中,芣苢有助于女子怀孕,所以才有采芣苢的活动。由此,他在朱熹、方玉润等人的基础之上,又作了更富有诗意的解读:"那是一个夏天,芣苡(苢)都结子了,满山谷是采芣苡(苢)的妇女,满山谷响着歌声。这边人群中有一个新嫁的少妇,正撚那希望的玑珠出神,羞涩忽然潮上她的靥辅,一个巧笑,急忙地把它揣在怀里了,然后她的手只是机械似的替她摘,替她往怀里装,她的喉咙只随着大家的歌声唪着歌声……她听见山前那群少妇的歌声,像那回在梦中听到的天乐一般,美丽而辽远。"①

为什么这样一首简单的诗,学者们会作出如此诗意的解读呢?显然是由于看似简单的诗句,却能引发人们丰富的联想和想象。这里的关键还是这六个动词的变化。《毛传》说:"有,藏之也";"掇,拾也";"捋,取也"(以手轻握植物的茎,顺势脱取其子);"袺,执衽也"(手兜起衣襟来装盛芣苢);"扱衽曰襭"(采集既多,将衣襟掖到腰间)。孔颖达《毛诗正义》对此作了更详细的补充解释:"首章言'采之''有之'。'采'者,始往之辞;'有'者,已藏之称,总其终始也。二章言采时之状,或掇拾之,或捋取之。卒章言所盛之处,或袺之,或襭之,归则有藏之。"原来,这首诗虽然只用了六个简单的动词,却描述了采芣苢的完整过程,所以才会引发读者的想象。因此,这首诗的艺术特点,我们只有从歌的角度才能理解。它包括以下几个方面。第一,歌的特点,首先是曲调的重

---

① 闻一多:《匡斋尺牍》,载《闻一多全集(3)》,湖北人民出版社,1993,第208页。

复。歌唱是时间的艺术，所以就要有声音的重复，这就形成了曲调和旋律，通过重复的演唱而加强审美的理解和记忆。比较当下的流行歌曲，一般也是两段或三段，可见在这些基本原理方面古今是相同的。和曲调重复相对应的，就是诗的章句重复，这就形成诗的三章。第二，为了取得更好的声音效果，就要有歌唱的技巧，如章句的重复使用就形成了套语，此诗中的"采采芣苢""薄言采之"就是《诗经》时代两个典型的套语。那么，在这种情况下，诗人如何才能在歌唱中表现出更加丰富的内容呢？这就是我们在这里重点要说的歌唱修辞：中心词语的锤炼。我认为，这是《诗经》的语言表现中最为突出的特点之一。作者只有在那种重章复唱的章法中抓住中心词语进行锤炼，靠中心词语的变换来叙事状物、写景抒情，才能取得鲜明突出的艺术效果。让人们在熟悉、亲切、美听的曲调旋律中，感悟到由于中心词语的变化而产生的情境推进，进入一个艺术的境界之中，从而产生丰富的联想和想象。《芣苢》就是在这样的重章叠唱中，通过六个采芣苢的劳动动作的变化，让人们进入到这一生活场景，于是才有了朱熹、方玉润和闻一多以及我们每一个人的艺术联想。

　　《诗经》在艺术的追求中，通过中心词语的锤炼，主要达到两个效果：一个是情的推进，另一个是景的推进。《诗经》的主体是抒情诗，所以，情的推进在这里就占主要地位。但是《诗经》的抒情又往往是借景而生，所以，景的推进也占有重要地位，有时二者紧密地结合在一起。《芣苢》一诗是通过采芣苢的劳动来抒情的，属于景的推进，它的中心词语是动词。《召南·鹊巢》描写的是贵族之家的婚嫁场面，全诗三章，也是只变换了六个动词，与此诗有异曲同工之妙。有的诗歌的中心词语则是形容词。如《召南·草虫》：

喓喓草虫，趯〔tì〕趯阜螽。未见君子，忧心忡忡。亦既见止，亦既觏止，我心则降。

陟彼南山，言采其蕨。未见君子，忧心惙〔chuò〕惙。亦既见止，亦既觏止，我心则说。

陟彼南山，言采其薇。未见君子，我心伤悲。亦既见止，亦既觏止，我心则夷。

这首诗的中心词语是形容词，共有两组。第一组为"忡忡""惙惙""伤悲"。"忡忡"，心神不安的样子。"惙惙"，心促气短的样子。"伤悲"，内心受伤，心中悲苦的样子。这三个形容词，在情感方面有步步加深的意义。第二组为"降""说""夷"。"降"，放下心来。"说"，喜悦。"夷"，平静下来，不再思念。这三个形容词表达怀念的情感逐步减弱，正与上一组相反。它们两两相对。由未见时怀念之情的步步加深，到见面之后思念之情的步步减弱，非常生动地描写了抒情主人公细腻的心理，给人以深刻印象。这就是利用形容词的变化而产生的情的推进。而《鄘风·桑中》这首诗，则是三组名词的变化。一章言"爰采唐矣？沬之乡矣。云谁之思？美孟姜矣"。二章言"采麦""沬之北""美孟弋"。三章言"采葑""沬之东""美孟庸"。这首诗描写了卫国男女春季约会时的快乐情景，三章的变化略带有铺排之意，意在说明，这种相会非止一对男女，而是那个时候的风俗。它所表达的既是一对青年男女相会的快乐，更是那个时候那个国家所有青年男女相会的快乐。

《魏风·陟岵》则通过名词和动词的变化来表达情感的深刻：

陟彼岵兮，瞻望父兮。父曰：嗟！予子行役，夙夜无已。上慎旃哉，犹来！无止！

陟彼屺兮，瞻望母兮。母曰：嗟！予季行役，夙夜无寐。上慎游哉，犹来！无弃！

陟彼冈兮，瞻望兄兮。兄曰：嗟！予弟行役，夙夜必偕。上慎游哉，犹来！无死！

这首诗写在外行役的游子怀念家乡，深沉中带有浓浓的感伤。诗的写法很特殊，本来是游子怀念家人，但是又偏偏从家人处着笔，写家中的亲人对自己的担忧与牵挂。三章的结构完全相同，写了三个不同的人，"父""母"和"兄"，他们对自己的关怀同样深切，但是由于身份不同，用词也略有不同。父亲说："嗟！予子行役，夙夜无已。上慎游哉，犹来！无止！"哎，我的儿子行役在外，日夜没有停息。你一定要小心啊，千万不要在外久留啊！母亲说："嗟！予季行役，夙夜无寐。上慎游哉，犹来！无弃！"哎，我的小儿子行役在外，日夜都不能睡觉。你一定要小心啊，千万不要弃尸在外啊！兄长说："嗟！予弟行役，夙夜必偕。上慎游哉，犹来！无死！"哎，我的弟弟行役在外，日夜不得自由。你一定要小心啊，千万不要死在外地！父母和兄长的话分别变换了几个名词和动词，便略有不同。父亲显得深沉，母亲更显疼爱，兄长显得更为直接。为了增加诗章的变化，全诗三章的开头一句，在诗人所登之山的名称上也做了改变。第一章写所登之山为"岵"，是无草木的山。第二章为"屺"，是有草木的山。第三章为"冈"，是一般的山岭或山脊。这与每一章后面的抒情没有多大关系，但是诗人通过这种变化暗示读者，征人不断地登山远望，无时无刻不在思念着家乡。从这里，我们可以看出诗人在遣词造句方面的用心有多么细致，抒写有多么深情，内心又是多么微婉。再如《鄘风·干旄》：

孑[jié]孑干旄，在浚[jùn]之郊。素丝纰[pí]之，良马四之。彼姝者子，何以畀〔bì〕之？

孑孑干旟〔yú〕，在浚之都。素丝组之，良马五之。彼姝者子，何以予之？

孑孑干旌，在浚之城。素丝祝之，良马六之。彼姝者子，何以告之？

这首诗写一个男子要去探望情人时的心理活动。"孑孑"是旗杆高挑的样子，"干旄"是用牦牛尾装饰的旗子。"干旟"指的是一种画有鹰隼的旗子，"干旌"是指用五色羽毛装饰的旗子。"浚"是卫国的城邑。"素丝纰之"是说用白色丝搓成的马的缰绳。下面的"素丝组之""素丝祝之"也是同义。诗的第一章的大意是：一个男子要驾车从城郊到城里去看望他的心上人，老远就看见用牦牛尾装饰的旗子在那里飘扬，这让他感到兴奋。他驾着四匹良马拉的大车，手拿着素丝搓成的马缰绳。他一路走一路想，我要送给我的心上人什么礼物，怎么样才能讨取她的欢心呢？诗的第二、三章与第一章意思相似，情感表达却步步加深。这里的中心词语有三组，第一组是"郊""都""城"三个地点名词，"郊"指郊区，"都"指都城，"城"指都城里，喻示着与心上人的距离越来越近，心情自然也是越来越快乐。第二组为驾车马匹的数目，第一章为"四"，第二章为"五"，第三章为"六"。用驾车的马的数量增多表示追求女子的礼仪越来越隆重。第三组是"畀""予""告"三个动词。"何以畀之"指男子想的是送给心上人什么礼物，"何以予之"指见面的时候怎么把礼物送给她，"何以告之"指见面送礼时说什么话。这三个词也表达了情感的递进。准备送什么？当面怎么送？见面时说什么？总之是怎么样才能讨取她的欢心。就是在这种从距离上的由远及近，在如何表达自己心情的犹豫踌躇中，诗的情感步步升华,展示了诗中主人公对女子的一往情深,情感表达非常细腻,生动传神。在短小的回环往复的重章叠唱中,用这样简单的几组中心词语的变换就达到了这样的效果,作者真是抒情高手。通过锤炼中心词语而达到更好的艺术表达效果,在《诗经》中有丰富的例证,这些诗篇里变换的中心词语虽然有动词、名词、形容词乃至数量词之分,但它们的歌唱修辞方式是完全相同的,正是这种方式造成动作描述的连贯、画面的流动、意境的烘托和感情的加深,达到了抒情描写的效果。真可谓以少总多,言简意深矣。

  要而言之,《诗经》是歌唱的艺术,它那以四言为主的诗体形式,就是在歌唱中形成的。四言诗的节奏韵律和重章叠唱的章法,构成了《诗经》语言形式的独特风格,也使《诗经》四言体成为中国诗歌史上一种特殊诗体,是最符合韵律节奏的早期诗体典范。在这种诗体下的语言艺术,也表现出与后世诗歌不同的特征。《诗经》中存在着大量的嗟叹词和语助词,它们在中国早期诗歌形成过程中发挥着重要作用,从《诗经》中可以看出独具早期诗体特征的虚词艺术,这是它不同于后世诗歌的重要诗体特征之一。《诗经》中的名词、动词多为单音词并且具有形象化特征,存在着大量的重言和双声叠韵形容词。《诗经》充分利用了象形字的早期特征来进行诗性表达。《诗经》体现了明显的歌唱修辞特点,中心词语的锤炼成为《诗经》创作中的重要修辞炼句手法,与后世诗歌中的修辞炼句既有关联,又有很大的不同。通过中心词语的锤炼,《诗经》实现了情景的推进,由此而增强艺术效果。正是这些构成了《诗经》的诗体特征和语言艺术特色,使之成为中国诗歌的艺术典范。

第十五讲

"温柔在诵,最附深衷"
——《诗经》的文学史地位和影响

《诗经》作为我国第一部诗集,具有崇高的历史地位。它虽然在春秋中叶以后才被编辑成书,但是包含了商周两个时代的作品,其中有些篇章所反映的民俗风情,还明显带有远古社会留下的文化印迹。而《诗经》以四言为主的诗歌样式,从它的雏形到成熟,同样经过了漫长的历史。因此,从这个意义上说,《诗经》不仅仅是殷周时代的文学艺术,而且是上古诗歌艺术的集大成之作;它也不仅仅是一部文学作品,而且是中国上古社会生活及文化精神的凝聚和艺术的升华。它是中国文化宝库中的一颗璀璨夺目的明珠,照耀千古。它以高度的思想性和艺术性昭示着后人,是中国后世社会文化教育的经典和文学创作的楷模。

《诗经》在中国文化史上的地位是崇高的,在春秋时代它就为当时各国的贵族士大夫所熟悉,并且应用在政治外交文化教育等各个领域,在战国时代就已经被人们称为"经",并且高居"六经"之首。在漫长的古代社会,《诗经》研究都属于经学研究的范畴。即便是从文学的角度来看,它同样是一部伟大的经典,它是中国古代的第一部诗歌总集,它的产生,既是对中国上古诗歌成就的总结,具有开创新时代的意义,同时也奠定了后世几千年中国诗歌传统,影响深远。

▌第一节 《诗经》在中国文学史上的开创意义

和其他社会意识形态一样,《诗经》也不是凭空产生的,而是在继承前代丰富的文学遗产的基础上创作的。原始诗歌中的二节拍样式,《周易》卦爻辞中遗存下来的"明夷于飞"之类的诗歌起兴手法等,无疑为《诗经》的创作提供了最为直接的艺术经验。以"诗言志"为特点的古老的民族诗歌观念和诗歌舞三位一体的原始诗歌特征,也同样对《诗经》的创作产生了极为深广的影响。与此同时,在实践理性精神和礼乐文化观念的影响下,周人具有了比前代诗人更为主动的创作意识和创作态度,使《诗经》不同于源自上古的神话,不同于与生产实践紧密结合的"举重劝力之歌",不同于发自宗教阶段的咒语《蜡辞》。《诗经》所表现出的已经不是原始性的快感和乐感,而是更多地融进了用来规范人们行为的道德教训,更多地隐含了对社会行为的善恶是非的审视和评判,有了更明确的美的追求,它标志着周人已经冲出了远古时期神话宗教阶段的文化氛围,开始将目光转向最为现实的人生之途。一句话,周人已经开始用清醒的实践理性精神来认识诗这种艺术形式所具有的"言志"和"载道"功能,开始在一定的诗学观念指导下进行有明确目的的创作。这一切,都使《诗经》创作一开始就站到了比以前更高的基础之上,使《诗经》成为中国上古诗歌的总结和升华,也使它带有鲜明的礼乐文化精神,从而形成了和原始诗歌不同的时代特征。

1. 由原始诗歌的实用功能到有明确目的的自觉创作

原始诗歌有着鲜明的实用功能。作为诗歌舞三位一体的原始歌谣,它直接产生于原始人以物质生产活动为中心的广泛社会生活。在生产劳动中,它起着减少疲惫、恢复体力、提高效率的功能;在娱乐中有再度体验生产活动的快感；在宗教仪式中有着表现理想的意义。同时，原始诗歌还有强化记忆、传承历史的实用价值。然而对于这一切，原始人并没有自觉的理性体认，诗的实用功能只是自发自在地体现在诗的创作和应用里。当他们带着理性的眼光对文学的本质进行审视，从理论上总结这种实用功能并把它自觉地运用于诗的创作之中，已经是原始社会很晚以后的事情。《尚书·舜典》中关于"诗言志"的论述，与其说是虞舜和夔的对话，毋宁说是周以后人的文化记忆。它正标明在实践理性精神指导下的周人，于此时才真正开始了对于诗的本质的探讨。是周人开始明确认识到，诗不仅具有记忆、记载的功能，还具有"情动于中而形于言"的"怀抱"意义。而且，这"怀抱"的意义，才是诗的艺术本质。从此在周人那里，诗歌不再仅仅是一种即兴或自然生发的艺术，而且变成了有一定目的的自觉创作。他们或者在诗中直接表明抒情创作的原因，以此来宣泄自己的喜怒哀乐之情，如"心之忧矣，我歌且谣"（《魏风·园有桃》），"驾言出游，以写我忧"（《卫风·竹竿》）；或者直接对发生在自己身边的人或事作出善恶判断，以此来表明自己的美刺态度，如"维是褊心，是以为刺"（《魏风·葛屦》）。特别是创作《大雅》和《小雅》的那些贵族诗人，更是把诗作为表达政治思想和伦理情感的工具，或用诗来美刺时政，劝善惩恶，或用诗来抒写忧怨，陈古讽今。正是这种带着明确目的的自觉创作，造成了《诗经》与原始诗歌的根本不同。

我们说《诗经》是带有明确目的的自觉创作，意指《诗经》的创作，无论是用于祭祀、用于燕飨、用于讽谏、用于教育，还是用于娱乐，都体现了鲜明的目的性，这就使其与原始诗歌有了质的区分。由于原始诗歌一开始就具有明显的实用功能，人类对诗歌艺术本质的认识，也必然首先从诗歌艺术的实用功能开始，在此基础上，才会逐渐领悟诗的艺术本质，开始对诗的艺术技巧产生自觉追求。孔子说："言之不文，行而不远。"当人们认识到"文"的修饰有助于"言"的表达的时候，艺术追求的自觉也就开始了。关于这一点，《诗经》已经以其辉煌的艺术成就作了最好的证明。

2. 由原始诗歌的集体歌唱到个体诗人的出现

我们说原始时代的诗歌是集体的歌唱，并不是说原始时代没有诗人。因为原始诗歌从本质上讲不是一个人的创作，而是一群人的创作，甚至不是一代人的创作，而是数代人的不断创作；当人类的诗歌创作由以群体为主转向以个体为主时，诗的发展也就开创了一个新时代。《诗经》就标志着中国诗歌这个新时代的开始。在《诗经》中我们可以明显地看到这一发展过程。《国风》《小雅》大多抒发的是一己特有的情感，有些篇章已经明确标明了作者，如"家父作诵，以究王讻"（《小雅·节南山》），"寺人孟子，作为此诗"（《小雅·巷伯》）。有的诗虽未标明作者，但从其创作目的及诗歌内容中仍可以推知其当为个体的创作，如《邶风·燕燕》《谷风》《鄘风·载驰》《卫风·氓》《小雅·正月》《十月之交》《大雅·抑》《桑柔》等。不可考知作者名字的诗歌未必就是集体的作品，就像《鄘风·载驰》，即便没有"许穆夫人赋《载驰》"（《左传·闵公二年》）的记载，也不能简单地判定它为集体的歌唱。

个体诗人的出现，是中国诗歌发展史上的一件大事，尽管创作《诗经》的个体诗人的名字大都没有被记录下来，我们也无法稽考其生平思想，但是在诗人的个体抒情诗创作中，我们已经开始感受到诗人的个性存在。在《大雅》《小雅》的政治美刺诗中，我们可以看到那些忧时伤国的士大夫和忠心耿耿的老臣，他们并不是俯首帖耳的奴仆，而是有着个人独立见解的思想家；他们不是个体感情麻木者，而是个性鲜明的诗人。他们之所以要进行诗的创作，就是要表达自己个人的思想态度或政治立场，显示自己的个体人格。即便是在《国风》《小雅》那些反映家庭生活、恋爱婚姻的诗篇当中，也同样抒发的是个人对美好爱情的憧憬与追求，宣泄着被扭曲压抑的个体的不幸与哀愁，不论是喜悦还是悲伤，都强烈地表现着诗人的个体自我。尽管这里的个体自我还被严格地压抑在尊尊亲亲的宗法制社会制度和道德伦理中，还远不能等同于要求人格权力平等、张扬个性的个人主义，但是这些作品毕竟已经向人们显示了诗中的个体存在，显示了诗人对个体自我的认识，这也是人性的一种初步觉醒。黑格尔说："自由的艺术是自觉的，它对于自己所创造的作品要有一种认识和意志，要经过一番文化修养才能达到这种认识，也要有一种创作方法方面的熟练技巧。"[①] 这话反过来的意思也就是说，艺术的自觉首先要以自由为前提，而这种自由就意味着诗人的创作首先必须是个体的，诗人个体首先要有明确的创作目的和自觉的创作意识，再具备一定的文化修养和创作技巧。《诗经》中的许多作品，特别是《大雅》《小雅》中那些具有很高文化修养的贵族诗人的美刺诗作，正是属于这样的创作。这些作者同时也成为中国历史上第一批贵族阶层的优秀诗人，并以其关心时政的强烈忧患意识，对屈原以降的中国历代文人创作产生了极为深远的影响。可见，正是个体诗人的出现，才划开了《诗经》和原始诗歌的区别，才有了个体抒情诗产生的可能。

3. 由原始诗歌的简洁朴素到对艺术美的主动追求

诗是诉诸审美的艺术，从它在洪荒远古中产生的那天起，就已经含有美的因素。伴随着原始劳动而产生的"杭育杭育"的呼声，其中就含有诗的节奏韵律之美。人类总是按照美的规律来进行诗的

[①] 黑格尔：《美学（第三卷）（下册）》，朱光潜译，商务印书馆，1981，第204—205页。

创造。但我们有理由说，原始人进行诗的创作，并不是一种自觉的美的追求，只是在创作的直觉中遵循着美的规律。原始诗歌简洁朴素的语言节奏，诗乐舞三位一体的表现形式，正暗合着他们的生活习惯和在这种生活习惯中培养出来的审美感官。而人类审美意识觉醒，在艺术创作中自觉地进行美的追求，同样是很晚的事情。《尚书·舜典》曰："诗言志，歌永言，声依永，律和声。八音克谐，无相夺伦，神人以和。"这段话说明，以"和"为美，是中国人最早产生的美学理论，它正出于原始诗乐演奏的和谐。"在殷代的甲骨文中，就有了'和'这个字，系一种古乐器的象形……郭沫若认为它的本义为乐器，后引申为和声之义……古文字的'和'字由和声的乐器向乐器的和声之义的这种转化，反映了人们审美认识上的一个巨大变化，使'和'字之义由标示具体之物变成一种审美认识。"[①] 而对"和"的审美认识的理论阐述，正是从周代社会开始的。在《国语·郑语》中，史伯对郑桓公曾说过这样一段名言："夫和实生物，同则不继，以他平他谓之和，故能丰长而物归之。……声一无听，物一无文，味一无果，物一不讲。"显然，这里"和"不仅是一种审美认识，而且标志着古代审美思想向哲学高度的提升，标志着周人已经认识到一切事物只有在对立统一中才存在和谐之美的道理。"和实生物"，"声一无听，物一无文"，就是周人对于美的存在和发展规律的正确理解，也是人类在长期的艺术实践中对于美的规律的自觉把握。

同简洁朴素的原始歌谣相比，《诗经》的创作正体现出这种美的意识的觉醒。《诗经》使用的主要诗体是和原始劳动节奏相应的二二节拍的四言诗，但是这已经不再是原始的劳动歌唱，而是一种

---

① 于民：《春秋前审美观念的发展》，中华书局，1984，第 164—165 页。

具有审美规范的成熟诗体；《诗经》善于使用双声叠韵词，以加强作品的声音和谐之美，但是这已经不同于原始劳动音响的和谐，而是一种词汇的创造；《诗经》常用的是大致相同的押韵方式，也不再是原始诗歌的自然韵律；《诗经》使用了赋、比、兴等多种手法，也不同于原始诗歌以赋为主的较单一的方式。总之，《诗经》的创作已不再是原始人自发的天籁之音，从字词章法的各个方面无不渗透了诗人进行艺术美创造的心血。这些，我们在前面不同的章节中已经作了比较详细的分析。特别是那些典雅庄重的雅颂之作，整齐的四字句式，严格的押韵规则，词语的雕琢绘饰，章法的细密安排，这一切，都说明《诗经》在艺术技巧上的水平是远远超出原始诗歌的。

为什么远在2500年前的《诗经》创作，就已经有了这样高的艺术水平呢？这是一个需要我们认真思考的问题。有明确的创作动机，个体诗人的出现，以及对审美形式的主动追求，显然都与《诗经》艺术水平的提高有极大关系。首先，因为有明确的创作目的，诗人能够更自觉地利用诗这种形式表达思想情感。为了取得更好的表达效果，他们也必然更多地学习和继承前代创作经验，不断地提高诗的创作水平。其次，个体诗人，尤其是那些贵族诗人，他们都具有较高的文化修养，自觉地投身于创作，自然也会提高诗的语言锤炼水平，使诗的创作达到一个新的高度。再次，人类自原始社会以来不断积累艺术创作经验，到了周代，一些理论家能提出中国最早的美学理论，并且由于人们在社会各种活动中不断地受到艺术的熏陶，整个社会的诗的文化素养从整体上远远高出原始社会，诗人对于诗歌创作的技巧也有了更多的掌握，对于那些合于美的规律在不自觉中有了更多把握，并且进行主动的追求。举例来讲，如《周南·关雎》一诗开头四句"关关雎鸠，在河之洲。窈窕淑女，君子好逑"，表面看起来似乎很简单，但仔细琢磨却有内在规律体现于其中，诗人先听见雎鸠的叫声，抬头一看它在沙洲之上，于是乎由鸟的鸣叫求偶而想到那美丽的女子，自然地表露出自己想向她求婚的心情。短短的四句诗，诗人的写作顺序既符合生活中观察的顺序，也符合人们的思维规律，同时在章法上又暗合起、承、转、合的规则。同样，如《关雎》的第二章所呈现的那么整齐的语言对称之美，它向我们有力地证明，如果没有对形式之美的主动追求，要写出这样的诗章是不可能的。最后，还有一个重要的原因，即周代已经出现了从事专业文化的太师、乐师等人，专业的分工使他们从小就有了更多的关于诗歌音乐创作方面的训练，当他们把诗搜集起来进行演唱的时候，自然也要对那些原来艺术水平不是很高的作品进行艺术上的提炼和加工，尤其是采自周代各地的风诗，他们都按照当时通行的"雅言"进行了规范与整理。其加工整理的目的也许是更好地应用于各种场合，但是客观上也等于对它们进行了一次艺术的再创作。这种再创作虽然已不是那些作诗者的功劳，但是它同样能证明《诗经》在艺术上所能达到的高度。这说明，为功利而创作也并不意味着对美的忽视，恰恰相反，它同样需要借助于美的规律来更好地实现其功利目的，在诗的创造中追求美，在不自觉中探索美的规律，从而在继承前代文化的基础上把《诗经》的艺术表现水平提到了一个新的时代高度。

第二节 《诗经》对中国后世文学的影响

《诗经》对中国社会的影响，从它编辑成书的那天起，就已经远远超出了文学的范畴。它本身既是诗歌，也是历史；是诉诸审美的艺术，又是生活的教科书。它从产生那天起，就已经被纳入周代礼乐文化的系统之中，被看作是辅礼而行、实行教化的工具。孔子曰："小子何莫学夫诗？诗，可以兴，可以观，可以群，可以怨。迩之事父，远之事君。多识于鸟兽草木之名。"（《论语·阳货》）这话并不是对《诗经》的作用的夸张，而恰恰是站在儒家思想立场上对《诗经》的意义的评估。《诗经》包孕题材的广泛和文化内容的丰富，特别是其中蕴含的周文化精神，的确可以进行深刻的思想开掘。而《诗经》又以其特有的艺术形式，使人不是在干枯的说教中，而是在审美的愉悦中达到受教育的目的。

《论语·八佾》中记载的子夏与孔子关于《诗经》的一段话很有意味。子夏问孔子："'巧笑倩兮，美目盼兮，素以为绚兮。'何谓也？"孔子答："绘事后素。"子夏又问："礼后乎？"孔子说："起予者，商也，始可与言《诗》已矣。"在这里，"巧笑倩兮，美目盼兮，素以为绚兮"，本是《诗经·卫风·硕人》中描写庄姜之美的诗句①，意思是：优雅的笑容真好看，美丽的眼睛相顾盼，素脸着妆好打扮。子夏似乎不明白这几句话背后有什么意思，就问孔子，孔子就由此引申为"绘事后素"，意味着由此可以引发出普遍的道理。庄姜本身很美丽，经过打扮就更美丽了。这就好比绘画一样，先有了好质地的画布，然后才能在上面绘出更好的图画。子夏很聪明，一下子就明白了老师的话，再进一步引申，问孔子，这是不是说礼应该位于仁德之后呢？孔子马上回答说，你明白了我的意思，我现在可以和你谈《诗》了。孔子师徒对诗的这种理解，显然已经超出了诗的本义，这说明诗歌这种文学体裁，由于其语言的精练与形象性，确实可以进行多种阐发，起到感悟人心的作用。正因为诗本身

---

① 这三句诗前二句见《诗经·卫风·硕人》，第三句可能是逸句，王先谦的《诗三家义集疏》以为鲁诗有此一句。

是以艺术的形式表现社会和人生，是以审美的方式教育人，所以它才有其他文化典籍所不具有的特殊功效。故孔子特重《诗经》的教化功能。汉儒论诗尽管附会较多，但《毛诗序》开头仍从"诗者，志之所之也"这一诗的创作心理本质说起，并由此认识到，"治世之音安以乐，其政和；乱世之音怨以怒，其政乖；亡国之音哀以思，其民困"，"声音之道，与政通矣"，这是符合诗歌创作规律的。所以，《毛诗序》的许多解释，以此为基础来阐发微言大义，也许并不合诗的本义，大多数却都有其道理。孔颖达《毛诗正义序》开头亦言："夫《诗》者，论功颂德之歌，止僻防邪之训。虽无为而自发，乃有益于生灵。六情静于中，百物荡于外。情缘物动，物感情迁。若政遇醇和，则欢娱被于朝野；时当惨黩，亦怨刺形于咏歌。作之者所以畅怀舒愤，闻之者足以塞违从正。发诸情性，谐于律吕。故曰'感天地，动鬼神，莫近于诗'。此乃诗之为用，其利大矣。"由此可见，《诗经》之所以被后世推崇为"恒久之至道，不刊之鸿教"的经典，固然是后人对它的推重和抬高，使《诗经》在经学化的过程中加入了更多后人的理解与附会，但更重要的还是它本身所具有的认识价值和审美价值所致。唯其如此，《诗经》才会被推崇为"经"，并以"经"的特殊身份，在中国后代社会政治、文化、思想、道德等各个领域发挥着远超其他任何一部文学作品的影响。《诗经》的经学化，本身也是中国文化中的一个重要现象，是以一种特殊的方式对《诗经》的文化价值所作的最高肯定。但我们并不能由此而忽略《诗经》对中国文学史的影响。它包括以下几个方面。

1.《诗经》奠定了中国诗歌艺术的民族文化传统

世界上每个民族的文学创作都具有鲜明的民族文化特色。如果说，古希腊最发达的是史诗和戏剧，那么，中国就是一个抒情诗最发达的国度。尽管中国古代也有颂美祖先功业的作品（如《诗经》中的个别篇章），但是从现存记载看，无论是原始歌谣还是《诗经》中的创作，都以抒情诗为主。言志和抒情乃是中国人很早就对诗的本质的认定。《诗经》的编辑和成书，奠定了中国抒情诗的传统并确立了它的民族文化特征。从《诗经》中可以看出，中国的抒情诗歌创作一开始就具有普及性，是群众性的艺术。它的创作队伍是相当广泛的。这里既有上层统治者，如周王、执政大臣、公卿大夫，也有下层贵族和平民百姓、奴隶；既有各阶层的男人，也有各阶层的女子。从《诗经》中还可以看出，中国诗歌创作一开始就是直接面向生活的，是现实的世俗的艺术。诗人们面对自己的现实生活，"哀乐之心感，而歌咏之声发"（《汉书·艺文志》），"饥者歌其食，劳者歌其事"（《春秋公羊传解诂·宣公十五年》），莫不把诗歌作为抒发情感、表达思想的最好工具。这里有君王的忏悔，如《周颂·小毖》；有公卿对时政的关心，如《大雅·民劳》；有失意贵族的哀怨，如《小雅·小弁》；有士兵对家乡的怀念，如《豳风·东山》；有女子对恋人的痴情，如《郑风·狡童》；有对农业生活的叙述，如《豳风·七月》；有宗教礼仪上的歌唱，如《周颂·丰年》；有民间风俗中的男女互答，如《郑风·溱洧》……正是这些从现实生活中捕捉到的诗歌题材，组成了丰富多彩的历史画卷。从世俗里看社会，从个体中看群体，从际遇中看人生，从生活中看历史，这就是《诗经》所奠定的中国诗歌的文化传统。它是以小溪汇成的巨流，以繁花簇成的锦绣，是以个体的平凡构成的伟大的群体的艺术。正是这种抒情诗的民族文化传统，指引着后代各阶层进行广泛的诗歌创作，使诗歌成为最为中国人喜爱、最为普及，也最具表现力的文学形式，使中国成为一个诗的国度。

2.《诗经》确立了中国诗歌创作和批评的艺术原则

诗被中国人视为最崇高而又最普通的艺术，也是国人抒发个人情感的最好的艺术工具。但是，中国人并不把日常生活中所有的个人情感都写进诗中，诗歌的创作遵循着具有中国文化特色的原则，这一原则就是"风雅"和"比兴"。这也是在《诗经》时代就确立的。

"风雅"和"比兴"由诗之"六义"中的名称变为诗歌创作与批评原则，是后人对自《诗经》以来形成的中国诗歌创作传统的理论升华。在这里，"风雅"并不是指的"风雅"体裁，而是指体现在《风》《雅》中的艺术创作精神，即诗歌创作的高尚意义和严肃性。当然，这里所说的严肃性，后人也有不同理解，如汉儒就把《诗经》中的许多情诗都看成是具有美刺意义的作品。但无可否认的是，即便在《诗经》诸多表现男女爱情的诗歌里，我们看到的也是上古民风的纯朴，诗歌艺术的真诚，其中绝无后代庸俗下流的低劣之作，它们仍然是高尚和严肃的艺术。因此，用"风雅"来概括《诗经》艺术和创作精神，并不是对它的有意抬高，而是对中国诗歌优良传统的理论升华，并通过它对后世诗歌创作进行正确的引导。在这方面，它对中国后世文人创作的影响尤为明显。它引导后代文人在情感抒发上寻求健康向上的人生观念，培养良好的审美习惯和道德节操。所以，"风雅"才成为后代诗人创作所遵循的艺术原则，成为那些反对形式主义文风的最好武器。唐初陈子昂以"风雅不作"来批判齐梁间诗的"采丽竞繁"；李白以"大雅久不作，吾衰竟谁陈"来批判"自从建安来，绮丽不足珍"的文风；杜甫以"别裁伪体亲风雅"作为自己创作的方向；白居易也以"风雅"为标准批判齐梁间的不良倾向。从文艺批评方面看，刘勰在《文心雕龙》中提出创作的宗经主张，也是指的这种"风雅"传统。他说：

《诗》主言志,诂训同书,摛风裁兴,藻辞谲喻,温柔在诵,故最附深衷矣。"他在评价屈原作品时指出其值得肯定的四点,"典诰之体""规讽之旨""比兴之义""忠怨之辞",就因为它是"同于《风》《雅》者也"。钟嵘在《诗品》中品评诗人,说陈思王曹植"其源出于《小雅》",也因为其"可以陶性灵,发幽思","洋洋乎会于《风》《雅》,使人忘其鄙近"。元稹在《杜甫墓志铭》中称赞杜甫,也首先说他"上薄风雅"。由此可见,作为中国古代诗歌创作和批评原则的"风雅",对后代产生了多么大的影响。

"比兴"是中国诗歌创作和批评的另一条重要原则。如果说"风雅"侧重于情感抒发的纯正,那么"比兴"则侧重于艺术手段的高超。在这里,"比兴"既不同于一般的艺术手法,也不是一种艺术发生学上的概念,而是中国人站在特有的文化立场上对艺术创作手法的总结,即诗歌创作中高超的艺术手段。它不仅仅局限于"寄情于物""情景交融",还要达到"托物以讽""比类切至"的目的,是把"风雅"之义艺术化的一条最佳途径。刘勰的《文心雕龙》之所以把"比兴"和"物色"分论,就是要把"春秋代序,阴阳惨舒,物色之动,心亦摇焉"的"物色相召",和"附理者切类以指事,起情者依微以拟议"的"比兴"原则相区别。唐人对"比兴"的理解也是如此。因为如果单从"寄情于物""情景交融"方面讲,六朝颓靡诗风中也未尝没有这样的艺术追求,但陈子昂却批评齐梁间诗是"采丽竞繁而兴寄都绝"。白居易也说:"至于梁陈间,率不过嘲风雪、弄花草而已。噫!风雪花草之物,三百篇中岂舍之乎?顾所用何如耳。"(《与元九书》)由此可见"比兴"作为从《诗经》中总结概括出的一条艺术创作和批评的原则,一开始就包括两个方面:一方面是借助外物以言情,另一方面是寄托于外物之情的纯正。唯其如此,它才会被后人视为"诗学之正源,法度之准则"①。事实上，也正是"风雅"和"比兴"这两条艺术创作和批评原则，给中国文人指出了如何走向内容与形式、思想与艺术完美结合的创作道路。它同时也培养了中国人的艺术审美观念，形成了中国古代诗歌既重内容的纯正文雅，又重形象的生动感人，以含蓄蕴藉、韵味深厚而见长的民族风格和美学特征。由此可见《诗经》对中国后世诗歌创作影响之深远。

3.《诗经》奠定了中国诗歌语言形式的基础

《诗经》的基本形式是四言体，它是发端于中国上古社会，到《诗经》时代完全成熟的一种艺术形式。这种艺术形式一经形成，就成为中国诗歌的一种最基本样式。从《诗经》时代一直沿用至今，且代代不乏优秀的作品，如曹操的《步出夏门行》，陶渊明的《停云》等。可以说，在中国文学史上，四言诗乃是生命力最为长久的诗歌形式之一。

不仅如此，《诗经》四言体也是中国后世其他诗歌体裁的发生之源。汉大赋的基本句式是四六言，就是直接取材于诗骚的结果。从汉赋演化而成的以四六句为主的骈文，更可以看出《诗经》对后世文学形式影响的深远。继《诗经》而兴的楚辞体，本来就和四言诗有着不解之缘，它的许多句式，就是直接从《诗经》体演化而来的。后世的五言诗和七言诗，也同样是在《诗经》体基础上的新的创造和发展。而更为重要的是，《诗经》在遣词造句、章法结构、节奏韵律等各方面，都为后世诗歌奠定了基础，如中国诗歌注重起承转合的章法结构形式，多押偶句尾韵的韵式，多用双声叠韵词以增加诗歌的音乐节奏之美等。正是从这种意义上说，《诗经》奠定了中国诗歌的语言形式基础。中国后世的一切诗歌样式，都可以在

---

① 杨载：《诗法家数》，载何文焕辑《历代诗话（下）》，中华书局，1981，第727页。

《诗经》中找到初始之源。

　　《诗经》在中国历史上的地位是崇高的，2500多年以来，它以丰富的文化内容和完美的艺术形式，在中国古代经济、政治、思想、道德、文学等各个方面产生了不可估量的影响。《诗经》的产生显示了我们中华民族的性格，表现了中华民族的才具。《诗经》从编成的那天起，就成为中华民族文化学习的范本，生活的教科书。它不仅培养了中国后世文学，而且培养和教育了中国后代的人民。文学的传统就是民族的传统，正是因为如此，《诗经》将具有永恒的意义。

后记

《诗经》是中国文学的辉煌起点。我虽然没有诗人的天赋,却特别喜欢《诗经》。也许正是由于这个原因,我本科时就以"《毛诗序》作者问题辨说"为题,作了一篇超出了自己当时的学识能力的考证文章。虽然那是一篇幼稚的习作,却让我从此走上了研读《诗经》之路,并考取了母校的先秦两汉文学专业研究生。研究生期间,在导师伍心镇教授的指导下,我开始了对《诗经》的系统学习。伍先生是四川蓬安人,生于1908年,1930年于国立成都师范大学国文系毕业。他是典型的川派学者,学问功底扎实,述而不作。他教我们治学的方法就是从文字、训诂入手,老老实实地读原著。为了把我们培养好,他还专门请了辽宁大学的张震泽教授给我们开设了一年的训诂学课程。我的硕士学位论文题目是"论《诗经·郑风》的作者、时代及其评价问题"。当时之所以选择这个题目,也是有感而发。首先是《诗经·郑风》里所写多是男女相恋的诗篇,如《出其东门》《野有蔓草》《子衿》《溱洧》等,我非常喜欢。但是对这些诗篇的评价,自古以来又存在着诸多争议。孔子说:"《诗》三百,一言以蔽之,曰'思无邪'。"(《论语·为政》)可是他又说"放郑声,远佞人。郑声淫,佞人殆"(《论语·卫灵公》)。我为此而疑惑,孔子说的"郑声"和《郑风》是什么关系?《郑风》到底是"思无邪"还是"淫"呢?对于这个问题,汉唐的学者有意作了回避。到了宋代,朱熹给出了他的解答。他把《周南·关雎》看作是赞美文王与后妃盛德之诗,是"风之正经",其作者是"亲被文王之化以成德"的人。而《郑风》中的爱情诗,却大都被朱熹看作"淫奔之诗",或者说是"淫女自作"。(以上说法并见朱熹《诗集传》。)同样都是写男女情爱,朱熹何以得出不同的结论?这源自他的理学观念。他认为诗的本质是感物而动,人心所感有正邪之分,诗歌自然也就有"正风"和"淫诗"之别。朱熹的这种诗学观到"五四"时代自然要受到严厉批判。学者们又把朱熹眼中的"风之正经"(如《关雎》)和"淫奔之诗"(如《子衿》)都当成是纯真优美的"爱情诗"一样对待,并且将其统称为"民歌"。这种解释固然很受当代读者的认可,但是并不符合《诗经》时代的历史实际,因为《诗经·国风》中的好多诗作都出自当时的贵族阶层之手。我的硕士学位论文就是想通过对《郑风》作者、时代的考证,对这些问题给出我的回答。所以这篇论文虽然以考证为主,却颇有些理性思辨色彩,代表了我在那个时段对《诗经》的认识。原以为这些问题比较简单,我可以搞清楚,但是实际做起来却发现这些问题十分复杂,牵涉历史和文化的方方面面,这让我感到《诗经》研究的困难,也激发了我继续研究的动力。

可是接下来的博士阶段,导师杨公骥先生却希望我改做汉代诗歌研究,关于《诗经》的思考只好暂停下来。杨先生不仅学问功底扎实,更是位思想深刻的学者。他思维开阔,思想解放,见识高远,特别重视从历史变革和思想发展的角度来研究文学,将严密的文献考证与深刻的理论思考熔于一炉。在杨先生的指导下,我进一步确定了研究思路和研究方法,从汉代社会政治变革与社会生活变迁入手,结合诗人的思想变化和诗歌发展道路的转向,对两汉诗歌功能的改变、内容的向新、诗体的创造等问题进行系统的阐发,以此来认识汉代诗歌的时代特色与独特的艺术成就,并从时代变革的角度为汉代诗歌定位,将其视为"中国上古诗歌的结束,中国中古诗歌的开端"。反过来，对汉代诗歌的认识，也促使我进一步将其与《诗经》进行比较，强化了我从周代社会和历史文化的角度来研究《诗经》的理路。我陆续写了一些相关的文章，如《论〈诗经〉的艺术形态与周文化的关系》《周代贵族的文化人格觉醒及其意义》《诗与先秦贵族的文化修养》《秋与中国文学的相思怀归母题》《论〈诗经〉在中国文学史上的创作论意义》《音乐对先秦两汉诗歌形式的影响》等。此后我又从艺术生产的角度，对《诗经》产生和周代社会的艺术生产制度等作过一些专门探讨，将相关内容纳入《中国古代歌诗研究——从〈诗经〉到元曲的艺术生产史》一书。《诗经》的内容博大深厚，《诗经》的艺术水平高超，它是中国文学的源头活水，这也是历代《诗经》研究长盛不衰，《诗经》的影响恒久不断的原因。我试图将《诗经》纳入周代历史文化的环境之中来进行理解，以此来考察它的发生发展、创作编辑过程，它的内容和形式与周文化的契合程度，它的艺术水平得以实现的途径，由此再来理解它的艺术魅力何在，潜含于其中的民族文化精神，以及它对中国后世文学和文化所产生的深远影响等。我把这些研究融汇于教学之中，为本科生和研究生讲授《诗经》基础课并开设专题课，指导我的硕士研究生和博士研究生以《诗经》为主题撰写学位论文。可以说，这本书也是在我历年来为学生讲授《诗经》的讲义基础上写成的。

遗憾的是，博士毕业之后，我虽然一直没有中断对《诗经》的学习和思考，一直保持着对《诗经》的热爱，但还是功力不够，认识水平有限。感谢黄怒波先生不弃，邀我为北京丹曾文化公司讲授《诗经》，使我有机会将多年来有关《诗经》的学习心得和授课讲义整理出来，并将其纳入北京大学出版社"丹曾人文通识丛书"。多年来，在我学习和研究《诗经》的过程中，我的老师、同学、同事、朋友和家人，都给了我极大的指导或帮助，没有他们的支持和厚爱，就没有此书的完成。甚至书稿每讲标题的最终确定，中国人民大学的李炳海教授还提出了宝贵的修改意见。北京大学出版社张亚如老师认真负责的编辑，同样惠我良多。在此，谨向他们致以深深的谢意！恳请读者朋友提出宝贵的批评建议。

赵敏俐
2022 年 9 月 19 日于京西会意斋